浙江小说10家

十步杀一人

十步杀一人／马炜著

／马炜自选集／

作家出版社

马炜

作家，中国作家协会会员，现供职于绍兴市文联。20 世纪 90 年代开始从事小说创作，已在各类文学杂志发表文学作品一百多万字。曾两次获得浙江省优秀文学作品奖。著有长篇小说《花蛇女》《绕指柔》；所著中短篇小说曾被《新华文摘》《中篇小说选刊》《作品与争鸣》等选载，入选《新实力华语作家作品十年选》，有作品翻译成英文。

6ª BA-1-1-12

C O N T E N T S

C O N T E N T S

C O N T E N T S

C O N T E N T S

因为是夏天，那玩意儿便在腰间张狂地鼓了起来。冯布再一次后悔把套子也摘来了。不过，即使没套子……

布宜诺斯艾利斯地震

M A W E I

Z I X U A N J I

S H I B U

S H A Y I R E N

因为是夏天，那玩意儿便在腰间张狂地鼓了起来。冯布再一次后悔把套子也摘来了。不过，即使没套子，它也够大的了，反倒硌得慌。知了在冬青树上卖力地叫着，也不嫌热，叫得冯布汗如雨下。他想逃离这酷热的空气。事实上，从山坡上下来后冯布一直在奔跑和寻找。他想找个隐蔽的地方，可以让他从容地仔细地把玩这漂亮的家伙。日头太毒了。他从屋檐下走到树荫下，再走到某个围墙的拐角。每逢夏天，这个城市便赤裸裸地暴露在那种绞肉机般的阳光下。它们榨取你身上的每一滴液体。所以人们都躲进屋里去了，街面上几乎见不到活物的影子。前边，人民理发店门口，倒有个老太太在卖冰棍。她手中的方木一下一下地敲打着漆成天蓝色的保温箱。冯布渴极了。他用目光掀开那个蓝色的木箱，看到里面裹在肮脏的小褥子里的白糖冰棍。小棉花褥子揭开时，一团白色的雾气便弥漫开来。冯布在木箱前站定。老太太麻利地取出冰棍，小心翼翼地递给他。“五分钱。”老太太说。冯布发现她其实不怎么老，只是布满了一脸老年人特有的慈祥。冯布在裤兜里抠了半天，抠出两枚两分面值的镍币，拍在箱盖上。“我只有四分。”老太太淡淡的眉毛竖了起来。“我操你妈！”她大声骂道，慈祥像受惊的鸟一样飞走了。“大热天的来消遣你祖宗啊？滚，小流氓！”她这样骂着劈手夺回了冰棍。冯布吓了一跳，赶紧退开。

冯布在中午的街上继续走着，心里窝囊得紧。我是没钱，他想。嗯，可我有一把手枪。倘若我用手枪顶住老太婆的腰，命她取一根冰棍出来，没准她会吓得尿裤子。不过，她压根儿不会相信这是一把货真价实的手枪。他拐进一条弄堂。这是个很袖珍的城市，不必费多大劲就能穿城而过。冯布对这个城市的大街小巷熟透了。如果有哪条巷子是他没走过的，他就会觉得非常新鲜和兴奋。然而这样的事情很久以来就不再发生了。在无数个星期天里，他和他的伙伴们在这些大大小小的路上走啊走啊，不知道要去哪儿。但没关系。谁在乎？大多数时候，即使他们明白穿过左边或右边的弄堂口就能到家，他们仍然往前走，哪怕天色已经像班主任大便的牙齿那样越来越黑。他们管大便叫大便是因为他姓卞。即使在盛夏时节，冯布也能看见大便说话时从黑黑的牙齿间冒出雾气——自然也是黑色的。冯布觉得自己是在跟一条乌贼鱼说话。“你是咱们班的尖子。”大便和乌贼鱼异口同声地说，那团雾气就飘过来了。冯布应该闻到一股气味的，但他麻痹了。他一般会想到那句成语。他忘了原话是怎么说的，只记得意思是说一个人如果在鱼摊前站久了，就闻不出臭味了。冯布总是记不住原话。冯布数学很好，语文不行。范小宣就不一样了，不但数学好，语文也棒，尤其是作文，简直就是他妈的一台范文印刷机。“不，你是咱们学校的尖子，”大便补充道，“你，还有范小宣，是咱们学校的尖子。你要珍惜这一点啊，怎么还跟那些小流氓混在一起？”冯布嘴里嚼吧着。他在咀嚼“小流氓”这个词。这个词太美了，既亲切，又优雅，还透着那么点嗔怪和宠爱的意味。嗯，那应该是老岳父抱怨未过门的女婿勾引自己家闺女时的称呼啊。范小宣的父亲是个驼背，裁得一手好料子。一个驼背裁缝的女儿，有啥好牛的？驼背裁缝是个很喜欢说话的人。他的裁缝铺就开在前面那条小街上。他总是将他的驼峰对着街面，坐在一条长凳上踩他的缝纫机。一有人进来，他就将长凳横转，请来客坐下说话，一说就是半天。这个人走了，他就拉回凳子再做他的针线活；但总会有另外一个人进来——他的手艺高超，生意很好——他于是再次将长凳横转。因此尽管驼背的衣服做得好，却换不来钱。谁让他那么大岁数了还学不会边干活边说话呢！驼背说话细声细气针脚般绵密悠长。人们发现驼子爱说话，却从不重复。人们总是奇怪他的那些话是从哪儿得来的。嗯，驼子的这个特异功能算是传给范小宣了，只是范小宣将话语变成了文字，冯布愤愤地想。"嘿，小流氓，你要去哪儿?"冯布突然听见有人朝他喊，抬头一看，原来他已走到驼子的店铺前了。他的脸不知怎么的就红了。"你见到一只兔子吗?"驼背又叫道，"肯定是你们这帮小流氓偷走了！"

但是话又说回来，范小宣说话也挺有本事的，操，这是她比咱还行的另一个方面。大便让范小宣去讲故事是因为她有说话的本事；让我去讲故事是想锻炼我说话的本事。我们一起朝低年级的红楼走去。我有意落后几步。我不想跟她并排走。原因多得很。第一，她的个子太高；第二，我的那帮小流氓可能起哄；第三，她穿着一双白色的回力鞋。那种洁白明亮的颜色在操场上十分耀眼。范小宣就像踩在两只兔子上。我曾经在百货商店的鞋柜前对这样的鞋子慌慌张张地溜过好几眼。全校——低年级、高年级以及戴帽初中班——只有这么一双白色的回力鞋。从此男生们便在背后叫她"弹跳力"。他们不敢当面这么叫她。他们还是怕她的，尤其怕她那双眼睛。当那双眼睛直视你时，你会忙不迭地寻找避难所，否则的话你就得调动起全部的意志支撑起自己的目光与这双眼睛对峙，那样的话你就别想干旁的事了，譬如回答她的提问或思考别的什么事。但是那双眼睛你又不能仅仅用厉害形容。那里边有另外一种东西，一种出乎你意料的东西，就像当我们走向红楼时，她突然停下了脚步，转过身来看着我，等我追上去。她这样做的时候非常自然，仿佛那是一桩再平常不过的事了。想想也是，大便让我们去给低年级的同学讲故事。他是让我们一起去的，没让我们一个在前一个在后的。我于是追了上去。我曾和优秀的范小宣一起走，去共同完成一件事。这些用不着我在同伴们中间炫耀，他们也会对我攻击一番的。这些该死的小流氓。

冯布紧走几步，将驼背裁缝撇在身后。他对街道如此熟悉，要逃离裁缝的目光是挺容易的。嗯，这条弄堂不错，高大的枇杷树、梧桐树、玉兰树，还有香樟树那茂密的树冠从围墙里边伸出来，将弄堂遮盖得十分凉爽。铁家伙真沉。那当然，这可不是木头雕的玩具手枪，也不是那些用自行车链条或铁丝做的难看的大路货。那些小流氓准是连见都没见过。不过冯布一时还没打定主意，要不要让这把真家伙在他们中间亮相。如果不镇镇他们，实在心痒难熬；可如果让他们看见了，风险又实在太大。它太漂亮了，不是那种轻飘飘的漂亮，而是沉甸甸的。它插在棕色的牛皮套里，挂在白瓷衣帽钩上。房间里一个人也没有。冯布对这个房间了如指掌，跟房间的主人皮指亲密无间。皮指是皮指导员的简称。皮指是冯布他们的校外辅导员。大中午的，他也不在。营房那边也是静悄悄的。冯布猜他们准是都在地下室的机房里。也许正准备解放台湾呢。不远处，那个巨大的品字形雷达不厌其烦地转动着。海军雷达站的军人其实比冯布也大不了多少，他跟他们混得挺熟。他们对他很好，多半因为他是皮指的客人。雷达转动时悄无声息。冯布不知道这高大的铁家伙转动的声音到哪儿去了。他只能听到知了的令人心烦的叫声。知了的声音就是烦，听着就好像有一个排的知了在叫，其实不过是一只，顶多两只。它们准是趴在那棵悬铃木上。冯布循声望去，看到了靠在树干上的一根焦黄的竹子，那是用来叉衣服的，上面安了个有两道开叉的铁头。他的血涌动起来，他的汗湿的掌心似乎已握住了那把五四式手枪的铸有棱纹的枪把。

冯布摸了摸鼓突的腰部。他担心它会坠断他的皮带。穿过阴凉的小弄，就是那道低矮的土墙。冯布看到恐龙蛋坐在墙豁口上折磨一只兔子。他用一只手揪住兔子的两只耳朵，另一只手擎着一柄放大镜。7 月的艳阳照射在凸透镜上，再聚成焦点，灼烧着兔子的皮肤。兔子挣扎着，范小宣的脚冒出了青烟。冯布狠狠地盯着恐龙蛋。冯布和恐龙蛋之间有很深的矛盾。开始是恐龙蛋看不起冯布。事实上，恐龙蛋看不起所有学习成绩好的人。他在他们这一拨人中间威信还行，但不是头儿。冯布觉得恐龙蛋顶多算得上脖颈，特别是那次被冯布摁倒在地上以后。当时他们在教室门外的走廊上“挤屎渣”，恐龙蛋头一个被挤出人墙，跌倒在地成了“屎渣”。但他认定是冯布用脚勾了他一下，从地上爬起来就扑向冯布。冯布被他扯出人墙。恐龙蛋一边骂一边用手推他的肩膀。教室的窗户敞开着，冯布在恐龙蛋的推搡下仍能看到范小宣正在擦黑板。范小宣擦完黑板回过头来。其实范小宣也很孤单的，冯布想。可我也孤单啊！我跟他们一起玩，他们却把我当成异样的人。他们可以随意欺负我。我在他们中间是个“贱民”。范小宣拍打着双手，粉笔灰从她的手指间腾起。她抬起了头。她看见了冯布。冯布扬起手，一拳打在恐龙蛋的鼻子上。这一拳太突然太没道理了，谁都没准备，包括冯布本人。紧接着跟上又是一拳，恐龙蛋便倒在了地上。冯布骑在恐龙蛋的身上，揪住他的头发，扯着他的脑袋一下一下地捶击水泥地面。有那么一会儿工夫，冯布担心恐龙蛋的头骨裂了，脑浆从里面迸出。这想象中的情景让他既恐怖又恶心。但他仍然用力捶着。恐龙蛋的头撞击水泥地的声音很沉闷，震得冯布牙根发痒。上课铃响了。冯布放下恐龙蛋的头，跳起来进了教室。

兔子的皮肤被烧焦了，散发出香喷喷的味道。恐龙蛋烤得很仔细，也很专注。兔子的左腹部已经被灼出一个黑黑的圆斑，像弹孔。然后他将焦点移向兔子的眼睛。至少，请将眼睛闭上吧，冯布在心里说。但那兔子没理睬他，红红的眼睛依然大睁着。焦点烫上去了，那眼睛闪耀出宝石的光泽，映在恐龙蛋的脸上。恐龙蛋咽了口唾沫。冯布心里明白，那次恐龙蛋没能翻身，是因为时间太短了。等他意识到压在身上的不过是他冯布时，上课铃已经响了。但恐龙蛋也确实是个没头脑的，欺软怕硬的家伙。瞧瞧他折磨兔子的那股劲头！兔子的眼睛还是一眨不眨，只是有水汽冒出来了。冯布似乎听到一声轻微的响声，那鲜红的眼球碎裂了。“哪里来的兔子？”冯布问。“捡的。”恐龙蛋说。“他们呢？”冯布又问。“都去防空洞了。”恐龙蛋答道。恐龙蛋的眼睛白多黑少，却总是滴溜溜乱转，好像很饿。他注意到了冯布腰间鼓出一大块。“你掖了啥？”他问。“信不信由你，这是一把枪。”冯布脑袋一热，说了出来。“我信。用的啥木料？”恐龙蛋揉了揉眼睛。他的眼睛盯着那个焦点太久了，有些发花。冯布一下子觉得很无聊。“你怎么没和他们一起去？”冯布问。“你没见我正忙着吗？对了，你也没去啊！”“我没找着他们。”“找着了也没用。”“为什么？”“他们都说你该跟范小宣她们待在一起。”恐龙蛋很蠢地笑了。

冯布心头火起。他真想将恐龙蛋揪下来暴揍一通。

“迟早我会灭了范小宣。”他说。是她将孤单传染给了我，他这样想。

“哦。就用你这把木头枪？”恐龙蛋伸手在冯布腰上拍了一下。冯布吓坏了，猛一划拉，将倒霉的恐龙蛋打落墙头。放大镜碎成好几片。恐龙蛋手中只剩下一个亮闪闪的镀铬护圈。范小宣的头发就用这样一个亮闪闪的金属圈箍着。当她停下来转过脸等待他时，那金属圈闪了他的眼睛。冯布不由自主地加快了脚步。他领会到她是在等他。那些小流氓趴在走廊的栏杆上看着他俩。他们一声不吭。一切都是寂静的，所有的东西都聋了。寂静说明周围没有任何活物。他得抓住机会。这样的机会可是千载难逢啊！他拖着那根竹竿蹚过齐膝的茅草。他的嗓子真干，好像被太阳直接晒着了，额头爆出一层层的汗来。四周还是十分安静，但他感觉到了背后的目光，有恐龙蛋的，有皮蛋的，有猪头王卫东的，有大裤衩刘小权的。那些目光就像透过恐龙蛋的放大镜投射过来一样灼烧着他的后背，但他只注意到范小宣的目光了。范小宣比他大约高出一个额头，所以看他时总有些俯视。“你是不是讲《朱德的扁担》？”范小宣问。扁担抬了起来，头里的铁叉像蛇芯子，朝窗户里吐了进去，咬住皮套的背带。背带搭上竹竿。冯布抖了抖手，背带拎着枪套和枪套里的枪，顺着竹竿无声无息地滑了下来。冯布闻到了皮套那酸酸的气味和金属那咸咸的气味。

“干吗？你有病啊！”恐龙蛋倒在地上，屈辱而又愤怒地喊道。兔子跑了。冯布没理他，踅进了另一条弄堂。弄堂很干净，也很安静。但是，这个夏天炎热的午后的安静有些异样，也就是说冯布很少遇到人。他站在弄堂的这一端，可以一直望到那一端。两边的院墙垂下碧绿的爬山虎、天罗瓜和丝瓜的藤蔓。没有一个人影，甚至看不见有蚂蚁从墙缝爬过。这很不正常。人都到哪儿去了？冯布寻思道。他的呼吸急促起来。他终于抓住了那把枪。他扔下竹竿。在这个空气中到处都流淌着明亮的光线的中午，所有轻微的声响都放大了。竹竿碰在地上发出惊雷般的声响。他吓得一下子趴在地上。疯长着的茅草在阳光下纹丝不动。他趴了一会儿，然后掰开枪套的皮翻盖。手枪皮实地插在里面。他闻到一股冰冷的气味。这个中午一切都是热烘烘的，包括这难耐的寂寞。这个世界好像被装在蒸屉里用文火炖着。唯有这股金属的气味是冷冰冰的。这时一个白色的影子从他脚边一掠而过。冯布看见是那只兔子。兔子像范小宣的某一只脚，沿着墙根迅速朝前跑去，一晃就不见了踪影。

冯布觉得累了。他的步子慢了下来。这时他发现自己又转回到了那条小街。他看见驼背裁缝正将长凳横转来，让一个瘦高的男人坐到他的旁边。高个子男人转身坐下了，同时也看到了冯布。瘦高男人重又站起来，朝他招了招手。冯布很泄气。他对这个城市的街道熟悉得就像它们是自己的亲兄弟，可眼下这个一母同胞头一次欺骗了他。他竟兜了个圈子又回来了。他无可奈何地走了过去，站到了大便的对面。“这是范小宣的同学。”大便对范小宣的父亲说。老裁缝露出一脸过分明显的惊讶来，“哦，他在这儿转悠了半天。”然后他们像所有的成年人那样将冯布撇在一边，管自热烈地攀谈起来。老裁缝对大便的家访非常欢迎，他亲切地请大便好好管教他的女儿，别让她跟那帮小流氓来往。驼背一边像刚下了蛋的母鸡那样咯咯咯地说着，一边用一根黄兮兮的皮尺在大便身上比画。大便说我不做衣服，我只是来做个家访。我们学校规定每学期必须到每个学生家里去一次。大便请本城最德高望重的老裁缝放心，范小宣是个优秀学生，她甚至比男生冯布还要优秀。冯布写作文写不过范小宣。谁是冯布？驼背问。喏，就是他。大便用手指指了指冯布。驼背看着冯布，眼里充满了一种怜悯和同情。“范小宣不在家吗？”大便问。“她说她的学习小组要补习地理，刚刚出去了。这丫头一整天都在背阿根廷首都的名字。”大便扭头问冯布：“你们不是一个小组的吗？你怎么不去？快去吧，别让大家等你。记住，以后组织活动告诉我一声。”

冯布继续朝前走。他几乎是逃离了范裁缝的铺子。逃跑的感觉是一样的。他熟悉海军雷达站周围的地形，就跟熟悉这个城市的街道一样。他拼命地跑，还猫着腰。他知道他没有被发现，背后也没有人追来，但他坚持要跑。太阳照在他的背上，就好像他背着一面巨大的凸透镜。你跑啥呀你这个胆小鬼！他骂道。瞧，都过去快两个小时了，不屁事没有吗？他这样嘀咕着穿出一条弄堂。地势开始向上倾斜。人们管这条弄堂叫百步阶。往上是城隍庙，再往上就是山坡了。他仰起头，看见了远处城隍庙古色古香的飞檐，飞檐后面还露出那架巨大的雷达的一角，仍然不慌不忙地转动着，时隐时现。雷达能探测到多远距离？它能探到南美的阿根廷吗？阿根廷的首都是……见鬼，我明明还记着的，怎么转眼就忘了？不，它就在我的舌尖，它甚至还在打滚呢！那是个很长的花里胡哨的专用名词，有七个字，像中国古诗七绝。尽管很难记，但我还是记住了的。嗯，过一会儿它就会跳出来。别慌。别怕。别急。范小宣你牛什么牛？我早晚要灭了你。我只念了两遍就记住了，还朗朗上口。你居然念了大半天？有毛病！阿根廷的首都是……操！

冯布一直认为百步阶是本城最有特色的一条弄堂。有石阶，有围墙，有篱笆，有深深陷进去的门洞。有一次他还十分丢脸地梦见了这条路。他梦见自己在这条路上和范小宣约会，所以每次走进这条弄堂他都会脸红。他红着脸往前走。这时候他发现前边那个门洞的台阶上，露出一只白色的鞋子，是那种时髦的回力鞋。它在午后的阳光下分外耀眼。我怎么忘了今天下午有学习小组的活动？有吗？冯布突然想起了这个。根本没有，今天是星期五，小组活动明明定在星期六下午的。他这样想着，走到了那个门洞前，看见范小宣靠在门墙上，在她对面的另一边门墙上，靠着一个男人。他们的表情非常冷淡，仿佛彼此再也不必客套了。他们说话很轻，好像在商量一件非常严重的事情。当冯布出现在门洞前时，范小宣的头突然垂了下来，齐耳短发立即像一堵墙遮住了她的脸。冯布继续朝前走着，他甚至没看范小宣一眼，使自己和这个女生之间产生了一种默契。但他迅速瞥了那男人一眼。男人的皮肤很白，光头，留一撮山羊胡子，大热的天却套了一件米色的西服。冯布估摸那人比范小宣大一倍也许一倍半。他的打扮显示出要么与艺术界要么与黑社会有着千丝万缕的关系。冯布尽量使自己显得有急事要办，脚步不动声色地加快了。即便如此，他依然能察觉到范小宣和那个男人也匆匆离去了。

冯布抑制不住想要开枪的欲望。他必须尽快找个隐秘的地方。他走过城隍庙，上了山坡。一阵困倦袭来。太安静了，山坡比那些纵横交错的弄堂还要安静。他在一棵乌桕树下停下脚步。树下的青草厚实茂密。他靠着树干坐了下来，很快就睡着了，但很快又醒过来了。他以为睡了很长一段时间。他想起来继续找个地方。这时有一阵微风刮过，青草沙沙地响了，然后又恢复宁静。他觉得很好笑，这不就是个神不知鬼不觉的地方吗？他坐着，伸长脖子向四周瞭望。他的视线紧贴着草叶的尖梢运出去。山坡上有许多鼓起的坟包、灌木和矮小的杂树。范小宣干吗不跟那个男的到这儿来约会？一般来说，灌木总是很好的藏身之处。

冯布终于可以取出那把枪了。原本光滑的枪套浸透了他的汗水，摸上去有些黏滞。他的手握住枪把，掌心握得满满的，十分充实，又格外笨重。冯布不知道该怎样摆弄这黑中透蓝的铁家伙，它就像一张紧闭的嘴，一声不吭。他小心翼翼地触摸枪身上所有凸起的部位。它们应该是扳机、枪管、标尺、准星缺口、保险以及弹夹掣等等，但到底谁是谁？如果要击发，第一步应该扳哪个部件？他壮起胆子，用拇指推推枪把上一个插销状的铁片。“哗啦”一声，弹夹从枪把底部溜了下来，砸在他的大腿上。他惊出一身汗来。

他捡起弹夹仔细研究着。冯布对语文以外的任何学科都很感兴趣。簧片顶着四颗黄色的子弹。也就是说，这把枪是有子弹的，应该能够打响。另外，枪套上的皮槽里还插着好几颗子弹呢。他将弹夹对准枪把底部的空洞，往里插入。“咔嗒”一声轻响，他知道，弹夹重新归位了。他的手指继续在枪身上游走。枪把顶端虎口上方，有个厚厚的扇形的铁钮。他用大拇指使劲扳它。铁钮和皮肤接触的地方有纹路，他猜那就是让人扳的。铁钮动了。他感觉得到这铁钮压制着一根弹簧，滑到了另一个缺口上，卡住了。接下去该怎么着？他松开拇指，铁钮停在了新的地方。他感到一阵恐惧。嗬，从现在开始，这把该死的手枪大概就进入临战状态了，随时都可以成为杀人的凶器。这张嘴翕动了，冯布窥见了唇内一排锋利的牙齿闪出冷酷的光泽。他有些茫然，冒险的欲望如潮水般退去。同时退去的还有那份自童年以来就伴随着他的新鲜感。哦，这就是手枪。不玲珑，线条也不美，结构复杂得就像一道了无生趣却又花样百出的语法题。我干吗要把这手枪偷来？他想。我用它去灭范小宣吗？得了吧，你根本不是人家的对手。她的世界远比你丰富；你在她眼里不过是个故事讲得糟糕极了的笨蛋。她能眉飞色舞地把故事讲得稀奇古怪扣人心弦仿佛有天大的事情要发生。这个丫头硬是老奸巨猾啊！她执意要先讲。她给那些规规矩矩地反背着双手坐在课桌后的低年级小流氓讲《十粒米的故事》。这故事别提多简单了。一个老社员，将落在田里的十颗米粒捡回来交给队里的粮仓。她居然将这样一个狗屁故事讲得有声有色而小流氓们也居然听得津津有味。她将横杆提到了一个冯布无法逾越的高度。冯布恨跳高。然后冯布开始讲《朱德的扁担》了。故事的主角是小孩子最崇拜的红军，可他觉得他简直就是在背书。也许讲朱德的手枪会好些。他的眼光捕捉到了坐在旁边的范小宣的脸。那脸绷得紧紧的，是大人的脸。他还注意到小流氓们开始做小动作了。他举起了枪，枪口指向远处的一个灌木丛。枪声在不经意间骤然响起。他浑身一震，这一枪是不是打在了我的胸口？他问自己。

一切似乎在枪响过后更静谧了，唯有燥热的空气还在不断震颤。冯布看到了空气在震颤中飘摇不断。在空气的后边，树木、房子、雷达、山坡都在扭曲地摇动。枪声将其中一块空气割开了一个口子，使它像驼背手中的布一样撕裂开来，裂口向遥远的山那边延伸。南美有一只蝴蝶摇动着它的翅膀，地理老师说，引起了空气的震荡。这震荡越过太平洋，传到了日本，引发了一场大地震。冯布想，他的枪声比蝴蝶的翅膀厉害多了。枪声摇撼着空气，冲击波传到了南美阿根廷的首都布宜诺斯艾利斯……是了，是布宜诺斯艾利斯。妈的，我想起来了，就是这个名字，狗日的一直在我的舌尖上打滚，终于滚出来了。冯布把枪插回枪套，奔跑起来。一切依然那么静谧，只有空气在不知疲倦地波动，将枪声送往远隔重洋的布宜诺斯艾利斯。

那根竹竿还扔在草丛中。冯布将枪套背带挂到铁叉上。枪重又回到了那个白瓷衣帽钩上。在这个世界上，只有冯布知道这把枪已经不是原来那把枪了。它少了一发子弹。皮指也不会知道，他会以为它本来就只有九发或者八发子弹。那另一发子弹已经射入了灌木丛。哼，如果范小宣和那个男人躲在灌木丛里的话，就已经让我灭了。冯布这样轻松地想着，往山坡下走去。这时他看到了那丛灌木，还看到圆圆的匝地的树冠下，露出一角白色，就像他在百步阶的门洞前见过的一样。他差点瘫倒在地。那颗子弹真的打中了她的胸膛。一种巨大的恐惧攫住了他的喉咙。我真的把范小宣灭了。

他没命地往山下跑，记不得摔了几跤。恐怖像一只鲜红的大手，推着他跑。眨眼间，他已经站在了驼背的裁缝铺前。裁缝听到了身后的响动，起身照例横过长凳。“来了。”裁缝说，这才发现是冯布。冯布的样子实在吓人，汗衫撕破了几个口子，头上身上到处都粘着泥土和草屑，满脸赤红，泪水和汗水滚滚而下。裁缝着实吓了一跳。

冯布大口大口地喘出气来。“范小宣，范小宣……”他说。这时通往里屋的门开了，范小宣走了出来，嘴里还念念有词，“布宜，布宜，布宜……”她看见了店铺外面明亮的阳光下湿漉漉地站着的冯布。冯布也看见了她。

冯布深深地吸了口气。一刹那间，他的内心平静如水。“布，宜，诺，斯，艾，利，斯！”他一字一顿地说。“布宜诺斯艾利斯马上就要地震了。”他又说，然后转身走了。

“爸，我的兔子哪儿去了？”范小宣突然惊声尖叫。

有一天，金山宝把女朋友叫到树林子里，想和她睡觉。金山宝才二十一岁，国家规定，他这个年纪是不能睡女人的……

追逐

M A W E I

Z I X U A N J I

S H I B U

S H A Y I R E N

有一天，金山宝把女朋友叫到树林子里，想和她睡觉。金山宝才二十一岁，国家规定，他这个年纪是不能睡女人的，但春天到了，身体不听国家的话。他女朋友比他小一岁，国家规定，也不能睡男人，可是她很喜欢金山宝，觉得金山宝这个人吧，要模样有模样，要文化有文化，自然他想怎么样就怎么样的啦！于是他们就在村外的桑树林子里把事情办了。几个月后，村妇女主任垂头丧气地到乡里报告，说瓦窑头村出了个无计划生育对象，乡里得想个法子把这件事摆摆平，否则的话，上上下下都不好交代。

书记很生气，把计划生育专管员杨西西叫到办公室，严加训斥。杨西西被训得灰头土脸，肾上腺素涌遍全身。他慌慌张张地从书记办公室出来，立即去找顶头上司，也就是分管计划生育的副乡长。找了一圈没找着，有人对他说，彭副乡长去联系村狗哭岭了。杨西西一点没耽搁，又蹿到联防队，跟那帮二流子借边三轮。杨西西经常跟二流子们一起喝酒，联防队长二话没说，隔着办公桌就把车钥匙扔给了他。杨西西心里一阵温暖，肾上腺素就收了回来。

长江 750 吼叫着冲出乡政府大门。漏斗乡是个平原乡，和县城近在咫尺。两年前，杨西西从杭州大学数学系毕业，国家把他分配到漏斗乡。书记和乡长合计半天，发现还是计划生育这一摊跟高等数学沾上点边，恰好前任计生专干老彭刚提副乡长，就叫他顶了缺。杨西西虽然觉得恶心，还是干上了——总比去那几家奄奄一息的国营企业好些吧！头一年，他在彭副乡长的指点下，明白了什么叫放环、结扎和间隔关；第二年，他又把全乡育龄妇女档案做得井井有条并牢记在心，上边领导来检查，问什么他都回答得头头是道，上边的领导和乡里的领导满脸欣慰，都说他是棵好苗子，工作认真努力，文化程度又高，早晚要推荐他进乡领导班子。漏斗乡的计划生育工作是省里的先进，全仗前几年彭副乡长的真抓实干——谣传村里的育龄妇女一听到彭副乡长的名字就没了性欲，打死也不敢怀孕。彭副乡长本人也因为工作出色而荣获全国先进工作者的称号。有这么扎实的基础，杨西西干着也格外顺手，两年下来，没出过哪怕一丁点叫领导为难的事情。

就跟干工作一样，杨西西开边三轮也是又快又稳。快过阳历年了，风刮在脸上有些生疼。乡道坑坑洼洼，却如墨线弹出来一般笔直，路的这一头直通县城东大门，另一头连着画图山阳坡，也是漏斗乡的尽头，串起狗哭岭、瓦窑头和中南甸三个村沿山脚一字排开。南方冬天的山，真的就跟图画一般，放眼望去，绿的墨绿，黄的金黄，还有白色的茅尖，红色的枫叶，全都铺洒着熟透了的张扬和闹腾。一列装满黑煤的火车从山脚下慢慢驶过，仿佛等着杨西西靠近。列车很长，杨西西一拧油门，边三轮就到了道口。最后一节车皮通过，他又看见那个穿铁路制服的马脸男人手捧大号玻璃茶杯，漠然坐在车尾平台上。杨西西挥挥手，马脸男人也挥挥手。杨西西小时候的理想是当个火车司机，没想到当上了国家干部，不过依然对各类交通工具保持着高涨的一往情深。

彭副乡长照例在村支书家里，手气正旺。村支书是个年纪比杨西西大不了多少的少壮派，房子也是刚扯起来的，四楼四底，还留着外墙没粉过，气派模样却已经显山露水。麻将桌支在敞亮的底楼客厅，村支书忙前忙后给他们递烟续水。杨西西直接把边三轮开进天井，年轻的村支书见了，赶紧迎出来，二话不说，先把一包硬壳中华塞进杨西西的兜里。杨西西连忙掏出来，说："不要不要，我又不抽烟。"村支书说："要的要的，放兜里！放兜里！"两人就在天井里推来推去。彭副乡长在里面打出一张牌，高声说："碰！杨西西，听师傅的，拿着！这个叫日头烟，扛长工的规矩。别看你是个工作同志，一天工钱还不值一包硬中华呢。咱们天天为人民服务，就是替人民扛长工，一天一包，不拿白不拿！"尽管当了两年乡干部，杨西西还是有些脸红，讪讪地收下了。

阳光从客厅的门窗照进去，青色的烟雾亮闪闪地满屋子升腾。四个人的麻将，边上倒有五六个喝牌汤的。杨西西正处在慢慢习惯这种场合的过程中：长时间不洗澡的男人的体味，老式家具的霉味，烟草味，还有屋角腌菜缸里的酸味；每人一只茶杯，每人给每人递烟；听最重要的那个人讲话。这些就像温和的行动迟缓的病毒，一天一微米地往他的血液中渗透。他现在已经不在乎递给他的那只茶杯沿口上是否覆盖着厚厚的色泽暧昧的茶垢了。彭副乡长拍拍屁股底下的长凳，对他说："西西，过来过来，坐在师傅旁边，好好学学，看师傅怎么把这帮不怕死的家伙口袋榨干！"

杨西西在彭副乡长身边坐下，小书记立马端来一杯茶。书记家的茶杯比别人家的干净多了，杯沿并没有茶垢。不过有也无妨。杨西西不知道该不该为自己的这种进步而沾沾自喜。

"作为数学系高才生的师傅，彭某人还要教我的爱徒两桩事情。吃，嵌三条！陆站长体谅我，这可是最后一张三条啊！"

"妈的，我说彭副，你胃口怎么这么好？"彭副乡长的上家愤愤地说，"老子今天不当站长，改当饲养员了！"

"彭乡长，你要教杨计生哪两件事？"坐在对家的村主任问。村主任是个复员军人，瘦脸上戴顶大得吓人的棉军帽。

“第一件事情，就是麻将。”

“报告师傅，麻将我已经学得差不多了。”

这时候对面的村主任打出一张西风，杨西西见彭副乡长面前正好有两张西风，就大声叫道：“碰！”

说罢伸出手去，将彭副乡长的一对西风推倒。他师傅回手一巴掌打在他后脑勺上：“兔崽子，手脚倒麻利，害老子得重新凑对麻将！”众人哄地笑了。

“那另一件事情呢？”杨西西问。

“这第二件事嘛，就是如何搞大一个育龄妇女的肚子。”

满屋子的人又笑了。有人说，杨计生的专长是把大肚育龄妇女的肚子搞小，这如何把肚子搞大，倒确实是门新学问。

“师傅，还真有个情况呢。”杨西西小声说。

“说！和！”彭副乡长又和了一把。牌桌上八只指关节粗大的手柔和地推搡，彼此不沾边，眨眼工夫，四堵围墙又整整齐齐地码成一个方框。

杨西西凑近彭副乡长的耳朵，轻声说：“瓦窑头村的皮丫已经八个月了。”

彭副乡长抓牌的手不易察觉地慢了下来。他没吱声，等抓好十三张牌，回头对小书记说：“你替我一会儿。”便起身来到屋外。

杨西西跟出屋。他们在天井站定。

“是不是金山宝干的？”彭副乡长长着张鹰脸，黄褐色的眼珠子盯人时透着毫不掩饰的凶光。

“是。”杨西西胆怯地说。

“豆腐皮怎么说？”皮丫的父亲是做豆腐的，漏斗乡的人都爱吃他做的豆腐。

“他差点没把皮丫的腿打断，现在，他非要金山宝娶了皮丫。如果金山宝不答应，他就叫金家天天吃豆腐饭。”

“娘的，便宜金山宝这个小痞子了！”

“师傅你说怎么办，老板在乡里发大火了！”

“兵来将挡，水来土掩，发什么火？有什么好发火的？我问你，皮丫现在在哪儿？”

“不知道，师傅。”

“你干什么吃的？”数学系高才生的师傅把鹰眼瞪得溜圆，凶光像太阳一样照亮天井。

“这个，事发突然，瓦窑头的妇女主任也没说清楚。”

“那你还愣着干什么？赶紧去瓦窑头，挖地三尺，也要给我把皮丫找出来！找不到，我就叫人把你小子的肚皮搞大！”

跟着乡道线和铁道线往前走，边三轮用五十迈的速度朝西开，十五分钟就到瓦窑头村了。杨西西喜欢边三轮。比起漏斗乡那些先富起来的暴发户经常炫耀的本田王，他更喜欢边三轮。边三轮有体积，从形式上更接近机动车。边三轮行驶在公路上，就跟四个轮子的汽车行驶在公路上一样，可以大模大样名正言顺地占着半幅车道。而本田王呢，再怎么牛哄哄，给个人行道也足够它走了，跟机动车毕竟有差距。骑上边三轮，让风掀动自己的头发，拐弯的时候再玩个侧轮腾空，杨西西就会把任何烦恼扔进排气管，突突突地撒在身后烟消云散。所以，当边三轮开进瓦窑头村时，他已经想不起彭副乡长目露凶光的具体样子了。

漏斗乡的乡干部每人都分派到一个联系村，无论谁下村公干，一般都会叫上联系村干部搭档。可是，瓦窑头村的联系村干部是乡党委书记本人，杨西西不能使唤大老板，只好独自一人进村。对杨西西来说，这样的情况很少见。

全漏斗乡的育龄妇女都喜欢杨计生，因为他长得唇红齿白英俊挺拔。当这样一个玉面郎君动员她们听党和国家的话放环结扎时，她们自然满口答应欣然前往。男计生干部本来就不多见，至少眼下全县就他一个。书记、乡长都认为男计生干部比女计生干部管用，彭副乡长能做到全国先进工作者就是最好的见证。

人见人爱的数学系高才生开着边三轮在狭窄的村路上闪辗腾挪穿

村而过，最后开进村后砖瓦厂。瓦窑头村书记也姓金，承包了村里最大的砖瓦厂，所以大家都管他叫金砖。听见边三轮的突突声，金砖披件军大衣从平房里踱出来，和杨西西打招呼。杨西西也没熄火，就坐在车上等金砖过来。

“杨计生来了，是皮丫的事吧？”金砖边说边让烟。

“就是，大老板都发火了。”杨西西说着摆摆手，金砖便抽出一根自己点上。瓦窑头的书记比狗哭岭的书记年纪大很多，抽的烟也比小书记次，是那种比较符合他的身份的红塔山。

“发什么火啊，不就是堕个胎嘛。”

杨西西心里别地一跳，天灵盖好像挨了一记闷棍。金砖很享受地抽了一大口，一股浓烟从两片厚嘴唇之间漏出来，悉数倒流进两个大张着的鼻孔里。杨西西仿佛听见金砖的肺有滋有味地咀嚼着乳白色的烟，嚼碎了，嚼成淡淡的青烟，再从嘴里吐出来。

“以前也有堕胎的吗？”杨西西咽下一大口唾液，问。

“有，当然有。以前彭副乡长管计生的时候，哪个村不打掉他几个？不过这两年倒没听说有。走，进屋去，先喝杯茶。”金砖拍拍杨西西的肩膀，掉头往平房里走。

“不喝了，金书记，咱们这就去豆腐皮那儿吧，先找到皮丫再说。”

“这会儿要找到皮丫，难！不过，豆腐皮总是要见见的。走吧！”

“豆腐皮总不会跑掉吧？”杨西西问。

“跑了和尚跑不了庙，他的豆腐店又不长脚。倒是豆腐皮这老家伙，是块难啃的骨头。杨干部，你看咱们俩分分工，一个唱红脸，一个唱白脸，好不好？”

“好的。”

“你看我呢，乡里乡亲的，不好唱红脸。这样吧，我唱白脸，你呢，代表乡政府，给他放几句狠话，就唱个红脸。你是代表国家的，要有威势。早晚有一天，彭副乡长的位置就是你的嘛。”金砖笑眯眯地说，把脸凑到杨西西鼻子底下。杨西西闻到一股烟火气。

“唔，我唱红脸是可以的，但话不能这么说。”男计生干部毫无把握地说。

金砖撩起军大衣的后襟，笨手笨脚地爬进边斗。座位很低，瓦窑头的书记差不多连人带屁股掉在人造革皮凳上。边三轮晃了晃，开出砖瓦厂大门。

豆腐皮的作坊在村东头，边三轮沿着环村乡道转两个弯就到了。作坊好像整个儿刚从水里捞出来，到处都湿淋淋的。胶皮管子时不时绊脚，豆腐板码放得一人多高。下午两点钟光景，作坊里很安静，只有流水声从角落传来。做豆腐的活，总要到后半夜才生动起来。

豆腐皮脚蹬高筒水靴，胸口挂着直拖到脚背的围裙，手里拽根汩汩冒水的黑胶皮管子，从一口七石缸后面钻出来，光秃秃的脑瓜泛着一层油光，刚好够着杨西西的胸口；看见乡计生干部和村支书严肃地站在跟前，脑门上的油光立马蔓延到了脸上。杨西西努力拉长自己的脸，自然而然就想到彭副乡长的眼光。那眼光，真是一种境界啊！他在心里由衷地叹道，深吸口气，猝不及防闻到一大股豆制品的清香。

“老皮，生意好啊！打算几时盖新房？”金砖递过去一根烟，和蔼地问。小作坊老板警惕地接过烟，夹到耳朵上，胶皮管一圈一圈往胳膊上绕，绕一圈走一步，走到水龙头前拧上开关，啪地将胶皮管扔地上，回头盯着杨西西。杨西西抖擞精神，回盯着他。豆腐皮的眼睛又细又长，眼光隐在厚厚的眼泡中，活像暗堡下的枪眼。

“生意好有屁用！就算铜钱银子水一样往里淌，也架不住闺女犯半个钟头的贱，哼！真他妈养囡养强盗，老话说得一点不错！”

“老辈的话有很多，女儿是爹妈的小棉袄，不也是一句老话吗！皮丫呢？”金砖用两只手拢着火凑上去。豆腐皮从耳朵上摘下烟，塞进嘴角点上了。

“跑了。”作坊老板干脆利落地答道。

“跑哪儿去了？”杨西西问，嗓门提得很高。金砖回头吃惊地看着他，好像看一辆开得太快的卡车。

豆腐皮翻开眼皮，瞟了乡干部一眼，突然咳出一口痰，噗地吐在自己脚边。杨西西突然觉得全身的血都涌到了脸上，火辣辣的。根本用不着金砖事前分工，杨某天生就是个唱红脸的，他在心里对自己说。

“我怎么知道？四条腿的牲口可以吊起来，两条腿的人谁看得住？”豆腐皮两条胳膊抱在胸口，头转向一边管自抽烟。

“皮老板我告诉你，计划生育是国策，你女儿违反了计划生育规定，如果不及时采取补救措施，后果是很严重的！”

这几句话是杨西西在边三轮上就想好的，说得还算顺溜，就是口干舌燥，嗓子眼发紧。豆腐皮又重重地吐了一口痰，接着又吐一口，却不说话。杨西西一厢情愿地想，也许这家伙患有副鼻窦炎、咽喉炎之类的毛病，还抽烟，痰自然多。

“杨干部，老皮这个人我清楚，”金砖的脸上笑出无数道皱纹，“瓦窑头两百多口烟灶六百多张嘴，谁的内格最清爽？就是老皮啊！老皮是我们村最会算计的人，道理他是懂的。不过老皮啊，”布满线条的脸又转向另一方，“杨计生说得没错，这计划生育，可是高压线，谁碰谁倒霉。共产党要是较起真来，谁吃得消？你说是不是？”

豆腐皮只是一口接一口地吐痰，一口接一口抽烟，眼皮耷拉着，谁也不理。他的脚边，原来冲洗得干干净净的水泥地面，眨眼间就像撒满了白亮的硬币。

杨西西清清嗓子，默默地将他在边三轮上临时打好的腹稿捋平，开始唱红脸：“皮老板，关于计划生育的政策，咱们漏斗乡，还有县里、省里乃至中央，都做了大量的宣传，早已深入人心，相信你也很熟，我也就不多费口舌了。这次你们家皮丫严重违反计划生育政策，乡政府不会坐视不管，你呢，就更有责任、有义务配合乡政府坚决采取必要的措施加以制止。你是有责任的你知道吗？皮丫虽然是成人，但她还没有结婚，户籍还在你们皮家，你还是皮家的户主，所以，责任还要你来负。你不要以为把人藏起来就万事大吉了。不是的，我告诉你，我们还可以采取经济措施。人躲起来了，你的房子，你的这个作坊总躲不掉吧？你……”

杨西西突然说不下去了，他不知道自己在说些什么，声带好明显不是自己的。这时候他看见豆腐皮仰起头，来来回回打量屋顶和墙壁，还有屋角的碾盘、水槽边的灶台、堆在墙角的黄豆包。他的思路轻易地就被这个矮胖子的眼光给打断了。他的记忆一片空白，腹稿断了，却意识到自己不能停。于是他说："你要知道，胳膊是拧不过大腿的。"

作坊里沉寂下来，金砖也有些不知所措。他们一起看着豆腐皮，等他将自己的作坊看了个够，脑袋重又回到原来的位置。

"你说得对，"豆腐店老板淡淡地说，"豆腐店是躲不掉的，它就在这里。我一辈子的血汗换来两个宝贝，一个是败家的女儿，另一个就是这爿豆腐店。现在你们要拿走，好的，你们就拿走吧，都拿走！"

然后他回身拧开水龙头，弯腰捡起黑胶皮管，拉拉扯扯地往里面走。水从管子口冒出来，把他一口一口吐在地上的硬币全都冲进排水沟。

第二天，杨西西来到瓦窑头村背后的桑园地，望见金山宝正在给桑树剪枝。金山宝是职高毕业的，学的就是蚕桑管理。他们家养的蚕会吐彩色的丝。金山宝后腰用宽皮带系着个木套，上面并排插着桑剪、桑锯、嫁接刀之类的工具，显得很专业；脚边还放着个蓝色塑料提桶，里边有半桶乳白色的石灰水。他跟着父亲管理这片桑园有些日子了，干活很利索。桑园有四十多亩，杨西西在桑枝间左躲右闪，走了好长时间才逼近金山宝。他在金山宝背后站定，悄悄地调匀呼吸，轻声说："金山宝。"

整枝剪咔嚓咔嚓的声音很响，金山宝没听见。杨西西提高嗓门又叫了一声："金山宝！"

这回叫得太响了，像断喝，金山宝吓了一跳，飞快地转过身来。

杨西西也同样吃了一惊，以为自己正在照镜子——妈的，这个金山宝长得跟自己太像了。除了相貌外，发型一样，都是五五开的中分头；裤子一样，都是流行的牛仔裤；身高一样，可以水平对视对方的眼睛。就是皮肤略微黑一些。杨西西有些沮丧，问自己，到底是谁把皮丫的肚子搞大了？是他，还是我？

“你是谁？”金山宝问，手里的整枝剪不自觉地提到胸前。

“我不是坏人。”杨西西笑了笑，“你干活挺专心。”

金山宝不好意思地垂下剪刀，跟着笑了。“你是谁啊？”他又问。

“我是乡里的。”

“那你还说不是坏人！”金山宝彻底放松了，又回过头去剪他的枝梢。

杨西西愣了愣，“小伙子，怎么这么说话？”

“嘿嘿嘿，我说的是实话啊。”金山宝快活地说，“你不会是副乡长，更不会是乡长。看你样子，倒像个文化员。”

“我不是文化员。我没文化。再说了，坏人怎么会有文化！”杨西西也跟着放松下来，饶有兴趣地看金山宝剪枝。

“呵呵呵，”金山宝剪刀舞成一团灰影，桑条纷纷坠落，“有人对我说过，坏人不可怕，就怕坏人有文化！”

“是谁说的？真有哲理！回头我得把它记到笔记本上。”

“我老丈人。”

“哦，怪不得。”

“你知道我老丈人？”

“不就是豆腐皮嘛！”

“咦，你怎么知道的？”金山宝将整枝剪插回后腰，拎过塑料提桶，开始往树干上刷石灰水。

“我是乡里的。乡里的人，什么都知道。”杨西西拿不定主意，是耐着性子跟他兜圈子好呢，还是单刀直入好。“这些是石灰水吗？”

“通常是这么叫的。里面有二十倍的新鲜石灰水，百分之二的食盐，还有波美三度的石硫合剂。刷了这个，一来可以防芽枯病和污叶病，二来呢，还可以消毒，看上去又漂亮。”

“金山宝，你真是个行家。过来歇会儿吧。”杨西西将黄书包垫在屁股下，背靠一棵桑树干坐下。

“好啊。”金山宝放下刷子，拍拍手走过来，坐在杨西西旁边。杨西西闻到一股新鲜生石灰的气味。“你到底是谁啊？”金山宝又问。

“你抽烟吗？”数学系毕业生问。

“我不抽烟。”蚕桑专业的毕业生摇摇头。

“从来没抽过？”

“没有。”

“我也没有。不过，我恰好有包烟，一起抽一根吧。”

“唔，好啊！”

杨西西从口袋里摸出小书记塞给他的那包烟，用指甲抠出拉丝，拆了封。

“中华烟啊，还是包好烟呢！乡里的人就是不一样。”

“是人家给的。喏，就是狗哭岭的书记，小书记，昨天去他家了。”杨西西费了好大劲才抽出一根烟，递给金山宝。

“我们村的书记金砖也是有钱人，才抽红塔山。看来狗哭岭的书记比瓦窑头的书记有钱啊！有钱真他妈好，可以抽好烟，喝好酒，还可以……总之，可以干许多自己想干的事。”金山宝将烟横过来放到鼻子底下，闻了闻。

“还可以买好车。我看见桑园外边停着一辆本田王，是你的吧？”

“是啊是啊，最新款的。”职高毕业生一脸得意。

“你们家也算有钱吧？著名的蚕桑大户。”杨西西嘴里叼着烟，不知道接下去该怎么办。呆了呆，才想起自己没有火。

“我不知道。我爹老是说钱不够花。可是他是每天晚上都要躲到灶头间，把门关得严严实实，如果有窗帘，我相信他也会拉上的。你知道他在那里干什么吗？他在那里算账，因为我听见算盘啪啦啪啦响个不停。你说，没有钱的人，干吗每天晚上算账！你有火吗？”

“没有。我说了，我不抽烟的。”

“那就麻烦了，我不抽烟，也没带火。”

他们彼此盯着挂在对方嘴唇上的香烟，一起呵呵呵地笑了。

“那只好干抽了。”杨西西说。

“是啊，只好干抽了。没关系，反正又没有烟瘾。”

“你为什么不抽烟？你老婆不让你抽？”杨西西问。

金山宝仰面躺下，头枕着自己的胳膊，很开心地笑了。“我老婆？我长得那么老相吗？告诉你吧，我还没老婆呢。”

“没有老婆，倒有老丈人！”

“你可真会较真！好吧，豆腐皮是我未来的老丈人。”

“那你打算什么时候结婚？”

“喂，乡里的，你好像在盘问我嘛！”

“问问有什么关系？你干吗那么紧张？”

“我丈人时常关照我，逢人只说三分话，不可全抛一片心！我老丈人是个老狐狸。我老婆说，听她爹的，准没错。”

“我同意，你丈人确实是个老狐狸！”

“你认识老狐狸？对了对了，你还没跟我说你到底是谁呢！兄弟，你到底是干什么的？”

“不是说了嘛，我是乡里的，乡干部，不是坏人。”

“坏人也没关系。我喜欢坏人。男人不坏，女人不爱。”

“这也是你老丈人教你的？”

“嘿嘿嘿，不是。这是我老婆说的。”

“怎么样才算好人，怎么样才算坏人？”

“谁知道。那得问他们。”

“谁们？”

“就是他们呗……管他呢。喂，兄弟，我突然很想抽这根烟，很想尝尝抽烟的滋味。”

“嗯，我也想。”

他们不说话了。桑园里静悄悄的，冬天近中午的太阳照得泥土发出轻微的嚓嚓声。杨西西浑身绵软，整个人轻飘飘的。他学金山宝那样仰面躺下，依稀看见大老板的训斥变成一只受到惊吓的野兔，飞快地隐入密不透风的桑园深处。真舒服啊，他深深吸了口气，又猛地吐出来。香烟横搁在人中上，夹在噘起的上唇和鼻翼之间，淡淡的烟草味钻进鼻孔。他听见金山宝也在深呼吸。阳光刺得他睁不开眼，便略微侧过去头，避开阳光。有两只麻雀飞来，轻盈的身体剧烈颤抖着，栖息在远处一棵桑树的梢头。天空的另一面，蓝色比任何时候都要深邃。他闭上眼睛，困倦遍布全身。

他被跌落在身上的桑枝惊醒。勤劳的金山宝又在干活了，正在修剪他头顶的桑树，那根烟仍然完好无损地叼在嘴里；见他醒来，冲他直乐。

“我怎么睡着了？我睡了多长时间？”杨西西腮帮发紧，含混不清地问。

“不长，也就够你做个美梦！”

“我可没有美梦好做。”

“帐篷都支起来了，还没做！”

杨西西一惊，忽地坐起来，裤裆里果然胀得厉害。金山宝放肆地笑了。

“胡说八道……不过，这一觉睡得确实香。金山宝，你是不是也睡着了？”杨西西脸有些热。

“我没有，我去弄打火机去了。”金山宝说着从腰间摸出一只黄色的打火机，朝他晃晃，“我姐夫在那边剪桑枝，他是个大烟鬼。”

“等会儿再抽吧，现在嘴巴里淡，淡出鸟来。”

“也好。喂，乡干部，我这儿可没有茶喝。”

杨西西的烟滚落在地上，他捡起来塞进嘴里，伸个懒腰。“我没想喝茶。金山宝，要不要我帮你干活？”

“好啊。不过，我可不会付你工钱。”

“我不要工钱，回头你请我喝酒得了。”

“行。你已经请我抽烟了，就算不帮我干活，我也会请你喝酒的。给！”金山宝说着从后腰抽出一把桑剪递给杨西西，“你去把那棵树上的桑枝都剪掉，剪得只剩下拳头，给明年的新枝生长腾地方。”

桑树干长到齐腰高就分出三五个杈，桑枝直接从树杈顶端长出来，也没个分枝过渡。杨西西从来没干过剪桑树的活，照猫画虎，也干得八九不离十。集中在树杈顶的桑条剪去后，树杈就握着个粗大的拳头伸向天空，一副揭竿而起的样子。杨西西很满意。

“我叫杨西西。”他突然对金山宝说。

“噢。不保密了？”

“你这个人看上去比较可靠嘛。”

“你在乡里干什么？”

“唔，这个，我是做妇女工作的。”

“别逗了，又不好笑。”

“爱信不信。”

“漏斗乡巴掌大一块地方，乡政府里也就那么几个人，一打听就全明白了。你就藏着掖着吧！”金山宝不屑地说。

杨西西点点头，“我可没想藏着掖着，”他说，“我是乡里的计划生育专管员。”

“呵呵，骗谁啊，哪有男人干这一行的！莫非你女扮男装？”

“是真的。男人干这行确实不多见，全县也就两个。兄弟我就是其中之一。”

“真的？”

“真的。”

“呵呵，有趣。”

金山宝仍然专心地往树干上刷石灰水，好像在画一幅工笔画，又好像他从来也没有把皮丫的肚子弄大过。好嘛，这小子，要么缺心眼儿，要么胸有城府，泰山崩于前而不变色。到底属于哪一种？杨西西觉得很费脑筋。

“喂，乡里的，你一个大男人，怎么管人家计划生育啊？”金山宝停下手里的活，回过头来嬉皮笑脸地看着杨西西问。

“就那样管呗！”杨西西别过头去，两只手合在一起，使劲剪下一条拇指粗的桑枝。

“那你是不是还得脱下她们的裤子检查？”

“金山宝，你真弱智！”

“是就是，不是就不是嘛，干吗骂人啊！”

杨西西回过头去，见他又在刷树干了，嘴里嘟嘟囔囔的，好像很委屈。

“脱裤子检查，那是医生的事。我不是医生，怎么能脱人家裤子！”

“倒也是。那你都干些什么？”

“什么干些什么？”

“我是说，你怎么计划生育啊！”

“是这样的，金山宝你听我慢慢说。”杨西西心想老子今天就豁出去了。“国家规定，在城市，一对夫妇只能生一个孩子。在农村，原则上也是只允许生一个孩子，但如果你生的是个女儿，就可以在间隔关后再生一个；如果头一个生的是儿子，就不许再生了。所有生过一胎的妇女都要放环，所有生过两胎的妇女都要结扎。你总见过路边墙上的标语口号吧？一孩放环，两孩结扎，就是这个意思……”

“哈哈哈……”金山宝突然笑得把头顶到了泥地上，“原来那是‘孩’字啊！我跟你说，我们家蚕室外墙上就写着这条大标语，也不知是谁写的，太潦草了，把个‘孩’字写成了‘孔’字，我总是把它念成‘一孔放环，两孔结扎’，怎么也搞不明白什么意思。现在终于明白了，哈哈哈……对不起，我打断你了……你接着说吧。”

“很高兴你终于明白了一个道理。我要干的，就是把国家的这些规定，落实到每个育龄妇女身上，落实到每个家庭。”

“说穿了，就是不让人家生孩子呗！”

“唔，不该生的就不许生。”

“你还说你不是坏人！”

“我怎么是坏人了？”

“人家想生孩子，你不让生，还不是坏人？”

杨西西呆了。

“差不多了，咱们来抽烟吧。”金山宝说着将刷子扔回塑料桶，站起来开心地大声嚷嚷。

杨西西还在那儿发愣，金山宝走过去一巴掌拍在他的肩上，他吓了一跳，剪刀掉在地上。“你说什么？”他问。

“我说咱们来抽烟吧。”

“好的，抽他娘的！”

这回轮到金山宝吓一跳，像看怪物似的看了看他，从腰间挖出打火机。他们的头凑在一起，各自点燃香烟，然后背靠同一棵桑树坐下，一个朝东，一个朝西。

“你以前一口也没抽过？”朝东的杨西西问。

“没有，一口也没有。”朝西的金山宝说。

“我也是。老听人说，第一次抽烟很容易呛着，我怎么一点儿也没觉得呛啊？”

“嗯，我也没觉着。看来咱们俩天生就是烟鬼。”金山宝说。

“我看也是。给，这包烟送给你，算是见面礼。”

“杨西西，你瞧，你我初次见面，你就帮我干活，又给我香烟，我怎么好意思呢？”

“别推了，收下就是了。我有事问你。”

“说吧，什么事。”

“你女朋友现在在哪儿？”

“在她自己家里啊，你找她干吗？对了，你是不是要把她抓走？”

“我们得找她谈谈。”

金山宝猛地站起来。“我怎么这么笨啊，早就该看出来你没安好心！你走吧，我不要你的香烟。”

中华烟画出一道红色的直线，重重落在杨西西怀里。金山宝将桑剪插回后腰，扔掉烟头，用一只前脚掌狠狠踩进松软的泥里，拎起塑料桶，扬长而去。

尽管乡里和村里都布下许多眼线、耳目，可仍然没有皮丫的一点踪迹。大老板一见到彭副乡长就翻脸，彭副乡长一见到杨西西就目露凶光。皮丫成了杨西西每天晚上的噩梦。他不敢在办公室待着，生怕大小老板们以为自己干活不努力，每天一大早，就开着边三轮一头扎进村里，像条猎狗，亢奋地东嗅嗅西嗅嗅，不放过任何一点疑似大肚婆的气味。联防队的人知道他这几天吃紧，也不跟他计较，由着他将边三轮变成自己的专车。

两个星期后，杨西西远远看见金山宝开着那辆红色的本田王出了村口。霜很重，狭窄的小路像积着一层薄雪，四下里一片苍茫。眼看本田王就要开上乡道了，他一拧油门，边三轮从小卖店后吼叫着蹿出来，刚好停在路口。金山宝赶紧急刹车，“吱”的一声大响，本田王的前轮差一寸就顶上杨西西的小腿了。

“杨西西，你干什么？这样搞会出人命的你知不知道？”金山宝脑门上渗出一层厚厚的冷汗，气急败坏地大叫大嚷。他穿得很单薄，也没戴手套，两只手外加一个鼻尖冻得通红，鼻孔下面隐隐约约还拖出点鼻涕。

“金山宝，你说过请我喝酒的，说话可要算数啊！”

“下次吧下次吧！我今天没时间。下星期，好不好，下星期三，我到乡政府找你，我是个说话算数的人，你去瓦窑头打听好了，我这个人，从不食言！”金山宝吸溜着鼻子说。

“我相信你，下星期就下星期。你这么急匆匆的干什么去啊？”杨西西一点儿也没有让路的意思。他穿着大衣，棒球帽、皮手套全副武装，心里又上火，没觉得冷。

“我没有急匆匆。做人嘛，每天总会有一些事情，虽然不急，办还是要办的。”金山宝缓过气来，脸上又露出笑容。只是肌肉被冷风刮硬了，笑得有些僵。

“是不是去照顾皮丫？”杨西西突然问。

“皮丫不用我照顾，她在家里好着呢。”

“金山宝，你还是叫皮丫回来吧，东躲西藏的，你也不嫌累？说吧，她在哪里？”

“杨西西，你要找皮丫，干吗不去问我老丈人？她还没跟我结婚，还不是我的人呢！我不知道她在哪里。你去问豆腐皮吧！”

“得了，金山宝……”杨西西不耐烦起来，越说越觉得自己挺没劲，“唔，金山宝，本田王不错嘛！”

“是啊，”金山宝拍拍胯下高高鼓起的油箱，发出嘭嘭的声响。“250 的，街跑！杨干部，你骑过吗？”

杨西西摇摇头。摩托车鲜红庞大的车身吸引着他的目光，让他有种饥肠辘辘的感觉。

“来，试试我的车，简直是头豹子，油门稍稍一带，就能蹿出老远！省劲！来啊，来试试！”金山宝跨下车，热情得像块香喷喷的山芋。

“行啊，”杨西西说着跳下边三轮，“我还从来没开过两轮的。”

他们分头骑上陌生的坐骑。金山宝的边三轮轰鸣着让开路，杨西西左手捏紧离合器，右手轻轻拧动油门，双缸引擎发出深深压抑着的咆哮，果然有如被激怒的豹子。杨西西松开离合器的一刹那，想到了目露凶光的彭副乡长。

本田王跟在边三轮后面，沿着乡道往前开。杨西西不敢开快，毕竟还不怎么熟悉新车的性能。金山宝在前边时不时地扭过头来看他，开心地咧嘴大笑。“快啊，快啊，追上来！”他大声怂恿道，杨西西用心体会引擎声，速度越来越快，渐渐追上边三轮。

“想不想飙车？”金山宝喊道，“我开边三轮，你骑本田王街跑，照样追不上我！”

“行啊，我让你一百米！”杨西西在风中使劲撇撇嘴。

“那好，你来吧！”金山宝吆喝一声，边三轮发疯似的跟着吼叫。杨西西松开油门，慢慢滑行，等边三轮在远处变成一个小黑点，这才加大油门。他发现自己一下子爱上了本田王，整个身子趴在车上，竟是如此地熨帖，胳膊、腰身、腿股犹如长在车身上，血肉相连！乡道与铁道遥遥相望齐头并进，一列货车远远地在前边爬行，显得很吃力，本田王追上它就跟玩似的。乡道在前面拐了个九十度大弯，金山宝和边三轮渐渐放大。杨西西摁响喇叭，警告对手自己追上来了。这时候他看见金山宝的车头向外稍微一打，再猛地往里扳回，边轮便悬空而起，一人一车画出漂亮的弧线，平滑地拐过弯去。原来他也会玩这一手啊，杨西西像一个孤单的游子突然在他乡遇到故人，心里竟涌过一股暖流。

杨西西最终没能追上金山宝。他们驶上与铁轨十字交叉的乡道时，火车也逼近了。边三轮赶到道口，横杆提前放下了。杨西西在后面看见，不由得在替金山宝苦笑。但金山宝并没有停下来，只是放慢速度，绕过撑着横杆的立柱，硬生生从辅路挤进路口，在火车到达前跨过铁轨。杨西西拍马赶到，正好列车一声长鸣，如移动的长城挡在他面前。等这堵墙移开，金山宝和他的边三轮早已无影无踪了。

于是杨西西就开着金山宝的本田王跑来跑去。他甚至拿着乡里开的介绍信，去临城区派出所调查了皮家和金家的全部社会关系，列出一张黑名单，凡是能找到的，挨个儿跟他们谈话。又泡在文书办公室里，给黑名单上在外地的人打电话，还给所在单位、街道和乡政府打电话，请求协查漏斗乡漏网的无计划生育分子皮丫的下落。晚上洗澡时，摸着自己一根根突出的肋骨，数学系高才生的脑海里跳出“形销骨立”“衣带渐宽”之类的酸溜溜的词。第二天早起，看到顶头上司们一个比一个黑的嘴脸，便咬咬牙又满世界奔波。可是，这个皮丫就好像人间蒸发了似的。

星期三上午，金山宝开着边三轮大模大样地来到乡政府。杨西西趴在二楼栏杆上向他招手。金山宝大概头一次进乡政府大院，好奇地东张西望；照旧穿得很单薄，冻成红萝卜的双手拢在嘴边，哈气取暖；脚上雪白的旅游鞋弹性十足，走路便蹦蹦跳跳的。杨西西的办公室兼宿舍在二楼东首第二间，他领着金山宝走到自己办公室门口时说：“这就是我的办公室，不过，彭副乡长想见见你，我陪你过去吧。”金山宝眨眨眼说：“我认识彭副乡长，漏斗乡的人都认识彭副乡长。他干吗见我？准是为了皮丫的事。真奇怪，皮丫肚子大了，你们不去找她，怎么老是跟我过不去啊？”杨西西说：“难道皮丫不是你女朋友？难道皮丫的肚子不是你弄大的？走吧！”

他们往里走过三个门，来到彭副乡长的办公室。彭副乡长的办公室窗明几净，木沙发旁的方凳上、办公桌上和屋角的文件柜上还摆着君子兰。杨西西在漏斗乡当了两年乡干部，从来没见过彭副乡长笑得这么灿烂。这位令漏斗乡全体育龄妇女闻风丧胆的男人像个老伙计那样用力拍打金山宝的肩膀，吩咐杨西西给小金泡茶，还抽出一根中华烟递过去，亲自点上火。金山宝有点晕头转向，傻笑着在办公桌对面的木沙发上坐下。

“小金啊，今年二十一岁了吧？”彭副乡长问，金山宝点点头。

“是虚岁！我知道你的情况。”彭副乡长伸手摆出手枪的造型，指着金山宝，狭长的眼睛弯成两个倒扣着的括号。杨西西看得心惊胆战，没想到彭副乡长还有这么媚的一手。

“小金啊，二十一岁这个年纪，说大也不大，说小嘛，也不小，是吧？”

小金又点点头。

“所以呢，交个女朋友也是正常的。什么叫青春期？青春期就是荷尔蒙分泌最多的时期！咱们都受过教育，像你，也是职高毕业的，懂得生理知识。所以呢，在青春期，做一些男欢女爱的事，也是正常的。我们都是唯物主义者，不是禁欲主义者，讲天理，但也不能灭人欲。对吧？要实事求是嘛！”

金山宝聚精会神地琢磨彭副乡长的话。“彭副乡长，你的意思是说，我可以跟皮丫睡觉？”

“哈哈哈……”彭副乡长眼睛眯得更细了，“小金啊小金，有意思。你跟皮丫谈朋友有多长时间了？”

“嗯，时间不长，大概有小半年了吧。不过，皮丫跟我说，我们一起念初二时，她就偷偷喜欢上我啦！呵呵呵！”

“小伙子，有魅力啊！那你呢？你对她怎么样？”

“我也喜欢她。彭副乡长，你认识皮丫吧？”

“认识认识，豆腐皮的千金嘛，见过的。”

“开始的时候，我不怎么在意她，可是处到后来，觉得皮丫是个好女孩。我越来越喜欢她了。我不会让她受委屈的。”

“那当然，谁也不会让她受委屈。谁敢让她受委屈？谁也不敢。不过呢，小伙子，你让她受委屈了！”灿烂的笑容刹那间从彭副乡长的脸上消失。

“我没有啊！”金山宝胆怯地说。

“还没有？那你说，皮丫在哪里？”

“她在家里啊。”金山宝不动声色地回答。杨西西觉得也许他是真的不知道皮丫失踪了。

“小金啊，别跟我兜圈子了。皮丫怀孕了，对不对？”

“是啊，是我的，嘿嘿嘿！”

“那你还说没让她受委屈？”

“怀孕怎么是受委屈呢？彭副乡长，你听我说。皮丫跟我说她怀孕了的时候，我们都很高兴。我们都开始给孩子取名字了。皮丫希望生个女孩，我呢，当然希望生个男孩。不管是男孩还是女孩，我们都盼着他早点来。我们打算过了年就结婚，还想把我们家的老房子翻建成三层楼房。皮丫她爹给了她一笔钱，我爹也给了我一笔钱，盖房子，办个像像样样的喜事足够了。到时候，彭副乡长，还有，杨西西，你们一定要来热闹热闹啊！至于说到委屈嘛，彭副乡长，我向老天发誓，皮丫一点儿也没觉得委屈，我向您保证，以后她更不会受一丁点儿委屈的……”

“金山宝！”彭副乡长提高嗓门，掐死金山宝的话头。杨西西心里别地一跳。

“金山宝你别跟我耍滑头。我刚才说了，我们共产党人不是禁欲主义者，但是，我们更不是纵欲主义者！恋爱可以谈，但计划生育国策坚决不允许违反！你知不知道皮丫违反了计划生育国策？你知不知道如果我们不采取断然措施，会造成什么样的后果？”

“什么后果？”金山宝懵懵懂懂地问。

“后果很严重，”杨西西插道，“比方说……”

“不必跟他说这些！”彭副乡长打断杨西西的话，“金山宝我劝你还是好好掂量掂量。”

“彭副乡长，你刚才说要采取断然措施，都有什么措施啊？”

彭副乡长端起紫砂茶壶，噘起双唇噘住壶嘴吮了一口，然后慢悠悠地抓过烟盒，抽出一根点上。两股淡淡的青烟从他的鼻孔里冲出来，再往上弥漫。他们看不清他的脸，但看到两道白色的眼光从那层青烟后射出来。他说：“必须把皮丫肚子里的孩子拿掉。”

虽然杨西西早就知道是这么回事，但还是浑身打了个冷战。

“这就是你刚才说的，让皮丫受委屈吧？”金山宝脸涨得通红，声音发颤。

彭副乡长点点头，“小子你听着，你去打听打听，漏斗乡的计划生育工作在全省都是数一数二的；你还可以去打听打听，我姓彭的是不是今天才管漏斗乡的计划生育；你再去打听打听，姓彭的搞计划生育有没有失过手！现在你听好了，趁早叫皮丫回来，乖乖地给我把肚子里的孩子拿掉。否则的话，我让你们倾家荡产！”

金山宝的呼吸急促起来，抬头看着彭副乡长。“这可不是我让她受委屈，是你们让她受委屈！”他说，“好吧，你们要是下得了手，就去把她抓来吧！把她像一条狗那样放倒在案板上，想割就割，想剐就剐，想怎么样就怎么样吧！有本事，你们好汉做事好汉当，别把让她受委屈这个罪名安到我头上来！”

金山宝说完就走了。杨西西追出去，把他拉进自己的办公室。金山宝没有推辞，事实上，他已经浑身酸软，杨西西拉他毫不费力，就像拉一个轻飘飘的气球。

杨西西的办公室也像彭副乡长的办公室一样整洁，只是没有花。金山宝坐在木条长椅上，他身后的墙上用图钉钉着一幅巨大的图表，上面详细地标注着漏斗乡各村育龄妇女的基本情况。金山宝两手插在裤兜里低头盯着自己的旅游鞋，一声不吭。杨西西坐在他旁边，掏出那盒中华烟。这盒烟他抽了十几天，最后还剩下两根。他递给他一根烟。给他点烟时，他看见大颗大颗的眼泪从这个大男孩的眼眶里冒出来，几乎把烟头给浇灭了。

金山宝双手捂住面孔，哭声从指缝间往外挤，越来越响。杨西西束手无策，长这么大，他从来没安慰过人。哭声传出门外，走廊上有人问怎么回事。他站起来把门关上。金山宝哭得更响了，一边哭一边说：“杨西西，我请你喝酒！杨西西，我是来请你喝酒的！我说过的话一定算数！”

“好的好的，金山宝，”杨西西说，“我陪你喝酒，我陪你喝酒。你有多少酒量？”

“杨西西，你别小看我，”这个伤心的人还是止不住哭声，两个肩胛一耸一耸的，“你肯定喝不过我！”

“那好，咱们就在这里喝！你等着，我去弄酒。”

他逃命似的跑出办公室，直奔楼下，一路狂奔来到食堂。快吃午饭了，厨房辣味熏人，中餐又有尖椒腊肉。杨西西从灶前转到灶后，满脑子都是金山宝的眼泪，忘了自己到厨房间是来干吗的。炒菜的老刀是个慈祥的胖子，关切地问他：“小杨啊，你要什么？是不是饿了？”他摇摇头又转到饭堂，却看见大老板领着一群县上来的客人往里走，彭副乡长笑容满面地陪同引路。他连忙掉头，又从厨房后门溜出去。食堂后门外就是乡道，沿路开着几家小卖部、修车铺、水果摊和小饭馆。他从小卖部里买了三瓶本地产的高度白酒“大水泡”，又咬咬牙买了包中华烟。当他拎着三瓶酒回到办公室时，才想起刚才去了趟食堂，却没买下酒菜。

“就这样喝吧，没胃口吃菜。”金山宝还在抽泣，呜咽着说。

杨西西找出两只茶杯，各倒了半杯。金山宝抓起来就喝，解渴似的一口见底。

“杨西西你说，你们真的要把皮丫抓起来，弄掉她肚子里的孩子吗？”

“恐怕是的。这是条高压线，碰不得。”

金山宝又往自己的杯里倒了半杯酒，还抓住酒瓶不放，“可她已经八个多月了，小孩在她肚子都会踢腿了！活生生的，怎么拿掉？”

“这些事，医生会做的。”

“放屁！”金山宝一仰头，又灌下去半杯。“可怜的皮丫，”他呼哧呼哧地喘着气说，“她对我那么好，我想怎么样就怎么样，无论什么事她都答应我。你知道我的本田王是谁给我买的吗？我爹是有钱，可他一个子儿也不给我，是皮丫从豆腐皮的小抽屉里偷来钱给我买的，整整一万块！再加上她平时积攒的私房钱！她说了，她喜欢看我骑在本田王上的样子，特别帅！本田王的屁股特别翘，她坐在后面，整个人就趴在我背上，就像我背着她。她喜欢我背着她。她还要我教她开摩托车，让我坐在她的身后搂着她。她特别喜欢我搂着她的感觉。她说她还要从她爹那儿偷钱给我买大哥大！为了我，她什么事都愿干。看看，这双旅游鞋也是她给我买的。还有……多了去了！还有一次，她背着大包小包跑到我们家蚕室里，包里装着小煤油炉子和油盐酱醋什么的，还有新鲜的牛百叶，说要烧菜给我吃。她知道我最喜欢吃牛百叶，特地跑到城里的新华书店，买来《烹饪技巧》，照上面说的学着做。那道菜名叫‘滑板蜂房’，味道糟糕透了。她在家里从小娇生惯养，哪里会做菜啊！可她说她从现在开始就要学会做菜，以后天天做给我吃……彭副乡长说，我们是青春期，男欢女爱也是正常的，可是，我们睡在一起，也就这一次！是我要跟她睡的，我看得出她想拒绝我，可她只是看了我一眼，就答应了。我真没想到，这样睡了一次就让她遭这么大的罪！她发现自己怀孕后，跑来跟我说她特别想给我生个孩子，还说最好是个女孩，我说我喜欢男孩，我们还因为这个闹别扭。说真的，只要是个孩子，谁在乎男孩还是女孩呢？只要是我们两个的孩子就行了，只要是皮丫给我生的孩子就行了！杨西西我跟你说心里话吧，开始的时候，我真的不怎么喜欢皮丫。她这个人吧，长得也不是特别漂亮，普普通通一个人，还有点胖，随便扔在人堆里就再也找不回来了。可是处久了，你就离不开她。怎么说呢，她就是一只会吐丝的蚕，吐啊吐，不停地为你吐，你想要多少她就给你多少，够你穿得暖和又漂亮。这个时候，你却要剖开她的肚子……杨西西，我们，我跟你，你有没有发现咱们俩长得很像？我跟你，咱们一起抽烟，一起飙车，现在又一起喝酒，我可是把你当成知心朋友了。兄弟我现在有难了，你要帮帮我，别让他们把她抓起来，别让他们动她的肚子！别让他们杀死我的孩子！你答应我好不好……看得出，你是个好人，你一定会帮我的……”

金山宝哭哭咧咧地说个不停，说几句灌一口，杨西西滴酒未进，他已经开了第二瓶。他想拦着他，心里一动，竟没伸手。职高毕业生的脸红得发紫，连脖子和指关节都好像煮熟了一般。他的眼皮往下耷拉，嘴角渗出的黏液长长地拖挂下来。有条细小的虫子钻进杨西西的心里，咬了一口，咬开很大一个缺口。他说：“好的，金山宝，我当然帮你。你告诉我，皮丫在哪里，我好帮你们。”

“远在天边，近在眼前。嘿嘿嘿，杨西西，她就躲在我们家蚕室里……”

金山宝说着整个人往下出溜，软软地瘫在地上。

蚕室在桑园深处，与襟带河隔着一条乡道。杨西西将边三轮停在河边活动坝的泵房旁边。肚子叽里咕噜一阵乱叫，他饿极了。他还没吃中饭。他把金山宝架进里屋的床上后，去食堂找彭副乡长。彭副乡长指示他立即去蚕室盯着，他随后就到。杨西西还想说些什么，彭副乡长却一个劲地催他快去。

他什么地方都想到过，就是漏掉了蚕室。冬天，蚕室闲置着，看上去有些破败，要到开春放蚕种的时候才会彻底清理出来。这会儿，一溜五间平房里，到处堆放着团簸、箩筐、麦秆扎成的草龙、消毒用的生石灰和木格栅。朝东的山墙上果然如金山宝所说，用草体描出“一孩放环，两孩结扎”八个红色大字。杨西西蹑手蹑脚，沿着屋后的排水沟往前走。头四个窗玻璃上积满灰尘，看不清里面的动静。最后一扇用两块木板交叉钉死了，让人确信这个房间废弃了，可窗玻璃却擦得很干净，还挂着窗帘。他从两幅碎花布中间的缝隙往里看，最先看见窗台下面的小煤油炉，然后是电饭煲、挂在铁钩上的竹篮。门紧闭着，光线暗淡，静悄悄的。他两手拢住光线，让眼睛适应室内的黑暗，终于看清有个人坐在对面门边的小方桌旁，大口大口往嘴里扒饭。这人体态臃肿，胃口很好，显然是个孕妇。四周一片寂静，他能听见皮丫香甜的咀嚼声。

杨西西长出一口气，忽然觉得自己这样就像在做贼。为什么要这样呢？是出于本能，还是需要？真是莫名其妙。他直起腰来，绕过屋角，来到屋前，一屁股坐在门前的水泥地上，后背重重往门上一靠，长出一口气。

屋里的咀嚼声停止了，隔着薄薄的门板，他反倒能听见皮丫咚咚咚的心跳。他想象着皮丫坐在饭桌前，是何等的惊恐。她一定双手捂着嘴，以免发出惊声尖叫；她的两只眼睛睁得大大的，浑身抖动不已。他不喜欢这样，一点儿也不喜欢。

他点上烟，大大地抽了一口，这才发觉香烟的好处。如果没有香烟，他真不知道现在该干些什么。也许，应该和皮丫聊会儿天。鬼话，他对自己说，跟她有什么好聊的？为什么要跟她聊？

“皮丫，你在里面吧？”他说。屋里没动静。他不担心她会跳窗逃跑啊，窗被钉死了。“我知道你在里面。你别怕，是金山宝让我来看看你的。”

“你是谁？”皮丫在屋里颤声问。杨西西舒了口气。他得拖住她，不能让她再次溜走。

“我是金山宝的朋友。”

“金山宝他人呢？”

“他有点事耽搁了，马上就到。”

“有什么事啊？”

“没什么大事，很快就到的。他是骑本田王的。他的本田王是你给他买的吧？”

皮丫没吱声，隔了半晌又问：“你是谁啊？”

“我叫杨西西。皮丫你有吃的吗？我还没吃中饭呢。我又饿又渴，你哪怕给碗水喝也是好的。”

过了会儿，门“吱呀”一声开了，胖乎乎的皮丫腆着肚子站在门口。杨西西站起来。皮丫跟他一照面，吃惊地用手捂住嘴，然后又哧哧地笑了。“妈呀，你跟我们家金山宝长得真像！”

“是啊，所以你放心好了，我不是坏人。让我进去吧。”

“他怎么从来也没跟我说起过有你这么个朋友？”皮丫往旁边挪了挪，让杨西西进屋。

“他肯定说起过的，你大概忘记了。”

“不可能，你的名字这么古怪，不会忘记的。”

“从来没人说我的名字古怪。”杨西西在小方桌旁拣条小竹椅坐下，抽抽鼻子闻桌上的菜香。只有三个菜，装在寻常的蓝边瓷碗里，一个是光炒青菜，一个是肉骨头炖海带，还有一个是鲫鱼汤。皮丫吃了一半的饭碗放在旁边。“小菜真不错。海带啊，鲫鱼啊，都是金山宝从城里买来的吧？”

“是，不知道他从哪里弄来辆边三轮，每天大清早就去城里买新鲜菜。”皮丫说着磨磨蹭蹭地在自己的位置上坐下。

“怪不得。”杨西西说，“你做了几个人的饭？”

“哎呀，对了，你刚才说还没吃饭对吧？我给你盛饭去。金山宝说过中午不过来吃饭的，所以我只做了一个人的饭。不过，我一个人也吃不了那么多，饭有的是，我给你盛。”她说着又要站起来。杨西西赶紧拦住她。

“我自己动手，你坐着你坐着。”

我怎么这么虚伪啊？他对自己说，其实我巴不得她一蹦三丈高，把肚子里的孩子活活蹦下来呢！“我真是猪狗不如！”他嘀嘀咕咕地轻声骂自己，动手盛了碗饭。

“你说什么？”皮丫问。

“没说什么，我说你的米饭做得真香。”

“也就那样呗，是你饿了吧！不好意思啊，菜不多。那边还有一碗冬笋蒸咸肉，隔餐的，你要是不嫌弃，味道也不错。”

“在哪儿？我喜欢咸肉。”

“喏，就在那里。”皮丫回手用筷子指了指窗台。

他们坐在小方桌前吃中饭。皮丫每扒一口米饭都忍不住看杨西西一眼，然后笑一笑。杨西西说："皮丫你别笑了。"皮丫说："我一看到你这么像金山宝，就想笑。"

"有什么好笑的？照我说啊，你连哭都来不及呢！"

"为什么？我为什么要哭？"皮丫以为杨西西逗她开心，笑眯眯地又多看他几眼。

"孩子八个月了吧？"

"九个月了，快到预产期了。"她放下碗，心满意足地摸摸自己的肚子。

"去医院检查过吗？孩子好吧？"

"去过，前几天刚去过，是金山宝开边三轮带我去的。医生说，孩子很健康。"

"哦，那太好了。"杨西西说，不知是因为吃得太急还是饭太干，竟噎住了。皮丫顺手端起鲫鱼汤递给他。

"慢慢吃，你太饿了。"

杨西西咕嘟喝下一口汤，好不容易缓过气来。"你们的孩子，你们，"他不知道该说什么，有些结巴，"你们打算怎么办？"

"什么怎么办？"皮丫一脸的不明白。

"我是说，我是说，呃，你们打算给孩子取什么名字？"

"噢，你问这个啊。是这样的，金山宝和我查了好多次字典，还是拿不定主意。杨西西，你的名字取得好，你帮帮忙，替我们取个名字吧。你一看就是个文化人。"

"不行不行，"杨西西摇摇手，他可不想为一个无法降生的孩子命名，"取名字是父亲的专利，我怎么可以越俎代庖！"

皮丫夹了一大筷子海带摁在杨西西的饭碗里，"别推辞了，你就给想一个吧。我们也只是想多听几个名字，不一定就用了。仅供参考总行了吧？"

"好吧。"杨西西闭上眼睛想了想，"金满斗好不好？"

"你又开玩笑！"皮丫不满地说，"我是认真的。"

"不开玩笑，我也是认真的。金满斗，多好的彩头啊，又响亮！"

皮丫歪着脑袋念叨着，“倒是挺响亮的，先留着吧。这是个男孩的名字，再给取个女孩名。”

“哈哈哈，取个单名，多，好不好？”

“金多？不行，太俗了。”

“那就拆开，叫金夕夕。”

“这个好听，金夕夕，跟你一样了。”皮丫脸上笑出朵花来，“杨西西，你有女朋友吗？”

“吹了。”

“没关系，再找一个。”

“嗯，皮丫你做的菜很好吃啊，金山宝为什么说很糟糕？”

“呵呵呵，他说我做的菜很糟糕吗？这个坏家伙，背后说我坏话！”

“嗯，他确实是个坏家伙。”杨西西一碗饭下去，感觉好多了。

“杨西西，你女朋友为什么跟你吹？”

“唔，”杨西西放下碗筷，抹抹嘴，又想抽烟，“我们毕业后，她留校了，我呢，到了漏斗乡。离得远，自然就吹了。”

“哦，你是大学生啊，是乡干部？”

“是啊。”

皮丫又吃惊地捂住嘴。“你是乡干部？”她问。

“是啊，我是乡里搞计划生育的。”

皮丫双眼睁得溜圆，瞪着他，说不出话来。杨西西扭过头去，使劲抽烟。

“你，你把金山宝怎么样了？”

“你放心，金山宝没事。他喝醉了，在我房间里睡着呢。”

皮丫双手搁在腿上，正襟危坐。“肯定是你把他灌醉的。你把他灌醉了，从他嘴里套话，对不对？”

杨西西没吭声。

“你从他嘴里套出话来，再跑到我这里。你还好意思吃我的饭吃我的菜。你根本不是金山宝的朋友。你是个骗子。你是个坏人！”杨西西站起来走到门外。这时候，他看见他的师傅彭副乡长正站在对面的一棵桑树下朝他挥手。他环顾四周，屋角、路边、树下，一个一个人影像蘑菇一样悄没声地冒将出来，有联防队员、水利员、文化员、林科员、司法特派员、文书……自彭副乡长以下都出动了，将蚕室围得水泄不通。

皮丫的冷静出乎所有人的意料，一点儿也没有反抗，也没多说话，稍稍整理了几件换洗衣服就跟他们出来了。但为了保险起见，彭副乡长还是加派了人手：漏斗乡女文化员搂着皮丫坐在边斗里，备胎上坐了两个人，主车的后座上又坐了两个人，加上驾驶员杨西西，一共七个人。杨西西说可别压爆了车胎，彭副乡长说你放心，尽管拧足油门，这部长江750有一次坐了九个人，为漏斗乡的计划生育工作立下过汗马功劳，靠得住！

师傅说得没错，七个人一辆边三轮，四挡的油门依然不见松懈。开进临城区卫生院那条马路时，他们被交警拦下。大胡子交警喝道，干什么？演杂技哪？七个人一声不吭，也不下车。交警摘下墨镜，看看牌照，说，妈的，是漏斗乡的边三轮，有些年头没出动了。怎么，又抓大肚皮了？杨西西朝边斗伸伸大拇指，交警看见脸若冰霜的皮丫，还看见她的大肚子，无可奈何地挥挥手，说，去吧去吧！

院方早就接到通知，协助漏斗乡采取计划生育措施，准备工作早已就绪。到了医院，杨西西他们的任务就算完成大半，接下去就看医生的了。手术室在二楼，六个人簇拥着大肚婆来到手术室门口，护士领着皮丫进手术室。杨西西看着皮丫笨拙的背影毫无怨言地消失在手术室门后，突然怀疑进去的是不是刚刚给他夹过一大筷海带的快乐的皮丫。一阵焦虑瞬间遍布全身。这种焦虑让他浑身肌肉高度紧张。他拼命忍着，仿佛松口气就会大小便失禁。他双腿发软，伸手扶墙，在长凳上坐下。疲惫。疲惫。疲惫。他想呕吐。

他闭上眼睛等着，等着从手术室里传来撕心裂肺的喊声。但里面静悄悄的。那些科员都回家去了，傍晚的卫生院冷冷清清。他的头仰靠在墙上，闭上眼睛。于是什么也看不见了。人开始往下掉，一个劲地往下掉，不可遏制地往下掉，仿佛身处失控的电梯内。他不喜欢这种感觉，但又舍不得这种感觉。这种感觉让他的身体很轻，近似于失重，但也让他无依无靠，无处着落。他惊出一身冷汗，蓦地睁开眼睛，发现金山宝正坐在自己身旁，大睁着双眼，恶狠狠地盯着自己。

“你真卑鄙。你真无耻。”金山宝说。杨西西闻到一股酒味，不由得扭过头去。金山宝没有接着往下骂，“我总可以进去看看她吧？”他问。

“应该没问题的。”杨西西有气无力地说。

金山宝站起来推门进去。大约一支烟工夫又出来了。

“怎么样？”杨西西问。

“没怎么样，他们就让她躺在一间屋子里。她说，他们给她打了一针，不知道是什么针。”

“你酒醒了？”杨西西又问。这回轮到金山宝扭过头去。杨西西掏出烟，抽出一根递过去，金山宝一巴掌将香烟打飞。杨西西愣了愣，又抽出一根，自己点上，随手把烟盒放在两人中间。金山宝显得很烦，支棱着耳朵，好像在倾听什么。听了一会儿，回手抓过那盒烟，抽出一根叼在嘴上，又朝杨西西伸出手去。杨西西心领神会，将打火机放在他的手心。

这时候，他们听到一阵摩托车引擎的轰鸣声，金山宝不易察觉地咧嘴笑了。杨西西觉得有点不对头，站起身来。手术室的门猛地打开，有个护士慌慌张张地探出头来，用走了调的声音喊道：“不好了，大肚婆跑了！”

杨西西冲进手术室。原来门里面又分成若干个小间，护士领着他来到其中一间。窗户大开，窗外的水泥路灯杆触手可及。杨西西趴在窗台上往下看。街道上围了一群人，正仰头往上看。街道的尽头，本田王的轰鸣声渐行渐远。

“这个大肚婆，真不要命了！挺着个大肚子还敢爬电线杆子！”护士在他身后大声嚷嚷。

杨西西跑出手术室，跑过坐在长凳上得意微笑的金山宝，跑到楼下。边三轮吼叫着冲出卫生院。他在街口大胡子交警跟前踩住刹车，问交警那个开本田王的大肚婆朝哪儿去了。交警骂骂咧咧地说："你们怎么回事？连个大肚婆都看不住！大肚婆玩起命来也挺吓人的。喏，朝你们漏斗乡方向去了。哥们儿，你可别闹出两条人命来！"杨西西不跟他多说，一拧油门，朝城外追去。

边三轮的速度尽管比不上本田王，但皮丫毕竟不是老手，更何况还挺着个大肚子，因此追到漏斗乡乡道不久，杨西西就隐隐听见本田王熟悉的引擎声。他加大油门，速度拉到接近一百码。风像无数个巴掌抽打着他的面颊。忘了戴手套，拧油门的手冻得发麻，有点不受控制。快点，再快点！好像有只巨大的手在背后推着他前进。皮丫遥遥在望。他已经能看见她的大肚子顶着油箱，腰因为无法弯曲而僵硬地挺着。他们的距离越来越近，他搞不清楚自己是要抓住她让她堕胎，还是要保护她。他只觉得他有责任追上她。本田王逼近铁路道口，当天最后一趟列车正从远处驶来，横杆响着铃声缓缓落下。杨西西说，好了，皮丫，你跑不了了，投降吧，乖乖跟我回卫生院吧！

但是火车并没有挡住皮丫，前几天杨西西和金山宝飙车的那一幕重又上演了。他远远看着皮丫在火车到来前拐过立柱，跃上路基，在火车抵达前穿过道口，不由得放声大笑。这是列客车，拖着没完没了的车厢。车窗的人从他眼前飞速掠过，每个人的眼神都捉摸不定。

一声铃响，横杆重又升起。道口的对面，本田王翻倒在路旁，皮丫坐在路中央，号啕大哭！

皮丫冲杨西西喊道："救命啊！救命啊！我肚子痛死了！我肚子痛死了！杨西西你快送我回医院吧！我再也不逃了！怎么会这么痛啊！杨西西，快痛死我了！求你了，你送我去医院吧……"

"皮丫你先别哭，快站起来伸伸胳膊伸伸腿，看有没有受伤！"

"我没有受伤，我就蹭破点皮。我别的地方不痛，就是肚子痛！你快送我去医院吧！"

她的额角破了，血直流到嘴边，手背上的皮肉也绽开了，血肉模糊。杨西西使出吃奶的力气，好不容易将她弄进边斗。

“皮丫我告诉你，如果去医院，孩子就没了！”

皮丫泪眼汪汪地看着他。阵痛过去了，她的哭声也停了下来。

“你什么意思？”她有气无力地说，“你的意思是，你可以不送我去医院？”

“是的，你想去哪儿？我这就送你去，去一个安全的地方，让孩子生下来。”

“那好啊，我们去画图山背后的五里铺。”

“你小姨家？”

“你怎么知道是我小姨家？”

“你们家的情况我一清二楚。你小姨在那儿办了个奶牛场，你小姨夫兼着那儿的兽医。好吧，我这就送你去五里铺。但是你要答应我一个条件。”杨西西说着挂上挡，边三轮从本田王旁疾驶而过。

“什么条件……哎哟妈呀，又开始痛了。杨西西你快说，什么条件！”

“你要答应我，如果生的是男孩，就取名金满斗，如果是女孩，就取名叫金夕夕。好不好？”

“好的，”皮丫破涕为笑，“我答应你！”

这件事过去一个月后，分管漏斗乡计划生育工作的彭副乡长被撤了职，而杨西西作为漏斗乡唯一的本科大学生，在乡人代会召开前夕被县委提名为副乡长候选人。但是，就在提名文件宣布的当天，杨西西失踪了。他经常骑的边三轮遗弃在铁路道口。有人对调查这件事的乡干部说，看见杨西西扒上一辆西行的运煤车，不知道去了哪儿。

公元 1997 年秋天，皮丫领着她七岁的儿子去小学校上学。她每天都能看见那列拉煤的火车咣当咣当地开过去。车尾的平台上总是坐着个穿铁路制服的马脸男人，手捧大号茶缸，神情冷漠。可是不知道从哪天起，她发现那儿换了个人。这个人穿着同样的铁路制服，捧着同样的大号茶缸，同样的神情冷漠。她好像在哪儿见过他，长得很像孩子他爹。是谁呢？她想了半天才想起来，这个人正是杨西西。就是这个杨西西，给她的儿子取了个响亮的名字：金满斗。

已经有好些日子没人给我打电话了，这是个让人惴惴不安的现象。开始的时候我还不怎么在意，甚至有些自得其乐……

回家

M A W E I

Z I X U A N J I

S H I B U

S H A Y I R E N

已经有好些日子没人给我打电话了，这是个让人惴惴不安的现象。开始的时候我还不怎么在意，甚至有些自得其乐；但越到后来，就越觉得生活中某个方面出了问题。就在这时，电话铃响了，所以这个电话给我留下深刻的印象。但我并没有亲自接听这个电话，因为恰好那时我的房间里有个女人。骤然响起的铃声让她非常生气——她当然不知道我已经有好几个月没有接听电话了，重新响起的电话铃声让我有一种恍若隔世的感觉。她抄起电话，对着话筒大叫大嚷。有人告诉我说，她的声音听上去就好像在这个世界上走动的都是白痴，而她对此无可奈何。

"我敢肯定你打错了。说说你找谁？"

我清晰地听到电话里有个男人怯生生地报出我的名字。

"瞧，你果然打错了。你找的人不住这里。"

她这样说并不是有意使坏。尽管我们相识的时间不长，但据我观察，她是个非常善良的女人。她那样说是因为我告诉她我叫乔叶。乔叶是我的一个朋友的名字，我已经有差不多三年没见过他了。杭州对我来说是个陌生的城市，我在陌生的地方总爱使用我的那些朋友的名字，譬如在绍兴用的是姜鸿奇，在上海用的是李东文，在南京用的又是徐良。我冒用他们的名字并不是为了干什么坏事，恰恰相反，我在干坏事时只使用自己的名字。我用他们的名字到处晃悠到处招摇是因为当我听到别人冲我喊我的朋友的名字时，总能减少我的思乡之情。

从这天开始，我的电话复活了。复活的过程相当缓慢，第二个电话过了大约一个礼拜才打来，而那时，我差不多已经适应没有电话铃声的生活了。所以当我接到一个警察打来的这通电话时，我其实是几个月来头一次接听电话。我一时哑口无言。警察居然知道我的真实姓名。正像他们说的那样，警察是一种无所不知的生物。

"乔叶是你的什么人？"那个警察在电话里问。

虽然我将话筒夹在下巴和脖子之间，但仍能感到话筒里的警察一副居高临下的样子。他的声音显示他正牢牢控制着局势。然后他向我宣布："你的朋友乔叶死了。"

我的第一感觉是我自己死了，毕竟那时我正在使用乔叶的名字。

我听说入秋以来，整个城市都在谈论我的朋友乔叶。无论走到哪儿，你都能看到人们像沿街草那样一簇一簇地聚在一起，眉飞色舞地宣布着他们刚刚得到的关于失踪者乔叶的最新情况。那是因为乔叶居住的这个城市实在太小了，每个人都是另一个人的邻居。我抵达这个城市时，乔叶看上去十分精神，只是闭着眼睛。他们想得很周到，在屋角安了一盏射灯。那种令人发晕的光线透过空气和玻璃，照在乔叶的脸上，使他精神焕发。脖子上缝过的痕迹完全被掩饰了。四周很静，我坐在他的旁边，所以能看到他们为他画了眉，还替他搽了口红。这让他看上去像是要上台表演。我知道他不愿这样，但又会有谁在乎你的意愿呢？他们总是这样自作主张的。我想乔叶也毫无办法，只能那样躺在水晶玻璃罩里边，等着第二天一早让人推着离开我们这个世界。他显得很安详，差不多让我羡慕了。我在打听去新建的殡仪馆的路时，许多人都饶有兴趣地向我讲述了他们道听途说的关于乔叶注定客死异乡的征兆，仿佛那才是乔叶之死的价值所在；也就是说，他的死，只是为了证明那些征兆是灵验的。但是，事实上几乎没有一个人察觉到乔叶将要离家出走，他老婆一边抹着眼泪一边对我说，那天是乔叶的生日，乔叶对生日没有任何特殊的要求，只想吃两个煮鸡蛋。“我拉开冰箱，发现里面没鸡蛋了。”他老婆在说这话时，忽然笑了笑。她一定觉得冰箱里没有鸡蛋是件挺有意思的事。“于是我就上菜市场买鸡蛋。”等她拎着一塑料袋鸡蛋回到家里，发现乔叶已经不在了。她以为他有事出去了，也没放在心上。乔叶经常犯这样的毛病，招呼也不打一个冷不丁就没影了。可这一次，直到吃晚饭的时候，他还没回来。煮鸡蛋凉了，他还没回来。于是她开始四处打电话找人。但是，那个星期天的下午根本没人接待过一向温文尔雅的乔叶，直到深夜。“但我还是不怎么在意，”他老婆说，“你想啊，一个大老爷们儿，总会有些突然想起或突然发生的事要处理的吧！”午夜过后，他老婆开始怒火中烧。她将留给乔叶的两个鸡蛋吃了。“其中一个还是双黄蛋！”我想我能理解乔叶在过生日的时候只想吃两个鸡蛋的心情，因为他老婆压根儿做不出一碟好菜。当然，谁都不会否认乔叶的老婆是个勤快的主妇，关键是乔叶比她还勤快。我们都知道有一段时间乔叶疯狂地迷上了做裤子，于是买来一块一块的廉价布料，一下子给老婆做了半打裤子。老婆穿上后发觉每条裤子的裤筒都长短不一，便抱怨说你就不会把它们搞齐吗？他便小心翼翼地改，却怎么也改不齐，要么放长了，要么收短了。“你眼光有毛病。”她给他下了结论。后来他又给她织毛裤，照例每条毛裤都是深一脚浅一脚，气得老婆直嚷嚷：“你当我是瘸子啊！”

好脾气的乔叶就将那些裤子统统改成男式，然后就穿着这样的裤子在街上闲逛，毫不在意。

“简直没有办法。”乔叶单位的领导等乔叶的老婆转身去招呼前来祭奠的客人时，插话说。这位领导是个秃子。我从未见过脑袋那么光的秃子。他颅顶的那层红彤彤的油皮很容易让人以为他刚从色拉油罐里浮上来。一提起乔叶，秃子便一个劲地摇他的光头。“他年轻的时候就有这毛病。”“什么毛病？”我问。“他的毛病就是，”光头领导为了加重语气，故意停顿了一下，“老爱不辞而别。”

大约十年前，这位领导带着才华横溢的乔叶到二十公里以外一个叫华堂的地方视察。“一开始还好好的，”领导完全陷入了对往事的回忆，一缕甜蜜的微笑浮上他的嘴角，好像才华横溢风流倜傥的不是乔叶而是领导本人。“乔叶工作很出色，不停地记着笔记。但到中午吃饭时，我们怎么也找不到他了。”光头领导说着摊开双手，显出这完全不能怪他的神情来。等他们回到单位，却发现乔叶神不守舍地坐在他的办公桌前。“我怎么也弄不明白他是怎么回来的。”领导的双眼睁得滚圆。他如此惊诧是因为十年前进出华堂极不方便，必须有车。“我问他是怎么出的华堂，他竟然拒绝回答。”看得出，尽管过去十年了，一提起这事领导还是怒气冲冲。我知道那时乔叶是走回单位的。“我只是突然腻歪他们了。”他对我说。十年前的乔叶嗓音圆润悦耳，“再跟他们一块儿吃中饭，我肯定会发疯的。”这个疯子抬腿就走了。走在回去的路上，“我的心情舒畅极了！”他眉飞色舞地说。四周分外安静，没有一丝喧嚣。“你知道那条路连班车都不通。”他看到白翅膀的鹰在谷地上空盘旋，山脊上采茶的妇女在劳作，所有的树木都在沉思，风掀动着水田里明晃晃的太阳的倒影。这一切都让他感到亲切和新鲜，却统统离他很远，他为此而陶醉，走起来便不知疲倦。天黑下来了，他还在走。后来实在太困了，便在一棵大树下躺倒。他闭上眼睛，“四肢有惬意而又甜蜜的酸痛在涌动，我感到从未有过的平静。”他每紧一下眼皮，都会有一阵闷雷从太阳穴那儿滚过。然后他沉沉睡去。他在睡梦中察觉到有人掀开了他盖在脸上的帽子，还听到一个人在问另一个人：“这人是死了还是睡着了？”他一骨碌爬起来，发现天已大亮。他没有理睬那两个被他吓了一大跳的路人，继续往前走，一直走回他的单位。“我没法跟他们说清楚。”他一脸无奈地望着我。十年以后，我瞧着他的老领导倒背着双手脾气很大的背影，脑海里便浮出青年乔叶的面容。能记得十年前的乔叶的模样的人寥寥无几了，我是其中之一。但参加遗体告别的人却很多。对他们来说，乔叶的存在只是这几年的事。

我在参加遗体告别的人群中听到一个杭州口音。我从未听说过乔叶在杭州还有别的朋友。我循声望去，说话的是个穿制服的警察。这更让我惊讶。我怎么一直不知道乔叶跟钟楼认识啊？我问乔叶的老婆乔叶怎么会有当警察的朋友，而且还在杭州，她说她也不知道，只知道乔叶的尸体就是这个人帮忙弄回来的。乔叶的老婆说到这里，直直地看了我一眼。我隐隐从她的眼神中感到了一丝不满。乔叶死在杭州，我对他的死该不该负一些责任，这是个还有待于推敲的问题。但有一点是值得怀疑的，那就是乔叶到杭州后一直没有跟我联系，这至少说明我们之间的友谊并不像她所想象的那样纯粹或亲密。对于这一点，我也在心里犯嘀咕。后来我在旅馆里又遇到了这个来自杭州的一直对我爱理不理的警官钟楼。他在这个古老而袖珍的城市里举目无亲，因此看上去形单影只。我清楚地知道他一直对我以及我这类人抱有很深的成见，但还是走过去主动邀他一起去这个城市里唯一的一家酒吧喝酒。我们居然很谈得来。说真的，尽管我们都来自杭州，并且早就认识，但我们缺少共同关心的话题，除了乔叶。

在警察钟楼看来，乔叶到杭州纯粹是来找他的麻烦的，尽管他们彼此并不认识。“他进来的时候一副心不在焉的样子，”钟楼说他当时正用一把十分考究的指甲刀修他的指甲，“我一眼就看出来了，这是个什么都不懂却又非常自以为是的家伙。这样的家伙通常脸色苍白，头发留得很长。”钟楼说着拿眼剜了我一眼。我立即为自己的长发羞愧不已。钟楼长着一双女人的锐利的眼睛。其实我也说不清女人的眼睛跟男人的眼睛有什么区别，但钟楼的眼睛让人一看就想到女人。他用这双眼睛瞟着乔叶。乔叶却还在东张西望。“天知道他在找什么，或者找什么人。”钟楼撇撇嘴说。乔叶的目光孤苦伶仃地在值勤室内溜达了一圈，怏怏地落在钟楼的脸上。他被这位警官的冷漠吓了一大跳，“我一眼就看出来了，他其实骨子里唯唯诺诺，”钟楼斩钉截铁地说，“那才是他这类人的本性！”

“我来报案。”乔叶小声说。乔叶在这里显然犯了一个致命的错误，他没有先叫一声同志或别的什么称呼，而是直接就说出了他的来意。这让钟楼很不舒服。警察钟楼是那种十分需要别人尊重的人，报案对乔叶来说固然是一件十分迫切的事，但对于一个在派出所工作了差不多十年的老资格警察来说，“哼，天大的案子也休想让我掀一下眼皮！”钟楼一口喝干杯里的啤酒，对我说。

和乔叶一起进派出所的还有出租车司机。事实上，乔叶几乎是被出租车司机扭送到派出所的，因为，“这小子欠我三十六元车费！”出租车司机从乔叶身后探出头来，愤愤不平地对值班民警钟楼说。这样一来，乔叶的受害者形象神不知鬼不觉地就被骗子的形象代替了。一向彬彬有礼的乔叶显然不习惯抢着跟人说话，便高傲地沉默了。这种沉默在钟楼看来，既是藐视，又是挑衅。“总之，他给我留下了极坏的印象。”几天以后钟楼对我说，我客气地点点头。多半是由于乔叶的沉默，使得钟楼更愿意多听听出租车司机的叙述。身高大约还不到一百五十八厘米的司机详细介绍了“案情”——他在使用这个词时，脸上显出了即将有严重的事情要发生的神色。

乔叶从杭州火车站出来后，就上了车牌为浙 D-E1503 的枣红色桑塔纳出租车。他在副驾驶座上坐下后，一声不吭，只顾埋头将一只长方形的硬皮箱子放在两腿之间，还用两手小心地护着，生怕磕着碰着。司机终于忍不住了，开口问他要去哪儿。这呆子却只是挥了挥手，“你只管往前开，该拐弯的地方我会提前通知你的。”他说。司机倒也不怎么在意，“这样的呆子我见得多了。”他这样对钟楼说，因为他是个整天跟陌生人打交道的出租车司机。于是他就一直往前开。但事实上他们一直没有拐弯，好像这个长得跟五年级的孩子一样高的出租车司机知道乔叶要去哪儿似的。我想他们一直没有拐弯是因为出了火车站就是环城路的缘故。他们就这样沿着环城路一直向前奔驰，从环城东路到环城北路再到西路。司机和乘客好像在暗暗较劲。最后还是司机先败下阵来，“越往前开我心里越没底。”他对值班民警钟楼说。于是他就在一个弄口停了下来。“你到底要去哪儿啊？”他挺没面子地问金口难开的乔叶。一副知识分子模样的乔叶抬头打量了一下四周，说：“那行，就在这儿下吧。”说着将手伸向上衣口袋，“瞧那架势是要掏钱包，好像他多有钱似的。”出租车司机没好气地横了一眼乔叶。但是，那呆子什么也没摸出来。他转过脸来，真诚地望着司机，说：“对不起，我的钱包不见了。”那时候，司机刚从计价器上收回目光。计价器上显示乔叶该付给出租车司机三十六元人民币。

已经没有人知道乔叶的钱包是怎么丢的了，并且，也没有人知道他身上到底带了多少钱。他的妻子在他消失后仔细盘点了家里的财政状况和物资存量，发现几乎没有失少什么。一直过了好几天，这个头脑简单的女人才搞清楚，乔叶除了身上穿的和随身物件外，只带走了他的萨克斯，就装在那只长方形的硬皮箱子里。钟楼说那箱子“跟三只骨灰盒连起来一般大小”。

“你们是不是嫌我们没事干？这么点破事也来派出所！”老资格的治安警钟楼处理起伪艺术家和出租车司机之间的纠纷来显得游刃有余，但他首先训斥了乔叶。“赶紧把钱付给人家。不管怎么说，你总不能白坐人家的车吧！”

“我的钱包被人偷走了。”乔叶一脸无辜地望着钟楼，“我也不想来这种地方，可他硬要拉我来，我就顺便来报个案。”

“听见没有？”钟楼对我说，“他还是顺便来报案的呢！”接着钟楼向我介绍了这桩纠纷的排解过程。出租车司机是个疾恶如仇的人，从来没打算宽容那些不务正业的人。在他的眼里，乔叶就是那类人。“你看看他的头发就知道了。女人一样的头发！”他对钟楼说。看上去，三十六元钱成了这件纠纷的焦点。钟楼十分耐心也十分官僚地将这件事分成两桩案子来处理了。他按乔叶和出租车司机两人说话的先后，不厌其烦地做了两份笔录。第一份是乔叶的钱包失窃案，第二份是出租车司机的车费拒付案。然后他在第二份笔录上签署了办理意见。“那显然是一桩经济纠纷，”他后来这样对我说，“已经超出了我的管辖范围。钱包失窃案才是我要管的案子呢。”出租车司机郑重其事地擎着那份笔录出了派出所。谁也不知道这个倒霉的家伙接下去要去找谁。“但是，最让我头疼的还是这位爷！”钟楼说着往他的杯子里加了几块冰。他让乔叶过几天再来听消息，警方将尽最大努力缉拿小偷归案。“只有天底下最傻的傻瓜才会把这话当真。”毫无疑问，乔叶就是这个傻瓜。第二天，他还真的又来到派出所。但他没找到钟楼，值班的警察告诉他钟警官休息，明天才上班呢。等钟楼再一次见到他时，被他的样子吓了一大跳。“我敢打赌，他准是在某个桥洞下或者露天长椅上过了两夜，而且至少四十八小时粒米未进了。”尽管过去快半个月了，说到这里钟楼还是忍不住露出见了鬼一样的神情。看着乔叶那黯然无光的眼睛，钟楼的心中突然充满了很久不曾有过了的同情。他拉着乔叶来到一家饭馆，请他吃了一碗炒面。

“你能不能再借我一个硬币？我想给我的朋友打个电话。”

吃完那碗炒面后乔叶抹了抹油光光的嘴。钟楼说因为好几天没刮脸了，乔叶的嘴被乱蓬蓬的胡子围困着，显得特别小。“你在杭州还有朋友？”钟楼大吃一惊，“那你怎么会落到这个地步？”乔叶说因为钱包被窃，他变得身无分文，连打个电话的钱都没有了。而他又不知道他的这个朋友住在哪儿，只记得一个电话号码。

我想乔叶的这个朋友毫无疑问就是我。但我分明从未接到过他的电话。钟楼告诉我他等在人行道上，瞧着乔叶垂头丧气地从电话亭里出来。他对钟楼说，大概电话号码记错了，接电话的是个女人，那女人的声音极不耐烦，听上去就好像在这个世界上走动的都是白痴，而她对此无可奈何。

钟楼是眼睁睁地看着乔叶死去的。乔叶临死前的那种慌张的神情一直令钟楼大惑不解。因此他怀着歉疚的心情找到了那家药店。矮个子经理把他介绍给一位戴着大口罩的女店员。这家店里几乎所有的店员都透过宽敞的大玻璃窗目睹了乔叶之死，而最后接待这位文质彬彬的顾客的营业员，就是她。

“我差不多认识这个人。”女店员对钟楼说。那时他们已经坐在街对面的小酒馆里了。钟楼记得乔叶死前不到十分钟，还坐在女店员坐着的位置上，而此时，他已经长眠在另一个世界里了。“我忍不住悲从中来。”他对我说。

女店员十分详细地向钟楼讲述了她所掌握的关于乔叶的情况。她显然把钟楼当成了调查凶杀案的警探了。“她长着一双西班牙人的眼睛。”钟楼说。我不明白西班牙人的眼睛是什么样子的，他也没解释。长着西班牙人眼睛的女店员啜了一口钟楼给她叫的可乐，轻声细语地说起她遇到乔叶的经过。她说大概有一个星期时间，她每天都能碰到乔叶，地点是从延安路口拐到解放路的地下过道里。那个星期她上中班，也就是每天上午十点上班，一直到下午五点下班。来回两次经过那个过街地道，两次都能见到乔叶。第一次见到他时，他看上去有些害羞，棒球帽的鸭舌压得很低，几乎遮住了双眼。“他的生意很糟糕。”女店员满怀同情地对钟楼说，因为他脚前的那只盒子里连一个钢镚儿也没有。女店员认为那是他还未开始演奏的缘故。他只是站在那儿，金光闪闪的萨克斯挂在脖子上。“依我看，这姑娘八成是喜欢上那个倒霉蛋的头发了。”钟楼对我说。女店员不厌其烦地向钟楼描述了乔叶的长发。乔叶的长发的确十分迷人，许多女人就是因为他的头发跟他上床的。十几年前有一天，我表妹问我和我一起在大街上闲逛的那个长头发的男人是谁。我一听她的问法就知事情不妙，但一想到她的未婚夫，就又觉得没什么大不了的。老天在上，没人敢惹我表妹的未婚夫。于是就得意洋洋地告诉她那是我顶要好的朋友乔叶。“改天介绍我们认识认识吧。”我表妹厚颜无耻地央求道。我本能地想拒绝，但又想到了我那未婚表妹夫。那样的人有谁敢给他戴绿帽子呢？于是满口答应了。我在乔叶火化以后回杭州以前去看望了我的表妹，她的两眼红红的。我的表妹夫不在家，她说他又去执行枪决任务了。我表妹夫是市法院的法警队长，有人管这一行叫职业刽子手，可以说，本市的死刑犯人大多由他送上黄泉路。人们都说我表妹夫是这一行里的顶尖好手。表妹看着我，就好像又见到了乔叶。她说任何跟乔叶有关的事都让她想起那个冤家。乔叶死去没多长时间，思念就像潮水一样把我的表妹淹没了。她给我端上一杯茶后立即喋喋不休地说起了乔叶。她说自从我介绍他们认识后，他们一见如故。我表妹这个人，从小就风骚，当然长得也漂亮。她的这两个与众不同的地方让我的姨妈也就是她的母亲一辈子都忧心忡忡，直到她嫁给了那个衣着光鲜的法警队长。她与乔叶认识时，还没与法警队长结婚，如果我没有记错的话，那时她甚至还没有决定是否嫁给这个以杀人为职业的大个子。与乔叶的来往终于使她在这两个男人中间左右为难。我姨妈将这个难题当作一桩荣耀的事到处张扬，搞得所有的亲戚都对我表妹和乔叶以及法警队长之间的关系了如指掌。我表妹最终还是选择了法警队长，但她又与乔叶上了床。据我那没头脑的姨妈说，他们之间的性生活其实从来也没有给乔叶带来过快乐。那时乔叶还很年轻，他总在担心会不会把我表妹的肚子弄大，即使在第一次。也就是说，他头一次跟我表妹过夜后就开始满腹心事了，我表妹则跟没事人一样。几天后，我表妹见乔叶一副愁眉苦脸的样子，便说："行了，没事了。""为什么？"乔叶问。"那玩意儿来了。"我表妹口里嚼着刚买来的糖炒栗子，津津有味地说。"什么来了？"乔叶又问。我表妹不太有把握地看了看乔叶，说："你是装傻还是真傻？"乔叶瞪着眼睛不明所以。我表妹叹了口气，说："我月经来了。"乔叶呆了半晌，问："那又怎样？"我表妹皱起了眉头，仔细地审视着乔叶，觉得他是真不懂，便好脾气地告诉他："月经来了，就说明我没怀孕。"乔叶又呆了半晌，终于长长地"噢"了一声，看得出有一阵狂喜涌上他的心头。"真的？"他问。我表妹没好气，哼哼道："看你平时一副知识渊博的样子，怎么连这个也不懂啊？"乔叶腼腆地笑了。关于这一点我倒可以证明，乔叶虽然看过许多书，包括那些世界名著，可碰巧他看的那些书里都没提到这个检测方法。除了我表妹夫，我的家族里的人差不多都知道，他们之间的不正当关系一直维持到我表妹结婚以后。我想我的表妹最终放弃了乔叶而选择法警队长，多半是由于后者说起话来就像个解剖学教授。他对人体各个部位的稔熟程度简直匪夷所思。当我表妹皱着眉头说这儿酸那儿疼时——我姨妈说我表妹一天里有二十五个小时都在抱怨自己的身体——他只消漫不经心地瞥上一眼就能精确地说出那是个什么器官、什么骨头、周围有哪些组织，然后果断地告诉她该喝一杯白开水或是吃一片地塞米松。我想这肯定跟他所从事的专业有关。而乔叶则只是不知所措地望着我表妹，说一些诸如“我能做些什么”之类的废话，仿佛那个地方的疼痛是由他引起的。这让我表妹火冒三丈。久而久之，那种疼痛就真的是他一手炮制的了。他们的关系就此走到了尽头。乔叶有一次喝醉酒后对我说，他在最后一次与我表妹幽会时吓得不轻。那是个台风天气，我表妹夫到一个郊县去处死一名强悍的江洋大盗，我表妹一个人在家接待了来访的乔叶。乔叶说他看出来了这是他最后一次来她的家里，窗外的风雨声给他们平添了一种离愁别绪。他们的缠绵越来越浓。就在这时，乔叶闻到了一股血腥味，紧接着，他们听到了门外楼梯口传来我表妹夫那杀气腾腾的脚步声。按原来的时间表，他得到下午才能回来，但台风来了，他们取消了开公判大会这个程序，直接把那个强盗拉到刑场枪毙了。

我表妹夫虽然是个杀人好手，但他还是在各种场合多次强调杀人并不是件容易的事。“想想看，你要杀死一个与你毫不相干的人，而这个人跟你前世无怨今世无仇！”他总是这样对我们说。所以每次枪毙人后回到家里，他总是需要很多的温存。这一次自然也不例外。他迫不及待地推门进来，看见我表妹独自一人躺在床上。“你不用起来了。”他这样对他的妻子说，然后脱衣上床。他是个大块头，上床的时候棕绷大床发出吱吱的声响。乔叶沮丧地发现自己陷入了一种臭名昭著的境地——躲在姘妇的床底下，吸着长年积攒下来的尘埃，聆听情人和她的丈夫虚与委蛇。

乔叶听到法警队长一边呼哧呼哧地喘着气，一边讲述杀人的经过。“他有这个癖好，并乐此不疲。”乔叶对我说这话时脸上挂着显而易见的不屑。法警队长对他的妻子说那个无法无天的匪徒脑后有一个醒目的伤疤，圆圆的，刚好用来作五四式手枪的靶心。子弹射在那个圆形的疤上，“穿过窦汇、脑膜、胼胝体、垂体、脑干、颞叶、室间孔，然后从眉间穿出。”随后喷出的并不是血或者脑浆，而是一种气味。偏偏遇到下雨，那气味就跟着雨水四下飞溅，粘在在场的每个人身上。血从死人的两条眉毛间射出，如一只纤细的红手远远地向外伸出一下一下徒劳地想摘取什么东西，白色的脑浆则从脑后像棉花糖那样往外冒，层出不穷。法警队长用了许多乔叶闻所未闻的专用名词，如数家珍，抑扬顿挫，中间还夹杂着我表妹的真假难辨的呻吟。“你猜我当时有什么样的感觉？”乔叶痛苦地望着我说，“好像被枪决的不是别人，而是我啊！”

许多人在回顾乔叶的历史时都提到了他的头发，因此当钟楼说最先吸引女店员的是他的头发时，我一点儿也不感到奇怪。乔叶的头发在女店员的眼中比他脖子上结构复杂的乐器更漂亮。女店员很想听他吹一首，但那时他身旁有个瞎眼乞丐正在拉二胡。那是个没有腿的乞丐，坐在地上，一只肮脏的搪瓷碗就放在他的肚子前边，里面盛着小半碗毛票和硬币——看上去比乔叶的那三个连在一起的骨灰盒体面多了。二胡的声音在地下通道里听起来瓮声瓮气的。“我喜欢二胡，”她对钟楼说，“我更喜欢萨克斯，可他就是不吹。”他只是红着脸看着女店员从他面前走过，“天哪，我从未见过那么黑又那么亮又那么干净的眼睛！”女店员轻轻叹了口气，对钟楼说。直到她快走出地下通道了，萨克斯响亮的乐曲才突然从背后传来。“那不是音乐，简直就是一道明亮的目光！”钟楼向我引用了女店员的这句评语。从那天开始，女店员每天两次从乔叶面前走过，乔叶每次看见她都要红一红脸。那个乞丐一直在乔叶的身边。“他们站得错落有致，”钟楼转述女店员的话，“关系显然一天比一天融洽。”有一次她甚至看到他们在合奏一曲《二泉映月》。她还注意到乔叶和那个乞丐越来越像了，所不同的只是一个头发长，另一个则胡子长；一个用腿站着，另一个没有腿就坐着。解放路和延安路是杭州最热闹的街道，走地下人行道的人自然也就多了。“除了女店员，每个人的脸都带着同样的冷漠。”钟楼愤世嫉俗地说。乔叶就这样每天为那些从他面前匆匆走过的冷漠的人演奏。第七天上午，女店员上班再一次准时走过地下通道时，意外地没有见到乔叶，便问乞丐。乞丐回答说乔叶让一个警察叫走了。

乐器和凶器是乔叶最喜欢的两件东西，这是认识他的人都知道的。作为他的好朋友，我知道他还有另外一个爱好，那就是漂亮女人。这是一句废话，男人都喜欢漂亮女人；但乔叶对漂亮女人的喜欢，还是与众不同的。那就是，几乎没有人知道他还有这个爱好。那时我还没去杭州定居。一种无法抑制的厌恶驱使我离开了这个地方。日复一日，年复一年，同样的街道，同样的饮食，同样的腔调，让你无法逃避。还有更为糟糕的：同样的面孔。是的，无论走到哪儿，都能瞥见带着这个城市的烙印的熟悉的面孔。你就好像生活在一所巨大的监狱里，而犯人全都被判无期徒刑，永远也出不去。但这并不妨碍我怀念去杭州定居以前的生活，也就是单身汉的生活。那时候，我们总是一起喝酒。我指的是乔叶、徐良、姜鸿奇、李东文，还有我。每当我们中有人从外地回来，总要给另外几个人送些礼物；一般送给爱发脾气的徐良西洋参片，送给信奉佛教的姜鸿奇玉器，送给收藏家李东文的多半是泥塑或木雕，我最容易打发了，就送香烟，而送给乔叶的，则必定是刀子。我们当然也想送他件乐器，但我们都是穷光蛋，谁送得起乐器啊！手枪、步枪之类的就更是想都不要想。后来他用自己挣来的钱买了支气枪。这样一来，每次我们聚在一起喝酒，就总能听到他告诉我们，今天又在阳台上射楼下的行人了，只是没有射中。他说他每次采取行动前，都要在屋子里转上半天，为的是找一个能迅速藏妥气枪的地方。那样的话，假如有人察觉到子弹是从他家的阳台上射下，追踪而来时，就找不到罪证了。有一次我心情不好，到他住的龙会新村三幢一单元五〇二室跟他聊天。我敲了好长时间门才打开。来开门的是他的新婚妻子。新娘子脸色苍白，见了我，明显地长舒一口气。我进屋后，乔叶从里屋探出头来，脸上全是汗。原来他们以为是警察来了。然后乔叶不顾他老婆的阻止，拉着我就上了阳台。他老婆怒气冲冲地摔门而出。她摔门的声音大极了，以至于乔叶顿时没了兴致。他向我解释说他老婆发那么大的脾气并不是冲我来的，而是因为他不听她的劝告，又在阳台上开枪射击了。他老婆每次见到他摆弄气枪就提心吊胆。她愤怒地将刚织了一半的毛线裤扔到乔叶的背上。乔叶毫不理会，聚精会神地将准星对准了停在人行道上的一辆贼亮贼亮的豪华轿车。这个目标太大了，瞄准起来毫不费力。他一枪接一枪地打着，暗暗发誓要在那辆车上留下他的印记。他老婆吓得都透不过气来了。“咱们就是倾家荡产也赔不起啊！”她低声咆哮道。这时敲门声响起，我把他们吓得够呛。

一直以来我们都对乔叶的这个不良癖好不以为然。我们担心总有一天会出事的，好在他的准头极差，命中率为零。但谁知道呢，“也许那恰好说明他的枪法很好，怎么玩也出不了事。”我们的另一个在法院工作的朋友陈华艺分析道。他做出这个论断后不久，乔叶就出事了，他终于惨无人道地射中了一个目标。那天他气喘吁吁地跑来告诉我说他可能闯祸了。他在向我叙述他闯祸的经过时，眼里一直含着泪水。“我买了一个瞄准镜。”他说，他没料到这个不起眼的光学仪器竟然那么管用。透过拇指粗细的取景孔，楼下的人行道上的每块水泥方砖之间的接缝都一清二楚，一张张从坐标后面浮过的脸都是那么的栩栩如生。他还看到了一个彪形大汉的后脑勺上有一个似曾相识的圆圆的疤痕，十分适合做他的靶心。他果断地扣动了扳机，却没有击发。他忘了装铅弹了。等他手忙脚乱地装好子弹，那个圆圆的疤痕早已无影无踪了。他发誓他在哪儿见过那个疤痕，他还十分厌恶这块深陷在头发中间的光滑的皮肉。它是往昔被枪毙的岁月突然间借尸还魂了。他依稀看到那颗子弹击中这个疤痕，穿越万里关山层峦叠嶂最后从眉间激射而出。时隔多年的死亡气息陈旧而又破烂，在干燥的空气中飘来荡去。他还听到身体倒在泥泞地上的巨大的声响。他揉了揉眼睛，借助瞄准镜努力向下望去，一只气球进入他的视线。气球是黄色的，十分醒目。他再次扣动扳机，然后他就听到一阵骤然响起的孩子的哭声。他从瞄准镜前抬起眼睛，发现人行道上一个少妇正在哄她抱在怀里的孩子。那还是个婴儿。那只氢气球用一根线系在婴儿的小衣服上，完好无损。说到这里，乔叶的泪水流得更急了，他几乎哽咽着说：“我没打中气球，我打中了那个孩子！”

钟楼再次遇见乔叶是在一个星期后一个艳阳高照的下午。那时乔叶正在地下通道里卖力地吹着。这天的生意格外好，他的前边围了一大圈人，那个乞丐无所事事地坐在他的旁边，羡慕而又徒劳地“仰望”着他的现代化装备的同伙。那三个连在一起的骨灰盒里已经攒下不少钱了。钟楼从人群的缝隙间向里望去，看到乔叶面带微笑，摇头晃脑，仿佛已经适应了地下通道的环境并对周围的一切十分满意。嘹亮的乐声在地下通道里来回盘旋，效果几乎比在剧院里还好。过往行人从他们身边走过，有的停留下来，有的绕了过去。他们就像一高一低两块礁石懒懒散散地坐在水中，俨然地下通道里不可分割的一部分。“我觉得他活得比我好多了。”钟楼突然冒出这样一句，然后意兴阑珊地向后一靠，环顾四周，脸上露出失望的表情，仿佛为这里不是地下通道仅仅是个酒吧而不满。我想钟楼发出这样的抱怨是正常的，因为他说那段时间里他正在跟老婆闹离婚。

“他当时吹的好像就是这首曲子。”钟楼对我说。我回过头去，看见乐池那儿有几个扎着马尾辫的男人正在演奏爵士乐，一个络腮胡子吹奏的萨克斯曲子在其他乐器沉寂下去后缓缓地浮上来。那是一首我非常熟悉的曲子，但一时间却又想不起曲名了。近几年来，萨克斯风靡了这个城市，而乔叶则是其中的佼佼者。就在乔叶出殡那天，城里所有的萨克斯手都自发地来给他送行。他们组成一个庞大的方阵，沿着繁华的中心大道缓缓前行。中心大道是不准行丧的，所以警察出面干涉，但领头的矢口否认他们在行丧。方阵中没有骨灰盒，没有花圈，没有披着黑纱的遗像。警察也没有办法。他们吹着那首著名的《Go Home》。沿途观看的人全都泪水涟涟。

值勤警官钟楼正了正警容，上前驱赶观众。钟楼告诉我，其实他完全可以对乔叶的卖艺营生睁一只眼闭一只眼，但那个时期里，他总有一种找个人聊聊的欲望，哪怕对方是个像乔叶这样的人。但是，“我百分之百地撞了邪了！”他说，因为那些日子里他一个朋友也找不着，而在乔叶死去那天，他连一个电话也打不通，不是占线的忙音，就是一个刻板的声音告诉他对方“因故停机”“不在服务区”或者“已关机”。钟楼在大街上站着，感到无限的悲凉，还感到无端的恐惧。他不明白他怎么忽然变成了一个陌生人，在这里，在这个他生活了三十几年的了如指掌的城市里，竟然找不到一个熟人了。有那么一会儿工夫，他甚至怀疑一直贮存在大脑里的那三十几年生活经验的记忆，是不是错误的，或者只是拷贝了一个不相干的人的记忆。“那么，我自己的记忆到哪儿去了呢？”这个想法让他心惊肉跳。他掉头就走，三步并作两步地下了过街通道。在那条幽暗的长廊里，他见到了乔叶，“就像见到了久别的亲人啊！”他感慨地对我说，因为乔叶突然成了他唯一的熟人。

人群走散了，但乔叶的乐声并未因此而停顿，还一直吹着，只是脸上的笑容不见了。他一边吹一边不解地望着威风凛凛地站在他面前的钟楼。最后一个音符从亮闪闪的喇叭口里出来远远地消失在人行过道两端尽头。乔叶松开叼着笛头的双唇，问钟楼：“我的钱包找到了？”

钟楼一下子觉得非常泄气，找个人聊聊的欲望消失得无影无踪。他掉头就往回走。“离就离吧！我这样对自己说。”他从椅背上收回身子，厌倦地将胳膊肘靠在桌子上。乔叶从脖子上摘下萨克斯，交给乞丐，匆忙追了上来。“你干吗把他们赶跑？”他在后面冲钟楼嚷嚷道。钟楼停下脚步，指了指墙上的一张告示。那上面写着几条禁令，用来维持地下通道的畅通。其中一条是禁止各种形式的卖艺活动。乔叶哑口无言。钟楼叹了口气，说：“瞧你的样子也是个体面人，怎么在这儿卖起艺来了？”

“我身无分文，你总得让我填饱肚子吧？”乔叶没好气地说。“几天工夫，他已经变得有些油腔滑调了。”钟楼对我说。他看着乔叶那身倒霉的装束，心想这家伙简直没治了，不可救药了。但是，“你居然从这个人的脸上看不出一丝愁容。”治安警官钟楼每天要看许多人的脸，特别是像乔叶这类盲流的脸。他从那些脸上看到的多半是千篇一律的呆滞和阴郁。但乔叶的脸上却流动着阳光般的从容与平静。尽管这阳光是苍白的，但依然是阳光。他叹了口气，掉头走了。“你说，不可救药的到底是他妈的谁啊？”他问我。他出了地下通道。地面上的阳光刺得他睁不开眼睛，但钟楼还是看到了一个女人挽着一个大腹便便的男人的胳膊，从路边的一家时装店里出来。“我的血一下子往头上涌。如果当时我手里有枪，我肯定会一枪崩了那两个人。”他对我说。他扔下乔叶，箭步冲上前去，一把扳过那女人的肩膀。然后他就呆住了。“她不是我老婆，但她们的背影真的太像了。”

站在时装店外面直喘气的钟楼终于注意到身后有个人也站下不动了，好像陪着他喘气。他回过头去，见是乔叶。这个长发男人站在他身后盯着他，“他看我的眼神就像看一头饿狼。”钟楼自嘲地笑着说。

“你干吗老跟着我？”钟楼没好气地问。

“我只是想请你吃顿饭。”乔叶说。“信不信由你，他的口气里还有一丝得意呢！”钟楼愤愤不平地说。

“你是说，你请我吃饭？”

“是的，我请你。”

“你确定？是你请我？”

乔叶笑了笑。“没错。来而不往非礼也，上次你请我吃的那碗面，是我吃过的最好吃的面，让我终生难忘。”

“你有钱了？”

“够请你吃一顿饭的，如果你不要求吃大餐的话。”

延安路上人来人往。他们朝展览馆的方向走去。各种各样的车辆在他们身边疾驰而过。“我猜，你遇上麻烦了，是不是？”乔叶问钟楼。钟楼横了他一眼。他看见乔叶的脸上挂着温柔的笑容，那双黑色的眼睛闪耀出洞察一切的光芒。“有时候他非常狡猾。”钟楼无可奈何地笑笑，评价道。“男人的麻烦总是女人惹的。”乔叶冒冒失失地断言，钟楼一下子笑了起来，他根本没有想到，死亡正在向他身边的这个人逼近。

“我们进了一家小酒馆。乔叶说这次他想吃西餐。而我，只想喝酒。”他们各自点了想吃的东西。乔叶一边吃一边教导愁眉苦脸的钟楼如何摆脱生活中的烦恼，好像他眼下的生活比钟楼好得多似的，而令人沮丧的是这顿饭恰恰是他乔叶请钟楼。钟楼越听心里越冒火。

“依我看，你还是先把你自己的麻烦事处理好吧。”他不客气地说。

“除了那个钱包还没找到，我基本上没有什么麻烦事。”乔叶说。钟楼以为这话是冲他来的，抬头看乔叶的脸色，挺平静的，没有讽刺谁的意思。

他们就这样不咸不淡地聊了起来。钟楼有些心不在焉，“我满脑子都是关于离婚的事。”他对我说，所以，一开始他差不多没听清乔叶都说了些什么，只是感觉到他的嘴一边飞快地嚼着一边不停地说着。“你到底到杭州来干什么？”钟楼突然问。乔叶停住嘴，皱起了眉头。我想，这是一直以来我们——我、我的那些朋友们、他老婆以及他的众多崇拜者想搞清的问题。但是，“他呆了半天，最后只是耸耸肩。接着又继续吃他的西餐。”钟楼说着不由自主地也耸了耸肩。“看得出，他仍然饿得厉害。”钟楼补充道。

当钟楼快把一瓶啤酒喝完时，乔叶问他能不能帮忙替他找份差使。他说在地下通道卖艺当然是件好营生，但毕竟不怎么保险，随时都有被警察驱赶的可能，譬如今天上午。“我想再找份兼职。”他这样大言不惭地对钟楼说。

“我猜，这就是你请我吃饭的真正原因吧？”

“你误会了。你该相信我的诚意。”

钟楼仔细地打量着乔叶的脸。那张脸上几乎没有半点杂质。

“你就替我打工吧。”钟楼气哼哼地说。

“可以啊，你需要我干什么活？我什么活都能干。”乔叶认真地说。

“干什么都行？”

“当然行。”

“好吧，”钟楼漫不经心地抬头浏览窗外，看见了对面一家商店。“我突然产生了恶作剧的冲动。”他对我说。“你就替我，”他对乔叶说，“到对面那家商店买一打安全套。”

“没问题……你说什么？买什么？”乔叶吃惊地抬头问。

钟楼重复了一遍他的要求。

“你付我多少钱？”乔叶迅速冷静下来，不动声色地问。

“你想要多少？”钟楼有些愕然，他不相信乔叶真的会替他去干那事。

“我想回家了，但我没路费。本来，这几天下来，我倒是攒下了不少钱；但我不能不请你吃饭啊！君子滴泪，当涌泉相报嘛。”

乔叶的话又让钟楼心里没底了。他抬眼看了看他，那脸上还是没有杂质。

“呃，如果你给我八十元，不，一百八十元，我就去。反正我在这儿又没熟人。”乔叶自暴自弃地说。

钟楼强忍着心中的惊讶跟他讨价还价。他仍然不相信乔叶真的愿意替他干这件事。“你别误会，我没别的意思，那纯粹是个恶作剧。”他急急忙忙地冲我解释，“我都快离婚了，要那玩意儿有啥用！”但他决意试试这个流浪艺术家的生存能力。他对乔叶说除非疯子才会出那么高的价钱。乔叶说如果不是钟楼捣乱，他今天上午肯定能赚一百多块钱，那一百八十元包括了他一个上午的误工补贴。钟楼说他没有以扰乱社会秩序罪逮捕他，已经很宽容了。最后钟楼说：“好吧，就给你一百二十元，但我要最好的那种。”于是他们就成交了。“你能保证我不会在那儿碰到熟人吗？”临出发前乔叶不安地对钟楼说。“你在杭州有熟人吗？”钟楼不耐烦地反问。乔叶想了想，说没有。

“我看着他穿过马路，朝对面那家商店走去。现在想起来，他是送死去的。”钟楼像讲述一个梦境那样对我说。

回到杭州后，我像破烂王翻腾垃圾箱那样找遍了杭州市内所有的公共场所，终于在六公园的一条长椅上找到了那个瞎眼乞丐。但他很有责任心，非要我提出足够的证据证明我就是乔叶，才同意我带走萨克斯。“你弯下腰来。”他命令道。我顺从地在他身边蹲下，他抬手摸了摸我的头发。“是你，”他点点头说，“只有你这样的男人才留那么长的头发。”说罢将那三个连在一起的骨灰盒交给了我。我回到解放路和延安路交接的人行地下通道，脖子上挂着乔叶的萨克斯，脚边放着那三个连在一起的骨灰盒。偶尔有路过的人往那盒子里扔个硬币。我不会吹这玩意儿，所以只好那样站着。我偶尔也会闭上眼睛，乔叶当时的心情便如疯长的青藤迅速爬遍我的全身。快十一点时，那个女店员果然来了。她用诧异的目光瞧着我。我想，我让她想起乔叶了。我不知道我为什么要这么干。我冲她微笑着，她也冲我微笑了。当天晚上，我们在我的公寓里尽情地做爱。第二天，当黎明的微光从窗帘的缝隙间透过时，我发现了她的屁股上有一个小小的疤痕。“跟我说说这个伤疤的来历。”我对她说。她微微笑了起来。我闻到从她的口中散发出早晨特有的酸味。

“那时候我还是个婴儿，”她说，“我母亲抱着我从街上走过。我突然哭了起来。我母亲一直不明白我为什么哭。过了好久才发现我的屁股在流血。到医院检查，发现我中了气枪子弹。”

“我们一直不知道那是谁干的。”她最后补充道。

“有一点可以肯定，”我接口说，“不是我干的。”

她叽叽咕咕地笑了走来，“乔叶你真逗，那时你才多大啊！”她说。我吓了一跳。这时铃声响了，她一把抄起电话。

“我敢打赌你打错了。你找谁？”她再一次按她习惯的那样冲着话筒说。

我听到电话里的人报我的名字。

“瞧，我没说错吧，你找的人不在这儿。”

她很不耐烦地朝话筒嚷嚷。她的声音听上去就好像这个世界上走动的都是白痴，而她对此无可奈何。

“真奇怪，上回那个人打来电话，好像也是说找马炜。这个马炜是谁？”她嘀咕道。

“谁知道？爱谁谁。”我说。然后，她便兴致勃勃地讲起了她最后一次见到我的朋友乔叶时的情形。她说当她听瞎眼乞丐说乔叶被一个警察叫走时，微微有些失望，另外还有些担心，毕竟乔叶看她的眼神里有许多令她感动的东西。让她意外的是，她刚来到她上班的那家药店不久，就看到乔叶推门进来了。开始她以为他是来找她的，但很快就发现并非如此。她看到乔叶有些紧张。“他的头快低到肚子下面了。”他显然在找一些他需要的药品。他从柜台的那一头，一直找到她所在的这一头。“但他还是没有注意到我，因为我戴着大口罩。”她说。按店里的规章制度，她们是得把自己的嘴脸捂得严严的。他终于抬起了头。他的脸红得要命，“一双眼睛像个无助的孩子。”她心疼地说。他还是没有认出她来。事实上，他几乎不敢正眼瞧她。“请给我拿一打……”他这样说，但还没说完就住嘴了，因为“我摘下了口罩，好让他认出我来”。

乔叶的脸唰的一下白了。他的嘴张得大大的，“就像见了鬼一样！”“你想要什么？”她温柔地问。但乔叶只是那样大张着嘴，一句话也说不出来。然后，他猛地转过身去，拔腿就跑，差点把药店的玻璃门撞碎。“我到现在还没弄明白他到底想买什么。”女店员泄气地说。

殡仪馆焚化室外的空地上聚集着来自这个城市的四面八方的萨克斯爱好者。他们自发地分成三个方阵，一个是高音方阵，一个是降 E 方阵，还有一个是降 B 方阵。那些金色的西洋乐器在早晨的阳光里跳跃着耀眼的光斑。当乔叶躺在担架车上，被几名工作人员推过来时，那三个方阵开始奏起了曲子。还是那首《Go Home》。据说这是乔叶最拿手的节目。作为这个城市里的文化名人，他的萨克斯让所有十五至五十岁的公民为之倾倒。在这个城市里，人们不承认凯丽金，只知道乔叶。我的表妹中肯地分析说，男人喜欢他是因为他吹得棒，而女人喜欢他却多半因为他的头发。乔叶的头发是金色的，就像他的乐器。他们把他的金黄色长发梳理得一丝不苟，摊在胸前。我和钟楼站在一起。我隐隐约约地听到了焚化炉发出荡气回肠的声响。钟楼说一般烧一个人得四十分钟，但我们足足等了两个多小时才等到他出来，当然那时他已经是一撮灰烬了，盛在一个木质骨灰盒里，由他老婆捧着。

那时候，上午的太阳已经暖洋洋地照着了，钟楼在我身边叹了口气，他看上去非常疲倦。他凑在我耳边轻声说，自从目睹乔叶死亡的全过程后，他每晚都在做梦，那些梦内容全都一样，只是画面光线明暗有些许变化罢了。他在那些梦中一次又一次地被人拉出去枪毙，有时用五四式手枪，有时用气枪。我吓了一大跳，不由得伸手摸了摸他的后脑勺，摸到的却是他的大檐帽。他抬手将大檐帽扶正了，仰望天空。一缕灰色的云烟悄然从人们头顶飘过，我不知道那是不是乔叶的灵魂。“他就这样在我的眼皮底下死了！”钟楼说。他是看着乔叶从那家药店里跌跌撞撞地跑出来的，一头扎进延安路汹涌澎湃的车流中。那时候乔叶就像投进河中的一块石头，虽然渺小，却惊起阵阵波浪。各种各样的喇叭声以及刺耳的刹车声骤然响起。他斜刺里横穿来往六个车道的大街，慌不择路地朝钟楼奔去。在他身后，一辆高速行驶的小吨位的工具车死命刹车，车上装载着的玻璃向前甩了出去。这巨大的玻璃平展展地从乔叶身后追来，钟楼和许多人一起看到了那块索命的玻璃向乔叶追去时闪烁着的明晃晃的光芒。钟楼还看到了玻璃锋利的边缘被阳光映出血红的光边，仿佛乔叶的鲜血提前染红了那锋刃。然后乔叶的头就被砍下来了。那自然也是眨眼间的事，甚至比眨眼还快。乔叶的头高高地飞了起来，拖着长长的头发从空中掠过。如果是在夜晚，我想乔叶的头就会像一颗彗星；但当时是白天，很亮，那就只能像一尾大蝌蚪，从车水马龙的延安路上空划过。接着就不知去向。由于惯性的作用，乔叶的躯体还骇人听闻地向前奔跑了一段路，但是因为没了大脑的指挥，他显然成了名副其实的没头苍蝇。一队刚放学的少先队员突然看到一条人形鲸鱼从他们身边跑过，所不同的是这条鲸鱼喷出的水柱是红色的，并且还穿着男人的衣服。一位刚将自己的满头白发染成青丝的退休将军，一出美容屋的旋转门就与乔叶擦肩而过，黑发顷刻间成了比他孙子还前卫的红发。女店员和她的同事们惊诧于一个如此瘦弱的人怎么会有那么多的血。乔叶直到倒在一家电影院门口的台阶上，脖子那儿还在喷血。

“我们出动了几乎所有的警力搜寻乔叶的脑袋，但一无所获。”钟楼向我介绍。他说这件事还惊动了杭州市人民政府。他们不能将一个没头的身体火化了，尽管这基本上是一具尸体了。后来有消息说乔叶的头回家了。确切地说，乔叶的头从天上掉下来后刚好落在一辆神龙富康的车顶行李架上。这辆富康车恰好就是来杭州办事的绍兴车。乔叶的家就在绍兴附近。根据有关法规，尸体禁止运出城外，必须就地火化。这条法规实施多年后，现在遇到新问题了。从人道主义精神出发，人们必须把一个人的头或者肢体归还他本人，然后送入焚化炉。那么，谁，或者什么才算是乔叶本人呢？是他的头，还是他的躯体？杭州市市长和绍兴市市长都对此一筹莫展。据说最后还是他们的秘书帮他们下了决心，网开一面，允许乔叶那形影相吊的头和肢体出城，回到他的家乡与不可分割的另一部分会师。护送乔叶的身体回家这件事责无旁贷地落到了钟楼身上。他坐在乔叶的身体旁边，经常陷入一种想起来让他后怕的恍惚中。车到绍兴，他从当地警方手中查收了乔叶的脑袋。尽管已经秋天了，人们还是担心皮肉腐烂，因此将乔叶的头盛放在一只大号的玻璃干燥缸内，底下铺着一层碧蓝的硅胶粒子。钟楼小心翼翼地捧着乔叶的脑袋上了车，将其安放在他的尸体旁。这时他的手机响了，是派出所的同事打来的。他们告诉他，那个偷乔叶钱包的小偷终于找到了。钟楼百感交集，冲着手机大声说：“替我好好修理那个贼坯！”

阳光永远那么友好，特别是在冬天。马刺坐在阳台上，等着太阳慢慢升起。这时候，一阵隐隐约约的歌声传来。

十步杀一人

M A W E I

Z I X U A N J I

S H I B U

S H A Y I R E N

阳光永远那么友好，特别是在冬天。马刺坐在阳台上，等着太阳慢慢升起。这时候，一阵隐隐约约的歌声传来。他好像接到某种指令，告诉他这个星期天就不要做了。太阳是从对面那排房子的屋顶上斜照过来的，晃过他的眼睛，打在那些木料上。头天晚上他就想好来着，要在阳光掠过双眼落在木料上时，找到一种感觉。这种感觉一旦形成，这件作品就算成功了。他戴上帽子，挡住光线，拿起刨子准备干活。歌声又模模糊糊地传来。他确信干不了了，便扔掉刨子，坐在板凳上。

马刺是市建委规划处的一个科长，做木匠活只是业余爱好。上大学的时候学的是金属切削与模具，毕业前去工厂实习，带他的师傅是个木匠出身的八级技工，马刺对他崇拜得五体投地，一下子喜欢上了木工。毕业后改行搞规划，木工的爱好一直没扔掉。他做的小书报架、梳妆台和电脑桌，在市场上十分抢手。他靠这个捞了不少外快。最大的外快来自建委主任的夫人，因为喜欢他做的小碗柜，竟设法让他当上了科长。人人都知道他是因为给主任夫人做碗柜而当上科长的，唯独他自己还蒙在鼓里。因为一空下来就跟刨子啊锉刀啊斧头啊打交道，他的每个手指都缠着创可贴。他的西服上也时常挂满木屑。后来，他跟人说话也用上了木匠的口吻，有同事问他某件事办得怎么样了，他便说，已经对上榫头了，再敲几榔头就搭起架子了。再后来，他的这个爱好就成了单位里的笑料。领导和同事们有时候叫他马木匠。遇到这种情况，他总是沉默以对。他本来就是个沉默寡言的人。他只在心里和他们对话。他们说一句，他就在心里回答他们十句。他早已在心里把他们驳得体无完肤。

这个元旦，加上双休日，总共有三天假期，他计划把那辆囚车做完。他正在做的是一辆古人用来押解犯人的木轮车。一比一的比例，跟真车一般大。他没有工场，只能在阳台上做，好在他的阳台本来就很大，当初装修房子的时候，他把阳台的隔墙往里挪了将近两公尺。这个囚车，乍一想很简单，但是一步一步做下去，还挺花工夫的。单是车身就够麻烦。他得把车轴、车辕、后镇、辐辏、辖辖、铆钉……所有这些都做出来，为此他专门查阅了段玉裁的《说文解字・车部》以及《礼记》中的部分篇目。此外还有颈枷、手铐和脚镣，与囚车配套。各种各样的图纸堆满了他的单人床。10 月 1 日黄金周开始动工，做到年底，所有的零部件都已完成，就等着总装。他雄心勃勃地渴望元旦三天假期过后，中国古代囚车的典范能在他手里完美再现。

但歌声就像无耻的暗箭，从四面八方射来，阻挡着他前进的脚步。他不得不坐在那里等待，等那人把这首歌唱完。马刺就像恶鬼害怕鸡鸣一样，害怕听见歌声。或者不如说，他患有严重的歌声过敏症。歌声让他无法集中精神，而精神不集中，自然什么事也干不成。似乎所有的事情都是在唱歌的时候搞定的。他和他的规划处的同事们经常被人请去吃饭。吃完饭就得去活动活动，最好的和最多的活动就是去卡拉 OK 厅唱歌。一边唱歌一边就有装在信封里的暧昧的人民币塞进怀里，然后就是对规划图纸的心照不宣的修改。环环相扣，像条流水线一步一步地把你逼入死角。他恨这些应酬，恨卡拉 OK。他私下里把卡拉 OK 称作耕牛交流会。那些人哞哞地叫着，把他的头都叫得爆浆了！但你还得去啊，要不然你就是另类，就会被人另眼相看，被排挤到出去。慢慢地，听别人唱歌就成了一种条件反射。这种症状在他着手做囚车后，越来越严重。三个月来，他只要一听到唱歌，双手就不听使唤，不是墨线弹得走样了，就是用力过头，将上好的黄檀木凿穿了。

其实，那也算不得正儿八经的歌声，只是一个男人随口哼哼，哼得声音大些罢了。他也没听清到底哼的是什么。声音是从楼上传来的。马刺搬到这幢楼已经三年了，还没把楼里的住户认全，只认得对门和楼下几户。他住的是四楼，五楼和六楼他从来没上去过。马刺上楼下楼从来都是低着头的，别人跟他打招呼，他只是傻愣愣地看看人家。这样几次后，就再也没人跟他打招呼了。马刺也落得自在。他想不起来楼上那个男人什么时候开始不停地哼哼，反正这三个月来，他已经跟这哼哼声厮混得像是多年老友，只要这鼻音很重的男低音传来，他的眼前就浮现出一张络腮胡子的大脸盘。他不知道这歌声的主人长什么样，但他断定他是个络腮胡子，并且，胸毛也很多，一直长下去跟阴毛连成一片。

天上没有一丝云彩，太阳不能再好了。要是没有歌声，他现在已经沉浸在香樟树浓郁的香味中不能自拔了。他渴望这种不能自拔的状态，但是要进去却是如此的艰难。歌声简直就是一只蛮不讲理的有毛的大手，每当他拱着头要进去了，就扯着他的耳朵把他揪回来。

不行，他得想个办法，让这该死的歌声停下。

怎么才能让这歌声停止呢？

他坐在自己做的小马扎上，想了很长时间，终于想明白该怎么做了。他掸掸身上的木屑，出门，上楼。

楼上的门跟他的门竟然一模一样，同样的牌子，同样的褐色柚木板，连门框旁边的门铃开关，转角处的邮箱也毫无区别，更让他合不拢嘴的是，积满灰尘的邮箱上，也同样放着一只换下来的四十瓦灯泡。他差点以为他敲的是自己家的门。

门很快就开了，仿佛那人就站在门后等着他来敲。他惊讶地发现，这个人果然是个络腮胡子！应该有三天以上没刮了，已经开始相互纠缠。因为胡子遮住大半张脸，马刺无法准确地判断出他的年龄。他的个子比马刺高，身体也比马刺壮实，光着膀子，只穿一条白底小红花裤衩。出乎马刺意料的是，他没有胸毛。见马刺呆呆地站在门外，络腮胡子笑了起来。马刺注意到，当他笑起来时，眼角的鱼尾纹均匀而又密集。

“哦，是你啊，稀客。进来坐吧！”络腮胡子热情地把门开到最大。

“谢谢，我不进去了。”马刺干巴巴地说，“能不能请你帮个忙？”

“行啊行啊，别客气，说吧，什么事？”

“王八，谁啊？”屋里有个女人的声音问，闷闷的，显然从被窝里发出来。马刺听得很清楚，络腮胡子就叫王八。

“是楼下的邻居。”王八回过头去答应道，又回过头来，一点也没想到自己的名字取得有些尴尬，“呃，你尽管说，要我帮什么？”

“你喜欢唱歌？”马刺问。

“唔？唱歌？我不喜欢啊？我五音不全，唱不好的。”王八谦虚地笑了笑。

“你不会唱歌？”马刺有些糊涂了。

“是啊，我一点儿也不喜欢唱歌，我一听到有人唱歌就烦。”

“那，那，那是谁唱的？”

“王八，你在干吗？”那个女人突然出现在王八身后，身上一丝不挂，从背后搂住王八，下巴搁在王八的肩上，一双惺忪的睡眼半睁半开地望着马刺，突然笑了笑。马刺觉得口干舌燥。

“什么？你听见有人唱歌？”王八抬手拍拍女人围在自己胸前的胳膊，问马刺。

“是啊，哦，是这样，我在做一件事，需要集中精力，怕吵。我老是听见你在唱歌。你能不能停几天？就三天，等我干完这个活，你爱怎么唱就怎么唱。”

“呵呵，可是我没有唱歌啊！”王八乐呵呵地说。

“你就是那个木匠吧？”女人半睡半醒地问。

“呵呵，宝贝，是他。”王八又拍拍她的胳膊说。

“哦，真是你！”女人突然睁大眼睛。原来她的眼睛很大。“不是王八吵你，而是你吵着王八了，还有，你也吵着我了。我们老是听见你东一榔头西一棒槌地敲个不停，还有锯啊，刨啊，锉啊，动静大着呢。明白吗？是你吵着我们了，不是我们吵着你。”女人说着说着眼睛又小下去了，跟说梦话似的。

“我没唱歌。不信你去问问左邻右舍。”

王八说着关上了门。马刺听见门里传来女人哧哧的笑声。

马刺坐在阳台上，阳光仍然很好，但正一点一点地消逝。现在新问题出来了，王八说他没有唱歌。那么是谁唱的呢？不妨试试。马刺又戴上帽子，拿起滚刨，进入他的木工世界。可是只刨了一下，那歌声就传来了。他停下刨子，侧耳倾听，这回他听清了，就是这首歌，他听得太熟了，自己都能哼哼出来，是《南泥湾》好像。马刺不知道《南泥湾》的词，王八又口齿含糊，传到马刺的耳朵里就成了另一番景象：

瓜拉大瓜拉大啊啊啊，
瓜拉大瓜拉大啊啊，
瓜拉啊大……

事实再清楚不过了，就是从楼上传来的，是王八的嗓子！

现在，马刺认为自己要做的事就是，让王八承认是他在唱歌，然后再让他停止唱歌。怎么才能让他承认呢？既然他说去问问左邻右舍，那就去问问左邻右舍吧。马刺又站起来，出了家门。

他先去距离王八家最近的那户人家，就是楼上王八家的对门。有个脸色阴沉的近视眼来开门。

“什么事？”近视眼严厉地问。

马刺被问得有些发怵，“你有没有听见唱歌的声音？”他说。

“听见了怎么样？听不见又怎么样？这幢楼里什么声音没有？他妈的这楼里住的都是些什么人啊！我操！我替你数数吧，有空调声，吃饭的吧唧声，麻将牌掉地上后没完没了的蹦跶声，数钱的声音，抽水马桶的声音，打碎玻璃杯的声音，做爱的声音……所有这些声音里什么声音最响？是木匠的声音！是你的声音。你一天到晚在那里砍啊剁啊削啊磨啊，谁受得了？就是帕瓦罗蒂的歌声也被你盖下去了。你还有心思问我能不能听到歌声？拜托，别消遣我了！”

没等马刺回过神来，门早已“砰”的一声关上了。

马刺晃了晃脑袋，站在近视眼的门前愣了大约一支烟的时间。最后决定少惹这个人为妙，便下楼来，敲开自己家的对门。

对门住着一对上了岁数的夫妻，是这幢楼里马刺最熟悉的人。他们每次看见马刺，总是慈祥地笑笑，是那种父母看见最宠爱的小儿子的笑。而马刺呢，总是不知道该怎么跟他们打招呼，只好绷着脸，直愣愣地与他们擦肩而过。

从门内传来的慌乱的脚步声可以听出，有人敲门对这两位老人来说是件天大的事。他们以最快的速度来到门前，一起隆重地开了门。马刺看着他们，竭力想挤出些笑，可是脸上肌肉僵硬，不听使唤。反而是老人们的脸，表情丰富瞬息万变，先是充满了期待，再是惊讶，然后一下子浮上惊恐。马刺痛心地觉得是自己那僵硬的脸皮吓着他们了。

“二位别怕，我只是想问你们一件事。”马刺尽量把嗓门压低，以为这样会显得和蔼一些。

老头抓住老太太的胳膊，老太太则把自己的肩膀往老头怀里靠。

“我们不怕，有什么好怕的？你说，什么事。我们又没招谁惹谁！这可真是奇怪了，难道还真有闭门家中坐祸从天上来这种只有旧社会才会发生的事？”老太太十分嘴硬地说。

马刺呆了呆，问：“你们听见咱们这幢楼里有人唱歌吗？”

“得了得了，你不要以为我们退休了，就很空闲，整天没事干听楼道里的声音。我们虽然退休了，可是仍然很忙，我们仍然在发挥余热！”老太太说，她的老伴连连点头表示赞同，“你没看见我们总是进进出出的吗？我们连坐下来喝口茶的工夫都没有，哪有闲心听你们瞎闹。你们这些人，总以为弄出些动静就能吸引我们，不是的！你们就是把这幢楼搞得鸡飞狗跳，也休想吸引我们的注意力！我们知道这幢楼很热闹，但我们有我们的生活，我们的生活与众不同，包括我们的内心，也比你们热闹千百倍！我们都是过来人了，大江大河见多了，我们吃的盐比你们吃的饭还多，我们过的桥比你们走的路还长，我们……”

马刺的头一下子变得像水牛的头那么大，他转身下了楼，像个丢脸的逃兵，一口气跑到楼下。

他在楼下的花坛边定了定神，整理自己的思绪。不行，他不能这样半途而废，按事先计划好的，他还得再问两家。怎么着也得弄清楚是不是王八在唱歌。他回到楼里，来到三楼。他先敲左边的门，没人应答。他记得里面住着个秃头，长得像个人口贩子，不常住，只在几个重大节庆日才露面。再敲右边的门，开门的是个十五六岁的小姑娘，扎着城市里罕见的麻花辫，手里捏双筷子，嘴角还挂着一粒米饭。

“楼上有人唱歌，你听见没有？”马刺问。

小姑娘上上下下地打量他，然后翻了个白眼，说：“神经病！”

马刺回到自己的阳台上，感觉一股巨大的空虚笼罩着自己，使得洒在身上的阳光也黯淡不少。他从来也没有像现在这样深刻地体会到什么叫时光流逝。这就叫切肤之痛，他想。囚车的零件静静躺在身旁，两个车轮已经安装到车轴上了，再过去是囚笼的五个栅栏，其中一扇栅栏上留着直径三十五厘米圆洞，那是一个成年男人脖子的尺寸，囚犯的脑袋就从这个洞口伸出来。他从某个资料上看到，有的朝代的囚车，还在这个圆洞口嵌上狼牙，用来制止“强项”的囚犯东张西望或让他吃点苦头。狼牙比较难采办，不妨用人的牙齿替代；谁的牙齿比较合适呢？如果非要确定个合适的人选，非王八莫属！马刺这样想着，觉得非常解恨。王八的歌声还在继续。现在，这种糟糕的情况变本加厉，即使王八住嘴，马刺也会情不自禁地哼哼起“瓜拉大瓜拉大啊啊啊……”这让他感到绝望。

不能放弃，不能就这样认输，还是要想个办法。马刺站起来，回到房间倒了杯酒。就像单位里的人遇到问题时总爱抽根烟一样，马刺习惯于心里有事就喝口小酒。照例很管用，这口酒一下肚，他的脑袋就敞亮多了。他想，如果楼上的王八不在了，问题不就解决了吗？是啊，可是怎么才能让他不在呢？这确实是个难题。不过，看起来解决问题的思路是对头的。现在假设这个王八是某个零件上的一点障碍，或者说，是辐条上的一个死疙瘩，是车把手上的一枚倒刺，你烦它了，怎么解决它？很简单，拿刮刀把它刮掉就行了。嗯，那就刮掉他吧。对啊，我真糊涂，怎么没想到这么直截了当的办法呢？马刺心里这样嘀咕着，拍了拍自己的脑门。

他决定去买刀。马刺有许多刀，刨刀、削刀、刮刀、砍刀、锉刀、雕刀等等，但都是用来对付木头的，现在他要对付的是肉，而且是活肉。马刺是个唯美主义者，做木匠要完美，杀人也要完美。他要去买一把专门用来杀人的刀，又专业，又制作精良，还要趁手。

整个上午，马刺楼上楼下来回折腾了半天，活儿却没干多少，可以说毫无进展，肚子倒饿了。他在街口的年糕店要了杯黄酒，就着炒年糕吃下去，感觉胃里很妥帖，信心增加了不少。他心满意足地叫了辆出租车，径直来到城西一条偏僻的街道。这是条五金铺子集中的小街，马刺平常就在这里来购买木工工具，也时常看到袒胸露腹的小混混们亮着一身刺青在这里横冲直撞。他光顾得最多的是七十七号店铺。店主以前也是个木匠，有了积蓄后开了这么家铺子，却又喜欢上了越剧，一天到晚泡在戏迷协会里，铺子就交给女儿看管。马刺每次来这里，总能看到那女孩安静地坐在一堆黑黝黝的铸铁家伙后面，大眼睛扑闪扑闪的。听见马刺的脚步声，嘴角就弯成上弦月。待到马刺跨进店门，女孩就直直地望着前方，问：“马刺是你吧？”

马刺不好意思地“唔”一声。每次见到这个女孩，马刺总是不自觉地脸红。幸亏女孩看不见。女孩是个盲人，一生下来就看不见。

“马刺你要什么？”女孩问。

“我想买把刀。”

“马刺你要什么刀？”

“杀人的刀。”马刺老老实实地回答道。

女孩开心地笑了。“马刺你真逗。马刺我们这儿不卖杀人的刀。马刺你如果要买杀人的刀，就到对面去问问。马刺你要杀谁啊？”

“一个爱唱歌的人。”马刺说着出了店门。

“马刺你还回来吗？”女孩子在身后问。

“好的，我回来，你替我泡杯茶。”

“好的，马刺。”

马刺大步流星地穿过街面，跨进对面那家店铺。这家店铺里卖的东西跟女孩卖的一样，但是柜台底下还有别的货色。店主的前额光溜溜的，仿佛生活在清朝。马刺对他说，他要买一把刀，可以杀人的刀。店主轻蔑地看了马刺一眼。

“我们这儿只有杀野猪的刀。”清朝店主说。

“我要杀人的刀。”马刺强调说。

“我们这儿也管那些该死的人叫野猪。”店主不耐烦地说。

“嗯，”马刺心领神会地点点头，这种情况在他身上很少见，“那我要的就是杀野猪的刀。让我看看货。”

“你懂不懂规矩？买这种刀也看货？”

“哦！那好吧，多少钱？”

“一口价，二百元。还有，你从来没到我这里买过杀野猪的刀，明白吗？”

“明白了。”

店主不放心地再一次看看马刺，矮身从柜子下摸出一个破布包。马刺慌慌张张地接过来，揣进怀里，强作镇定转身离去。他再一次穿过街面，回到女孩那里。女孩已经沏了杯绿茶放在柜台上。阳光照在玻璃杯上，碧绿的茶水泛出嫩黄的光泽。马刺端起来喝了一口。

“马刺你真的买了把杀人的刀？”女孩问。

“哪里啊，我买了把杀野猪的刀。”

“呵呵，我说嘛。马刺，刀子好吗？”

“我还没看呢。”马刺掏出破布包，小心翼翼地放到柜台角落，打开。他一下子被深深打动了。他是被刀子的朴素打动的。只有像他这样使刀的行家，才能看出这朴素背后的专业精神。刀子大概一尺来长，刀把跟刀身连接的地方有个护手，做成碗状。马刺最喜欢这种形状的护手了。刀把被两块乌沉沉的木头夹着，再用铜丝密密地箍紧。刀身做成单面刃，刀背约半厘米厚。靠近刀背的地方，镏着一道一指来宽的血槽。马刺摸了摸刀刃，就跟他预想的一样，是热的。他稍微用了点力，只听“哔”的一声，手指就流出血来。他不由得“啊”了一下。

“马刺，你怎么了？”女孩听到他的叫声，伸出双手在空中摸索，问。

“这刀好快。”马刺说。

“马刺你又割破手指了吧？”

“是的。”

“马刺你总是这样不小心。割得厉害吗？深不深？”

“不要紧的。”

“来，马刺，我给你贴上创可贴。”

马刺听话地将手伸过去。他觉得女孩的手不是一双手，而是一条长长的温软的舌头，缠绕着自己的每根手指。创可贴妥妥帖帖地缠在他的手指上，是女孩的唾液留在那里。他要带着这可爱的唾液去从事伟大的精品工程。

阳台上的阳光依然明媚温暖。马刺将新买的刀子放在工具箱上，又听到了王八的歌声。这时候，他反而希望王八的歌声不要停下来，这样，他就可以专心从事杀野猪这件事了。他是个很自信的人。只要能让自己集中精力，他连一个国家都能治理好。

马刺上楼的时候，遇见一个女人。女人朝他笑笑，他猛地想起她就是上午见过的王八的女人。这会儿穿上衣服了，一下子没能认出来。不过马刺的记性本来就不怎么样，见过的人总是一回头就忘了。马刺停下脚步看着女人下楼。女人拐过一道楼梯，听见马刺的脚步声停下了，便仰起头，友好地朝马刺笑笑，说："你是去找王八的吧？他在屋里，你去吧。"马刺哦了一下。女人又说："对了，你没听错，是王八唱的歌。他可爱唱歌了。他连那个的时候也唱个不停。其实我跟你一样烦他唱歌。你要是能让他住嘴，我头一个谢谢你，呵呵！"说着朝马刺挥挥手，消失在楼道里。

门铃响了很久王八才来开门。王八仍然穿着短裤，一副刚从被窝里钻出来的样子，冻得直发抖。有人喜欢洗澡的时候唱歌，有人喜欢撒尿的时候唱歌，还有人喜欢骑自行车的时候唱歌，没见过猫在被窝里还唱个不停的人！马刺愤愤地想。王八永远是那样和善，他再一次热情洋溢地邀请马刺进屋去坐坐。马刺摆了摆手。

"你看这样好不好，去我那儿坐坐吧，我给你看件珍贵的艺术品。"马刺诚恳地说。

一丝狐疑掠过王八的双眼，但他很快又笑了，"好啊好啊，这幢楼里的人都说你是个奇人，家里肯定藏着稀世珍宝。你等等，我穿件衣服就下来。"

王八很快就下楼了，他只是在外面加了件军大衣，也没好好穿进去，像裹一块毯子那样紧紧裹着。马刺大喜过望，心里说，什么叫天杀的？这就是天杀的！待会儿动起手来省下许多麻烦。剥死人的衣服是很费劲的。不剥吧，又会增加死人的重量，而且冬天的衣服沾了血，会格外沉。这样想着，脸上就露出笑容。没人见过马刺发自内心的笑脸，王八是第一个。

马刺直接把王八领到阳台上。这个宽大的阳台上堆满了木料和工具，但归置得井井有条。明亮的阳光照在那些刨得光滑平整的档料上，还照在各种木工工具雪白的刃口上，泛出一个个光斑，使得整个阳台光辉灿烂。王八高兴地说："啊哈，你的阳台真大啊，快赶上一个车间了。老兄，你的艺术品呢？在哪儿啊？”

马刺指了指阳台中央那个车轱辘。“嗯，是这样，这件艺术品呢，正在制作中。瞧，这就是其中很重要的一个部分。你猜它是什么？”

“不用猜，我都看清了，它是一辆车啊。老式的，古代的车。是战车吧？”

“是车。不过，它可不是战车，也不是普通的车。它是一辆囚车。”

“囚车？”王八睁大了眼睛，“老兄，你干吗做一辆囚车啊？你开玩笑吧？”

“没开玩笑，瞧，这是配套的手铐。你试试。”

王八饶有兴趣地从大衣里伸出双手。大衣的衣襟敞开了，马刺看见王八洁白光亮的胸口。真可惜没有胸毛向下延伸与阴毛打成一片。马刺再一次感到惋惜。他把这副用花梨木做成的手铐套进王八的双手。大小正合适，简直就是为他特制的。他将手铐的插销销紧，再扣上搭襻，手指一用力，搭襻滑进凹槽。王八的手就牢牢锁在木铐子里了。

“呵呵，还真是个手铐。”王八笑道，“老兄，你真是天才啊，做得真是精巧啊。是你自己想出来的，还是仿造古人的？”

“我哪里想得出来！查了不少资料才设计出来的。来，再试试这副脚镣。”

马刺蹲下去将脚镣也扣在王八的脚上。懒汉王八只穿了双拖鞋，马刺差不多要感激他这么识大体顾大局了。

“古人的脚镣跟现代的也不一样，呵呵。”王八低头看马刺忙活，说，“怎么也没有链子啊？这样，犯人怎么行走呢？”

“这是专门给坐囚车的犯人用的脚镣。戴这种脚镣的犯人不用走路。”

“哦！”王八恍然大悟，“是该这样！”

“还有最后一道枷锁，喏，就是这个，连杆。一头锁住手铐，一头锁住脚镣。好了，这下你动弹不了了。”

马刺直起身，摘下王八身上的军大衣。光身的王八站在灿烂的阳光下，笑眯眯地望着马刺，像个孩子。他的皮肤很白，马刺觉得眼前这个人仿佛不是肉做的，而是用上好的椴木做的。

“你听到什么声音没有？”马刺问。

王八侧着头，认真地听了会儿。“没有啊，什么声音也没有。”

“这就对了。你瞧现在多么安静！因为没有人唱歌了。唱歌的人已经被我铐住了！”马刺又露出笑容，“你知不知道安静对我有多重要？我是个艺术家，我在制作一件艺术精品。但是你却在楼上像只鸭子似的呱呱叫个不停！我烦透了！”

“得了老兄，我知道你在做木匠活，我还嫌你吵呢！你只要专心做了，哪里还能听见我的歌声？你不专心啊！”

这句话让马刺很不高兴。“告诉你，我是天底下最专心的人！”

王八撇撇嘴。“好了，你的艺术品我也见识过了，放我出来吧。什么艺术品啊，这不，八字还没一撇呢！”

“我不能放你出来。”马刺说。

“为什么？”

“放你出来，你还会唱歌。你一唱歌，我就没法干活。”

“那你想怎么样？”

“现在我要把你杀掉，完美地杀掉。”

日头偏西了，斜斜地照过来，照得王八睁不开眼睛。他想抬手搭个凉棚，仔细看看马刺的脸，但双手被那根连杆牵扯住了，动弹不得。

“得了，老兄，玩笑开够了。我承认你很幽默，很搞笑。我很欣赏。你瞧我冷得浑身都起鸡皮疙瘩了，快放开我。”

“你认为我在搞笑？”马刺皱紧眉头，不高兴地问。

“你他妈的，听见没有？快放开老子！”王八勃然大怒。

“你还是不相信我会杀了你？”

“再不放开，老子要喊了！”

“你喊吧。你每天都在喊，时时刻刻都在喊。你喊得我没法静下心来干活。好了，现在好了，你很快就没得喊了。”马刺冷冷地说，“因为，死人是不会喊的。”

“等等，老兄，你是玩真的？”

“是啊。”

“得了，老兄。我承认是我唱的，我以后不唱了。我不唱了成不成？打死我也不唱了。我向你赔不是了，我不该整天哼哼唧唧的，害你分散精力，我……”

“我不相信。你这号人，满口胡说八道惯了，毫无诚信。我现在放你回去，你只会唱得更响。”

王八突然朝马刺扑过来，但是他的脚被固定在木枷里，因此他只能朝马刺的方向倒过来。马刺早有防备，略微一躲，王八便摔倒在刨花堆里。“你这个疯子！你他妈的疯了……救命啊！疯子杀人了！”王八终于喊了出来。

“哼，这就对了。就是你唱的。你连喊救命都像唱歌。可是我告诉你，这幢楼里的人早就听惯了你的声音，他们以为你又在唱歌呢！”

马刺说着弯腰揪住脚镣，倒拖着王八朝屋里走。王八米色的身体擦着地面，将整整齐齐堆放着的一垛方料撞倒了。他的喊声慢慢变成了哭腔。马刺把他拖进卫生间。

“喂，你这个疯子，你要是把我杀了，你那个艺术品就真的做不成了。瞧，警察很快就会找到你，你会被枪毙……”

“别跟我提枪毙！”马刺打断王八的话头，“枪毙算什么？借助机械的力量杀人，那根本不叫杀人。就像用刨板机和气钉枪干活的木匠根本不能算木匠。你瞧着吧，我要让你见识见识什么叫杀人！”

“我没兴趣……”

“我想好了，把你杀掉，得分成好几个步骤。我们索性凑个整数，分十个步骤吧……”

“有这么麻烦吗？”王八哭丧着脸说。

“有的。你听我细细道来。第一步，准备杀你的工具。这是很重要的。这是以下九步的基础。这一步不能出半点差错，所以这一步必须由我本人亲自完成。现在已经完成了。瞧瞧我选的这把刀，怎么样？一点儿也不起眼吧？告诉你，越是有用的东西越是不起眼。越是花里胡哨的东西，越不管用。第二步呢，是准备把你固定住的工具。这一步也已经完成了。怎么样？我做的手铐和脚镣还不错吧？现在你已经找不出这么富有艺术品质的枷锁了。我做这副枷锁，原本不是要对付你的，可是，天意啊天意，你自己撞到枪口上了！第三步，就是把你固定住，这一步我们已经完成了。你很配合。你听说过行为艺术吗？我认为你是行为艺术的大家。第四步，未雨绸缪，准备好一块大毛毯。毛毯干什么用啊？告诉你，杀人是要流血的。你长得这么壮实，身上有许多血，这么多血如果喷涌出来，会把这间卫生间喷成红色，我可不想在血红的卫生间里拉屎拉尿刷牙洗澡。所以，得用一块毯子把你裹住。第五步，进入杀场。杀场就是战场，杀人就是打仗，必须抢占制高点，争取有利地形。有这么几个地方可供选择，阳台，客厅，厨房，还有卫生间。我最终选择了卫生间，而且我们也进入杀场了。你好沉啊，有一百七十斤吧？第六步，找准突破口，就是你的动脉。你知不知道人的动脉有两条？一条是肺动脉，一条是主动脉。我要找到你的主动脉，就是把动脉血从心室送到全身的那条血管。这条血管遍布你的全身，在哪儿都能找到。找到这条血管，用刀尖拨断，血就会喷射出来。记住，是喷射，像箭一样射得老远，不是平庸地流出来！所以要用毯子遮挡。第七步，这是最重要的一步，下刀。刚才我已经说了，笨人才会毛手毛脚地乱扎乱刺，高明的杀手会用巧劲。它只消用刀尖一拨，就能把动脉拨断。动脉是什么样子的你知道吗？像根空心的橡皮筋，可有弹性了。你把它挑断后它会从皮肉里弹出来，你还能听到‘嘣’的一声轻响，比你唱的乱七八糟的歌好听多了。然后就是下一步，第八步，放血！这个时候，杀你的最重要的几个步骤已经过去，该是享受的时候了，我们可以听到鲜血喷射在毯子上的连续不断的‘噗噗’声，很像水烧开时的声音。而你呢，肯定会有虚脱的感觉。我想，你跟你的女人做完爱后，也是这种感觉吧？这种感觉很难得的，让我们一起好好享受。然后呢，是第九步，我们要像一对多年老友那样来告别。从此，我再也不必承受你那没完没了的哼哼的折磨了。我就跟刮掉车辕上的一枚毛刺那样，把你刮掉了。再用手摸上去，可真光滑啊，你不得不相信这根毛刺从来也不存在过。我们说到第几步了？反正是最后一步，那就是，打扫战场。嗯，我怎么处理你的尸体呢？这倒是个棘手的问题。你这个家伙，死都死了，还给我留下一摊子麻烦事。你该死，真该死！为此，我要把你所有的牙齿都拔下来，嵌到囚车的颈圈上……”

许多白沫从马刺的嘴角泛出来，飞溅在王八的脸上。马刺随手拧开自来水龙头，凑过去咕嘟咕嘟喝了几口，这才缓过气来。他这辈子没说过这么多话。再看王八，直直地躺在卫生间的马赛克地面上，早已冻得嘴唇发紫，鼻涕横流。

没有了歌声的干扰，总装进展得极为顺利。在剩下的两天时间里，马刺进入了忘我的境界。他幻想着自己已经成为囚车的母亲，正专心致志地孕育着这件独一无二的艺术珍宝。太阳从对面屋顶上送过来第一束阳光时，他准时拿起工具开始干活。当这束阳光宛若温柔的创可贴贴上他的额头时，他的灵感全部焕发出来了。他既不吃饭，也不喝水，争分夺秒地要把失去的时间抢回来。傍晚，当最后一缕阳光消逝，他回到房间，和衣倒在床上，立即进入梦乡。2006 年 1 月 3 日下午太阳消失在对面那幢楼的背面时，囚车终于矗立在他的阳台上了。他爬上车板，将囚笼的五面栅栏严丝合缝地拼起来。所有的榫头都对上了。他爬下囚车，跑进卫生间，从尸体上取下手铐和脚镣，回到囚车上做最后的合龙。他的呼吸变得非常急促。他不得不停下来，连着做了几个深呼吸，让情绪稳定下来。然后戴上枷锁，再把头套进颈圈。王八的牙齿刚好咬到他的头颈，他似乎闻到了从王八口腔里散发出来的胃气。当他把最后一根木条牢牢地钉在车身上后，开心地将手里的工具扔出阳台外。这时候他发现，他将自己钉在了囚笼里面，成为这件完美艺术品无法分割和必不可少的一部分，水乳交融，浑然天成。

我叫马炜，我弟弟叫马欢，不信你们可以去派出所查。派出所在城中路，从这儿出去，往左拐……

为马欢默哀三分钟

M A W E I

Z I X U A N J I

S H I B U

S H A Y I R E N

我叫马炜，我弟弟叫马欢，不信你们可以去派出所查。派出所在城中路，从这儿出去，往左拐，到第二个红绿灯再往右拐，顶多走二十步就到了。你看过电影《和平饭店》吗？就是周润发演的那部砍砍杀杀的片子，你如果看过，就该记得和平饭店的大门，两根见方的大石头柱子，顶着个拱形的弯梁，上面挂着四个圆牌子，每个牌子上都写着字，加起来就是“和平饭店”。派出所的大门跟这个大门一模一样，不过，圆牌子不止四块，有五块，加起来就是“城中派出所”。马欢是这儿的常客，一见他进去，所有的民警脸上都会荡漾起无可奈何的笑纹。他们都记得他第一次被扭送进来时的情形。他是被五六个花白头发的老太太外加一个大老爷们儿扭送进来的。呵呵，他果然来了，他们全都这样想，同时在心里佩服着他的哥哥马炜的先见之明。因为我早就预料到有这一天，所以早就打点好了。对不起哥们儿，我冲和平饭店里所有穿警服的人点头哈腰，我弟弟进城了，我叫马炜，他叫马欢，不信你可以查我的户口……你们饭店里，不不不，我是说你们所里就有，以后请你们多关照。他这人毛病不少，但本质上还是好的。给你们添麻烦了！改天我请大伙聚聚。好说，好说！他们客气地说。真快啊，这一天终于来了，马欢果然被人民群众扭送进来了。哦，这就是大名鼎鼎的马欢啊！他们在心里这样叹道。他是因为偷公共汽车站的站牌被送进来的。你说他偷什么不好啊，竟去偷那种东西……我的意思是说，他干吗不偷别的呢！不不不，也不是这意思……我的意思并不是鼓励他去偷东西，只是，你既然去偷了，你倒是偷些……算了，我这样想是不对的。

他们进派出所的时候闹成了一团。皮城的老太太嘴皮子特别厉害，这大家都知道。不过她们手脚呢又不怎么利索，所以就请了个帮手，是个三十多岁的男人。这个男人的手脚也不怎么管用，所以跟马欢扭到了一块儿。民警出来，把他们拉开，不由分说就把手铐给马欢铐上了。错了错了，老太太们喊道，这个才是小偷呢！民警乐了，原来那个面皮白净斯斯文文长得跟电影明星似的坏种才是我弟弟马欢啊！我有时候真恨爹妈不公平，他们怎么可以把我生成这样，而把马欢生得一表人才呢！瞧，马欢跟我们家的任何人都不一样。先说他的头发吧，又细又软又多，服服帖帖地从中间分开，精光精光的，三个月不洗也不会有一片头皮屑；这头发像谁呢？谁都不像。我爹是个秃子，我们从来不知道他的头发是啥样的。我妈说，我爹打小就是个黄毛，头上顶着一撮晒干的稻草，冷不丁的就会有水牛凑过去啃几口，所以他的爹妈干脆就把它剃掉了，后来呢，那些干草索性不往外长了，他就成了个秃子。我妈呢，头发又粗又硬，早早地就白了。再说眉眼，我爹是扫帚眉绿豆眼，我妈是八字眉丹凤眼，可马欢却浓眉大眼……我撂下电话赶到派出所，看见马欢站在那儿紧紧地抱着走廊的柱子，眼泪汪汪。这只是第一次，打那以后，我就经常有机会见到他这副样子了！

不过话又说回来了，我也不是第一次瞅见他这副模样。在离城三十里地的大牙镇派出所，他就时常被他们铐起来，挂在窗栅栏上或者门楣上。每次还不都是我去把他保出来的！大牙镇现在不叫大牙镇了，叫大牙开发区。我爱大牙！大牙可真是个好地方啊！大牙是一大片慢慢拱起来又慢慢落下去然后再慢慢拱起来再慢慢落下去接着又慢慢拱起来……这样上上下下折腾好几回的山地。山地上种着甘蔗、茭白、花生、黄豆、荸荠、地瓜、玉米、卷心菜、生姜……在拱起来和落下去的地方，东一块西一块地扔着许多镜子般的湖泊和池塘，太阳落山的时候，那些镜子就全成红色的了，打出一道道的光柱笔直地射向天空。有一次我还看到池塘里的水草也被这些光柱反射到天上，变成一株株巨大的珊瑚。我们，我和马欢，还有我爹妈，我们的左邻右舍乡里乡亲，都是有福之人，我们住在大牙就像住在天堂。地里自然会有东西长出来供我们吃和穿，那些池塘里还有活蹦乱跳的鱼虾供我们换换口味。因为不用担心什么，所以我发现我们正在一点一点变笨。我是个细心的人，他们还没有发现的时候，我就发现了。

我们家的地是由我爹我娘还有我管着的，马欢管我们的五眼鱼塘。先是我们的地被他们征用了，为此我们得到很大一笔钱。我和马欢像切腌肉那样从那笔钱里切下一小片儿，到镇上吃喝玩乐了一天。我们去看了演艺吧里的脱衣舞表演，到馆子里吃了一顿刚到的大黄鱼，马欢给自己买了条牛仔裤，我给自己买了双鞋。我们在街上逛的时候，看到了村里每个男人都想跟她睡一觉的漂亮姑娘马月牙跟一个派头十足的外地老头走进刚开张没几天的红色天空大饭店。生活真是丰富多彩啊，我们真想再从那块腌肉上切下一小片儿，好好跟马月牙乐乐！能睡上一觉当然再好不过啦！但是，老天都不知道我娘把这块腌肉藏到哪儿去了，她说，她还指望着这点钱给我们讨老婆呢。马欢和我原谅了她的愚蠢。

然后我们一家四口就一心一意地伺候我们的五眼鱼塘了。马欢就是从那时候起落下偷鱼的毛病的。开始的时候，没人相信马欢会去偷鱼！你会相信比尔·盖茨偷了邻居的电脑吗？马欢在大牙镇养鱼这个行当里的名头，跟比尔·盖茨在电脑行当里的名头一样响亮啊！我们兄弟俩都是有文化的人，以前马欢照教科书上的法子养鱼，我照教科书上的法子种田。我没田种了，马欢就教我养鱼。我学会了养鱼，马欢这个懒汉就把鱼塘扔给我了。他去干什么呢？先是偷腌肉，我是说，他偷被我妈藏起来的那点钱。他可真是个天生的贼啊，无论我妈把钱藏在哪里，他都能找出来。他倒不怎么贪心，只从那一沓钱里抽出两张，揣在怀里，去镇上当少爷。这样大概过了有一年吧，那块腌肉就只剩下肉皮了。我爹把马欢吊在院子里的枇杷树上，用皮带使劲抽。马欢眼泪汪汪的，我娘就心软了，拦住我爹不让打了。

他头一次偷鱼是在我们家的鱼塘从五眼变成三眼后来又变成一眼再后来一眼不剩之后。我们的鱼塘到哪里去了呢？跟我们家的地一样，被他们征用了，他们先要在那儿建一个高尔夫球场，后来又搞了个度假村，再后来是游乐场。我爹妈又得到一块又一块腌肉。这次他们怎么也不让我们兄弟俩切一小片，非得留着给我们讨老婆。这一回我娘也学乖了，她没让马欢找到藏腌肉的地方。后来她悄悄告诉我，她是趁天黑的时候溜出院子，把钱藏到我们家的坟地里了。上了年纪的人总是有远见的，我爹和我娘早在几年前就给自己留好了坟地，我们兄弟俩花了两天工夫砌的墓穴，就在村子后边靠近襟带河的那块山坡地上。我娘真搞笑，不过，谁会想到把钱藏在那种地方啊！

马欢搞不到钱了，就去偷鱼。这是有道理的，他比谁都懂鱼的习性啊！如果比尔·盖茨失业了，我一定写封信建议他去偷电脑……没人知道马欢用了什么法子从戒备森严的鱼塘里把各种各样的鱼偷到手。有时候我会怀疑我弟弟懂得鱼的语言，他可以蹲在鱼塘边上，骗那些头脑简单的鱼说带它们去城里花天酒地，那些漂亮的小东西就会欢天喜地游进他的网兜。他带着那些鱼去市场上换钱。这不是我的想象，是真的。他的价钱比那些专业鱼贩子低多了，他们一眼就看出来他的鱼是偷的。贩子头童养媳就叫人把马欢捆起来。

他们给我捎来口信时，我正在练习掂勺。我是个勤奋的人，没有了鱼塘，我就开始学着做厨师，因为红色天空的大厨马明宇是我最要好的朋友。从前他就像个傻 × 似的一天到晚练掂勺，还练习要么把萝卜雕成一朵花要么把萝卜丝切得比头发还细。后来就房子也有了，摩托车也有了，摩托车后座上的女人也有了。有一次我还看见他的后座上坐着马月牙。于是我也开始练习掂勺。我往锅里倒一把沙子，锅底捆上一块砖头，站在院子里掂啊掂。这个法子是马明宇教的，为此我娘从那块差不多风干了的腌肉上咬牙切齿地割下五张百元大钞交给他作为拜师费。就在我拼命假装自己掂的是一大锅牛里脊的时候，我那没出息的弟弟被人高高吊了起来，好几根用柳条扭成的大鞭子没命地往他身上招呼。

我把铁锅扔在地上，撒腿就往外跑。我先往村后的襟带河跑。我跑得很快，好像那粗大的柳条不是打在我弟弟身上，而是打着我的后背，而我则成了一匹被人骑着的马。我跑到代销店门口的时候碰到马明宇，他冲我喊道："马炜，你往哪儿跑啊？你弟弟被人吊在鱼市场，鱼市场在镇上，镇子在北边！"我没理他，继续往前跑。快出村的时候，又差点和马月牙撞个满怀，她也冲我喊道："马炜，你往哪儿跑啊？你弟弟被人吊在鱼市场，鱼市场在大牙镇，大牙镇在北边！"我真想停下来跟她聊聊，跟漂亮姑娘聊天可有多美啊！可我不能停。襟带河的水很浅，因为是枯水期。我没从桥上走，过桥得绕点路。我直接下了河。我蹚水过河时，整条裤子都湿了。没关系，日头很毒，很快就会干的。日头真他妈的很毒啊！抬头看去，睁不开眼是当然的，就算能把眼睛睁开，你也找不到太阳，因为它已经变得很大，跟大半个天空一样大。过了河，四周就变得很静了。先是桑园，再是玉米地，然后是稀稀拉拉的松树林，穿过松树林，墓地就到了，我妈把腌肉藏在这儿。

我把头探进坟洞。我妈说过，她把钱藏在左边最底下一层第十一块砖头里面，那块砖头是活动的。我从洞沿开始数，到第十一块，用手推了推，果然有些松动。我揭下这块砖头，我们家的几眼鱼塘就露出来了。我妈用一只塑料袋包着它们，我从里面抽出五张，三张揣进怀里，另外两张塞进鞋垫下面。

在我们家的鱼塘一眼一眼地变成腌肉到我进城做厨师这段日子里，我不知道这样跑过多少回，那块藏在墓地里的腌肉就是这样一小片一小片被我切光的。他们一捎来口信说马欢被吊起来了，我就往墓地里跑；他们一捎来口信说马欢被吊起来了，我就往墓地里跑。那次我揣着五百元钱，又从墓地往大牙镇跑，后来每一次都这样。大牙镇的鱼市开在通往皮城的公路边，大老远的就能闻到亲切的鱼腥味。鱼市场是个用玻璃钢瓦搭起来的大棚，走进去后黑压压的一眼望不到头，到处都是大大小小的鳞片和扭来扭去的鱼肠，还有扔得满地都是的鱼泡泡。马欢偷来鱼后就在这里卖掉。他不是个聪明的贼，他总是拎着偷来的鱼到这里来卖——他也不知道换个地方销赃，以为这个地方够大，可以躲过童养媳的耳目。我想他这么死心眼是因为在这里能卖个好价钱，结果十次倒有七八次被他们逮住。我跑进大棚的时候，他们已经开始收市了，鱼贩子们全都手里握着塑料水管冲洗摊子。我问他们童养媳在不在，他们随手指了指身后某个地方。我顺着他们指点的方向找过去，童养媳正躺在一只倒扣过来的大塑料盆上一边抽烟一边咳嗽呢。

我问过我妈，也问过我爹，可他们都不知道鱼贩头为什么叫童养媳。我每次去找他他都这样躺在倒扣着的塑料盆上。他躺着的地方就在大棚的边沿，再走几步就是两棵勾肩搭背的狗屎树和大柳树。狗屎树是他们用来吊偷鱼贼和扰乱市场行规的浑人的；大柳树呢，可以让人随手攀下柳条。我头一次找到童养媳时，看见大柳树已经被他们攀得像个癞头婆了。

童养媳的咳嗽就跟唱歌一样，一句一句的。我等他唱完一首歌，就走过去对他说："我来找我弟弟马欢。"

他的脸被咳嗽憋得通红，只好狠狠吸进一口烟，脸皮随即变成病恹恹的黄色了。他是个又高又瘦的人，所以他得把腿高高地跷起来，整个人才可以盘在大红的塑料盆上。

"你是马欢的哥哥？"

"我是。"

"你得好好跟你弟弟说说。"

"我是得跟他说说。他太不像话了。"

"他不能这样游手好闲的，不能偷别人的东西，特别是不能偷鱼。"

“是的。”

“不要以为偷几条鱼没啥大不了的。不要以为偷鱼不算犯罪。要知道偷鱼也是犯罪啊！”

“嗯，偷鱼当然也是犯罪！”

“偷多了也会判刑的。”

“你说的对，也会判刑的。”

“国家有法律的，信不信由你，偷鱼偷多了，不但可以判刑，还可以枪毙的！”

“还可以枪毙？”

“当然了，是可以枪毙。一句话，再偷下去，你弟弟迟早会被枪毙的！这种事情就跟切腌肉一样，一次切一小片，总有一天会切完的！什么完了？全完了！你懂不懂？”

“我懂了。”

“好了，你去派出所吧。我们把他扭送到派出所去了。”

我撇下童养媳，转身向外跑。跑到派出所的大门口，就看见马欢眼泪汪汪地抱着走廊柱子，手腕上的手铐闪着银闪闪的光，很有钱的样子。当然有钱啊，这不，一下子就交了三百罚款。交了罚款后，我就剩下两张百元大钞了。本来是要罚五百的，我把几个兜都翻了出来，就差脱得只剩下两只鞋，证明我身上再也没有一分钱了。好心的民警拦住我，说那就三百吧，就让我把马欢领出来了。民警对我说：“你得好好教育教育他，要防微杜渐；千里之堤，毁于蚁穴！到时候进去了，可就晚了！”

马欢抬手抹抹眼泪，手腕上红红的一圈。马欢就这一点好，寻常人流过泪，眼睛得红大半天，可他只消一抹就干了，一点儿也看不出哭过。他像个没事人似的跟在我身后出了派出所，这让我担心极了。遇见我们的熟人热情地跟我们打着招呼。“马炜，你把马欢保出来了？”他们赞许地高声问。我的脸很热，赔着笑冲他们点点头。马欢呢，走路一弹一弹的，好像脚后跟装了弹簧。我领着他往前走，想起好心眼的民警和好心眼的童养媳对我说过的话，不由得忧心如焚。

我说："马欢你听我说。"

马欢说："哥，我听着呢。"

我说："你再也不能这样游手好闲了，不能偷别人的东西，特别是不能偷鱼。"

马欢说："是的。"

我说："不要以为偷几条鱼没啥大不了的。不要以为偷鱼不算犯罪。要知道偷鱼也是犯罪啊！"

马欢说："嗯，偷鱼当然也是犯罪！"

我说："偷多了也会判刑的。"

马欢说："哥你说的对，也会判刑的。哥，我饿了。"

我说："国家有法律的，信不信由你，偷鱼偷多了，不但可以判刑，还可以枪毙的！"

马欢说："还可以枪毙？"

我说："当然了，是可以枪毙。一句话，再偷下去，你迟早会被枪毙的！这种事情就跟切腌肉一样，一次切一小片，总有一天会切完的！什么完了？全完了！你懂不懂？"

马欢说："我知道了。哥你懂得真多。哥，我饿了。"

其实，自从头一次把他从派出所领出来起，我就打定主意离开大牙镇了。我知道那绝不会是最后一次，我从很小的时候起就料事如神。我真的不想管马欢了，但我还没学好怎么将一小撮牛肉丝漫不经心地扔进炒锅，再漫不经心地那么掂几下然后起锅，而牛肉丝吃起来就跟豆腐一样又软又嫩；因此我只得在家里待着，一边跟马明宇学掂勺，一边一次又一次地在墓地和鱼市场或派出所之间来回奔波，直到有一天我终于离开大牙镇，来到皮城。我在跟城中派出所隔着一条街的 MP3 大酒店里找到一份差使。先是给大厨做下手。就像从前我妈说的那样，人只要勤劳，总会过上好日子的。我就是这样的啊，果然从白案做到了红案，现在也成了大厨了。这是次要的，重要的是我在皮城遇上了马月牙，还跟她谈着恋爱。后来我也让她坐上了我的摩托车后座——这是另外一件事了，我下次再讲。

就在这个时候，马欢来了。他没坐车，是走路来的，因为所有的招手车都不让他上去。这太过分了！马欢是个著名的偷鱼贼，但他从不偷人的钱包，他们不该这样对待他。马欢倒也没怎么生气，脚后跟像装了弹簧似的沿着那条正在修建的公路往城里走。大牙镇离皮城有六十里路，他走了整整一天，才走到皮城的边上。要走进这个不大的城市远没有他想象的那样容易，他总是像我父亲从前讲的一个故事里的倒霉蛋那样遇到鬼打墙，大白天也是这样。转了两个钟头后，马欢看到了一块站牌。

那是皮城的三十三路公共汽车站牌，上面写着其中一站就是向阳路。马欢跟站牌天生有缘啊，他杵在站牌前琢磨了几分钟后就动手了。就跟没人知道他是怎样将各种各样的鱼搞进他的鱼篓一样，也没有人知道他是怎样在半分钟内将站牌从铁杆子上摘下来的。他大模大样地将站牌捧在胸前，一个字一个字地高声朗读，终于读到了 MP3 所在的向阳路。他将站牌夹在腋下，按站牌上所指示的线路晃晃悠悠往前走。每到一个站牌前，就停下来仔细琢磨一番，再高声朗读一遍，遇到有跟三十三路站重叠的站牌就一律摘下来，大白天的，也没人阻止他。天黑的时候，他胳膊底下已经夹了一大沓铁牌了，累得满头大汗，见到我后一屁股坐在地上，开心地笑了。

从那天开始，马欢算是找到自己该做的事了。他开始对这个城市的地形了如指掌。我不知道他是怎么做到的，是啊，我很少管他，有一大堆事情等着我去料理。马月牙要穿新衣服，老板每周都要有新的菜谱，我带着的那几个徒弟跟保安部的几个傻大个为客房部的一个服务员争风吃醋……马欢总是天一亮就出去了，我问他去哪儿，他乐呵呵地说去挣钱。我问他挣到没有，他说，总会有办法的。有一天，那个将总统套房一包就是一个月的姚老板带着两个模特去山中别墅过夜，我去为他们开小灶，回来时见到了马欢。他就站在进城的路口，一只手高高举起，擎着一块站牌，上面用油漆覆盖着两个大字："带路"。沿路有许多像他这样的人，不过其他人用的是马粪纸，而他用的是站牌，显得格外专业。他跟路旁的电线杆子那样，从车窗外一掠而过，但我看得很清楚，那就是马欢，浓眉大眼，头发又细又软又多，既不像我爹也不像我妈，服服帖帖地从中间分开，精光精光的。是的，我还看清了，他的嘴微微咧开着，鬓角挂着一撮白发。

我想，这好歹也是个挣钱的活吧。开始的时候，他只在一条进城的路上守着；后来，他就可以在各个路口上守着了，也就是说，他可以把初次来到这个陌生城市里的人带到任何他们想要去的地方，而他的床底下堆起来的站牌也越来越多了。我对他说，你要熟悉这个城市，也用不着偷站牌啊！你不要总让我提心吊胆的好不好？哥，你不用为我提心吊胆的。那些站牌我也不是用来认路的。我只是喜欢它们。你瞧，这些名字取得多有意思啊，官河路，那肯定就是市政府大楼的所在地了；瓦窑头，就跟咱们大牙镇北边的村子一样，可那儿全是高档酒吧；还有，二奶坊，哈哈，你知道那是啥地方吗？正对着站牌的就是交响乐团的大门口，笑死我了。你瞧这个，二大爷里，谁取的这么个缺德名儿？这是状元里，这个小区里净是光棍……我爱死这些地名了。拜托了马欢，你总不能为了你喜欢这破玩意儿，一次一次地让我到派出所去保你吧？说这话的时候，我已经去过三次城中派出所了。到后来，一提起派出所，我就像吃多了肥肉一样浑身起腻。

不过，现在我去替马欢交罚款时，用不着跑马拉松似的兜那么大一个圈子了。不知道这算是马欢长进了呢，还是我长进了。我们出了城中派出所，马欢问："哥，你干吗唉声叹气的？"

我说："我为你担心啊！马欢你听我说。"

马欢说："哥，我听着呢。"

我说："你再也不能这样游手好闲了，不能偷别人的东西，特别是不能偷站牌。"

马欢说："是的。"

我说："不要以为偷几块站牌没啥大不了的。不要以为偷站牌不算犯罪。要知道偷站牌也是犯罪啊！"

马欢说："嗯，偷站牌当然也是犯罪！"

我说："偷多了也会判刑的。"

马欢说："哥你说的对，也会判刑的。哥，我饿了。"

我说："国家有法律的，信不信由你，偷站牌偷多了，不但可以判刑，还可以枪毙的！"

马欢说："还可以枪毙？"

我说："当然了，是可以枪毙。一句话，再偷下去，你迟早会被枪毙的！这种事情就跟切腌肉一样，一次切一小片，总有一天会切完的！什么完了？全完了！你懂不懂？"

马欢说："我知道了。哥，我饿了。"

妈的，每次都是这样的，一出派出所他就喊饿，一出派出所他就喊饿，好像民警让他挨饿了似的。我带着他去MP3左近的大排档吃小龙虾。马欢不吃鱼，很少吃肉，特别爱吃小龙虾。皮城的大排档不是沿街摆放的，而是围成一圈一圈的，像个大漩涡。我们找了个看上去稍稍干净点的摊档坐下。马欢吃得很专心，我却一点胃口也没有。老是有人过来打扰我们，不是问我们擦不擦皮鞋，就是问我们点不点歌，还有就是那些毛孩子像根树桩子一样杵在身后，轻声嘀咕道：买一朵花吧，带回去送给太太……我们像赶苍蝇一样把他们从身边赶开，但是赶走了一拨又围过来一拨。我烦透了，没等马欢吃完就拉起他走了。

"其实给人家带路也是挺不错的，对吧？"我问他。

"嗯，是挺不错的，也不怎么费神，就是皮城太小了，要带路的人不多。"

说完这句话后，马欢就不吭声了。我们就这样走着。穿过那个住宅小区，就到我租住的地方了。小区很安静，但时不时会有吆喝声响起来，要么是收酒瓶子、旧纸箱和旧家电的，要么是卖蜂窝煤、米粉和送煤气的，都有一副歌唱演员的好嗓子，听着格外亲切。走着走着，马欢突然停了下来。我回过头去，见他张大了嘴，傻瓜似的盯着自己的左手看，那只手上全是血。

"我怎么一直没注意到啊？"他抬头问我。仔细看他的手，血是从手腕上的一个细小的口子里渗出来的。

“嗯，这次铐得紧了，是不是？”我问。

“是跟往常不大一样。”

“看你以后还偷不偷！”

我们加快脚步回到我的租屋里。我给他贴上创可贴，血还是一点一点地往外渗。晚饭后血止住了，可他又发起烧来。我出去买来退烧药给他吃下去，到天亮时，他又成了原来那个活蹦乱跳的马欢了。吃早饭的时候我问他还去不去带路，他说今天不想去了，他打算去那些陌生的城市，譬如杭州，还有苏州甚至上海、北京，那儿的人多，需要他带路的人也多。我问他，你怎么认得那里的路啊？他说，以前我也不认得皮城的路。我知道，他肯定也要偷那些城市的站牌的，嗯，总有一天，当他跟人谈起那几个城市时，会迅速说出去哪儿应该坐哪路车，去哪儿又该坐几路车！那些漂亮城市的错综复杂的路网将会像血管一样长在他的脑子里。而他的手腕上那圈令我心碎的红色，则永远也不会淡下去。

我放下饭碗对他说：“再这样下去，你会被枪毙的。”

马欢显得很高兴，“哥，如果我死了，你一定要为我开一个追悼会。”

我很不高兴，重重地拍了一下他的后脑勺，他缩了一下脖子，还是往下说。他说，那样的话，他就可以以主人的身份参加一场以他为主题的会议了，可以听到主持人向大家介绍他的生平，请谁谁谁致悼词，最重要的是可以听到主持人吩咐大家：为马欢默哀三分钟。然后哀乐响起来，他随着大火升上红色天空。我拾起刚放下的筷子，狠狠地打在他的头顶，他嘻嘻地笑了起来，不再说了。

第二天一大早，我被噩梦惊醒。我梦见马欢领着几头羊寻找一个名叫“秘书处”的地方。他走在那些羊的前头，身上挂满了站牌，最大的那块站牌挂在胸前，用一根细铁丝勒着他的脖子。他们走着走着就迷路了。马欢不时地低头看胸前的站牌，大概因为从上往下看那些字都是头朝下的，所以怎么也看不清。细铁丝越勒越深，终于勒进皮肉。血从他的脖子上像帘子似的往下流，我想伸出手去帮他摘下站牌，但他身后那群羊恶狠狠地盯着我，恶意中明显带着魔力，让我一点劲也使不出。细铁丝终于“咚”的一声绷断了，我猛地从床上直起身来。阳光照在窗台上，床的那一头，马欢已经不见了。

他就这样走了。我不知道他现在到了哪个城市。一晃快十年了，是死是活都不知道。我们从来没有分开过这么长时间。我很牵挂他。如果有谁见到他，请一定转告他，让他早点回来。

莫端大夫清早起床后，发现一件奇怪的事：那只印着金鱼图案的脸盆里竟有半盆水。他分明记得……

畸形

M A W E I

Z I X U A N J I

S H I B U

S H A Y I R E N

第一天

莫端大夫清早起床后，发现一件奇怪的事：那只印着金鱼图案的脸盆里竟有半盆水。他分明记得，头天晚上睡觉前把洗脚水倒在楼下黄杨木的树枝上了，他还听见黄杨木的叶子沐浴他的洗脚水时发出愉快的沙沙声。此时脸盆架上应该是只空脸盆，哪来的半盆水呢？他站在宿舍中间呆想了足足有五分钟，还是理不出个头绪来，便摇了摇让他伤透脑筋的头，端起脸盆，出去将盆里的水倒出栏杆。隔夜的水重又落在楼下的黄杨木上，短促的沙沙声就跟昨天晚上的一样。

整个索然无味的上午，莫端都在想这件事，直到护士过来告诉他六病室三床有些反常。医学学士莫端有时候也很迷信，确切说，他相信预兆。他对进入春季后的所有异乎寻常的迹象都给予特别的关注，因为这段时期是自己的耳前瘘管发作的日子。

“她说话的声音越来越高了。”护士对莫端大夫说。莫端在医院里最怕的一件事就是听六病室三床说话。当然别的大夫也怕这一点，听别人说话实在不是件有趣的事，这个医院里没有一个人敢听那个女病人说话，她一说起来就没法停止。莫端听六病室三床说话时，总会产生一种自己的耳朵正在变得越来越大的幻觉。莫端自己就不爱说话。他到这家医院已经快三年了，跟另外两个医生说话加起来不会超过三百句。跟那两个护士稍微多说一点。三年来，莫端时常觉得自己和这家医院一样毫无起色。他曾经暗暗留意，发现除了院子里的几个大夫和护士外，几乎没有谁管这个地方叫医院。这个占地不足八亩的院子依山而建，前后两进，外面一进是宿舍和诊室，里面一进是病房。院子前面有一条河，叫襟带河，从城那边流来。河水很浅，托着许多空罐头和塑料袋。城里那些精神病患者被人用拇指粗的麻绳捆得结结实实塞进面包车车厢，从河边那条沥青路上拉过来——如今城里的精神病患者越来越多了。六病室三床就是这样被她的儿子丛林送来的。那是莫端到这家医院后接诊的第一个患者，那次接诊还让他第一次见到丛林。时隔三年，莫端仍然清晰地记得那辆面包车从河边开来时晃晃悠悠让人胆战心惊的样子，好像车里搭乘的不是精神病患者而是一只想挣脱羁绊的恐龙。面包车艰难地停在院子中间，摇晃还在继续。然后莫端就听见车里有人高声说话。车门拉开后，那说话声有如急风暴雨从车内倾泻而出，莫端立时觉得自己浑身都被水淋透了。六病室三床被人从车上抬下来。她的挣扎太有劲了，以至于四个彪形大汉都难以制服她。丛林最后从车上下来，莫端立即被他的脸吸引住了。这张脸让莫端想起医学院里那些泡在福尔马林溶液中的标本，还让他想起一些零碎的往事。当然那时他还不知道这个有着一张怪脸的人就是他同父异母的哥哥，他们托同一种遗传基因的福，都在耳朵和鬓角接壤的地方长出一个小洞。

你不能完全相信一个精神病人所说的话，但你又会发现，精神病人所说的话，大都是真话。六病室三床的那些车轱辘话莫端花了差不多三年时间才完全听明白。

莫端朝后院的病房走去时，闻到了花香。这种从美人蕉和月桂上飘出来的气味和来苏水的气味混合在一起，使空气变得更加潮湿，也使莫端更为忧郁。回想起宿舍里那半盆水，依旧想不出个所以然。病房显得比平时安静，因为所有的病人都在听六病室三床高声说话。那些话莫端实在听腻了。照例从林彪讲起。莫端走近时，她已经讲到温都尔汗了。她对整幢房子里的人说，飞机到温都尔汗上空时，林彪长出一口气，心想总算跑出来了；不料就栽了下去，林彪也就摔死了。死了就死了呗，谁都难免一死，更何况就他那见不得阳光的身板，活着也没多大意思。但是，一个像他那样重要的人物死了，又是那样一个死法，必然直接或间接地牵扯到一大批人。丛林他爹丛潜就是其中之一，他不得不离开部队，带着我们回到老家。这么说好像我们家跟林彪有多大关系似的，很牛 ×。其实丛潜跟林彪沾不上边儿，他只不过是个微不足道的下级军官，但谁让他们原来的部队属于东北野战军呢？

接下去六病室三床就会告诉那些百无聊赖的听众：我们从东北回来时，带回许多南方没有的木料。那些木料被打成一个一个大木箱，像后来的集装箱，盛着我们的家当。除此之外，我们还带回了丛林的耳前瘘管。你听说过耳前瘘管吗？没有？对，你们当然不知道，你们只是病人。他们知道。他们，那些大夫。那你们一定听说过先天性胚胎发育畸形。也没有？怎么会？你呢，喂，说你呢，你看上去明明就是个有文化的人嘛！这么说吧，如果你们仔细观察你们身边的人，就会发现有的人在这个地方，我说的这儿，瞧，伸出手指摸摸看，耳朵与鬓角之间的地方，又光又平。对，就这儿，许多人在这儿长着一个小洞，还挺精致，那就是耳前瘘管，是从娘胎里带出来的。别以为那只是一个浅浅的洞，才不是，那是一根管子。这种管子名堂可多着呢，大体上因人而异，有的就浅浅地埋在皮肤下面，有的呢，就钻进软骨，一直钻到脑瓜深处。你想啊，人的脑袋该是个构造多么复杂的玩意儿啊，血管啦，神经啦，软组织啦牵丝攀藤错综复杂，再在里面加上一根纤细的管子，上帝也不会在意的，上帝才没那么多闲工夫呢！我们家丛林就有两根这样的管子，一根在左耳朵，一根在右耳朵。这管子平时倒也不碍事，只是到了春天就有天大的麻烦。特别是左边这根，每逢三四月份天气暖和起来，就会堵塞，然后就感染化脓，丛林就得由他父亲提溜着，到医生那儿去挨一刀。医生文绉绉地管那叫“切开引流”。所以我们家丛林从小就憎恨春天。我和他爹对这事也挺烦的，问医生能不能一劳永逸地解决问题。军医耐心地对我们说，等孩子长大一些吧，可以动手术将整根管子挖掉。听听吧，他们要割开那孩子的头皮，像挖自来水管子一样把那根管子挖出来。不过，那军医说，这事风险挺大。洞口部位就在太阳穴附近，你们知道，这里是面部神经汇聚的地方，在这上面抡刀动枪可不是闹着玩的，稍不留神就会损坏面部神经。你们知道面部神经是咋回事吗？动动脑子想想吧，我们的眼睛，我们的鼻子，还有我们的嘴巴，它们又不欠我们什么，干吗要端端正正地长在我们脸部的中央，不偏不斜，四平八稳？就是因为有这些神经跟猴皮筋似的给你绷着。这些猴皮筋拴住我们的眉眼口鼻，匀称地向左右两边拉过去，再挂在耳朵前边的肌肉上。而那根该死的管子就从肌肉中穿过，跟那些猴皮筋叠床架屋纠缠不清。这一刀下去，如果刀刃一不留神捎带着划断了猴皮筋，那么，均衡就被打破，你的整张脸就向一边牵过去。想象一下那副模样吧！丛潜和我被他们说得胆战心惊。尽管军医再三安慰我们说这样的事并不常见，而且军医们个个都身怀绝技有一手百步穿杨的好功夫，摆弄这样一根瘘管就跟玩儿似的游刃有余，我们还是下不了决心。后来我们终于下定决心时，林彪却摔死了。

我想你们已经猜到了我们家丛林的结局。对，他成了歪脸。他没福气让经验丰富的军医开刀，县城人民医院五官科一个庸医扮演了自来水管道工的角色。提起这个混账我可真是剥了他的皮嚼吧嚼吧把他吃进肚的心都有啊！他愣把我们家的英俊少年丛林炮制成了一个丑八怪。明媚的，生气勃勃的，千奇百怪多姿多彩美妙绝伦的世界在他眼前轰然关闭。他整天躲在屋里，怎么也不肯上学。那可怜的孩子整日呆坐着，等候死亡的降临。我敢肯定，死神就在附近徘徊，马上就要来了。听，他们的脚步声整齐划一，就像一支训练有素的军队。

我可怜的兄弟！莫端叹了口气，想到了养父（他那身患红斑狼疮的养父已经死了。养父死的时候非常平静，用一种怜悯的目光看着他。“你要记住我们的协议。”这位父亲坚定地说，“你是我的儿子。尽管你我心里都清楚你不是我的儿子，你是另一个人的儿子。以前我告诉你了你是谁的儿子，那是因为我想你有权知道自己从哪儿来。但事实有时只存在于一个人的立场中，只要你认为是这样的，它就是这样的。只要你认为你是我的儿子，你就是我的儿子。谁也没法改变，包括事实。”这位父亲说）临死前交给他的那个小人头。小人头用坚硬的黄檀木雕成，通体呈温润的红色，脸部一条一条精细的纹路就像被一只巨手牵扯着，拧向一边。那就是童年丛林、莫端那苦命兄弟的特写。小人头放在他的抽屉里，下面还有一套精装的《儒勒·凡尔纳全集》，是母亲遗嘱要交给另一位父亲丛潜的。养父后来才发现扉页上写着“丛潜留念”几个字。但当时没人留意到这一点。整理遗物的人把它交给了她的法定继承人养父。事实上，当时能接受她的遗物的，也只有养父了。儒勒·凡尔纳写的故事是父亲最喜欢听的故事。如此说来，那位叫丛潜的父亲一辈子都在听女人说话，先是听他的妻子唠叨，然后听母亲讲故事。也许，听别人说话是这个家族的宿命，现在莫端也得每天听别人叙述，讲他们如何痛苦，如何烦闷；讲只有他们才能看到的幻觉以及另一个世界的奇观。空气中月桂的味道淡下去了，莫端突然开始怀疑起自己的记忆：也许昨天晚上他忘了倒洗脚水了，而记忆中的水泼在黄杨木叶子上的声响，只是遥远的某一天晚上一个相同的动作发出的？

莫端使劲摇了摇头，仿佛想把什么东西甩出自己的脑壳。然后走进病房，去看望亲生父亲的合法妻子。

莫端仔细检查了六病室三床的各项身体指标，发现情况非常糟糕。他兄弟的母亲一头花白的头发像钢丝一样不停颤抖，嘴角残留着星星点点的白沫。莫端自己也搞不清到底出于怎样一种隐秘的动机，自己对六病室三床总是照拂有加。但即便如此，她的情况还是每况愈下。有许多时候，再出色的大夫也会对疾病束手无策的。现在看来，六病室三床的日子已经不长了。莫端静静地注视着她的眼睛。患者毫不回避，同样静静地看着医生。莫端想，如果我能一直这样看着她，没准她的病就会好一些，因为只有在他们相互注视时，她才分外安静；但他做不到这一点，他有他自己的事。他深深吸了口气，出了病房。

在关上病房门的一刹那，莫端感到右边脸颊不易察觉地重了起来。这种沉重感并不持久，只一下，就消失了，仿佛有一根铁棍悄悄地插进鬓角与耳朵接壤的地方轻轻撬动了一下，整个右半张脸随之往上抬了一抬。经验告诉莫端，每年春天的灾难，又开始了。看来早晨那盆水的预兆是灵验的。他的心绪顿时变得恶劣起来。接下去将是一连串的检查、吃消炎药、肿胀、化脓然后再是切开、引流、换药，没完没了。“而今天，只不过是第一天。”他沮丧地嘀咕道，然后想到那同父异母的哥哥丛林对他说过的话：“第一天，我要轰掉他的鼻子！”

那时候，雨刚刚停下，他们的父亲丛潜失踪了整整一个晚上还没露面。领导让老三木匠开始打头一口棺材，丛林和老三木匠之间的赌博也随即正式开始了。轰掉老三木匠的鼻子是丛林为自己制定的头一天的目标。但是从战略上出发，他首先要考虑的是阻止老三的工程顺利进行。那时候他们还不知道后来老三得打两口棺材了，不过即使是两口棺材，也用不了几天工夫。时间越短，丛林越难获胜；反过来工程越慢，丛林赢的把握也就越大。所以开始的时候，丛林主要还是搞一些小规模的破坏活动。或者将他的斧子藏起来；或者站在他的身边，当他专注地砍木料时抽冷子撞一下他的胳膊肘，让他砍歪；再就是将处理好的材料毁坏。老三面目阴沉，时常停下来与丛林对峙。但他不能动怒，不能违反游戏规则。他们的对峙是惊心动魄的。老三一见到丛林，一头灰发就直立起来，两只左右分开的眼珠流露出恍惚和极端的惶恐。而丛林的恐惧也毫不亚于老三，因为他明白，如果在老三造完棺材之前还未将他逼入绝境，他就得忍受对手的致命的一击。

少年丛林将阴郁的目光落在老三木匠的脸上。这是一张健康人的脸，五官均匀地分布在两颊之间。鼻子呈鹰钩状，下面的两片薄薄的嘴唇叼着一根“五一”牌香烟。“我得在他的脸上下功夫。”丛林对自己说。他迅速行动起来。老三望着跑出院子的少年人的背影，长出了一口气。这一上午的对峙让他感到从未有过的劳累。中饭后他照例要打个盹，醒来后再点上一根“五一”。他在点香烟的时候注意到了丛林那张脸又出现在身边。这个古怪的孩子坐在自己家的门槛上，双手抱膝。没人知道他是否已吃过中饭，他的父亲自打批斗会后还没有露面，他的母亲在厨房里偶尔发出一声狼一般的嗥叫。但此时丛林的眼神有点异常。老三深吸了一口烟。很好，只要你有耐心，对付一个未成年的孩子应该是不成问题的。他这样想着，心满意足地闭上了眼睛，享受尼古丁带来的快感。他将烟叼在嘴里，微微睁开眼睛斜睨着丛林，发现一抹微笑浮上了那张歪脸。这时嘴边香烟的燃烧突然剧烈起来，没容他回过神来，埋在烟丝里的鞭炮便炸响了。

入夜，莫端躺在单人床上，听风从襟带河面上吹过，将淙淙的水声扯得支离破碎。他拿过南宁一再关照他好好读的硬皮书读了起来。此前他一直看的都是儒勒·凡尔纳的小说。南宁送给他的硬皮书外表通体乌黑，沉甸甸的，里面的字体特别小。莫端使劲揉了揉眼睛。这时他的耳朵已经明显感到了肿胀和疼痛，手指揉在眼睛上，牵动面部肌肉，扯得右边半张脸火烧火燎的。“起初，”他轻声读了起来，希望借此麻木耳边的神经末梢，“神创造天地。地是空虚混沌，渊面黑暗；神的灵运行在水面上。神说：‘要有光。’就有了光……这是头一日。”

第二天

三年前，当丛林听到莫端大夫问自己母亲是怎样发病的时候，愣了一下，因此莫端发现，在这家医院里，其实没有人认真研究过六病室三床的发病原因，他是头一个。那时候，丛林明显已经被母亲三番五次的旧病复发搞得心力交瘁快要崩溃了。但即便如此，他还是认真地回答了莫端大夫的询问。他们在莫端的办公室里谈了很久。他们说话的时候，窗外不时传来丛林母亲的吼叫声。对心理学很有研究的莫端听出丛林的话中有许多冷漠和厌倦，还听出了六病室三床的某种基因已经确凿无误地遗传给了眼前这个歪脸人。

我认为这一切都是那个叫老三木匠的人造成的，从林说，尽管不是他让我成为一个歪脸，但对我的家来说，歪脸并不是灾难全部。真正的灾难是此后发生的事。我是在那棵枇杷树上发现灾难真正降临的。我在枇杷树上听到了那声枪响。虽然此前我已经认为这个世界没多大指望了，但仔细想想这种悲观失望并未深入到我的内心深处，直到我在枇杷树上像上帝那样鸟瞰人间。我有大把大把花不完的时间。即使所有的人都在慢腾腾地动作，我还是比他们从容得多。我爬遍了我们那条街上的所有树木，反正我用不着干任何事。我出去爬树的时候，一般街上静悄悄的，人迹稀少。我总在这样的时候出门。我不想让人们看见我的脸。我想我一定是猴子转世的，因为我爬树的本领连我自己都不敢相信。我爬树最大的特点是悄无声息，树干枝叶纹丝不动，好像我的手心和脚心长有密密麻麻的吸盘。我在我们那条街上的冬青树、香樟树、悬铃木、梧桐、广玉兰、水杉等等各种各样的树上翻滚腾挪，来无影去无踪。我栖息纵跃在这些树间，轻而易举地看到了这条街上所发生的一切事物。没有一个窗户能逃得过我居高临下的目光，哪怕它拉着厚厚的窗帘。按理，此时我应该在学校里念书，但我不想去那儿让人取笑。我的父母为此煞费苦心，想尽办法要把我弄到教室里去。有一次他们甚至用绳子捆住我的手脚，硬把我抬到了学校，但头节课一结束我就整好书包回到了家中。我将课本和作业本倒在院子中央，又从煤油炉里弄出煤油洒在上面，点着了。等我的父母下班回来，第一眼看到的便是院子中央的那堆灰烬。我爹暴跳如雷，找来一根木棍要揍我。我一点也不害怕。我只是朝他仰起脸，灿烂地笑了。我在镜子里见过自己咧开嘴笑的样子，深信没人受得了，哪怕他是我的生身父亲。我就那样朝他笑着，他顿时浑身发抖，脸色苍白，几乎不敢与我对视。然后胳膊就软了下来。如此若干回，他们再也不逼我了。但我知道他们并不死心，他们一直在寻找一个好办法，能让我乖乖地回到课堂里去。他们简直是痴心妄想。

现在我已经记不起当时的确切年份了，也忘了那时自己到底几岁。不过这并不重要。我想人的成长过程并不是渐进式的，人的一生在一个阶段内总是呈现出黏黏糊糊的一大块；而这一大块与另外几块之间又没有一个平滑的过渡，它们的分界触目惊心。也就是说，我们总是在一刹那间发现自己已然成为一个成年人或者老年人了。而过去，只是昨天的事。我仿佛一直在爬，沿着那棵枇杷树向上爬，因为唯有那些树木是可以穿越分界线的。

在那些一天到晚爬树的日子里，我没有朋友，跟我做伴的只有老三木匠。老三木匠是我父亲请来给我们家打家具的。本来是干几天就走人，但台门里皮家和米家也跟着要他打家具，完事后单位里搞基建的领导也看中了他的手艺，要他为单位里打一批办公桌椅。于是他就在这里安营扎寨了。皮家和米家是从他那一手雕花功夫上认定他的手艺的。老三木匠居然用我们从部队带回来的那些木料，为我父亲和母亲造了一张惊世骇俗的雕花牌轩大床。那张床成形后远远看去就像唐僧头上的帽子，围栏、裙边和牌轩上刻着衣袂飘飘的古代人物以及神态怪异的花鸟鱼虫。这些花里胡哨的东西让住在东厢房里的小米看得眼花缭乱，非要老三木匠也为她打一个这样的大床，好让她调回上海时带回去。小米结婚后一直和她的丈夫两地分居。老三边答应边左右睃视。我发觉老三的眼睛很像一把解剖刀，总是在人体的各个部位间穿梭。这个人还可以同时盯着两个目标，他在和小米说话时，一只眼睛盯着搁在木案上的斧子，另一只眼睛却盯着小米胸部。他准是又在做他的白日梦了。老三木匠很爱幻想，有一次他告诉我说他将来会成为一个著名画家。我想那也许不是幻想。他们说，齐白石原先也是个木匠，而老三木匠看上去要比齐白石聪明多了。大床做成那天，他送给我一件礼物。他说原本大床做好了他就得走了，就送我个玩意儿，没想到还得接着在这儿干。那礼物用一张黄色的牛皮纸包着，有拳头那么大。我拆开一看，是个用黄檀木雕成的人头。那显然是个半大小子，在笑，笑得整张脸都扭曲了。我想只有我才知道这个人的脸到底是笑歪了的还是因为本来就歪才笑成那样的。但谁都能看出这张脸在笑。笑意在那些向一边歪斜的线条间欢快地流淌。

莫端看见丛林真的笑了起来，便也跟着笑了。

“你还保存着那个小人头吗？”莫端问。

丛林摇了摇头。就是从这时起，莫端看到了丛林脸上有许多与自己相像的地方。而最为相像的地方就是耳朵与鬓角接壤处，都有一个小洞。

有一天下午，丛林接着说，我被一阵乒乒乓乓的声响惊醒。我不知道自己睡了多长时间。那段时间里，我好像除了爬树就是睡觉。声音是从楼下传来的。我听出来了，那是一种我打心眼儿里喜欢的声音，一下一下地进入某个有生命的物质体内，快如暴风骤雨慢如盖世太保的脚步，不用怎么费脑子就能听出那是老三木匠特有的声音，是他正在用斧子砍木料。老三木匠爱他的斧子，总是让它的锋刃部位保持洁白细腻纤尘不染，就像他本人总是用一种我不熟悉的油料将一头黑发抹得丝丝入扣虽然是个木匠却跟读书人一模一样。砍吧，砍吧。我出了房间，趴在二楼的栏杆上向下望。我喜欢看老三木匠在堂前做木工活。他能够三下五除二地将一根胳膊粗细的胡子拉碴的木棍砍成光溜溜棱角分明的方柱档料。他在砍木料时，嘴里念念有词，眼睛左右睃视。我总是担心他会砍着自己，但同时却又期待着他不慎将斧子剁向那几根灵活的手指，我很想看到他的极富创意的手指带着血在地上扭动的样子。

过来。他朝我竖起一根手指，勾了勾。

我没精打采地走到他跟前，看到他从身后拎出一只小口大肚子的竹篓。一阵轻微的沙沙声从里面传出来，听上去像是盛了好几条蛇。一股淡淡的腥味从竹篓精致的缝隙间泄漏出来。他微笑着将手伸进竹篓。他又要让我看他剥蛇皮的表演了。我见过他用斧子剥蛇皮的绝招。对木匠老三来说，许多木工工具都是多余的，他只要一把斧子就心满意足了。有一次我看到他用斧子往牌轩上刻古代仕女的衣服皱褶。还有一次他带来一条色彩斑斓的毒蛇，他用脚踩住蛇头，左手拽住蛇尾，右手运斤成风，只一下，就有一条暗红色的血线笔直地划过花蛇洁白的肚子。他又在蛇的尾梢那儿用斧子割个十字，手指一抠，双臂伸展开来，只听刺啦一声，蛇皮从蛇身上揭了下来。去了皮的蛇被扔在院子里的泥地上，看上去晶莹剔透，隐约显出一丝丝的红纹来，仍然扭动着。那种扭动令人晕眩，我甚至看到蛇皮也在老三的手中不安地扭动。当天下午，整个台门都飘着文火炖毒蛇的香味。

但这回他抓出来的却是一条肥胖的黄鳝。他用一根细钉子将黄鳝钉在事先准备好的木板上，黄鳝的头正好对着一条窄窄的凹槽。然后他又钳出第二条，第三条……他将它们全都钉在木板上。我不知道他要干什么。他在干活的时候，照例是一只眼睛盯着手里扭动着的黄鳝，另一只眼睛不断地瞟着我的脸。我本能地觉得这事跟我有莫大的关系。

"你要干什么？"我问。

"我找到了让你的脸复原的秘方。"他诡异地笑了笑，说。

"那不可能！"

"这个世界上没有不可能的事。"他的脸忽然沉了下来，翻了个白眼。

"你要干什么？"我不安地问。

"我们那儿有人用黄鳝的血治好了歪嘴。"

我感到一阵恶心，转身就走。

那时候，阳光在仲夏的天空中绽放着燥热的气味，斜斜地穿过院子外面的水杉树梢。一切都显得分外明亮。蝉声还没有绝迹。我又想爬树了。我想爬到那棵高大的枇杷树上去，看我父亲与小米隔着两张办公桌面对面地坐着眉来眼去。摇头电风扇偶尔会掀起小米的长裙，露出她的小半截大腿。我还想到了乘气球在蓝天上随心所欲地飘荡的情景——那些天里小米正在讲这个故事。到树上去看小米的想法让我的精神在一瞬间振作起来，但是老三却从背后一把抓住了我的胳膊。他的手坚硬如铁，如一把大锁扣住我的全身。

"放开我！"我大声叫了起来。

"你要相信我。很灵验的。"他用一只手抓住我的两只手腕，另一只手在木案上里里外外忙活着。我焦躁起来。已经有很长时间没有人敢惹我了。事实上，自从变成歪脸后，我一直在寻找一个理由，一个发作的理由。一旦找到一个理由，我想我会把整个院子都点着的。现在我找到了，尽管这个理由不是十分充足。我冷不丁吼叫起来。老三吓了一跳，但他的手仍然像一把大锁那样扣着我的胳膊。我的另一条胳膊和两条腿立即行动起来，凡是够得着的东西都成了它们攻击的目标。我甚至咬到了老三的脸。在我的挣扎中，刨花和木屑飞扬起来，木案上的刨子、凿子和铁锤激射出去。但老三一直微笑着，他那只空着的手终于从木案下找到一卷绳子。绳子的一头被他叼在嘴里，和手配合着将我捆了起来。

所以，我在很小的时候就尝到了被捆绑起来的滋味。我相信许多人没有这种经验。那个炎夏的慵懒的午后，我被一个好心而又蛮不讲理的木匠结结实实地绑在一条长凳上。木匠的脸上挂着得意洋洋的笑容。我相信这个该死的自作聪明的家伙会毫不犹豫地用斧子撬开我的嘴，把黄鳝的冰冷的血灌进我的腹中。我被这番想象中的惨状吓坏了，不由得大声号叫起来。我已经好久没有这样大声叫喊了。我的喊声在午后的肥牛弄回荡。在那些我经常爬上爬下的树木间，有许多鸟儿惊起，扑棱棱飞向高空。我相信我的叫声会惊动巷子那一头正在上班的父亲，但是，他肯定将注意力全部集中到小米身上了。摇头电扇又将小米的裙子掀起。

老三对我的喊叫不予理睬，继续专注于他的工作。他抄起斧子，一刀一刀准确地划向并排钉在木板上的鳝鱼。血从它们的刀口渗出，沿着那些凹槽流下来，一滴一滴地沥在一只青花瓷碗里，泛起明亮的黑光。

很快就接起小半碗血。老三却并没有将它们灌进我的嘴里，而是从井井有条的工具箱里取出一把洗得干干净净的小刷子，蘸血往我脸上涂。你不会感到半点疼痛的，傻小子。他一边涂一边亲切地对我说。他涂得非常仔细。凉丝丝的毛刷一丝不苟地划过，好像某个深海怪物伸出舌头舔舐着我饱经沧桑备受磨难的脸。一连串寒噤从我的胸腔深处冒出来。但恐惧却慢慢退去。一旦意识到那血不是给我喝的，我就停止了叫喊。事实上，我对他的这套将血涂在脸上的把戏渐渐感起兴趣来。我甚至一边强忍着寒噤一边主动将脸凑上去配合他。毛茸茸的刷子按部就班地从我的左脸刷向右脸，冰凉沁骨。血腥味几乎呛得我背过气去。

人的身体其实是相当脆弱的，只要有一点疼痛就能让人整天六神无主。莫端从镜子里观察自己的耳朵，发现红肿已经有了相当的规模，只是不知道化脓的情况如何。他决定进城去见南宁。外科大夫南宁是他在大学时的同学，这几年来一直是她料理着被他称作“闹春”的耳朵。

莫端蹬上那辆二十八寸的载重自行车进城。其实“切开引流”这类小手术精神病院的同事也能做，但他更习惯于让南宁替他开这一刀。过了一个晚上，耳朵边上的红肿终于蔓延到了颧骨附近，那种疼痛已经到了让他渴望挨一刀的地步。他想起八岁那年，父亲——那位患红斑狼疮的养父为了哄他去医院开刀，特地煮了两个鸡蛋揣在他的兜里。现在，就算他去砍头，也没人给他煮鸡蛋了。也许南宁会，但谁能肯定？南宁总是让他琢磨不透。每当莫端激情澎湃地说“我爱你”时，南宁总是回答说：“这我早就说过了。”这显然是个很容易产生歧义的回答，莫端不知道南宁的意思是她早就先于他说过“我爱你”这三个字了，还是早就相信他爱她了。所以如今他已懒得琢磨她了。“宽容点吧。”他对自己说，应该相信南宁还是会煮两个鸡蛋的。想到鸡蛋，他的肚子竟咕咕地叫了起来，他还没吃早饭呢。但耳朵的疼痛让他没有半点食欲。与此同时，自行车的轮子也“哪哪哪”地叫了起来。他低头看，后轮的一根钢丝不知什么时候断了，岔了出来，不断敲击着车架。从林的捕鼠器就是用这种钢丝做的，在这方面，他简直是个天才。他曾对莫端说过，在他用自行车钢丝做捕鼠器的日子里，差不多整个巷子里的老鼠都遭了殃。他还戴着面罩拎着刚做好的捕鼠器到街上卖。“蒙面小子的捕鼠器”成了县城里一个叫得响的品牌。他就是用卖捕鼠器挣得的钱买了那套精装的《儒勒·凡尔纳全集》。“我要用捕鼠器夹掉他的脚趾！”丛林说。那时，他们的对峙进入了第二天。老三终于磕磕碰碰地做好了棺材板，打算将它们拼装起来。丛林的父亲还是下落不明。头天晚上，他熬了一锅青菜年糕饭汤，好歹喂母亲吃下去，就一边等着父亲回家，一边做捕鼠器。他做了大大小小十几个五花八门的捕鼠器，几乎将积攒下来的废钢丝都用完了。后来他趴在被他当作工作台的排骨凳上睡着了。他在睡梦中见到父亲微笑着站在一堵高大的闪闪发光的墙边，面对一群持枪的士兵。他还清晰地听到士兵拉动枪栓的声音，枪管整齐地端平了，对准他那嘴角挂着吊儿郎当的笑纹的父亲。然后是射击。但他竟然听不到枪声。于是他醒了。醒来后他就把这个梦给忘了。几年以后，有一次他爬上城郊的一根电线杆子，望见路边的水田里老三木匠正在插秧，一辆卡车从路边疾驰而过，老三木匠突然倒地身亡。他看着老三木匠栽在水田里的一瞬间，那个梦像老电影一样从他的脑海里闪过。同时他又突然明白了，为什么在那个梦里他听不到枪响，因为那声枪响直到此时才响起。

他在老三木匠走进院子之前安放完了所有的捕鼠器，然后拉过一条小竹椅坐在自家门前观战。一开始效果就比他设想的要好——老三推开院门，一只脚刚跨进门槛，就有一只小巧的捕鼠器从门楣上落下，正好夹住他的一只耳朵。丛林本来对这个小埋伏不抱太大的希望，只想借此对老三发出一个捕鼠器大战的警告。捕鼠器上用钢丝锉出来的尖细的撑喉爪像一口垂死挣扎的牙齿，紧紧咬住了老三的招风耳朵。从木匠嘴里突然迸发出来的惊恐的叫喊甚至连观战的丛林都被吓了一大跳。随着这声大叫，被昨天的鞭炮炸伤后已经结痂的口鼻又绽了开来，立时便有血珠渗出。接下去，老三发现自己陷入了一个由捕鼠器组成的泥沼。刨花堆里、工具箱里、木料的缝隙间、工作台的案板下，凡是他触手可及的地方，都有可能张开捕鼠器那一针见血的利齿。他小心翼翼，如履薄冰。即便如此，他的身体的各个部位仍然不时被咬中。但他沉默着，只是在被咬中时用一双游移不定的眸子瞥一眼坐在一边心花怒放的半大小子。他意识到他的打棺材的进度已大大放慢了，这对他是一种双重的不利。他开始不去理睬那些捕鼠器了。于是，当捕鼠器咬上他的时候，他仍然继续手里的活计。于是，他的胳膊上和大腿上，还有后背上开始挂上那些精巧的铁家伙。它们咬着他的皮肉，咬破了，直钻进肌肉里，像带有倒刺的钉子楔入筋骨。他不理它们，它们就这样成了他的一种装饰。有细细的血水从那些装饰间流出，仿佛一缕缕流苏在勋章下飘拂。

不管怎样，他总是在为母亲赶制棺材，莫端这样想。他下了车，将那根岔出来的钢丝掰直了，与相邻的钢丝绞在一起。一阵痛楚袭来，“妈的！”他骂道，分明感到后背上又渗出一层细汗。

南宁的手指永远是冰凉的。那几根冰凉的手指扳了扳莫端的脸，将它朝向一边，让耳朵旁的红肿完全呈现在灯光下。冰凉的手指老练地在红肿的地方漫不经心地摁了摁，莫端不由得狠狠一哆嗦。职业大夫就是这样的，他们对任何人的痛楚都司空见惯。我是不是也这样？莫端对自己说。

“少跟我龇牙咧嘴的，至于吗！”南宁说。

“我算是明白了啥叫不生孩子不知道肚子疼！”莫端没好气地说，还是一个劲地抽冷气。南宁哈哈地笑出声来。南宁在笑的时候能透出一些豪气，这是她最让莫端心动的地方。

“行了行了，还有些生涩。等明天再开刀吧。”

“还得等到明天？”莫端的眉头拧成了一个大麻花。

“我估计明天就熟透了。这不才第二天嘛！”

那就是说，他还得再忍受一个漫长的夜晚，等着那个未成熟的桃子般的红肿不紧不慢地膨胀、化脓。“我操！”他说，“我怎样才能熬过今天晚上？”他眯起眼睛直直地盯着南宁。

“虔诚。”南宁说。

“今天晚上，你能过来陪陪我吗？”他说。半年前南宁做了人流手术，打那以后，他们再也没在一起过夜。这句话一出口，莫端又有些后悔。

南宁的好看的嘴闭着，微微笑了笑。“我可不是止痛药。”

莫端的疼痛好像忽然减缓了不少。

但到了夜里，莫端又开始咒骂了。疼痛使他失眠，便长叹一口气，从被窝里坐了起来。这个时候他特别想南宁，于是又拿过那本《圣经》，从头开始读。“神说：‘诸水之间要有空气，将水分为上下。’神就造出空气……神称空气为天……这是第二日。”

第三天

莫端决定干脆再忍耐半天，到下午再去找南宁。经过昨夜一宿的折腾，他的半张脸几乎麻木了。这会儿，他不用照镜子就能断定那红肿已经熟透了。“已经结果啦！”他对自己说，想到了昨天晚上读到的第三天。在第三天，上帝说天下的水要聚在一处，使旱地露出来，要有结种子的蔬菜还有结果子的树木，果子包着核。于是这些都有了。这是个好日子，莫端想。这样想着，心里便轻快不少。他朝后院的病房走去，又闻到了月桂的香味。但香味不是很纯，好像还夹杂着一股沥青味。他吃了一惊：不，没有沥青味，这古怪的味道只能来自他的回忆或想象。因为丛林跟他说过，第三天上，老三木匠终于打完了第一口棺材，找来掺有沥青的油漆给棺材上色。看着老三手中的刷子一下一下地将白生生的棺材涂黑，丛林失望极了。他开始怀疑要在短时间内将老三逼疯的想法压根儿就是一种幻想，尽管他曾在更短的时间内将自己的母亲逼疯了。他感到从未有过的孤独和无助。这时候他想到了父亲，也许父亲能拯救他。但他的父亲连续第三天音信杳无。他坐在自己家的门槛上，看老三弓着腰给棺材上漆。我不能指望爹了，他想。他得在天黑前阻止他完工。我得找到他的破绽，他对自己说。沥青那股气味真是太难闻了，还越来越浓。

关键是，那股沥青味怎么会跑到这里来呢？莫端心中忐忑不安。这是不是妄想症的初露端倪，就像那盆莫名其妙的水？人的理智和意志有时简直脆弱得连一张薄纸都不如。他这样想着，沥青味便消失了，代之以一股来苏水的味。

一进入走廊，他便感到气氛与往日有所不同。他想了想，明白了，因为今天他没听到六病室三床的说话声。护士说，从昨天晚上起，六病室三床就静下来了，只是嘴巴还在嚅动。莫端推门进去，看见丛林的母亲坐在自己的床上，脸色蜡黄，嘴角边凝结着星星点点干枯的唾液。她的眼睛无力地半开半合着，听见开门的声音，便张开了，目光落在莫端的耳朵上。她的嘴停止了嚅动，脸上布满惊恐，好像突然看到一头怪物，接着便浑身抖动起来。莫端隐隐约约地从这个疯女人的抖动的身上看到了自己的母亲的影子。他咒骂了一句。他对自己的母亲已没有一丝一毫的记忆了。

在给她做例行检查时，六病室三床的眼睛一刻也没从他的耳朵前移开。莫端发现她的情况更糟糕了。得及早通知丛林，他想。

“你是米男的儿子。”六病室三床说，声音像是从一个洞穴的深处传来。

莫端着实吓了一大跳。这话从一个疯女人口里说出，让他不知如何回答。按理，这个女人是不可能有半点清醒时刻的，但这句显然不是疯话。这在以前是从未有过的。难道是回光返照？

莫端曾从丛林的叙述中听到过自己最初的来历，而丛林则是从母亲的唠叨中听来的，当然那时候他根本不可能意识到这一点。丛林对莫端说，你不知道我妈的嘴在当时就那么厉害，声音又是那样有力。对，是有力，既不是洪亮，也不是清脆，而是充满了挤压和突破的力量。她冲她的丈夫丛潜说道：“我前世做了什么，要饱受你的欺压？你整天嬉皮笑脸的，有什么好嬉皮笑脸的？是啊，你什么也不用担心。你有我为你，为你们做牛做马是不是？你每天把腿往桌子底下一伸就有饭吃了，所以你可以吊儿郎当可以嬉皮笑脸。你看看你今天都做了什么！打从早上起就让我心里犯堵！你为什么不把牙膏的盖子盖上？我说了多少回了？还有，你就不能好好挤那牙膏吗？你就不会从底下一点一点地往上挤而非要从中间开始挤吗？你永远也学不会有条有理地做事，那就是没出息的标志！那也是没教养的标志！我前世做了什么？你不用买菜，不用做饭，不用洗衣服。你是个寄生虫！你不知道操持这个家有多么累，你还以为当家挺容易的是不是？你中午回家也从来不晓得先把米淘好，如果你不肯做一顿完整的饭的话。嘿，说你呢，瞧，你又把你那双肮脏的鞋穿到屋里来了，你还要我说多少回啊！从来也不用你打扫房子是不是？所以你就有权把泥巴往家里蹭是不是？我前世做了什么？你瞧瞧你那模样，你还像个有工作的人吗？你都快成阶级敌人了！我受苦受累的伺候的是谁啊？我欠你的吗？你的心肝是铁做的，是黑泥沤的，是畜生的心肝！别以为我不知道你在外边干的那些偷鸡摸狗的事！别以为我不知道那个姓米的请那么长的假干吗去了！我心里跟明镜似的。等着瞧吧，看看那小骚货下的崽耳朵前有没有一个小洞。到时候别埋怨我不提醒你。哼，别看你今天闹得欢，小心将来拉清单。我前世做了什么啊！”

我总是听到我妈在骂我爹，丛林又对莫端说。我妈对我爹的咒骂从未停止过，现在，当我对你讲咱们的父亲的往事时，竭力想回忆起哪怕一丁点关于我妈对我爹的笑容，可是没有。我的大脑里没有这方面的储存。他们从未告诉我他们是怎么相爱，又是怎么结婚的，他们对此讳莫如深。有时候，我并不惊讶于我母亲的口舌便给，她可以从早晨起来滔滔不绝一直咒骂到熄灯以后；我惊讶的是我父亲的忍耐力和好脾气。不管他的老婆怎么骂他，他总是笑容可掬。有一次他偷偷对我说，他不能还嘴，他如果一还嘴，我妈就会骂得更凶。“你知道吗，骂人是一件挺累人的事！”他的脸上挂着一副悲天悯人的表情对我说。然后又十分内行地告诉我，骂人的时候，人的血压会升高，心跳加快，嘴角冒白沫，还会出汗，呈现典型的低血糖症状，导致体内的水分大量蒸发，最后脱水乃至晕倒，更严重的还会送命。“所以，她要骂就让她骂好了。咱们别惹她。越惹她会骂得越急。”他胸有成竹地说。停了片刻后他又说：“咱们惹不起！”

现在想起来，我跟我爹还是挺说得来的。我们最大的共同点是都烦我妈都不知道我爹做错了什么并且都是敢怒不敢言。不过我跟我爹还是有区别的，这区别在于：我妈决不会安静下来听我爹说话，但她会听我说话，而且也就是在她听我说话时，我可怜的父亲才能得到片刻安宁。所以当我开口问他们想不想知道我今天为什么要拿块黑布罩着我的脸时，我妈立刻就闭嘴了。

自从我的脸歪了以后，我便决意与世隔绝，经常会用一块黑色的布蒙在脸上。但如果在家里，我倒也是素面朝天的。事实上，我巴不得他们每时每刻都看到我这张歪脸。听我这么一问，他们立即惊恐地一齐朝我看来。对他们来说，我能主动与他们说话乃是一种恩赐。“因为，”我一字一顿地说，“因为我把我的脸皮给扒下来了。”

透过黑纱疏朗的经纬，我看到他们相互看了一眼，都暗暗松了口气。他们不相信我说的话，在这个时候他们是团结一致的。

“不要瞎说。”我爹说。

“我没有瞎说。”我冷冷地答道，“我可以告诉你们人的脸皮是怎样揭下来的。”

我的恶作剧的雅兴陡然高涨起来。我向他们细细叙说了揭脸皮的经过。他们有好长时间没听我这样说话了。我的叙述使他们感到受宠若惊。我在描述的过程中时而轻声细语，时而激情澎湃，时而冷冰冰的，时而生动活泼。我从未发现自己还有说话的天赋。我大肆渲染了斧子从我的左耳上方划向额角，再横穿前额发际拖向右耳轮的经过。接着是割向下巴的那一刀。我一步一步地说着，渐渐地连我自己也相信有这么一回事了。我感觉到了斧子冰凉的锋刃深入到我面部的皮下，柔韧地，有力地，流畅地割过去，离耳朵那么近，我可以听到皮肉被斧子劈开时发出的嗞嗞的共鸣，涌出来的血在不期而遇的空气面前待了一待，迟疑地往下流去，一绺一绺挂满了我的整张脸。“你们能闻到一股甜味。”我补充道。透过面罩，我看到他们开始发抖了。但他们还是撑着，艰难地笑着，竭力装出被他们唯一的、不幸的儿子逗乐了的样子。我喜欢看到他们不知所措，我喜欢捉弄他们，我恨他们！我被这种仇恨推着朝他们扑去，用我的语言做长矛狠狠地刺向他们。“然后我就揪住额角那儿翻起来的脸皮，”我对他们说，“这个地方的脸皮特别滑，你得使劲抠住才不至于脱手。注意，往下扯的时候用力一定要均匀，否则的话脸皮就会撕破。我早就想到这一层了，我一直在研究，我对每个步骤都做了精心的计算。我做好了准备。我屏住呼吸，往下一拉！哈哈，皮和肉分离的声音可好听了，嗞嗞嗞，就像郭兰英在唱歌，唱‘一条大河波浪宽，风吹稻花香两岸’。我的脸就只剩下肉了。你们肯定没见过只剩下肉的脸。喏，就是这个样子。”我说着猛地抓下面罩，冲我妈笑了。

除下面罩后，我清楚地看到我妈的眼睛陡地睁大了。我从她那大睁着的眼睛里看到了我自己的红色的脸。那时候黄鳝血已经干涸了，在我的脸上板结成块然后又皲裂成龟背状。老三显然涂得相当认真，一丝不苟，厚实浓重，像刷油漆一样将我的锁骨以上暴露在外的皮肤全都涂遍了。因此看上去我被揭去的不仅仅是面皮，而是全身的皮肤。

好像被人猛地推了一下，我妈整个人往后仰过去，连人带椅子倒在地下。向后倒时，她的双臂朝两边扬开，一只手的指尖拂到了柜子上的茶盘。茶壶和茶杯掉在地上，发出响亮的破裂声。她本人倒一声没吭。

我就这样把我妈给吓疯了。

电管站的人告诉莫端，从林外出检修线路了。从林原来不是外线工，是他主动要求改跑外勤的。他对莫端说，有一段时间他坐在收电费的窗口前，不断有人来参观他的脸，也不管缴不缴电费。这些人都是老三的朋友或客户。他对此烦透了，可又没法阻止，因为说到底这张脸不属于他自己。于是他调到了外线班。他说他特别适合干这活儿，“我从小爱爬树，这我跟你说过。”他对莫端说。

离开电管站后，莫端径直来到南宁的手术室。“拜托别再摁了，”他躲开南宁的手指，说，“熟了，都熟透了！”南宁无声地笑了。莫端看不见她的笑，一只大口罩捂住了她的口鼻。

南宁将莫端的大半张脸都涂上了酒精。“这是第几刀了？”她问。“在您老人家手里已经是第三刀了。”莫端说。

“等消了炎，就把它切除吧。”

莫端没吭声。

“谁来扮演管道工的角色？”半晌，莫端问。

“反正不是我。向你推荐我们主任，怎么样？”南宁将麻药抽进一支纤细的针筒里，莫端瞅着细细的药水从针尖推出，浑身都不舒服。

“我不知道。”莫端说。

对一个外科大夫来说，像“切开引流”之类的小手术，简直不能算个手术，因此南宁只是让莫端坐在手术台前的一盏聚光灯下。但莫端却是浑身的肌肉都绷紧了。每次开刀，他都被南宁骂成胆小鬼。他自己也承认对疼痛的承受力大大低于人类平均水平。但是，“你永远也不知道别人的伤口有多痛！”这是每次开刀时他都要跟南宁强调的，“疼痛没有计量单位。”他补充道。“你最好不要跟一个外科大夫谈论疼痛。”南宁则总是这样淡淡地回应他。莫端几乎将头扎进了南宁的胸口。从她那件干净的白大褂上散发出医院特有的气味，还有被他透过白大褂吸出的南宁特有的体味——一种蓝中透绿的气味。最近三年来，他每年都要闻一次这好闻的气味，每次闻着，都有回到从前的恍惚感。

莫端把一次开刀需要忍耐的痛楚分成三个层次。疼痛度最低的恰恰是割开皮肉的那一刀。因为麻醉药的作用，这一刀带来的只是一种迟钝的拉扯感，由声音构成，引起的更多是心理上的恐惧；比割开更痛的是打麻药针。这跟平常的注射又不一样，真有一种狠狠扎进来的凶狠，是一种实实在在的痛。最让他难以忍受的是切开后的挤压，那才是牵动全身的疼痛。他的叫喊也总是在这时冷不丁地发出来。他明显觉得有一把冰冷的装有履带的刀子在皮下行进，碾压着膨胀成破棉絮一般的筋肉。这辆横冲直撞的战车从耳边出发，呈放射状向整个头部覆盖，他怎么也躲避不开那种疼痛。

“行了，就完了。你倒是忍着点儿啊！”南宁毫不手软，要把伤口中的脓水挤净。

“姑奶奶，轻点好不好？”莫端嗷嗷叫道，手脚已经冰凉了。他的额头在南宁的胸口那儿蹭着，触到了她的乳罩。那坚硬的海绵乳罩就像一个笼子，囚禁着两只鲜活的白兔。我曾享受过这鲜活的美丽，他想。他的眼前出现了被这笼子捧住的色彩、线条和造型，还有袭人的香味。那是画家笔下绝好的素材，是老三梦寐以求的模特。老三在他的工作台下掖着一大沓手稿，上面就画着许多乳房，从林说其中大部分是小米的，因为他那双可以分开盯着两个不同目标的眼珠总是盯着小米的乳房。他一直在用木工铅笔画人体器官素描，有半截手腕，有厚重的脚踵，有消瘦的锁骨，还有伸出唇外的舌头和活像张开的风帆的脊梁骨。他像珍藏大面额的钞票一样珍藏着这些画稿，不，比珍藏钞票还小心翼翼。从林坐在门槛上寻找他的弱点时，突然发现了那沓画稿。那不就是他的弱点吗？它们插在一只帆布包里，帆布包挂在工作台案板下的一根钉子上。我用什么方法毁坏它们呢，从林想。然后他发现了那只青花瓷碗，娴静地搁在工具箱边上，里面是小半碗黑色的油漆，那把曾蘸上黄鳝血往自己脸上涂的小刷子此时浸在那半碗黑油漆里。他转过头去，看见老三正抓紧时间卖力地干着。他是胜利在望了。不知他会用什么方法整治我，他想道。他无声地站了起来，轻捷如猫，将那沓画稿从帆布包里抽了出来，光滑的铅画纸与粗犷的帆布包摩擦了一下，发出让他浑身战栗的轻响。他像个初次做贼的菜鸟，毛手毛脚地将画稿捧在胸前，急急地回到家中。呼吸一下子急促起来，他不知道自己害怕什么，好像一下子忘了在棺材造完之前，他可以无所顾忌地以任何一种形式冒犯老三。他竭力控制着身体的抖动，又偷来了那碗黑油漆。

老三的人体器官在从林手下畸形生长。他让眼睛变成了黑洞，让小腿长出手来，让膝盖向外弯曲；他还让老三挚爱的各种造型的乳房变成了瓜皮小帽和青草萋萋的坟包。所以当他得意洋洋地将它们展现在老三面前时，他看到老三的眼泪一下子流出来了。掺了沥青的油漆罐从老三手中掉落，刺鼻的气味黏糊糊地飘满整个院子。老三黯淡的眼睛有一星火光划过。他甚至没有再看从林一眼，转身继续他的工作。这时那口棺材差不多已经黑透了。老三涂完最后一笔，将刷子扔在地上，然后抬头盯视丛林。

“好了，咱们来结账吧！”他说。

“好了。去结账吧。”南宁将最后一根胶带摁在莫端的脸上，说。

“先记上，等彻底挖掉它再一起结算。”莫端恨恨地说。

“想通了？”

“我再也不想吃这个苦头了。什么时候能动手术？”

“很快，等炎症退了就行。”

“我要你为我动手术。”

“算了吧，”南宁笑了笑，“还是让我们主任操刀吧。”

“不，我想让你操刀。”

“为什么？”

“如果我成了歪脸，你就难辞其咎。”

“你如果成了歪脸，我保证追你的女孩子如过江之鲫。你的脸如果歪了，会更酷的。”

“你什么意思？”

“我的意思是，”南宁忍不住大笑起来，“那样的话你的脸就跟你的心配套了。”

莫端心情愉快地回到自己的宿舍。这天夜里，他很快就进入了梦乡，以至于连《圣经》都没看，而且他的睡眠特别踏实。

第四天

莫端大夫从树上掉下来时，闹钟铃响了。他从床上坐起来。炎症退得很快，这会儿他已经感觉不到疼痛了。他嚼了嚼干涩的嘴巴，这才明白过来刚才从梦中掉下来的那个人其实不是自己，而是丛林。而且他在这个梦中的经历就是他和丛林认识的那个夏天，丛林亲口跟他说的。他竟然在三年后的梦中进入了少年丛林的生活，人的思维真是太不可思议了。他记得那时他们坐在一块刚割过的稻田旁边，丛林的电工工具、电线、瓷瓶和保险带散落在周围。他们一边喝着莫端带来的啤酒，一边闲聊。正午的阳光汪洋恣肆，丛林说："真热。这鬼天气，连一丝风都没有。"

"我有个办法，"莫端说，"我听说，如果有人喊几嗓子，就会把风招来。"

"那就让我们一起喊吧。"丛林说。

于是他们一起喊叫起来。风果然来了。

"我在从前的一个晚上也听说过这个办法。"丛林说。于是他说起了那些夜晚。当他说起那些夜晚时，莫端感到了一阵凉爽，仿佛此时洒在身上的不是灼热的阳光，而是夜风。夜幕降临了，丛林对莫端说，我在那些紧紧挨着的树木上流连。银色的月光从叶子间流下时相互碰撞发出清脆的声响，清凉得让人起鸡皮疙瘩。在树上可以看到一重一重的黑瓦后边突兀而起的城隍山，山顶是海军部队那高大的雷达，顶端有一盏灯闪着模糊的光。我将脸贴在悬铃木光滑的树枝上，闻到了一股炒栗子的香味。悬铃木叶子上的茸毛钻进鼻孔，让我忍不住想打喷嚏。我看到人们将竹躺椅、凉席搬到门外。冯家、皮家和米家的人聚在一块儿享受着仲夏夜的清凉。我又看到我的父亲先将一张竹摇椅搬到树下，然后搀着我妈出来了。瞧，这个女人就是我母亲。她的嘴角往下歪斜了，有黏稠的口水从那儿垂下来。必须有人在她的身边，否则她就会连续不断地大声地自言自语直到喘不过气来晕倒在地。有时候我想她大概即使神经错乱了还是害怕孤独，所以要用话语来抵御寂寞。

小米就是从那时开始讲儒勒·凡尔纳系列故事的。名义上她是讲给院子里的孩子们听的，但实际上她是讲给我父亲听的。我父亲发疯般地喜欢听儒勒·凡尔纳，天哪，他都快四十了。小米讲的时候，所有的大人都支棱着耳朵。这让我心里好受些，看来并不是我父亲一人那么没出息。但是，尽管那时我还是个半大孩子，还是能看出那些大人其实并不在意故事好不好听；他们喜欢的是小米的声音以及她说话的方式。她将故事讲得如此动听，那些夹缠不清的外国人名从她的嘴里出来后，让人轻而易举就记住了。若干年以后，我已经有了自己的一个肮脏的小书柜，里面是我那些少得可怜的书，大都翻烂了，边角磨得卷了起来。但其中一套精装的《儒勒·凡尔纳全集》却金光闪闪挺括依然，因为我从未翻看过这套书，我对里边的故事在购买它之前就烂熟于胸了。

那些清凉的夜晚是如此的诡秘。这诡秘来自小米的故事，故事中有对遥远的异国他乡的黑夜的描述。小米的声音在这夜色中沉静地行走着。小米离开我们以后，我再也没有听到过如此动听的声音了。没有，到哪儿都不会再听到了。那些话语不是从外面进入我们的耳朵里的，而是从我们的心底拱出来的，像花一样盛开；它的芬芳袅袅升起，飘进我们的耳朵，健康的耳朵，没有瘘管的耳朵。我们都在听。我想连蚊子都在听。它们趴在我母亲的呆滞的胳膊上，一边听小米的故事一边吸我母亲的血（它们选择我母亲是因为那些人中只有她对它们无动于衷，而其他人都手中摇着扇子，吧嗒吧嗒地驱赶着它们），就像现在的儿童一边用吸管吮吸酸奶一边看电视节目那样。我感到口渴了，便旁若无人地溜下树来，从我父亲身旁的排骨凳上端过一碗绿豆汤，用一只手端着爬上树。

“你就不能好好儿地在下边待着吗？”我爹说。

“你养了只金丝猴。”冯家的大儿子冯洋取笑道。

“是啊，咱们这个院子快成动物园了。我养了只金丝猴，你爹养了只鸵鸟。”我爹说。小米咯咯咯地笑了起来。冯洋个子很高，整天驼着个背。他的弟弟冯布惊喜地笑出声来，“哈哈，我爹养了只鸵鸟！”他这样说。大家都跟着笑了起来。

“好了好了，听小米接着说。”皮家女主人操着一口扬州腔说。于是大家都安静下来了，听小米讲那个神奇的外国故事。

小米的故事经常被我妈那瘆人的喊叫声打断。她一叫，我爹就赶紧将那个木雕小人头递过去。“让她喊几声吧，把风喊回来。”小米说。我爹听话地缩回了手。我母亲的嘴大大地张开，即使夜色如墨，我还是能看到她的鲜红的牙龈暴露出来。叫声远远传出去。冯家和皮家的人都笑了起来。随后果然有风吹来。我身边的树叶嗞嗞啦啦地响了起来。我闻到来自襟带河宽阔的河面的湿润的腥味。“够了吗？”我爹问。小米生硬地回答：“不够！”邻居们再一次笑了起来。我爹讪笑着将小人头塞进我妈的手里。我妈将小人头捏住，立即安静下来了。风也随之停息下来，烦闷将我的胸口堵得严严实实的，一只被我们叫作“臭皮皮”的甲壳虫从我的脸旁爬过。我不想让风停下来，尽管小米的故事已经开始了。我摇动着树枝，枝叶摩擦的声响宛若阵风掠过。良久，小米的故事又会被木雕小人头掉在地上骨碌碌滚开去的声音打断。那就说明我妈已沉沉睡去，进入了她那个不可思议的世界。我想，是我把她送入那个世界的。我是个天才。

夜深了，冯家和皮家的人陆续回去睡觉了，只有我父亲还在和小米聊天。格兰特船长的故事已经告一段落，从潜和小米的故事则刚刚开始。我发现，我妈发疯并没有改变我爹那副吊儿郎当的样子，他仍然一天到晚嘻嘻哈哈无忧无虑。每天晚上总是他提起：“来一段吧，小米。”于是小米就听话地开始讲了。有时候她也会卖卖关子，说：“我为什么非得听你的？你说来一段我就得来一段吗？”但随后她还是绘声绘色地说了起来。我爹告诉我小米的梦想是成为中国的柯南道尔或阿加莎·克里斯蒂。有一次我走过去问她是不是真的，她咯咯咯地笑了，问我是谁说的。我说是我爹告诉我的。“他提到我了？”她笑眯眯地问。我点点头。她明显地兴奋起来。一提到我爹她就会兴奋。尽管我们住在一个院子里，我这个半大孩子和她这个工农兵大学生之间几乎没什么对话。这是最为正式的一次聊天。她特别喜欢被我像护身符一样挂在脖子上的木雕小人头。“让我瞧瞧。”她说。我摘下来递给她。她的手指轻轻地从那张歪脸上滑过。我的脸感受到了她手指的温柔。“真可爱。”她笑眯眯地说。“你要是喜欢，就送给你。”我说。“你真大方。”她说着要将小人头挂回我的脖子。我将头一仰，躲开了。“我说了，送给你。”“你还真是你爹的儿子。”她脱口而出。她好像被自己的这句话吓了一跳，低下头，又把玩起那个小人头。过了一会儿，她抬起头盯着我看。我没有从她的眼睛里看到怜悯。这种怜悯我从别人那里时常领教。我烦这种怜悯。我也恨这种怜悯。她的眼光如水一样流淌，不管水下是沙砾还是油泥抑或是苔藓和水草，它还是从容流过，可以将任何东西打湿，却又不会留下任何痕迹。她盯着我看了好久，突然问："丛林，你最崇拜谁？"我想了半天。我在猜她最爱听怎样的回答。"我最崇拜我爹。"我说。她的脸飞红起来。"为什么？"她又问。我又想了半天。我实在想不出我爹有什么让我值得崇拜的，但我确实很崇拜他。我那样回答多半并不是想投她所好。仔细想想，父亲一直是我崇拜的对象。如果不是他后来陷入了赌博的泥潭，我会一直崇拜下去的；不，即使在他终于成了臭名昭著的赌棍时，我还是崇拜他的。他有一身东方人罕见的体毛。我一直在反省自己是不是因为这个才崇拜他。于是我想起了我爹有一次还说起过小米那远在上海的丈夫患有严重的系统型红斑性狼疮，便大声回答道："我爹的汗毛比任何人都长！"

夏天快过去的时候，那个汗毛特别长的人从杭州出差回来了。那时我正从家里跑出来爬到树上。我是被我妈赶出来的，确切地说，是被我妈浑身上下的臭味熏出来的。我妈这个样子蜷缩在厨房里已经整整二十四小时了。没人替她换洗大小便失禁后的衣裤。我爹走之前将我妈饿了一天，说这样的话她就不会有排泄的要求了。但他一走，我妈就尿了裤子，半个时辰后又拉了一裤子的屎。我怀疑她是故意的。我在树上看着我爹背着旅行包走进台门。那时正是中午午睡时刻，院子里只有老三木匠，刚才他还在一张纸上涂涂写写——我知道他在搞他的旷世绝作，此时却也打起了瞌睡。我爹进了院子后停了下来，看见老三木匠趴在工作台上午睡。他朝自己家的房门看了一眼。我想他是在犹豫。然后他径直走到小米的房门前，轻轻敲了起来。小米的门很快就开了。我爹以同样快的速度进了她的房门。门在我爹身后关上了。

我想他们准是以为没人看见他们。他们的窗帘遮着，但是，挂着窗帘的铅丝却向下垂出了一个圆弧，刚好让我从那个月牙形的空隙望进去。不过那个月牙实在太小了，我只能看见两个头顶心在铅丝上浮动。开始的时候，两个头皮保持着一定的距离，不久就凑在了一起。我敢打赌他们亲上嘴了。后来两个头皮矮了下去，看不见了。我不知道我父亲在小米的房间里都干了些什么。我想老三木匠一定知道，因为他像个间谍那样站了起来，走到小米的房门前，凑了上去将他那双可以同时盯着两个目标看的眼睛贴在门缝上。我因为有人盯我父亲的梢而很不高兴，便以最快的速度爬下树，进了院子。老三木匠听见声响赶紧回过头来，两颗眼珠子恍惚迷离地打量着我，一点儿也没有不好意思的样子，仿佛我是个可以忽略不计的小数点。但他还是回到了他的工作台前，坐下来继续他的瞌睡。我望着小米的家门，很想进去看看我爹在那里干吗。我的心中涌起了一阵隐隐约约的愤怒。我扭头看了看老三木匠，他又趴在工作台上睡觉了。那把亮闪闪的斧子就搁在他的耳边。没准有一天我会用这把斧子砍下他的脑袋。我这样想着进了自己的家门。我的母亲还在厨房里沉睡。我不知道我父亲什么时候才能从小米那儿出来为他的妻子换裤子。我再也无法忍受那股恶臭了。我来到母亲的房间，找到她的裤子，打算替她换上。我捧着她的裤子站在她的身旁。她睡在我父亲自己动手砌的省柴灶前。她的身前身后满是柴草和刨花。她躺在那儿，睡得很香，口水流得很长。我想不起来有多长时间没有这样好好端详我的母亲了，她的嘴即使在睡着时也不停地嚅动着，发出叽叽叽叽的磨牙声。我不知道该怎样动手替她换裤子。但我想我总得干啊！我深吸一口气，在她身边蹲了下来。臭气更浓了。我试着将我妈的身体扳正。没想到她很轻，我没费多大力气就将她的腿摆平了。她穿的是一条我爹穿过的洗得发白的旧军裤，裤腰用一根人造革的皮带系着。我将皮带从镀铬的金属合页里抽出来时，心中感到一阵茫然。解开皮带后，宽大的军裤裤腰便松散开来。原来我妈的腰并不像我印象中的那么粗。裤扣解开后，臭味像被关了太久因而憋急了似的伸展开来。我回过头去摘下我妈的凉鞋，再揪住裤管往下拉。屎已经从她的缀满补丁的内裤里渗出来了，斑斑点点随着往下褪的裤子一路抹遍了她的大腿。一种想哭的欲望攫住了我，但我找不到哭的理由。接下去我该脱我妈的内裤了，再接下去我还得为她擦干净到处都是的屎。我觉得我是个正在被拖上断头台的囚犯，渴望着有人来救我。我拉住我妈的内裤，一点一点地往下抹。她的小腹露了出来，发暗的皮肤上遍布一道道的纹路。她依然沉睡着，仿佛打算从此不再醒来。蓦地，那被人们称作号哭的东西猛地从我的胸口蹿上来，自作主张地冲破了我紧咬着的牙关。我跪在我妈身边，两只手张开着，上面沾着一些黑黄色的秽物。我的哭声和浓重的臭味搅在一起传出屋外，在慵懒的正午里传得很远。

我爹终于从小米的家里出来了，我听到了他那急匆匆的脚步声。接着门开了，我爹奔了进来，他的旅行包明显瘪下去了。他被眼前的景象惊呆了。

那天晚上，小米继续讲格兰特船长的儿女们。她的声音在暗夜里带上了一些陌生的东西，分外好听。我意外地从她的声音里看到了她裸体的样子。不，其实我不知道她裸体的样子，事实上我不知道所有女人裸体的样子，我看到的关于这方面最具体的实例是我母亲那带有花纹的小肚子。但是，我想象出了小米一件又一件地脱下衣服时的情景。她就在树叶子后边。层层叠叠的叶子将她遮得若隐若现。她的洁白的肉体在树枝间闪现，比我母亲的皮肤明亮细腻多了。背景是她的声音。流水的声音。叮咚作响。蔚蓝色的清水从她的头顶流下，流过她的脸颊和肩胛，接着流过她的乳房和小腹，还有……幻觉是如此清晰地呈现在我的眼前。这时，我忽然感到下面在一点一点地蠕动。我从来没遇到过这种事情，我不知道发生了什么事。哦，天哪，这肯定是一件非常严重的事。我感受着那蠕动，好像眼睁睁地看着世界末日的来临。就在这个时刻，我突然明白了许多事情，譬如人们说的“做爱”到底是怎么一回事，男人和女人在一起后为什么会有孩子等等。这些从来没人教过我，但我就在那时候全都想通了，想明白了。我蠢蠢地坐在树上。最后，那蠕动竟将裤子顶了起来。我吓坏了，不知道它会勃起到什么程度。哦，老天，它会不会无休止地扩张啊？我的手脚一软，从树上掉了下来，正好砸在我父亲的头上。

莫端在精神病院大门口遇见丛林。那时他正推着自行车想去城里找他。今天一大早，护士告诉莫端大夫六病室三床差不多进入弥留之际了。莫端停好自行车，带丛林到后院看他的母亲。

“她没几天了吧？”丛林问。他们透过病房房门上的那个小窗口向里张望，看见丛林的母亲脸色如黄表纸，躺在床上一动不动。

“是的。也就是这几天的事了。”

丛林脸上倾斜的肌肉纹丝不动。除了脸部，无论从哪个角度看，丛林都属于那种品质优良的男人。个子比莫端高，偏瘦，宽肩细腰，双腿颀长。莫端好几次差点开口叫他哥哥，终于还是忍住了。他们离开病房时，丛林一直避免与莫端照面。莫端猜测这位同父异母的兄长眼角大概有些潮湿。他想起他那患红斑狼疮的养父临死时的样子，不由得鼻子发酸。一个与自己相依为命的人就要走了，他想。这位母亲尽管脑子时好时坏，毕竟还是那些年里丛林在这个世界上唯一的亲人，就像在那段日子里他只有患红斑狼疮的父亲。当这位父亲撒手西去后，有一阵子莫端总有一种独自一人在海上游泳的幻觉。这片深蓝的大海波澜不兴，十分平静，只是四周海天一色，什么也没有，海天之间只他一人，像粒尘埃随波逐流，不知漂向何方。

而丛林，则早就失去了父亲。丛林对莫端说，当老三木匠面目狰狞地要跟他结账时，正是父亲的死挽救了他。当然那一刻他并不知道父亲死了，他只看见领导脸色阴沉，倒背着手从院子那一头进来。“看来你还得再打一口棺材。”领导对老三说。老三愣住了。这时领导注意到丛林坐在一边，便将老三拉到一边，小声说起话来。丛林只看到老三的脸在鲜红的夕阳中阴晴不定。他们说了一会儿，又一齐掉过头来看着他。他们的眼中充满了怜悯。

“你该谢谢你爹。”领导走后老三对丛林说，“我还得打一口棺材。”停了停又补充道：“看在你爹的份上，你还可以接着虐待我。”

从林的目光越过老三的头顶，看到一只鹰在渐渐变暗的天上飞过。此后每当他回想到父亲的死，这幅鹰飞过天空的画面就会从他的脑海中跳出来。他会认为那是父亲在跟他告别。那是他父亲的灵魂从空中掠过。他去了哪里？

从林直到第二天早上才知道他父亲死了。领导带他去见了他父亲的尸体。他从父亲身边离开后没有直接回家，在城外的襟带河边游荡，看到了大水过后横躺在沙滩上的枯树以及笔直地挂在枯树枝上的烂布条、稻草和死去的蛇。他不知道父亲的离去对他意味着什么，一边游荡一边考虑着这个问题。一时间，他忘了他的报复计划，而父亲的死本应该使他的报复心更强烈一些。他在襟带河边浪费了差不多一天时间。等他回到院子里，发现老三木匠已将棺材的毛坯造成了。那是他父亲最后的归宿，白亮亮地厝在小米那口黑漆漆的棺材旁。看来领导存心要让他们一起上路了。

从林告别时瞟了一眼莫端耳边贴着的纱布，说："你打算就这样每年对付着？"

"不。已经定下来了，过些天就把它挖掉。"

"你可别像我。"从林说着骑上摩托车，走了。护士在走廊上叫喊。莫端走过去，护士告诉他，六病室三床忽然清醒了，精神也旺了不少。

"怕是回光返照吧！"他自言自语道。

"得赶紧让家属拉回去。"护士说。莫端盯了护士一眼，拂袖而去。

他来到后院，见从林的母亲果然已经坐了起来，看那神情，跟常人一样。正是"放风"时间，病房里的其他人都在院子里晒太阳。莫端在床前坐下。眼前这个苍老的女人面颊泛出一大片失真的红潮，两眼闪光，紧盯着他一眨不眨。莫端没来由地便有了一种幻觉，好像她就是他那从未见过面的生母。

"哪来的煳味？"她突然问。

"煳味？没有煳味。"莫端说。

"有的，你瞧，火苗有那么高！"她指着窗外说。莫端扭过头去，看见傍晚的火烧云将墙角的冬青树漆成金黄色。也许此时六病室三床的神经并未错乱，只是将时间搞错了，莫端这样想。病人又开始说话了，只是没了以前那么高的嗓门。那是从林在烧棺材，她说。自从那天被丛林的涂满鲜血的脸吓了一大跳以来，她一直都在观察她的儿子和那木匠之间的战争。这场战争让她兴味盎然。她听到了他们订立的口头契约，他们之间的战争随之进入了决战阶段。在第四天上，丛林贻误了大好战机，几乎没有发起进攻，他不知道到哪儿去了，等他回来时，反动派已兵临城下。“但是，我儿子简直是林彪式的天才！”她喃喃地说。莫端发现她在迅速地衰竭下去，脸上的潮红乱云般飞走，隐隐还有坍塌的声音从她体内传出。那天夜里，她说，丛林半夜里起来，将煤油炉里的煤油统统洒在那两口棺材上。火苗蹿起来，照亮了半个巷子。崭新的、鲜嫩的棺材板燃烧的声音悦耳动听。你听，嗞嗞嗞嗞，挠得人心里痒痒的。香香的煳味一团一团地挤进门来，顺手一捞就是一大把，搁嘴里嚼起来一点儿也不费劲。可惜没烧多久皮家的人就起来扑救了。皮家人就是多事，要不然那一口半棺材就化为灰烬了。倘若丛潜和米男躺在里边，就算是火葬了！说到这里，六病室三床发出无声的笑来。但莫端只能看见她脸上的纹路组成的笑意。你没法想象第二天一早老三走进院子时的表情，她接着说。他头一眼就看见了那两口棺材，两口残破的、烧焦的棺材。棺材旁站着我那天才儿子。他挑衅地盯着老三。别以为老三会被激怒，不，他才不会呢。他好像早有准备，放下工具袋就干了起来。丛林没想到对手那么强硬，一时倒也没了辙。整整一天，丛林就坐在门槛上看老三修补那两口棺材，他那小脑袋里再也想不出用什么办法阻挠老三了。他们的契约中有一条，那就是丛林不能重复使用同一个法子。所以他只能眼睁睁地看那两口棺材在老三手里慢慢地复原。老三干得很仔细。看得出他心疼了，他太爱自己的作品了，所有作品，包括他画的画，他做的大床，自然还有棺材。所以，他倒并不是为了要打那个赌才伤心的，而是为了自己的作品遭到毁坏而伤心的。他造的大床是一件杰作，他打的棺材也是杰作啊！一头大一头小，棺材壁是月牙形的，线条非常柔和，用手摸上去溜光水滑，躺在里边就像躺在他做的大床里一样，非常舒适，对谁都合适，谁都会喜欢的，躺在里面保证你很快就进入梦乡。

然后她就睡着了。

这天晚上，南宁来替莫端换药。他们一起过了夜，却没有做爱。南宁念《圣经》给他听，沉静、平和、清朗的声音在靠近襟带河的这间宿舍里流淌，像河上的波光。南宁念道："于是，神造了两个大光，大的管昼，小的管夜，又造众星，就把这些光摆列在天空，普照在地上，管理昼夜，分别明暗。神看着是好的。有晚上，有早晨，是第四日。"

第五天

在树木间穿行的感觉是无与伦比的，丛林对莫端说，它让你与这个世界始终保持一段距离。它还能让你觉得你高高地处在任何人的头顶，就像我每个星期六都能看到的那样。我在枇杷树顶看他们整我父亲。看父亲被批斗是那段寂静的岁月所赋予我的每周一次的节日。每星期六，我总会听到一个洪亮的声音从那个院子里传出："丛潜，滚到台上来！"

我便迅速爬上那棵枇杷树，居高临下地看着我父亲从小板凳上站起来，假惺惺地耷拉着脑袋走到"台上"——那棵皂荚树下的另一张小板凳上。开始的时候，我不知道他们在批斗他什么，听上去我爹的毛病太多了，简直罄竹难书。人们挨个儿走上前来，将手指一直戳到他的鼻尖，揭发他的一系列坏事。但即使站在小板凳上，他的一条腿还是吊儿郎当地晃荡着。"站好了！"主持会议的领导大声喝道。他的腿停止了抖动，但脑袋还在东张西望。人们漠然地坐在四周，几个上了岁数的女人还打着毛线。小米在她们中间静静地坐着。我母亲的笑声从远处传来。这个街区的人已经习惯于她的莫名其妙的笑声和哭声了。我不知道那个叫丛潜的倒霉蛋犯了什么错误，为什么每次开批斗会总有他的份。但显然，上台挨批斗对他来说不过是例行公事。事实上，我是过了好几年才知道原来上台挨批斗是要有原因的。有一阵子我很为自己这种喜欢看父亲受虐的心理担忧。不，我并不恨我的父亲，即使他将我那大小便失禁的母亲丢在厨房里自己却去和别的女人幽会时，我也不恨他。但我真的很想看他在批斗会上呈现出的那种状态，既吊儿郎当，又无可奈何。许多年以后我品味着这种状态，发现那就像一个妓女其实毫无性欲，但还得陪着那帮嫖客时所呈现的状态。他的赌瘾显然是那时落下的。每星期六的晚上，他便出去到一个十分隐秘的地方参加赌博，直至天明。我可以从第二天一早他递给我的水果糖的品种上判断出他的输赢。但不管输赢，水果糖总是有的。我想这大概也是我喜欢看他被批斗的原因之一。我的这种观赏欲一直维持到有一个星期六下午，我在那棵树上向下望去，突然觉得仿佛整个大地都在向下塌陷。那一刻所有司空见惯的东西都变得严重起来。我看到了父亲肥厚的脊梁上亮晶晶的汗珠箭一般下坠。

那是一个格外炎热的下午，空气中的闷热昭示着一场大雨正在酝酿。我看到单位里的人零零散散地坐在皂荚树下，我父亲也在其中。这一回，我在那一堆人前面发现了老三木匠。他看上去非常紧张，站在充当主席台的二屉桌旁，耳朵上依旧夹着那管红色的木工铅笔。“同志们，”坐在二屉桌前的领导读完一篇社论后开始讲话了，“最近，我们单位里的阶级斗争又出现了新动向。这充分说明，阶级敌人人还在，心不死；他们时刻都在梦想复辟他们失去的天堂。今天，我们同一条战壕里的战友，我们天然的同盟军，老三师傅，要在这里揭发坏人坏事。”领导说到这里停顿了一下。老三木匠不由自主地挺了挺身子，这让我看到他的脸比往常白多了，甚至有些发青。他的手偶尔叠起来搓一下。领导从桌面上拿过烟，抽出一根递了过去。老三接烟的时候哈了哈腰，这让我大失所望。老三平时不是这样的，他总是斜睨着出现在他面前的所有的人。这时，领导一声断喝：“从潜，滚到台上来！”老三的手一抖，烟掉到了地下，好像要到台上挨批斗的不是我爹而是老三自己。

从潜从小板凳上站了起来。那天下午他和他的那些男同事一样，只穿了一条裤衩。我看着只穿了一条裤衩的父亲迈着迟缓的步子走到主席台前。他一直盯着老三木匠，而后者则竭力想避开他的目光。我的兴致被空前地调动起来，显而易见，今天的序幕跟以往有很大的不同，好戏就要开场了。坐在皂荚树下的人们也与我一样，都伸长了脖子，脸上一律显出期待的神情。这些人平时跟我爹关系都不错，有时到我家来一坐就是大半夜。他们跟我爹打扑克、下象棋，跟我爹一起攻击领导、讲笑话、插科打诨，但现在，他们一下子就跟我爹成了不同的人。他们并未因此而显出丝毫的不安，相反，他们按捺不住地显示出了兴奋和激动，仿佛遥远的中秋佳节或大年三十提前到来了。我隐隐感到有什么地方不对劲，好像在这个下午有某件严重的或者有趣的事就要发生了，而所有人都猜到了那是件什么事，唯有我和我父亲还被蒙在鼓里。也许还有一个人也被众人排除在外了，那就是小米。我发现小米坐在最后一排，愕然地迎接着前排那些人不时转过头送来的幸灾乐祸的目光。

我爹在主席台和观众之间站定，像一座孤悬海外的岛屿。那时候正是一天中阳光最为猛烈的时刻。让他站立的小板凳被移到了皂荚树的树荫之外，他小心翼翼地站了上去。阳光在一刹那间将他的肩膀和后背晒出鲜艳的色彩。在老三木匠开口说话前，有一小段沉默。在这一小段时光里，宁静豪华地铺张开来。十几年以后，这份宁静依然结晶在我的记忆中，它让我感到这个世界并非喧嚣的，大多数时候，我们都在静默中跋涉，即使你是跋涉在滚滚红尘中。当然你可以听到许多声音，有歌唱，有唠叨，有哭喊，有冷静的叙述和狂热的谴责，但那都不属于你。你的声音永远只在于你的心中，它与你听到的任何声音，无论在旋律上、节奏上还是在速度上以及内容上，都是毫不相同的。这声音永远也不会有共鸣。但它们并不会因此而停止。它们一下一下地敲击着，就像老三在那两口残破的棺材上打补丁。那已经是第五天了。信不信由你，我们都在为自己打棺材，每一天。只不过对我来说，第五天的战斗更像是负隅顽抗。我所做的最有效的抵抗，就是蚂蟥似的黏在他的身边。我的一只手藏在背后，抓着一把铁榔头。他的斧子在木料上一起一落。我瞅准了空当，将铁榔头递进去。斧子雪白的锋刃砸在榔头上，火花四溅。一枚牙齿从斧子上飞出，咄的一声轻响，嵌进棺材板里。老三将他心爱的斧子抱在怀中。他的脸上一阵青一阵白。发作吧，快发作呀！我在心里喊道。但他只是背转身去。他甚至看都不看我一眼。他走到房檐下，开始磨他的斧子。那个豁口够他磨一阵子的了。他脱下上衣，光着脊背，使劲地磨着。磨刀的声音在我听来比我听到过的任何声音都独特。让我告诉你吧那声音像什么。像喘气。像漫山遍野铺天盖地而来的狼群的喘气声。

然后急剧的喘气声就响了起来。也许那喘气声并未进入我的耳朵，距离那么远，我是不可能听到老三的喘气声的。但我分明又听见了，或者不如说看到了。我看到老三肩膀一耸一耸的，胸脯也一起一伏。他开始揭发我爹的新的罪行了。他毫无演讲的经验，说起话来也显得中气不足，但他一开口就非同凡响："跟这个坏分子站在一起的，应该还有那个女人！"

他的手向前指着。人们再一次转过头来，顺着他指的方向看去。尽管大家都明白他指的是小米，但把握还是不十分足，因为他的两颗分开的眼珠让人们捉摸不定。

"是谁？"领导像个捧哏的相声演员，问道。

"就是那个姓米的女人。"老三木匠提高了嗓门。

我爹抬起了头。他望着小米。小米坐在自己的位置上，一动也不动。

"我看见了，"老三说，"我看见他们俩抱在一起，男的为女的脱，女的为男的脱。"

"脱什么？"捧哏的又问。

"衣服。"老三大声说，"男的为女的脱衣服，女的为男的脱衣服！"

小米终于发出一声尖叫，捂着脸跑出院子。我爹被正午的阳光晒得通红的头脸肩背，转瞬间变了颜色，变成死鱼肚一样的苍白。他摇晃了一下，好像要从小板凳上摔下来。人群中发出一片嗡嗡声。领导敲了敲桌子："好了好了，静一静静一静，"他喊道，"让老三师傅接着讲。"

但老三就在这个时候卡壳了。他站在树荫下，满头的大汗竟比我爹还多。他的脸也前所未有地涨红起来。领导和同志们期待地望着他。望着他的，还有站在一边的丛潜。

“把头低下去！”领导一声断喝，我爹赶紧垂下头去。

“好了，老三师傅请你接着讲。要不要先喝口水？”领导亲切地对老三说。

老三终于镇定下来，开始讲了。他讲得一点也不流利。所有的人都渴望他能讲出个精彩的故事来，我甚至想起了小米讲儒勒·凡尔纳时那扣人心弦的情景。除了此刻是大白天，是正午外，其他都跟夜晚没大的区别，都是我们围在一起听一个人讲故事。炎热的空气中仿佛有火苗在跳动，我头一次感到枇杷叶的边缘原来可以像老三的锯子一样割得我皮肤生疼。那种叫作“臭皮皮”的甲壳虫不知什么时候竟落在了我的胳膊上，淡淡的臭味若有若无。老三让所有的人都大失所望，他磕磕巴巴地讲着，把一个原本十分生动的故事讲得支离破碎。从他的叙述中，人们看不到丛潜鬼鬼祟祟地进入小米房间的情形，只听到一串不怎么连贯的词语在抽象地行进。他怎么能把一个偷情的故事讲得那么枯燥乏味啊！我不耐烦起来。我爹的腿也开始抖动起来了。我学着我爹的样子，坐在树杈上大幅度地晃荡我的双脚。这时我看到小米在自己的房间里哭泣。透过枇杷树宽大的层层叠叠的叶子，可以看到显露在窗口中的她的房间十分干净，我差不多嗅到一股从她那叠得方方正正的毯子上散发出来的好闻的香味了。但此刻她的碎花面料的毯子被她压在身下。她就是趴在毯子上哭的。她哭得很伤心。我想八成那会儿她想到了她那身患红斑狼疮的丈夫了。也许还有她那刚满周岁的孩子。我妈曾一针见血地指出过去那个冬天小米请长假是为了回上海生孩子。我只是不明白那又关我妈什么事，她为什么对此那么敏感。不过那也没什么了，她现在再也不会对任何事情敏感了。我父亲和我正在经历前所未有的自由。

比起老三那夹缠不清的揭发，我更爱看小米在房里的悲恸。她趴在毯子上哭了一会儿后，坐了起来。她就那样呆坐在床上，脸微微仰着，似乎在听院子那边的动静，又似乎在思考着一个重大的问题。她的目光飘飘摇摇犹豫不决地走来，穿过正对着她的窗子的枇杷树冠，落在我的脸上。她看到我了。她一直这样看着，终于意识到这是一张脸，而且是从潜的儿子的奇丑无比的脸。她对着这张脸笑了笑。我有些不知所措，便也笑了笑。我突然想到我的笑非常可怕，也许会吓着她，便转过脸去。我看到那边的院子里，批斗会还在没完没了地开着，老三木匠的揭发不知何时才能结束。随着树荫的不断向右移动，坐在树荫里的人们也时不时地挪动自己的小板凳。唯有我的父亲还站在原来那个地方。但他也显然松弛下来了，偶尔也东张西望一下。最精神的还是那个领导，不停地抽烟，见我父亲的头抬起来了，便一拍桌子，断喝一声："从潜，你给我老实点！"

从潜赶紧又低下头去。我看得烦了，回过头去找小米。但窗口里已不见了她的人影。我有些失望，觉得今天这个批斗会也就那样了，不如去巷口的小人书摊看连环画。我攀住树枝，正想下树，小米又出现了。她手里端着一大脸盆清水，搁在床前的桌子上。我想她大概要洗澡了，不由得兴奋起来。便又在树杈上坐好。她在桌子前坐下了，拉开抽屉找了一会儿，找出一个小物件，拿在手里反复端详。我看不清那是什么东西，只能看见她的手指动作间，有一缕冷冷的光反射出来。她将头靠在手臂上，肩膀又抽动起来。然后将那个小物件在自己的手腕那儿摆弄。我不知道她在干什么。她好像想起了我在窗外看着她，转过头来又朝我笑了。她将手放入脸盆。就像变魔术一样，那满满一盆清水渐渐红了起来。然后她好像很疲惫，趴在桌上。我不知道她是不是睡着了。那边，老三的叙述还在令人恼火地进行。这边，那越来越红的水也在增加，甚至溢出了盆沿，漫过桌面，一路流向地板。

很久以后，我还能回想起小米临死前那苍白的微笑。我想那是留给我一个人的微笑。我很悲伤，不为别的，只为她临死前看到的不是一张正常人的脸，而是一张畸形的脸。

第六天

这一切来得太突然了，养父对莫端说。养父躺在床上，脸色比此刻的六病室三床还要苍白。被单将他的整个身子盖得严严实实的，这让莫端无端地想象出他父亲的皮肤此时正因为大面积的红斑狼疮而快速溃烂。他仿佛闻到了被消毒药水掩盖着的腐朽的气味。父亲告诉他，他的母亲米男生下他不久就回到那个小县城里去了，又过了不久，就有人通知父亲米男死了。“我像所有不明真相的受害人家属那样，在她的单位里大吵大闹，要他们还我一个公道。我甚至不管你母亲的遗体孤单地在冷冰冰的太平间里接连停了好几天，因为他们一直不答应我的条件。现在想起来真是让你母亲死不瞑目啊！”那时我在哪儿呢？莫端看着他父亲艰难嚅动着的嘴角，思想开了小差。“我这辈子就去了那个小县城一次。就在那次，我见到了你的哥哥。”他父亲停了半晌，说。

莫端的养父是去察看他妻子的棺木的。那时他已经停止了和单位的吵闹，或者说，单位领导接受了他提出来的条件。他看到的是一口半棺材的残骸，旁边是那个憔悴的木匠和面色阴沉的少年丛林，那位发疯的母亲坐在自家门内的小竹椅上，腰部像上了发条的合页，一下一下地带动整个上身一仰一合，小竹椅发出吱吱的声响，使得这个上午益发单调和乏味。这时候，“我突然意识到在这次事件中，死去的不只是你妈妈，还有你的父亲。”莫端看到养父的眼睛突然睁开了，混浊的角膜后边透出一种让他喘不过气来的悲哀。

养父递给老三一根大前门香烟，拜托他加快进度，早些让自己的妻子安息，然后就离开了。门里边，丛林的母亲又大声地说起话来，中间还夹杂着尖厉的哭声和打嗝一般的笑声。丛林看着老三狠狠地抽完那根烟，又开始了修补那两口棺材的工程。此时，丛林确信自己已经束手无策了。

他走出院子，又爬上了那些高大的树木。他像猿猴一样在树枝间纵跃翻腾。风和树叶在他扭曲的脸颊旁边呼啸而过，阳光透过树叶的空隙，鞭子一样抽打着他的肩背。速度让他暂时忘却了那场注定要失败的赌博。他越爬越高，他的视线也随之升高。他望见了那条宛如舞动着的衣带的大河，河面仍然比往日开阔。他看到了他的父亲高高兴兴地行走在那片白茫茫的水面上。爹，爸爸，父亲，除此之外还是他唯一的朋友。他是如此地想念他。可这个整日吊儿郎当的人现在已经永远离他而去了。他于是大声哭了起来。整个县城都不安了，一声不吭，侧耳倾听着他的号哭。

“这么说，你也听见他的哭声了？”莫端问。垂死的病人只是眨了眨眼皮。

那也是我的父亲，莫端想，我从未见过面的父亲。他和母亲一样在我出生后不久就死了。三年前，当他听丛林叙述往事时，才第一次意识到自己其实是个孤儿。但是，谁又不是孤儿呢？他仍然这样想着。是别人使自己成了孤儿，也是别人使自己成为别人的亲人。他是不是孤儿永远是相对于别人而言的。我无权做出决定，他有些沮丧。然后看见丛林进了精神病院的大门。他的母亲，六病室三床，在凌晨时分死去。护士说她是在沉默中死去的。护士还说她在半夜里醒来洗了个澡，因此，她死得很干净。

“我这就算成了孤儿了。”丛林对莫端说。

“嗯，你还有个兄弟呢。”莫端说。

丛林毫无表情地打量着莫端的脸，“谢谢你没让我成为孤儿。”

“行了，我因为同样的理由也要谢谢你呢。”

这一回，他们不用为棺木费心了，六病室三床将被直接送到殡仪馆火化。

夜风远远地吹来，莫端闻到了风中夹杂着的来自襟带河的水腥味。对父亲们的思念像潮水一样涌上心头。他一直以为自己是个铁石心肠的人，不会因为养父的死而哭泣。但事实上，他在一个人的时候简直哭得不成体统。几年过去了，想到养父他还是黯然神伤。他经常想起养父，特别是在这样的夜晚。刚才洗完脚，他把水倒在楼下的黄杨木上时，那沙沙的声响让他又有了一种不祥的预感。耳朵边创口的炎症已基本上消去，明天他就要去动手术了。他从抽屉里取出那个木雕小人头细细把玩。那天晚上南宁来替他换药时，说这个小人头很像他。这让他差点失去动手术的勇气。他又失眠了。别想父亲了，他对自己说，想想南宁吧。他于是想起南宁来，想她那天晚上躺在自己身边时的样子，她的肌肤，她的肌肤上散发出来的香味，还有她给他读《圣经》时的声音。南宁使他亢奋起来，他更睡不着了，便拧亮台灯，翻开《圣经》。这是一本永远也不会有第二页的书，那天晚上他曾苦笑着对南宁说。他还在看第一页。但他已经读到第六天了。这一天神造出了亚当。神说，我们要照着我们的形象，按着我们的样式造人，使他们管理海里的鱼、空中的鸟、地上的牲畜和全地，并地上所爬的一切昆虫。这么说，那天上帝只造了个男人；他是什么时候造女人的？莫端寻思道。

第七天

从林十八岁那年必须去履行一个诺言。这诺言源自一个赌博。其实他也知道他大可不必将那当回事，但还是去了。毕竟我赌输了，他想，而且我是一个十足的赌徒的儿子。在那个疯狂的夏天里，他差不多每天都在跟他作对，成心找碴，只要他在他身旁，就必定攻击他。后来有一天，老三木匠对他说，咱们来赌一把好不好？赌什么？他问。赌命。老三说。我让你欺侮到我做完这口棺材为止。这期间，无论你怎么炮制我，我都不还手，就算你把我整死了我也毫无怨言；但到了棺材造好那天，无论是哪一天，如果我还活着，你就得接受我的一斧子，好不好？他答应了。第二口棺材在第七天终于完工了。

“好了，这回真的该结账了。不会有第三口棺材了。”

老三将最后一刷子黑漆涂在棺盖上，扔掉毛刷，回过头来望着从林。他的眼睛红红的。两口棺材他居然做了整整七天。第七天上，红彤彤的阳光洒满了整个肥牛弄。几年后莫端在电话里对丛林说，他会在肥牛弄的枇杷树下等他。丛林来了。那天傍晚的阳光也是血一般红。莫端将木雕小人头递给丛林，告诉他，在这个世界上他还有个弟弟。那是他们第一次见面。丛林长久地盯着弟弟，盯着父亲的另一个儿子。他在这个儿子的耳朵旁看到了小洞。

他终于可以喘口气了，丛林想。第七天，一切都结束了。上帝也给自己放了假。老三要跟他结账了。无端的恐惧使丛林颤抖不止。他不知道老三这一斧子将砍向他的哪个部位，如果这一斧子对准了脖子，他该怎么办？

老三弯下腰，双手撑在膝盖上，一双分开的眼珠子在丛林的脸上游移不定。

"我要割下你的脸皮。"他说。

丛林只觉得自己的脑袋一下子变得奇大无比，他几乎扛不住它了。浑身的血都在往这个巨大的脑袋上涌，它眼看就要爆炸了。

斧子冰冷的锋刃靠在了丛林的脸上。丛林可以从明亮的刃口看到自己那张扭曲的脸清晰地倒映在上面。不，那上面有两张脸，紧挨着他的脸的是老三那张被急促的呼吸催得青白如蓝的脸。他终于疯了，丛林想。但是太晚了。

"不，我没疯。"老三说。丛林已经顾不上为他读懂自己的思想而吓一跳了，"所以我不会割下你的脸皮。"

老三将斧子移开。丛林的颤抖一时还停不下来。

"但是我要你答应我，等你满十八岁时，再来还我的这笔债。你答应吗？"

"他答应了。"一个声音从他们身后传来，是丛林的母亲。她一边说一边使劲揪着自己的面皮，那张肮脏的脸上布满了一道道红色的伤痕。

"是的，我答应。"丛林说。

"我要你立一份遗嘱。"若干年后，农民画家老三对前来践约的丛林说。

“遗嘱？”

“对，遗嘱。你现在可以立有效的遗嘱了。”

“得了，我身无分文，没什么遗产可留给你的。”

“你有一张独一无二的脸。”

“这么说，你还是要弄死我？”

“笑话，你变得那么强壮，要弄死你可不是件容易事。所以我要你立一份遗嘱，答应我，死后将你的脸捐献给我。”

从林笑了起来。

“你笑什么？这很可笑吗？”

“我可以再打一个赌，你肯定比我死得早。我还没到二十呢。哦，你快五十了吧？”

“那又怎样？我是搞收藏的，这份遗嘱就是我的收藏品。我会让前来参观我的收藏品的人知道世界上有一个叫丛林的人，他的脸属于我，是我的一个收藏品。如果有人非要观赏不可，我就会将他们带到你的跟前，让他们好好看看你的脸。”

“你简直疯了！”

但我还是签署了那份遗嘱，丛林对莫端说，我很高兴自己终于实践了少年时代的一个诺言。很少有人这样认真地履行自己的诺言的。那时候我刚满十八岁，我的生命洋溢着五彩缤纷的梦想。但我不知道为什么，我在那时仍然常常想到死亡，我想也许是因为我的脸吧，我固执地认为我不会活得很久。我虽然那样对老三说了，可私底下我觉得我连二十五岁都活不到。我很快就会得各种各样稀奇古怪的病的。在那段时间里我看了许多医书，那些令人毛骨悚然的病吓得我整夜整夜地无法入眠。一想到几年以后我会死去，会躺在冰冷的坟墓里，我便悲从中来。那天，我一边跟在老三的身后看他的藏品一边忧伤地抚摸着我内心的悲痛。老三带我进了他家后院的收藏室。我在那里看到了坟砖、旧家具、奇石等等。最后他让我看了他收藏的人体器官。这真是骇人听闻的收藏。他已经收集到了一根手指，十八颗牙齿，一个头盖骨，三枚整片的指甲，还有一只耳朵。他指着一只玻璃瓶里的灰白色的肉球对我说，那是一颗睾丸，是有人从一只发疯的猪肚子里取出来卖给他的。他将他的这些珍宝介绍给我时，眼睛一直盯着我瞧，“你的脸真是件价值连城的藏品啊！”他叹道。他还告诉我，他准备买通殡仪馆的工作人员，向他们收购人体器官。到那时，说不定那些推进焚化炉里的尸体都是空腹的了。他用手指了指墙角的一排广口瓶，“我会将那些器官浸泡在里面的。”说罢又垂涎三尺地盯着我的脸看个不停。要将这样一个人逼疯实在不是件容易事。我当年从事的可真是一件艰苦卓绝的工作。但也许，他那时已经疯了呢！没错，他肯定疯了。成功是他发疯的最有力的证据。是的，如果他没疯，就成不了画家。他后来因创作巨幅水彩画《百乳图》而蜚声美术界，成了本省有名的农民画家，他的小幅水彩人物画在市场上炒到八千块。县美协换届选举时，他被选为美协主席，系全省唯一由农民兼职的主席。五年后连选连任。他并未忘本，尽管他已在县里和省城置办了多处房产，但仍然躬耕陇亩。几年前在田里插秧的时候，一辆载重大卡车从田边的公路上驶过，车轮碾压着沙石路面，激起一颗小石子。那小石子像子弹一样正好击中老三的鬓角与耳朵接壤部位。他就这样被“枪毙”了。人们发现他死去时成了一个歪脸，便按当地的风俗，在他的脸上涂满了黄鳝血。据说他那时的脸异常鲜活，栩栩如生。那天我正在抢修线路，爬在电线杆子上目睹了老三死去的全过程。我甚至听到了那颗小石子被激射而出时的爆响，就像子弹被射出了枪膛。这声枪响若干年前就该响起来了。我恨这个木匠。我不知道为什么恨他。事实上，我对他的折磨早就开始了。是的，自从我妈疯了以后就开始了。我一直在找碴炮制他，我将一直这样干下去，直到将他也逼疯。我深信加在我家——我母亲、我父亲还有我头上的诅咒，全是由这个神秘阴险的木匠带来的。我同时深信，既然我能将我母亲弄疯，我当然也能将老三逼进那个疯狂的世界！当我看到他在皂荚树下揭发我爹时，我的决心变得空前的坚定。那天的阳光是如此的暴烈以至于走到了这光明的反面——我看到乌云翻卷出滔天巨浪滚滚而来。也许是那天我爹承受了太多的阳光，所以必须有相应的雨水倾覆在他的身上。老三木匠的揭发最终被乌云打断。最先感受到清凉的是我爹。一阵风吹过，将灼热的阳光从他身上掸落。他仰起头，嘴角竟露出微笑。领导很不高兴，又拍了一下桌子。

“恬不知耻！”领导喝道，然后站起身来，凑到老三跟前嘀咕了几句。老三的揭发就此告一段落。他们开始散会了。我爹想他终于熬到头了，便将两条胳膊向上举起，舒服地伸了个懒腰。暴雨前夕的潮湿的空气欢快地涌进了他焦渴的肺部。这时候，我听到了子弹射击的声音。漫长的岁月过去了，我一直认为那是一声枪响，这一枪在我爹死去前三天就击中了他的胸膛。实际上那是一口唾沫，端端正正地吐在我爹赤裸的胸口上。我没注意到是谁吐的第一口，因为那时我恰好在搜寻小米房间里红色的水流到哪儿了。那声枪响（我固执地把它称为枪响）让我回过头去。我看到人们从我爹身边走过，他的那些同事，那些晚上一起打扑克、下象棋、吹牛皮的朋友，那些欢天喜地地与他打情骂俏的女人，他们走过他的身边时都朝他吐口水，不约而同地吐出来，没有人指挥他们，没有人强迫他们。枪声由单发变成了密集的扫射。我爹惊愕地站着，一副傻样，汗水和口水挂在他的肩上，挂在胸口威武的黑毛上，粘连着，垂垂欲滴。几乎每个人都吐了，吐完了就从他身边走开。他一直那样站着，站在一个小板凳上，不是特别高。人走光了，他还站着。乌云更重了，然后有闪电划过，雨终于下了起来。

我想也许我爹走到黄泉路口时一定会因为邂逅小米而大吃一惊，他肯定不知道小米已先于他上路了。他在瓢泼大雨中淋了很久，仿佛要让雨水洗刷掉身上的唾液，然后他跑出院子，走了，从此再也没有回来。很久以后我才知道他是赌博去了，去推牌九。赌场在城外的一个地窖里。大雨成了那帮赌徒的天然的屏障和同盟军。他们在那个堆满了卷心菜和甘蔗的地窖里尽情豪赌，不用担心保卫组或严打办的人来冲击。我听人们议论，说那天晚上丛潜的手气好得不得了，但后来

（大约后半夜开始）就崩盘了，连着输，先是输掉了手表，后来又输掉了皮鞋，然后是欠，最后被他们赶出赌场。雨还在下，从潜在大雨中奔跑。那是一场一直让我牢牢记住的大雨，并不是因为那天我爹死了，而是即使过去了那么些年，我仍然没见过那么大的雨。襟带河在几个小时内宽阔起来。在它的上游，堤坝开始绽出裂缝。横跨襟带河的那座过水桥连栏杆都没入了水中。我爹没有找到回家的路。他肯定是返回那个赌场了，只是赌场里的人都走光了。一天一夜后，大雨停止了。三天后，洪水退去。人们抽干地窖里的水，发现他笔直地靠墙站着，头大如斗，脸上带着心满意足的笑，每只手都有篮球那么大，肿胀的皮肤亮晶晶的。我费了好大劲才掰开它们，发现两只手里都捏着一粒骰子。

南宁牵着莫端的手走进手术室，花白头发的主任已经在里面做手术前的准备工作了。莫端和老大夫见过几面，每次都会被他那雍容高贵的学者气度折服，尤其是老人脸上的忧郁，使他看上去就像上帝本人。主任冲他点点头。空气十分压抑。莫端看窗外，天是灰蒙蒙的。这大概又是一个不怎么好的兆头。南宁扶他躺上手术台。一切都严格地按规程进行着，最大限度地保证不让他成为一个歪脸。南宁充当主任的助手。莫端忽然觉出一种绝望的味道。手术器械撞击着托盘，让他想到了那句话："丧钟为谁而鸣？"

尽管注射了麻药，那种异样的疼痛还是让他有一种被一只粗暴的大手揉搓心肝五脏的感觉。他听到老大夫对南宁说，别手软啊，他是你的朋友，但还是病人啊。然后就有一种清凉顺着那根管子流进去。那是一种叫美蓝的药水，可以在皮肤上显现那根瘘管的走向。然后是锋利的手术刀划开皮肉的滞钝的感觉。麻药让他觉得半个脸在不断地肿胀，胀成老大一块，沉沉地坠得全身发紧。这种手术是不需要多少麻药的剂量的，所以他很清醒。他的整个脑袋甚至整个上身，都被牵扯着，仿佛主任和南宁真的成了两个肌肉发达的大汉，抡动各种挖掘工具向他的大脑，向他思想深处挺进。他对此无可奈何，任那些冷冰冰的器械掘进。当他放弃抵抗后，疼痛便消失了。

“好了，你再也不必为这根狗娘养的瘘管闹心了。”南宁往纱布上贴完最后一根胶带后，那位文质彬彬的老主任突然对他说。就在这时，他听到“噔”的一声轻响从遥远的地方传来，就像枪击。但这一枪贴着他的耳朵擦过，激起的小股热浪灼得他的耳朵皮兀自抖动了几下。他看见那颗子弹射向远方，而他的脸完好无损。当啷一下，南宁将最后一把镊子扔进了托盘。在莫端听来，那就是从枪膛里蹦出的弹壳，终于坠落地下。

我坐在车棚里。大清早，洗车的不多。五六个闲着的洗车工蹲在人行道上吃盒饭。气味飘进车棚，有咸菜味……

照镜子

M A W E I

Z I X U A N J I

S H I B U

S H A Y I R E N

我坐在车棚里。大清早，洗车的不多。五六个闲着的洗车工蹲在人行道上吃盒饭。气味飘进车棚，有咸菜味，也有车蜡味，还有鞋油味。墙上挂着一面大镜子，来洗车的人就在镜子前照照自己，再坐下来擦皮鞋。洗车棚都寄生擦鞋匠。越过那个爱干净的人的肩膀，我看见镜子里坐着车棚老板娘和一个精瘦的小个子。老板娘戴顶草帽，小个子穿黑色夹克，神情冷漠、局促。我还没吃早饭。

老板娘问："你以前洗过车吗？"

小个子说："洗过。"

老板娘问："多长时间？"

小个子说："两三个月吧。"

老板娘咧开嘴笑了笑，露出一口白牙。她看小个子的眼神好像姑妈看自己的侄子，但小个子朝她看时，她又会把眼神挪开。

"那你会打蜡吗？"她问。

我把脸转向别处："打蜡我不会。"

“那你会什么呢？”

“我会洗车。”

“我是说，除了洗车，你还会什么。”

“我会算命。”镜子里的小个子说。

她吃了一惊，“你年纪这么轻，怎么会算命？再说了，算命跟洗车有什么关系？你这个孩子！”

镜子里的小个子没吭声。

“我是说，洗车这个行当里，你还会干什么，比方说，补个油漆啊，换个雨刮器啊，修个收音机啊什么的。”

“不会，我就会洗车。”

“哦，没关系……先留下试试，就试一天。满意就留下，不满意就走人。”

我咽了口唾沫，点点头。

“你还没吃早饭吧？”她问。我知道，她是个目光锐利的女人（她女儿对我说，认识她的人都这么说。老板娘的女儿一边说一边用她的右手指敲敲我的嘴。你去找她我一点儿也没意见，她说）。

我捧着盒饭，加入到他们中间。确切地说，是和他们一样蹲到人行道上，但和他们保持一定距离——大约五米远，挨着水槽。很久以来，我都习惯于侧面对人并和他们保持距离。我是个无法和别人打照面的人（除了我女朋友小肚脐）。我很饿。他们的早餐是稀饭、馒头和咸菜，我的也是稀饭、馒头和咸菜。因为是我女朋友的亲妈亲自递给我的，所以好像我的比他们的多一些。雪白黏稠的稀饭从泡沫饭盒锋利的边沿垂挂下来，我伸出舌头把它们舔干净。当我歪过脑袋时，看见他们在那边齐刷刷地盯着我。没办法，我走到哪儿都这样引人注意。我已经习惯了。老板娘走到五米中间，呵斥道：“有什么好看的？懂不懂礼貌啊，你们？”

他们于是低头喝稀饭，刺溜刺溜的声音很响。

太阳渐渐升高，各种颜色的车陆续开进来。我喜欢洗黑色的车。

所有的车洗干净后都像一面镜子，我在黑色的镜子里特别放松。黑色的镜子里每个人的脸都是黑色的。我往那辆黑色的帕萨特上喷泡沫时，打了个嗝，又闻到咸菜味。

“嗯，看得出，你确实在洗车棚干过。”

老板娘站在我旁边，手里拎块海绵，随时准备搭把手。她的腰上系着一个橘红色的腰包，收钱用的。

“我没撒谎。”我说，也不敢正眼看她。

他们的洗涤剂调得十分细腻，以至于听不见海绵和车漆摩擦的声响。纵向十个来回，横向十二个来回，刚好将车头抹遍。她又将车牌和保险杠补了补。她的腰身很柔软。我避开她，到后面抹后备厢。洗涤剂的气味很好闻，但闻久了会让人胃里泛酸水。我又打了个嗝，酸水蹿到喉头那儿，我使劲把它们咽下去。

洗车这个活，最好玩的是打水枪。水从高压水喉里喷出来，散成水雾，像把剃刀从车身上刮过。原先绷得紧紧的泡沫有气无力地剥落，委顿在地。车子又变得像光溜溜的下巴。为了挣学费，最近一年（特别是有了小肚脐后），我从这个洗车棚到那个洗车棚，一遍又一遍地给小车刮胡子，一遍又一遍地把自己想象成小李飞刀，恨不能把车皮也给剥下来。

“会开车吗？”老板娘问，我摇摇头。

“你只会算命，不会开车。你这个孩子！”她说着拉开车门坐了进去，把车挪到干洗区。开洗车棚的人，大都什么车都会开。可我只是个洗车工。

干洗区和冲洗区只隔着一道齐腰高的矮墙，她在矮墙那边朝我招手。我们扯开一块深蓝色的浴巾，平铺在帕萨特的引擎盖上。她在那边，我在这边，揪住浴巾的两个角，就跟扯旗一样扯过挡风玻璃、车顶和后窗到达后备厢，再原路往回扯到引擎盖上。干燥的浴巾吸足水，变得沉甸甸的，我们握住两头合力将它拧干，又走了一个来回，再换上小毛巾擦拭，车身就变成了黑色的镜子。

“你真的会算命？”她问。我低头看着黑色的镜子，里面有两张脸，一张是她的，一张是小个子的，分开两边，头顶着头。

镜子里小个子的头点了点。

她笑了，又露出白牙。“你又不是瞎子，瞎子才会算命呢！”

“我是看相算命。”小个子说。

“那你替我看看相，行不？”

“行。”小个子点点头。

“你看我啊，你不看我怎么替我算？”

“我看这里就行了。”镜子里的小个子指指镜子里的另一张脸。

“装神弄鬼吧，你这个孩子！”

“你的发际很清爽，说明你这个人心眼儿好。”小个子说。

“什么叫发际？”她一下被我吸引住了，凑近引擎盖观察自己的脸。

“这是专业术语，喏，这就是发际。”小个子在黑镜子里抬手指点他自己的头发边缘。

“哦，你真懂啊！”她摸摸自己的头发，抬头盯着我说，“还有呢？你接着说。”

“你的五官，嗯，凑得不是很拢，这样呢，整个脸看上去就小了。”

“你挺会说话的嘛，这又有什么说道？”

“那就是说，你这辈子的力道都分散了。”

“怎么个分散法？”

“就是说，你从来没有在一件事上做长久过。”

她低下头去，一副沉思的模样。

“你干过许多行当。”我补充道。

她抬头看着我。尽管镜子是黑色的，我仍然能看出来她的脸上有些惊慌的神色。

“吹牛！你还能算出我都干过哪些行当？”

小个子点点头。她把小毛巾扔在黑镜子上，说：“别胡说八道了！去把脚垫换了。”

这一带拢共有七八家洗车棚，她的车棚是最大的，紧着横竖两条路的交叉转角，特别显眼。天气晴好，车子一辆接着一辆。她的洗车工大都手脚麻利，干活又快又漂亮。就如我女朋友说的那样，老板娘目光锐利，看人准，手下人都愿意替她卖命。我也愿意。一眨眼工夫，干洗区里已经有好几辆湿淋淋的车等着擦干了，每辆车只能摊上一个洗车工。我独自一人对付一辆桑塔纳2000。换好脚垫后，我对坐在车棚里的车主打了个招呼。车主是个木头木脑的人，手里拍打着一副黑色的麂皮手套，慢腾腾地走过来。我替他拉开车门。

“老板，给车打打蜡吧。”我说。

车主回过头来剜了我一眼，费力地将手往手套里塞。“你的脸怎么回事？”他问。

很少有人这样直截了当地问我。

“给车打打蜡吧。您的车，跑了十万公里，车皮毛了，上高速有阻力，该打打蜡了。”我看见贴着黑色车膜的后门窗上清晰地倒映着小个子那张丑陋的脸。

“你的脸是天生的吗？”车主问，好像在跟另外一个人说话。

“打了蜡，一来跑得快，二来呢，还可以省油。”小个子说。

“你的脸也应该打打蜡了。”他的戴着黑手套的手伸过来，直奔小个子的脸。小个子偏偏头，躲开了。我能看到镜子里的那张脸一下子变得冷酷、残忍。血不动声色地涌上我的脑门，又从那儿风驰电掣奔向双手。我的手变得很大，十根手指全都硬了起来，像灌满了铅（上个暑假，我蹬个三轮在轻纺城给进货的客户拉布，也有这样一个开宝马的商人对我的脸感兴趣。我用一个熟练的右摆拳打飞他的一颗臼齿。后来我对小肚脐说，我这辈子一直都在练这记右摆拳，而且要一直练下去，随时保卫我的脸。派出所要我赔医药费，我女朋友——那时还不是我女朋友，是受害者宝马商人的女朋友——从车上下来，替我付了钱，然后跟我走了）。这时候老板娘的脸出现在小个子那张脸的旁边。

“老板，”老板娘笑嘻嘻地说，“他说得没错，您瞧您这车漆吧，看上去溜光水滑，其实呢，全是毛刺，只是肉眼看不见罢了。要是搁放大镜下，哎呀，全是坑坑洼洼，招风，费油，专家们都这么说，有科学依据的！”

木头木脑的车主问：“多少钱？”

老板娘说：“不贵的，才七十。您是老主顾了，给您优惠，六十好了。”

车主又回头剜我一眼，摘下手套，说：“好吧。”

“过来，”老板娘对我说，“我教你打蜡。”

我并不怎么想学打蜡，我又不会一辈子干洗车工，但我还是听话地凑到她跟前，看她往车身上涂车蜡。我想和她多待一会儿。我也想有机会正面看看她，而不是像现在这样总是从镜子里看她。她用三个指头捏住海绵块，蘸上车蜡往车身上涂一个一个的圆圈。她的脸，还有我的脸照例倒映在黑色的镜子里，一次又一次地被车蜡覆盖。我从镜子里盯着她看，想看出我女朋友的影子。

“你真的能算出来我以前干过什么？”她问。

“嗯。”镜子里的小个子点点头，转眼就被车蜡淹没了。

“说说，我都干过什么。”

她的父亲死后，她顶职进了一家专门卖农药的商店里当营业员，整天跟敌敌畏、敌百虫、六六六和1605打交道。可是没几年这家商店就倒闭了，她只好去另外一家农资公司卖化肥。没想到化肥店和农药店前仆后继，不出一年也关门歇业。她拿着买断工龄的钱自己开了家改衣铺，专门替人把衣服改小改大，两年后小铺子又毁于一场大火，她连买一口袋米的钱都掏不出了，只好去做暗娼。生意照样红火。她做什么生意都会红火。五年后她认识了第二个男人，是个推销员，卖盗版书的，长期奔波在外。她每天都盼着他回来，但他再也没有回来。有人告诉她，推销员死于地下书商的乱棍。她只好自己动手用破自行车改装了辆小车当菜贩子，这样又结识了市场协管员。结婚没几天，协管员中风，成了废人。她最新从事的行当是开洗车棚。这些都是我女朋友跟我说的（我女朋友有一张漂亮而凌厉的脸。每当来月经了就跟我说这些，可以一口气说两个多钟头，什么都说。有一次，她把剥落的子宫内膜洗出来给我看，然后讲月经的原理，再从月经讲到“着床”，再讲到孩子，再讲到她妈妈。讲到她妈妈时她说，我妈当过鸡。她比我大七岁，但我还是管她叫小肚脐，因为她喜欢穿露脐装，大冬天的也穿）。

“你当过鸡。”我说。

老板娘好像没听见我说的话，依然专心致志地往车皮上涂车蜡。

“你当过鸡。”我重复道，还稍稍加重声音。

“你用不着大声嚷嚷，我听见了。”她说着直起腰来。桑塔纳2000身上均匀地布满了碗口大小的圆圈，我从这面镜子上无法看清她的脸。可我很想看看她的脸，特别是这个时刻。我鼓起勇气，抬头向她望去，可她已经转身走了。

“好了，晾着，下午抛光。”她说。

中饭有肉，我吃得很饱。

中午时分，来洗车的人几乎没有，我可以坐在屋檐下打盹。一条肥壮的老狗无精打采地走过来，趴在我身边，飞快地做了个梦。狗梦见自己变成小个子，而小个子则变成了狗。狗还梦见自己睡着了，小个子伸出舌头舔他的脸。自从我来到洗车棚后，这条狗一直跟着我。它是不是闻出我身上的味道跟老板娘的一样呢？老板娘在那边用水枪冲洗水泥地。水做的剃刀从地上刮过，那些泥巴翻卷着滚进盖在下水道上的铁栅缝里，一会儿工夫，水泥地就跟镜子一样闪亮了。她放下喷枪，走进车棚，从堆满汽车小配件的工具桌上捞起一个饭盒，走到我跟前。

“你到楼上去，喂给床上那个人吃。”

她的丈夫，就是当过市场协管员的那个人，躺在昏暗的阁楼上，全身瘫痪。我捧着饭盒，沿着车棚最里面的楼梯爬上阁楼，闻到一股浓烈的香水味。协管员躺在一张木板床上，两只眼睛在黑暗中闪闪发亮。阁楼小得转不过身来，除了木板床，就是堆在床对面的几只纸箱。床很宽，协管员睡在床里侧，外面还堆着一床深色条纹被子。她每天晚上就睡在这里，我想。

我脱了鞋，盘腿坐在他身边。眼睛渐渐适应光线后，我终于看清协管员的脸。他的脸很干净，比洗车的泡沫还要白，头发比老板娘的还要长，下巴歪向一边，头歪向另一边。他的整个身子已经很扁，如果被子再厚一点，大概连轮廓都会埋没，但下边的两条腿却还是那么粗，脚掌将被子高高撑起（我一定要跟你说说他的腿，小肚脐对我说，看到他的腿你就会有窒息感。如果他的上半身是螳螂的话，他的下半身简直就是大象）。我打开饭盒。老板娘给他准备的是白米饭、墨鱼青椒和炒鸡蛋。我掰开一次性筷子，夹起一小团米饭送进他的嘴里。他开始机械地咀嚼，眼珠子一动不动地盯着我。我被他盯得很难受，往旁边挪了挪，那两颗红彤彤的眼球还是艰难地跟了过来。

"你别看我。"我说。

他没说话，只是嚼着。

"我说了，你别看我。"我又说。

他还是没说话，阁楼里只有他嚼饭的声音。

"你如果非要看，看一眼就够了。"我说。

可他的眼睛好像黏在我的脸上了，怎么也摆脱不掉（我的脸就那么吸引你吗？我问小肚脐。她的手在我脸上不停地摩挲，还凑近仔细研究，跟她研究她的子宫内膜一样。你的脸吸引任何人，要不然你也不会把人家的牙齿打飞了。她肯定地说，尤其吸引我。你知道吗？你的脸特别性感。告诉你吧，自从他们把我弟弟弄死后，我就对长相奇特的人格外感兴趣，比方罗圈腿啊、斯蒂芬·霍金啊、缺条胳膊的啊，还有罗锅啊等等。我不在乎他们有没有钱或者聪明不聪明，我在乎的是他们长的那个模样。你知道那个开宝马的有什么毛病吗？他的背上全是毛，一直长到后脖子那儿，跟头发连成一片！太恶心了我靠，怎么有那么恶心啊！我老是想象他们在床上是怎么样的。这样想着想着，下面就湿了。你说我是不是有病啊）。我的手指瞬间又硬了起来，抬手扇了他一个耳光。可是给我的感觉是他的脸皮从我指头下飞快地划过，而他的脸就像冬天里真皮沙发的扶手。青椒的汁水从他的嘴角流出来。

“你为什么非要那个孩子死？”我问。眼球还是一动不动，咀嚼也没停下。我好像不是跟一个人在说话，是在跟两个器官说话。我又扇了他一记耳光，这回扇在另一面。声响不是我想象中的清脆，而是闷的。

“问你呢。你可以眨一下眼皮。”我说。

除了腮帮子的翕动，没别的动静。我用一次性筷子蘸了点饭盒里的卤水，筷子头插进他嘴里。他咬到了筷子，上下牙无法闭合，却还是徒劳地嚼着。

“你再不眨，我可要往里捅了。”我说。

他的牙齿很有节奏地上下合击着筷子。筷子一节一节地往里挺进，仿佛是被吞进去的，锋利的棱边划过他的舌面，划过他的扁桃体，终于被什么东西挡住了。我想那是他的食道。筷子的三分之二没入他的口中，可他还是嚼个不停。我用他的下牙做支点，撬动筷子，能感觉到他的食道牵扯着胃，整个被筷子头挑了起来，我甚至听到湿润的肠胃互相牵扯摩擦发出的叽里咕噜声。

“信不信我把你的整个五脏六腑都挑出来？”我问这具木乃伊。

楼梯口传来脚步声，我舒了口气，抽出筷子。

“你别跟他说话，他不会回答你的。”老板娘走到床边，“他听不见，也不会说话。他就是个木头人。”

“哦。”我说。

“我来吧。”她说着坐到我身边，我立即感到一股温热。我想走开，可又不愿动弹。我低着头，看见他们的床单是粉红色的。

“干了半天活，累不累？”她问，夹起一块炒蛋塞进那个木乃伊的嘴里。

“不累。”

“嗯，那就好。对了，你多大了？”

“二十一了。”

“哦，二十一，还是个孩子呢。我就闹不明白，才二十一怎么就会算命呢！跟人学的？”

我没吱声。我喜欢她说我是个孩子。

“你这孩子，怎么老低着个头啊！你不抬头看人，怎么给人算命？看相算命，就是要看人家的相貌啊！”

“我可以看手相的。”我说。

“是吗？那你再替我看看手相。”

她说着腾出一只手来，伸到我面前。她的手很小，可是很粗糙，掌心结着姜黄色的老茧，纹路零零碎碎。

老板娘结了三次婚，死了两个丈夫，第三个半死。头一个丈夫是个货车驾驶员。那时她还在卖化肥，货车驾驶员开车打瞌睡，卡车撞上了火车。第二个丈夫就是那个盗版书推销员。市场协管员是她的第三个丈夫（哪个是你父亲？我问小肚脐。我亲爹是开货车的，小肚脐不耐烦地说，从抽屉里翻出放大镜，对着手指上亮晶晶的子宫内膜看。那你弟弟呢？我问。你是那个盗版书推销员生的，她从放大镜上抬起头，冷冷地盯着我。盗版书推销员虽然死了，可他把你这颗受精卵留在咱妈的子宫里，还着床了呢。咱妈是快临盆时嫁给那个市场协管员的。嘿，老弟，你爹是肯定死了，可你妈还活着呢。她老是说我是她弟弟，说得活灵活现。有那么一会儿工夫，我真的认为自己是她弟弟了，想上床时就跟她说，来，我们来乱伦吧）。

“你要我说实话吗？”我问。

“当然要实话。”

“那我就说了。”

“你说。”

我的两个眼皮跳个不停，心里滚过一阵燥热。“你命硬，克夫。你前面的两个男人都死了。最后一个男人生不如死。”

“天啊，你算得真准！”她停下手里的活计，“我很小的时候，我娘就请算命瞎子摸过我的手。瞎子说，这孩子命硬，克夫。唉，我怎么就这么倒霉啊，等等，孩子，跟我说实话，真的是你算出来的？你老家是哪儿的？”

她说着将一只手搭在我的肩上。阁楼里的香水味很重，可我还是从这些香味中，分辨出一丝从她身上散发出来的洗涤剂的香味。

“我老家远着呢，在中国的最北边。我老家有熊。”我说。

“熊？你爹妈呢？”（很想见见你爹妈，小肚脐这样对我说，一次又一次，没完没了。你亲生爹妈人怎么样？她问。我不知道，我说，也是一次又一次，没完没了。有你这样的吗？她每次都这样呵斥道，总算找到骂我的理由了。唐僧说了，人是人他妈生，妖是妖他妈生。你怎么会不知道你爹妈人怎么样的？她说。可是，我说，我真不知道我爹妈是怎么样的。人家告诉我，我出生没几天我爹妈就把我给扔了。好吧，她说，没准你就是我弟弟呢。没准我妈没把他弄死，没准我妈把他弄死了，可他又活过来了呢。）

我没吱声。这个问题我也想问。

“我的这些事，你不会是从别人那儿听来的吧？”

“我从很远的地方来，这里没有一个我认识的人，我到哪里去打听你的事？”我说着下床出了阁楼。

“这熊孩子，脾气还挺大。”她在我背后嘀咕道。

我跟在她后面擦那辆桑塔纳2000。我们用的是绒布，她擦头一道，我擦第二道。晾了半天后，车蜡已经渗入车漆中，将那些看不见的坑坑洼洼填平。黑色的引擎盖又变成一面宽大的黑镜子，将我的脸照得明明白白。

那块黑记像一个巨大的熊掌，端端正正地罩在我的脸上。黑记的边缘，还有一圈刚硬的黑毛。

那个木头木脑的车主围着桑塔纳2000转了一圈，满意地点点头，把车开走了。老板娘走到我跟前。

“孩子，你干得不错，我留下你了。”

“我不想待在这儿，我想走。”

“怎么了？你这孩子，说什么哪？”

已经是该吃晚饭的时候了，车棚四周空空荡荡的。没有镜子，我的目光便无处着落。我不得不抬起头，第一次正面看着她。

可她却不敢看我。她低下头去（也许小肚脐说得对，我的脸吸引了所有人的目光，但老板娘肯定不在其中……也不对，我的脸当然也吸引她的，但不是因为那个原因。她会像我一样再一次被你的脸吸引的，我发誓，小肚脐这样说。那时候她才八岁，和她妈妈一起住在农贸市场角落还没租出去的一个摊位里。她的床是靠着卷帘门的水泥台，将来某个屠夫会在这个台子上剁猪肉。冰冷钻透胡乱絮成的褥子，直往她的骨头里钻，把她冻醒。不过也有可能是被对面木板支起的床上，她妈妈跟市场协管员的对话吵醒。那时的市场协管员舌头比百灵鸟还要伶俐。你生了个妖怪，市场协管员说，人家唐僧都说了，人是人他妈生，妖是妖他妈生。你生了个妖，你就是妖嘛！你那个死鬼前夫也是个妖。你们两个大妖生了个小妖。这孩子碍眼，太碍眼了，真碍眼啊。脸黑的人心也黑。你得把这个问题解决掉，否则咱们这个家永远也不会安生……那怎么办？她妈妈问。我想想，协管员说。这时候婴儿开始哭了。你不知道你哭起来有多可爱，小肚脐说。那不是我，是你弟弟，我更正道。都一样，小肚脐说，你哭起来太他妈的恶心了，要多恶心有多恶心！嘴巴不是向两边咧开，而是窝成一个圆圈，溜圆的，圆成一个O。舌头在这个O字里边颤抖……让人恨不得撩起衣襟把奶头塞到这个O里去。我后爹拉着板车，咱妈躺在板车上，你睡在咱妈被窝里，我呢，就一溜小跑跟在板车后面。我听见你哭了，就爬上板车，趴在你旁边看你哭。天哪，你哭起来那叫一个恶心，那叫一个可爱！我浑身的鸡皮疙瘩都起来了，一层一层的。我把你抱在怀里，看你的O，享受我的鸡皮疙瘩。O的上边是一个淡黑色的熊掌，端端正正地罩着你的鼻子和眉眼。边上的刚毛还是绒毛呢，透明的，软不拉叽地贴着脸皮。我们把咱妈和你从妇产医院拉回农贸市场……不是我！我大声说。就是你！她呵斥道，她一呵斥我就不响了。他们把你放到板床的最里边，她继续说，咱妈就躺在你外边。那些卖肉的，卖鱼的，卖青菜萝卜鸡蛋熟食豆制品的，都来看你。你可稀罕了。但他们跟你一打照面，就全部成了O嘴，讪讪的不知道该说什么好。自打你进了农贸市场，这个大棚里的气味就变了，以前全是臭鱼烂虾和白菜帮子的气味，现在全变成了熊臊味。那些菜贩子和鱼贩子要么不说话，要么就说熊掌。我想抱着你到他们跟前炫耀，但被市场协管员瞪了回来……不是我！我再一次大声抗议。难道你不是这样的？小肚脐说，我又不说话了。后来怎么样了？我问。什么后来？她问。咱后爹……呸！我是说市场协管员后来想出什么办法？哦，她说，是这样的，刚才说到哪儿了……是的，说到你哭了。你哭了，咱妈就把奶头塞进你嘴里。你嘴里含着咱妈的奶头，还在那儿哼哼唧唧。然后我就开始做梦了。梦里全是你哼哼唧唧的声音，还有咱妈跟咱后爹的说话声。不知怎么的，这些声音都变成一头大象的模样。大象真大啊，柱子似的腿踩在地板上，发出沉闷的声响。大象腿踩着我的头，一下一下地踩，一直踩到泥里，只留下我的身体在外边。我透不过气来，就要憋死了……然后我就醒了，是憋醒的。我一睁开眼睛就爬下水泥台子去看你。我看见你们三个人全挪了地方。市场协管员睡到另一头去了，脸红得就跟全身的血都涌到了那里似的，嘴巴歪斜着，涎水流得老长，对，他中风了，因为用力过猛。咱妈呢，睡到了最里边，跟个死人似的，头发全盖到了脸上。你呢，就睡在咱妈旁边的那两条大象腿下边。那两只大象脚，一只脚后跟压在你的胸口，另一只脚后跟压在你的O上。我爬上板床，一条一条地挪开那两条象腿，把你抱起来。你一声不吭，已经没气了)。

“我不想待在这儿。我要走了。”我说。

“是不是因为你的脸？”她问。

我没说话，只是盯着她。我渴望她抬起头来看着我的脸，不要通过镜子。

“好吧，随你。”她说，“按理，你这样走是没工钱的。这算什么呢？算了，随你。这点钱你带上吧。”她说着从那个橘红色的腰包里掏出一百块钱，塞在我的口袋里。“告诉你，你让我想起一个人。这么多年了，我没有一天不想起他。他是我儿子，一生下来就……死了。他也像你这样，脸上蒙着一大块黑记。见了他的人都说我生了个妖。他爹，就是躺在床上的那个活死鬼，死活不让我留下那孩子。那时候他还没瘫……要么就是快瘫了……谁知道呢。我生了个妖。我前世作孽啊生出个妖来。后来……我那苦命的儿子死了。他要是活着，也有你这么大了。我每天夜里都做梦，梦见那个妖怪儿子念书了，毕业了，工作了，娶妻生子了……”

“你放心好了，你儿子会回来的。”

“你算准他会回来？”

“是的，我算准他会回来。”

“你这孩子，也会哄人开心呢。他早死了，哪里还会回来！”

她说着抬起头来。我们终于打了个照面。

洪小兵今年三十五岁，未婚，有住房。那天早晨出门时，他又把房间打扫了一遍。他的一室一厅十分紧凑……

走泥丸

M A W E I

Z I X U A N J I

S H I B U

S H A Y I R E N

洪小兵今年三十五岁，未婚，有住房。那天早晨出门时，他又把房间打扫了一遍。他的一室一厅十分紧凑，一室是卧室，一厅用来做餐厅兼客厅——反正他也没什么客人。洪小兵热爱生活，心情焦虑；房子虽小，一个大活人过日子所需要的东西却应有尽有，所以，看上去格外充实，一举手一投足都有磕碰。米缸里储存着一个人够吃半年的东北大米，米缸旁边是有一年他去甘孜地区旅游时带回来的红泥小火炉。冰箱塞满蔬菜、水果和猪肉，全是头天下午刚从城中菜场买来处理干净的，预备明天无论多晚到家，都可以取出来做上一顿精致的晚餐慰劳自己。抽水马桶上方的吊柜里全是统一的向日葵牌卫生纸、香皂、牙线棒和洗发膏，还有几年前业余时间摆地摊留下的整捆整捆的库存圆珠笔。阳台墙根摆放着一台老式双卡收录机，旁边是一溜简易书架，摆满盒式录音带。他喜欢听朗诵，录音带里全是诗朗诵、话剧和曾经风靡一时的上海电影译制片厂配音演员的外国电影配音。阳台安装着咖啡色的铝合金窗，拉上窗帘就是一个小书房，他可以坐在躺椅上听那些人说一些训练有素的车轱辘话。不用抬屁股，伸手就能捞着香烟、水壶、南瓜子和书本之类随时享用的奢侈品。所有的东西都非常趁手，因此打扫起来就特别麻烦。但洪小兵在打扫自己的房间方面是个熟练工，只花了十五分钟就全面完成任务。

然后是背包上肩。

背包是骆驼牌的，橙黄色。他用父亲当小贩时用过的钩秤称过，塞满了刚好三十斤。骆驼牌是名牌，背负系统用航天材料做成，设计十分合理，当他扣上最后一个搭襟后，三十斤重量刚好均匀地分布在他的两个肩膀和腰胯上，让他觉得自己绷得非常紧，一拍就能弹起来。右手登山杖，左手棒球帽，手机、身份证、纸币、香烟、GPS，这些出门该带的都揣进冲锋衣错综复杂的衣兜里了。防潮垫和水壶紧紧地束在外挂上，干粮、帐篷、睡袋、炉头、头灯、砍刀和攀岩用的安全带、主绳、铁索、防滑粉袋、绳套、攀岩鞋、下降器、上升器都井井有条地塞在登山包里。装束停当，拉开房门，他在门口停下，总觉得还忘了什么。站了十秒钟，还是想不起来，也许根本就没落下什么！就感叹自己真是上了年纪。对门那户人家传来孩子的熟悉的哭声。那孩子每天都在这个时候哇哇大哭，简直就是闹钟，洪小兵熟悉得就跟自己亲手抚养一般。孩子哭起来不费吹灰之力，却又清脆嘹亮，就跟他妈的小号似的！

他抓住门把手，再次回忆有没有东西落下。每次关门前他都要这样犹豫半天。我是不是有强迫症啊他一边犹豫一边心里嘀咕，这时手机响了。谁这么神经病大清早就给人打电话？他左手从背带上摘下手机，右手一用力，房门终于砰的一声关上了。

对方刚说了个“喂”字，他就听出来是长婆。

有一年，长婆差点成为他的师娘，但师傅死了。师傅是淹死的。师傅死后，他很少和长婆联系，仿佛她也和师傅一起沉入水底。现在，大清早的，这个死鬼却突然浮出水面。

“长婆，你好！”他说着往楼下走。他住在二楼，楼道很窄，拐弯的时候背包总要蹭上肮脏的墙面。

“你行啊，洪小兵，这么些年了，还能听出姑奶奶的声音。”

“老子连公蚯蚓和母蚯蚓说悄悄话都分得清，你母大虫的吆喝自然不在话下！”

“找死啊你？谁是母大虫？”

“嘿嘿嘿，母大虫，怎么想起来给我打电话了？一向可好？嫁人了没有？”

“讨厌！”

许多年前，青工洪小兵每天八个小时坐在灶前。他只花了两天时间就从师傅那里学会如何让炉膛里的微火呈月牙形。教科书上说，只有月牙形的煤火才能保持茶叶炒干所需要的温度。炒干机的炒叶板懒洋洋地上下甩动，单调的声响让他昏昏欲睡。洪小兵从师傅那儿学到的第二招，是从炒叶板一上一下匀速甩动的间隙伸进手去，接住一把茶叶，捏一捏，看有没有到火候。车间里一共有三十台炒干机，他和师傅管十台。他们要做的事包括从上一道工序取料，给每台炒干机填料，将炒干的茶叶从炒干机上撤下来，装进茶包里。就这些，不用怎么动脑筋。

师傅除了教他这些，还教他背唐诗。他有些奇怪，怎么他以前从来也不知道世界上有这么好听和好读的诗歌。他背得很快，没几天工夫，就差不多能背下一百首。让他不满意的是，他怎么也记不住这些诗歌的作者和题目。喜欢听朗诵的毛病就是那时候落下的。生活是如此的简单，以至于让他认为这就是人生，从来也不会像传说中的那样每个人都必须身怀绝技。

“行了，别扭扭捏捏的，嫁了就嫁了呗。你这个人啊，不适合撒娇。”

“呸，你才撒娇呢！好了好了，说正经的，唔，明天，就是明天，我请你喝酒。”

“老天啊，真嫁了？”洪小兵还是感到有些突然。

在茶厂的时候，每次下班后，他们都要拿个搪瓷碗去食堂打饭。他时常和这个被人家唤作长婆的女孩子坐在一起往嘴里扒西红柿炒鸡蛋。长婆名副其实，比他足足高一个头，所以，他从来也不把她选为性幻想的对象。只有一次，他梦见自己和她做爱，他的头刚好在她的胸口那儿，吮吸她的奶头很方便，像一个老练的婴儿。他开心地笑了，然后醒过来。醒来后还是笑。他们又坐在一起吃饭时，他把她的梦讲给她听。她喷出饭，一巴掌打在他的后脑勺上。跟她相比，他太矮了，所以他从不做非分之想。正因为这样，他才能跟她还有师傅融洽地相处。

八宿屋海拔两千零七米，远远看去，活像沙皮狗的脸，满是皱褶。这是南坡，北坡又不一样，是上下两个峭壁，台阶似的连在一起。洪小兵原打算从北坡攀岩而上，第二天从南坡轻轻松松下山。接到长婆的电话后，他就改主意了，让货的直接开到南坡半山腰的鹅叫岭村，从这里徒步登顶，第二天再从北坡速降下山。改变计划的想法是突然冒出来的，他自己也搞不懂为什么改变，理由何在。鹅叫岭村口有一座高大的青石牌坊，横梁上、柱子上刻着许多洪小兵懒得辨认的汉字。货的在牌坊前停下，洪小兵交给司机一张地图，上面标注着从城里开往八宿屋北坡接头地点的详细路线。洪小兵有意挑了个长得干干净净看上去有点文化的司机，所以，洪小兵跟他讲线路时，他很快就明白了。洪小兵跳下车，抵着石牌坊方形柱子将背包背上肩，朝司机挥挥手。司机满脸担忧，回头看了他一眼，开车走了。洪小兵抬腕看看表，才十点钟。

洪小兵基本上沿一条一尺来宽的野猪路朝峰顶走。这种路最早是野猪蹚出来的，然后由猎人追踪踩踏，此外就只有像洪小兵这样的人走走了。仿佛太阳也懒得搭理，因此两边零乱的草叶上，隔夜的露水迟迟不肯蒸发掉，走到哪儿都是湿漉漉的。南方初冬的山坡总是挤挤挨挨地铺张着各种颜色，黄色的是茅草，红色的是枫香，老绿的是樟树和竹子，白色的是芦苇毛茸茸的穗头，褐色的自然就是枯叶了。山势平缓，走起来不怎么费劲，洪小兵每走二十分钟停下来坐着抽支烟。不知不觉就该抽第四根烟了，正好走到一个小水库的坝上，肚子也不失时机地叽里咕噜起来，便解下背包，打算吃中饭。

坝是那种胡乱垒起来的土坝，坝顶东一簇西一簇一人多高的茅草，倒可以挡住些阳光。他在一簇茅草的阴影里坐下，从包里掏出炉头和煤气罐。没有风，挡风板就不用了。他支好炉头，提上折叠式帆布水桶，到坝下打水。在这个海拔高度，水总是格外清冽。他的登山鞋踩在水边的一块大石头上，帆布水桶远远扣入水中。“咕咚”一声，四周都传来回响。水顺着桶沿溢出来，掉在水里，“咚咚咚”的回声连续响起，让他欣慰地发现，自己终于又回到安全的盒子之中了。这个盒子里，阳光充足，空气清新，声音清晰，一草一木都善解人意，哪怕狼群，也尽管饥肠辘辘却依然含情脉脉。

他放下帆布提桶，用最快的速度扒掉身上的衣服。四下里十分安静，眼睛望得到的范围之内，没有一个活物，所以，他连内裤也脱了。水边是板结的红黄土壤，上面铺了层从山坡上滚下来的碎石，踩着硌脚。和空气相比，水冷得刺骨。他打了个寒噤，问自己：我有多少年没游过泳了？

水库也就两个标准游泳池大小。游到水库中央，他屏住气往下潜，竟然探不到底。他在水中睁开眼睛，阳光从水面上照下来，他的白色的身体在水中招摇，明亮通透。他很高兴，钻出水面。皮肤渐渐适应水温，筋骨也随之舒展开来。先游两个来回的自由泳，接着游两个来回的蛙泳，再接下去是蝶泳、潜泳、仰泳，把会的都倒腾了一遍。他会得很多。多年以前，他曾经是地区少年组游泳冠军，但自从师傅淹死后，他几乎没再下过水。师傅长得人高马大，却是个秤砣。在许多方面，师傅是师傅；说起游泳，他洪小兵才是师傅。师傅但凡有他洪小兵十分之一的水性，也不至于淹死。这个笨蛋！有一年车间工会组织他们去普陀山旅游，在海边，所有人都换上游泳衣，师傅犹豫半天，一件外套脱了穿穿了脱，最后看看海水，还是下不了决心，涨红着脸说你们游吧我晕我在这里给你们看着行李。洪小兵在海浪中快活得像条鲇鱼，越游越远。长婆在他身后大喊大叫：洪小兵你找死啊游那么远？当心让鲨鱼把你吞了！他高声答道：长风破浪会有时，直挂云帆济沧海！风萧萧兮易水寒，壮士一去兮不复还！长婆胸口套着个红黄相间的救生圈，在浅水处一跳一跳的，双手毫无意义地拍打着水面，以为这就是游泳。洪小兵向她身后望去，远远地看见师傅老老实实地坐在沙滩上，脚边堆着各色各样的包，就跟摆地摊似的。

从水里出来时，他抬头向西边望去。八宿屋左侧山肩上，有一大团乌云露出半张脸来。他烧了点开水，泡方便面吃下去，然后美美地抽了根烟，便躺下睡觉。走了一个小时，又游了半个小时，所以很快就睡着了。他的睡眠向来很浅，即使睡着了也能感觉到自己的嘴巴张开着。他飞快地做了个梦，梦见自己睡着了，而长婆俯下身子凑得很近地看他的脸，一双大眼睛里泪水涟涟。我又不是师傅，又没有淹死，她怎么冲我哭啊？他这样想。长婆的眼泪终于掉在他的脸上。他一下子醒过来，脸上凉凉的，真的有水。下雨了。

他穿上雨衣，又将背包底部的防雨罩翻上来兜住，重新上路。雨越下越大，是冬天很少见的大雨。雾气迅速形成，前山后山立时笼罩在灰色的雾中。走过一棵高大的香榧树时，他掏出GPS，重新确认方位。显示屏上积起一层水雾，闪烁的箭头告诉他，方向没错。他继续往前走。下午的行程，就是不断翻越一个一个的小山峰，最后到达八宿屋主峰下扎营。山坡仿佛顷刻间变陡了，幸好雨下的时间不长，地面还不是很滑。他加快步伐，打算赶在雨淋透山坡前爬过这个山头。登山鞋咬劲不错，一点儿打滑的迹象都没有，只是野猪路越来越细，有几段几乎被灌木、杂木和杂草掩没。他索性不去管路，只对准方向，朝可以落脚的地方伸腿。身体逐渐发热，汗从里面往外冒。雨隔着雨衣没把他弄湿，汗倒把他弄湿了。快到山顶的时候，终于又找到一条稍许宽一点的路。小路绕过山顶，径直通向山背。他没有停，雨也没有停。路终于被雨淋透；因为绕山顶而过，所以还算平缓，只是那种黄土吸足了水分后黏性十足，糊在登山鞋上重得要命，走几步就得甩甩脚。要不是鞋带系得紧，真要把鞋子甩到山下。

小路一直通到山岙底部，又抬头通向另一个山顶。这回上山的路好多了，要紧处还铺着石板。他很想歇下来抽根烟，但雨下得紧，恐怕烟点着了也烧不畅，抽起来没劲。他咽口唾沫，压下烟瘾继续往上爬。两边的树比刚才那个山包上的要高大得多，时常有树枝低低垂下，挡住去路，他得俯下身子从树枝下钻过。头钻过去了，背包又被挂住；只好俯得再低一点儿，差不多四肢着地爬过去。山路终于被水泡涨，登山鞋踩上去不但打滑，还“吱咕吱咕”响个不停，身体的平衡全靠登山杖支撑。呼吸急促起来，他知道，最艰苦的时刻来到了。他调匀呼吸，不去想任何事，努力让大脑和肢体进入一种机械状态。这个办法很灵验的，只要进入了机械状态，就可以忘掉时间。他深信空间移动的动力更多来自时间的流逝，而并非能源；时间过去一大块，空间也会跟着移动一大块。只是要进入机械状态很难。不过他有办法，他的办法是让自己绝望。他不断对自己说，路还远着呢，你就走吧！你这辈子就这样了，你永远也走不到头，除非你死掉！你感觉到大腿肌肉的酸痛了吗？仔细感受吧，像品味南瓜子那样品味这种酸痛，一粒一粒的酸痛，没完没了，剥了一颗还有一颗，你有一瓶子的南瓜子呢！呼吸，呼吸，吸进带水的冰凉的空气，呼出火辣辣的二氧化碳！你将永远这样呼吸，你将永远这样酸痛。你活着就是为了这样呼吸，这样酸痛。所以，绝望吧！别再有任何幻想，你不会碰到什么好事。酸痛。呼吸。酸痛。呼吸。于是他的大脑就布满了这几个字眼，时间就像个逃犯那样趁他不注意飞快逃逸。

但是今天，他怎么也无法让自己进入那种状态，老是抬腕看手表，差不多一秒一秒地数着时间。这太糟糕了。背包越来越重，呼吸也越来越重，这在以前是从未有过的。照这个速度下去，很有可能赶不上明天晚上长婆的婚礼。这个念头在脑子里一闪而过。这么说，你决定参加她的婚礼了？他问自己。

师傅死后，洪小兵就很少见到长婆，因为他也离开了茶厂，去人民医院跟另外一个师傅学当药剂师。十年前，当药剂师不像后来必须持有资格证书。他那当医生的父亲在一次出诊中遭遇车祸，高位截瘫；作为补偿，医院领导同意把洪小兵从郊区茶厂调到市中心的医院工作。离开茶厂后的第三年，洪小兵第一次见到长婆。那天他值夜班，半夜里有急诊病人取药。他从被窝里爬出来打开窗户。窗口很小，刚好容得下一张人脸，长婆的脸就框在小窗户里，像一张照片。他没问她得了什么病，从她配的药里能看出，此人身体某个部位发炎了。他们隔着小窗口聊了会儿。他问她成家了没有，她说没有。没有合适的？他问。是啊，她说，找个合适的不容易。你成家了吗？她也问他。他也回答说没有，找个合适的真不容易。他们互相留了电话号码。此后逢年过节，他会给她打个电话，有时她也会打给他致以节日的问候。他知道她一直未婚。另外有一次她来配药也恰好他当班。他发现她脸色苍白。他照例没问她得了什么病，但以他的经验，一看处方就明白她刚刚做过人流手术。他不当班的时候她有没有来配过药，他不得而知。

雨小了，飘来飘去变成雾状的水汽。他停下脚步，登山杖伸到身后，顶住背包底部，浑身的重量顿时轻了不少。不行，他对自己说，不能在这里松这口气，非得翻过这座山不可。他撤回登山杖，提口气继续前行，脑子里忽然跳出以前师傅教给他的一首诗词：

红军不怕远征难，
万水千山只等闲。
五岭逶迤腾细浪，
乌蒙磅礴走泥丸。
金沙水拍云崖暖，
大渡桥横铁索寒。
更喜岷山千里雪，
三军过后尽开颜。

师傅一直教他古诗，这首毛泽东的诗词是唯一的例外。师傅说，他不喜欢毛泽东的诗词，但这首诗很好，值得背下来。既然师傅说好，洪小兵也就觉得好，就背下来了。世上的事情就是这样，一旦你认定是好的，它果然就是好的，即使不好，也会慢慢变好。譬如这首诗吧，此刻朗诵真合适。翻来覆去念它三次，背上的包果真就不那么重了，腿也不怎么酸了，喘气也匀了。他回头向下张望，山已经趴在脚下。

搭帐篷的时候，洪小兵发现一条蛇。

他一眼就认出这是条大眼镜蛇，三角形的蛇头酷似埃及女王头像，蛇身跟攀岩用的主绳差不多粗细，一截一截地罗列着橘黄色的花纹。不过蛇头耷拉着，要么已经死了，要么冻僵了。毕竟已经是冬天，而山里的气温又格外低。

失去知觉的大眼镜蛇盘在一蓬野山茶下，离洪小兵的帐篷也就三步远。营地很满意，事实上，这是最近几年来洪小兵找到过的最满意的落脚点，就在八宿屋主峰脚下的一个深坑里，旁边是水潭，水潭后是杨梅和松树间生的林子。山路与水潭之间还有座破败的小屋，大约是以前守林人的房子，屋里胡乱扔着破门破窗和破板床，晚上点篝火就不用为柴草操心了。雨停了，只是云层还很厚，随时打算接着下的样子。八宿屋主峰挡住了从北方吹来的风，水潭边的沙性土也比一路过来的黄泥地干燥许多。洪小兵先用工兵锹清理营地上凸起的石块和草根，再支起帐篷。当他打好地钉，打算从靠在茶棚上的背包里往外掏睡袋时，看见这条蛇趴在自己脚边。

他从没见过这么漂亮的爬行类动物。它静静地盘在那里，盘成一个令人眩晕的漩涡。他伸出登山杖挑起它。它无力地挂在杖尖，分成两条，缓缓舒展开来。他倒过杖头，凑近仔细察看。蛇的眼睛半开半闭，仍然有黯淡的光冷冷地透出来；细密的鳞片纪律严明地一片紧挨着一片，如训练有素的仪仗队正接受他的检阅。他伸手指碰碰它的皮肤，不冷，也不热，仿佛没有温度。它到底是死了呢，还是冻僵了，他不知道。他大着胆子把它从杖尖摘下，用两只手捧着。蛇出乎意料地干燥，这让他觉得很放心。他又学马戏团演员的动作把它挂到脖子上。左边是蛇头，右边是蛇尾，双双垂挂在胸前。蛇由他摆布，看来真的死了。他蹲下来，把它放回原处。这回蛇瘫在那里，变成一个标准的对钩，让他想起从前在街上看到过的法院布告，凡是判死刑的，都在上面打上个大大的对钩，又红又粗，触目惊心。

接下去是用石头垒成脸盆大小的圆圈，再去破屋子里搬来些破门框破窗棂和桌脚凳脚当劈柴。他还用破床板搭了个小桌子，铺上塑料餐桌布。凳子就用石头叠起来充当。忙完这一通，天也黑透了，点燃篝火，火苗蹿得老高。

晚餐是大餐，即便在荒山野岭，洪小兵也决不含糊。做人总要有原则。他用带把的小奶锅在炉头上煮米饭，凤尾鱼罐头、午餐肉罐头、蒸熟的比目鱼须、糟鸭腿还有袋装榨菜整齐地摆放在桌面上。饭煮熟了，他又用奶锅盖煎了个鸡蛋，淋上酱油。最后从冲锋衣右胳膊兜里掏出不锈钢小酒壶。拧开盖，五粮液的香味迅速渗入黑夜被篝火映红的空气中。

人活一世，吃穿二字，这是师傅教导他的。师傅讲究吃也讲究穿，比较起来，更讲究穿，因为师傅身高一米八二，肌肉发达，是个上好的衣服架子，即使穿一套洗得发白的蓝色工作服也帅得像个西部牛仔。洪小兵呢，更讲究吃，因为他没有师傅的本钱，一米七还欠半厘米，没法太讲究穿。长婆倒是什么都不讲究，不过她跟了师傅，也就用不着讲究了，因为师傅会替她讲究的，她只管衣来伸手饭来张口。每次去食堂，她总是先去饭桌那儿占了座，等师傅一趟一趟地打来饭菜。洪小兵时常看见长婆懒洋洋地靠在师傅肩膀上要师傅给她喂饭。师傅往她嘴里塞什么，她就嚼什么，倒也省心。她的衣服也大都是师傅给买的，包括内衣内裤。师傅死后，谁管她吃管她穿呢？洪小兵不知道，也不想知道。洪小兵不怎么在意长婆，却时常想念师傅。有时候，他会把师傅当成父亲。父亲还没教过他这么多诗歌呢，也没教过他怎么伸手到锅里捞一把茶叶，捏一捏就判断出火候。除了这些，师傅还告诉他如何看一个女人，根据她们的走路姿势、说话腔调和脸上的潮红，推断出她们的是水性杨花、贤良方正还是阴冷。每当说起这方面的事，师傅总是毫不吝啬地拿长婆做例子。洪小兵于是知道长婆是个什么样的人，就像了解跟了自己一辈子的女人那样了解她。所以师傅死后洪小兵推断，长婆不会轻易给自己安排一个归宿。

果然，十年之后她才嫁人。

洪小兵睡得很死，第二天早上醒来，发现夜里又下过一场大雨，竟然没把他吵醒。山里早晨的空气简直就是仙气，吸进去会发出咕嘟咕嘟的喝水声。天上的云层比昨天薄多了，几乎挡不住初升的太阳。早餐是香肠面包就软包装的咖啡牛奶，吃完后开始拔营。他收拾得很仔细，尽量不留下一点人待过的痕迹。当他把收拢的帐篷和睡袋往背包里塞的时候，看见昨晚那条大眼镜蛇又盘成了漩涡状。他大吃一惊，忽然便有了时光倒流的感觉。

他蹲下来抚摸蛇。鳞片上还留着夜雨，因此变得湿滑了，却依然紧绷绷的了无生命迹象。他把它托在手上，想起那个著名的农夫与蛇的故事。农夫为什么要把冻僵的蛇放入怀中？是因为怜悯吗？谁知道！另一种解释是，他不想活了。

对，很有可能！洪小兵嘀咕道。

他站起来，将攀岩用具全都从背包里掏出来，一股脑儿扔进水潭里，然后解开冲锋衣前襟，掀起毛衣和最里面的汗衫，露出肚皮，拎起大眼镜蛇，抖掉蛇身上的沙土，贴肉放进汗衫里。冷血动物冻僵后的体温让他忍不住打了个寒战，胃部一阵痉挛。师傅啊，他自言自语道，倘若我爬到峰顶，它还不醒来把我咬死，我就从悬崖上跳下去！我非死不可，我已经没有退路了！

夜雨把登顶的山路弄得面目全非。尽管大部分食物已经吃掉，攀岩用具也扔掉了，背包轻了不少，但走起来还是出乎意料地艰难。山路两旁全是草，没有一棵可以搭把手的树。很少有人登顶，所以路小得可怜。登山鞋只有蹬在露出地表的岩石上才能咬住，而这样的石头又少得可怜。最陡的地方爬上去又溜下来，得来回折腾好几遍。才走了五分之一的路程，汗就冒出来了。他想停下来脱件毛衣，想想焐在怀里的蛇，又打消了念头，只是用登山杖顶住背包，在陡坡上站一会儿，让冰棍一样的大眼镜蛇慢慢吸收无处蒸腾的热气。背包的胸带和腹带紧扣着，将蛇牢牢地固定在胸腹之间。走着走着，他似乎感觉到蛇在蠕动；但他清楚，那只是一种感觉。事实上，浑身的疲劳几乎让他忘掉了蛇的存在。

原来计划一个小时就能走完的路程，因为泥泞湿滑，竟然走了整整一个上午。登上峰顶时，天上的云已经全部散去，能见度空前地好。

八宿屋峰顶有一个足球场那么大，长满了金黄色的茅草。站在球场边线上往四周眺望，可以望见遥远的城市和村庄。洪小兵在最北端边线旁解下背包，仰面躺在草地上。正午的阳光垂直照在他的脸上，刺得他睁不开眼睛。他坐起来，向前望去。山下不可企及的城市和村庄一下子变成凡人的世界，而他俨然是在天堂。

蛇静静地躺在他的怀里，一点儿也没有要活过来的意思。有种温热的东西流过他的心坎，要么是欣慰，要么是失望；可以是欣慰，也可以是失望。他站起来走到断崖边，向下望去。一只巴掌大小的鸟在脚下一百米的地方扑腾，好像正要将衔在嘴里的食物喂给崖壁上鸟巢里的小鸟。他看不清那是什么鸟。如果他跳下去，肯定会路过鸟巢；那样，就能看清鸟的模样了。问题是，蛇没有活过来，更没有咬死他，他要不要往下跳？

他闭上眼睛。他的过去，他的生活，纷至沓来。他心头一阵酸楚。在这酸楚之下，心的最底层，他清醒地意识到，他是不会往下跳的。尽管他已经把攀岩器材全扔掉了，已经不可能顺着这个岩壁回到凡人的世界了，但他还可以原路返回，尽管对一个登山者来说，原路返回是莫大的耻辱。

我不是在耻辱中过了十年了吗？耻辱不是我活下去的营养吗？我已经和耻辱水乳交融密不可分，我就是耻辱，耻辱就是我，无论我活着还是死去。既然如此，我干吗还要跳下去呢？罢了罢了，让我重新踏着这条耻辱之路，回去吧！如果一切顺利，兴许还能赶上长婆的婚礼。

因为不得不从原路返回，洪小兵错过了跟货的司机约定的时间，只好边走边拦车。傍晚时分，终于有个好心的面包车司机愿意让他搭车。回到自家楼下时，路灯都亮了。他在路灯下掏钥匙，却掏了个空，这才想起，昨天早上出门时想了半天没想起来的事情，是钥匙。

洪小兵站在路灯下，一动不动，像个傻子。半晌，他抬腕看手表，时针指向晚上七点。已经过了晚餐时间，长婆的婚礼肯定早就开始了，她怎么也不打个电话来问问呢？难道昨天早上出门时接到的那通电话，只是个礼节性的邀请？是啊，很有可能。按理，诚心诚意邀请人家参加婚礼，应该至少提前一星期通知，礼数周到的还得送上请柬；可她呢，只提前了一天，而且还只是个电话。更令人沮丧的是，因为接这个电话，他随手把门关上。如果没有这个电话，或许他会想起来忘了什么。

钥匙忘了并不是什么大事，他是攀岩好手，可以从阳台爬进去；重要的是，他发现长婆请他参加婚礼，只是一种敷衍，一种客套。师傅死后，他洪小兵也可有可无了。

楼房的墙面是马赛克的，滑溜溜的没有合适的手点，不过最近某家电信公司新敷设了一批粗大的电缆，用铁箍束成一捆，固定在下水管道与阳台之间的墙面上，他可以沿着下水管攀上去，再抓住电缆过渡到阳台上。小菜一碟的事，他连背包都不解，徒手就往上攀。他的阳台在二楼，加上底楼车库也不过三楼，他三下两下就抓住了自家阳台的沿口。第二扇铝合金窗的锁是坏的，轻轻一推就开了。他做了个引体向上，两条胳膊就撑上了窗台。这时候，胸口那儿蠕动起来，他的胳膊一软，整个人便向下坠落。

下坠的一刹那十分漫长，漫长到让他足够看清天空。他的上身被背包牵引着，掉下时整个人便仰面朝天。他看见天上的星星比往常要多，也比往常要大，每一颗足有拳头大小。他还看见师傅的脸浮现在天上，因为他的渐渐下落而渐渐离他远去。十年前那次他也这样看着师傅的脸渐渐远去，只不过那时是他在上面师傅在下面。上面是岸，下面是水。师傅本来是坐在岸上的。师傅是秤砣，从不下水。那是个厂休日下午，室外气温估计有四十摄氏度，他们三个骑自行车从城里回厂，路过钓鱼潭时洪小兵说太热了我们去游泳吧！长婆坐在师傅的书包架上积极响应。师傅说，怎么游啊又没带游泳裤。洪小兵说就这么游呗，这么热的天上来拧巴拧巴不等回到厂里铁定干了。长婆说游吧游吧，我都热死了，你没看见钓鱼潭的水有多清爽吗！师傅说好吧好吧，我可不下去就在岸上看你们游。师傅果然就坐在岸边一块突出的岩石上，手里捧着长婆的汗衫和裙子看他们游。潭水很深，但你仍然可以见到水底有亮晶晶的石块和五分硬币那么大的螃蟹。长婆也不会游泳，就用手搭着那块大石头把全身浸在水里，双脚扑腾图个凉快。洪小兵呢，在水里就跟在自己家里一般自在。长婆很快就从水里出来了。她穿着那个年代的平脚短裤和紧身背心，被水浸透后紧贴在皮肤上，就跟什么也没穿似的。她接过师傅递给她的汗衫和裙子，去草丛深处拧巴拧巴湿衣服。不许偷看！她警告师傅道。师傅嗤了下鼻子。洪小兵在水中看着长婆的身影消失在草丛深处，心里好像被蛇咬了一口。他怏怏地从水里爬出来，湿淋淋地坐在师傅身边。师傅站起身，踮着脚尖往草丛深处张望，脚下一滑，来不及叫一声就滑落水中。

洪小兵趴在石头上看师傅在水里挣扎，他恶作剧地想让师傅喝几口水再下去捞他上来。水让师傅失去重量，也失去方向，甚至让他忘记了挣扎。他就那样仰着渐渐下沉。洪小兵准备向他伸出手去。清澈的潭水映出师傅苍白的脸，还有脸上大睁着的双眼。这双眼睛里透出的惊恐迅速传染给洪小兵，让他心尖发抖。师傅太高大了，他如果下去救他，肯定会被他死死抱住，结果很可能同归于尽。恐惧像无形的绳索将他牢牢捆住。也许除了恐惧之处还有别的。他的手伸出去，又缩了回来。他看着师傅沉下去，远去，变小，最后重重砸在那些亮晶晶的小石头和五分硬币一般大的螃蟹上。沉积在水底的浮泥升腾起来，将师傅严严实实遮住。

一声巨响，洪小兵跌落在水泥地上。

身体里某个地方肯定有块骨头断了，他怎么也坐不起来，疼痛从四面八方传来。他的头还能转动，向左拧，看见血从肩膀上渗出来，在昏暗的路灯下呈现出深黑色；向右拧，被背包挡住了，什么也看不见。他转回头，向上看去，看见自己的窗口。小区里万家灯火，唯独他的窗口漆黑一片。他心中蓦然对那间狭小、安全的斗室充满了渴望。疼痛再次袭来，他用尽全力挽留一点一点消失的意识。那意识告诉他，因为他没有伸出那只手，他毁了三个人的生活。不，或许还有更多人的生活。胸口又是一阵蠕动，那条美丽的大眼镜蛇活过来了。它的鳞片从他的胸口磨过，可他却一点儿也感觉不到。它从他的领口探出头来，笔直地矗立着，那么近地逼视着他，居高临下。他渴望它张开嘴，在他脸上无论什么地方咬一口。但它的嘴紧闭着，连舌头都不吐一下。它的酷似埃及女王的脑袋缓缓升高，又弯过来，绕着他的脖子滑下，滑向路边的草皮。他听到几下咝咝的轻响，然后万籁俱寂。

卖花的小伙子手脚很麻利，一转眼，已将一张透明塑料纸妥妥帖帖地裹在了那束花的外围，还用双面胶粘住。

十万个为什么

M A W E I

Z I X U A N J I

S H I B U

S H A Y I R E N

鲜 花

卖花的小伙子手脚很麻利，一转眼，已将一张透明塑料纸妥妥帖帖地裹在了那束花的外围，还用双面胶粘住。等陶沙从皮夹子里掏出钱，一大捆花便结结实实地杵在了他的面前，好像打了发胶的美女的青丝。能不能用塑料袋或者旧报纸包一下？陶沙问，你看我一个大老爷们儿，捧着花在街上转悠，也太不像话了吧！小伙子回头找了一圈，啥也没找着。从来也没有人将花放入塑料袋里或者用报纸包着的。嗨，现在买花的先生多了去了，小伙子说，这叫时尚。来，我再免费给您添一朵，拿上走吧。

陶沙愁眉苦脸地将花倒提着，来到街上。天已经完全黑下来了，街上人很多。尽管亮着街灯，但所有的脸仍然模模糊糊。陶沙脱下西服，将花裹在西服里边，这样，就没人知晓他带花了。只是那束花将西服衣襟撑开了，他拎着西服走在街上，好像一个莽撞的杀手拎着马马虎虎掩藏起来的狙击步枪，去完成他的使命。

最伤脑筋的是怎样将花送到白珠手上。

白珠一行十几个人，是到这个北方城市来协助安装一台巨大的天文望远镜的。这台射电望远镜的直径有九十五米，必须在那次天文奇观出现之前安装并调试完毕。再过几个月，千年一遇的天文奇观将要发生，而这里是最好的观测点。有人说，这个干燥的北方城市整个就是一座天然观象台，除了是专业的观测点外，还是天文发烧友的圣地。白珠他们到这里已经快一年了，陶沙是东道主代表，负责接待。东道主将日程安排得很宽松，尽管在那个奇观出现之前，他们要将那个大得令人头皮发麻的玩意儿组装起来，他们仍有充裕的闲暇时间来干自己的事。但即便如此，一开始陶沙和白珠还是不怎么来往，只是吃饭的时候在餐厅碰碰面，就像两个只是为了吃饭才露面的饭桶。有一天女饭桶问男饭桶，我能不能拿我的红烧肉换你的油焖笋？男饭桶说当然可以，我赚了！这是他们的第一次对话。

他们的进一步接触是由于这个北方城市的干燥气候。在南方，雨总是下个不停，空气便因此总是湿润的。南方人在这样湿润的空气中奔波，就像不知疲倦的鱼游来游去，一旦游到北方，就受罪了。女鱼就流了鼻血，就问男鱼是否也流鼻血了。男鱼说他也流了，但他的血小板指数很高，血还没流出鼻孔就凝结了。他们的对话就这样多了起来。陶沙是三年前来到这个城市的。三年前，陶沙在网上看到一则招聘启事，就试着将自己拍到的一张日本间谍卫星照片发了过去。这家天文台二话没说就录用了他。如今，他已经渐渐忘却了南方潮湿的空气。他认为自己是个健忘的人。听说，白珠在工程结束后也要留下来，调动手续都已办妥。这个城市不仅是天文爱好者的圣地，还是所有失意者的避风良港。陶沙一直都认为自己是个失败者，无论哪方面；但白珠不一定是。她为什么要留在这里呢？

他们住在距离观测台不远的一幢小楼里。每当有譬如狮子座流星雨啦、日食啦、七星聚会啦、水星凌日啦等天文奇观出现时，这里总会成为来自全国各地的天文学家相聚的地方。所以这幢小楼人气很旺，修建得十分精致，赭红色的墙壁上攀满了碧绿的爬山虎，远远看去，就像中世纪的堡垒。小楼的前面，有个简易篮球场。四周还有修剪得很考究的花木。她的房间在他的楼下。她和一个十分健谈的高级工程师同住一间。陶沙受聘后住在顶层的一个小套里。由于这次来的人实在太多了，他们就把一个来自西北新婚不久的软件专家安排进了他的小套，谁让他是个光棍呢？也就是说，他必须将花送出去，否则就得扔掉。他总不能将花带回房间吧？那样的话那个年轻的软件专家会把眼睛瞪得比脑袋还大。陶沙站在黑暗的楼下，拨通了白珠的手机。你下来一下好吗？我就在楼下篮球场，他说。好的，我这就下来，她说。她的话语很柔顺，这让陶沙信心倍增。

陶沙很喜欢她说话的声音。虽然他们来自同一个城市，但他并没有用家乡话跟她交谈。事实上，他没有告诉她他们是同乡。一方面是因为他莫名其妙地恨着那种方言，另一方面是因为，这样也算是对她留了一手，心里有些底。他喜欢对任何事情都留一手，人怎么可以凡事全抛一片心呢？汉语中的方言和普通话简直就是两种语言，这两种语言陶沙都精通，也就是说，他的普通话说得很好。大多数时候，他觉得普通话更容易表达他的思想。但普通话并不是随时都可以使用的，如果你在自己的家乡讲普通话，人们准会把你当疯子。更糟糕的是土话在表现情感时，简直束手无策。譬如，他的家乡方言中就不存在“我爱你”这种表述。当然方言中也有“我喜欢你”的说法，但“喜欢”的含义毕竟比较宽泛而不像“爱”那样具有针对性。在这种情况下，人们通常说“咱们来睡觉吧”，或者说“我想和你做爱”，特没品位。而当这些土著真的睡在一起疯狂做爱时，他们又没了用来表达心绪的用语。陶沙是个想法很多的人，可当他用方言和别人交谈时，总是很难找到恰当的词语，在土语中，他觉得失去了自我。也许，这正是造成他落落寡合的重要原因之一。因此在他的内心深处，一直有个隐秘的愿望，那就是走出去，找一个外地的，他们必须用普通话进行交流的女人。

他在黑暗中拎着那件西服等她下楼。他此时最不愿意碰到的就是她的同屋。谁都知道她有个未婚夫，而且马上就要结婚了。一个额头上已经横陈着两条深刻的皱纹的中年人，送花给一位快要结婚的大姑娘，这算怎么回事呢？但世上的事就是这样跟人满拧，偏偏那个老太太就从外面回来了。跟老太太一起回来的还有另一个女工程师，她们厮跟着穿过黑暗的篮球场。她们当然看见了他拎着那件庞大的西服站在罚球线上。嗯，她们肯定在猜想他在等谁，西服里面裹着的东西是什么，紧接着她们就会遇到白珠，便恍然大悟他是在等她。没准那个笨丫头还会告诉她们陶沙在篮球场等自己呢。如果明天白珠的桌子上突然出现一束鲜花，她们又会毫不费力地联想到此时此刻他的这件形迹可疑的西服。陶沙很懊丧。她们进了门廊，然后他听见她从那儿出来的声音。她愉快地跟她们打招呼。人们是怎样形容那种声音的？他问自己。对了，他们管那声音叫作“银铃般的声音”。

她在裙子外边套了件白色的外套。外套上方是她那张在暗夜中呈银色的精致的脸，与夜晚的黑色形成强烈的反差。她在笑。他爱死她的笑了，但此时他对她的笑毫无感觉。他的全部注意力都倾注在他西服里的那束花上了。他极度紧张。

他的紧张的神态，还有浓重的夜色，使这件事变得暧昧起来。

你从哪里来？她问。他用了很长时间才适应她的这种充满哲学意味的问话方式。该死，他想起来了，他们那个地方的人都是这样问话的，不像其他地方的人，见了面不是问吃了吗就是你在干吗等等。

我从哪儿来？他问自己。谁知道？管他呢。他低下头，剥开那件闭拢的西服。帮帮忙，把它插到那个茶杯里去吧。他说。

她显然毫无思想准备，只凭着一种习惯性的手势接过了那束花，就好像别人递给她一张报纸或一杯水那样顺手就接过来了。她的脸上依然带着那种笑。在这样的情况下，他觉得那束花根本就是挟带着雷霆万钧之势向她冲去的。她无法也没有时间拒绝。就在这间不容发的一刻，那花已经到了她的手上，而他则转身就走了。他肯定是故意不让她有思考的闲暇的。

瞎　子

他都忘了从什么时候开始，这个年轻的瞎子竟然成了他精神上的父亲！老天，他看上去比自己要小至少十五岁！

“你喜欢她，是不是？”

“嗯哼，她是挺讨人喜欢的。”

“那你就得当心错过一些美好的事情。你能活几年呢？七十年是七十年，八十年是八十年。”瞎子老气横秋地说。

瞎子是这家名叫“说吧”的酒吧的老板，陶沙就是从他这里觉察到这个城市里行走着大量的失意者。瞎子本人也是个天文爱好者，但陶沙永远也不敢问他如何进行天文观测。到“说吧”来的那些天文发烧友走路全都鼻子朝天，肩上挂着各种各样的“炮筒”，而瞎子总是一个人安安静静地坐在角落里，旁边的小圆桌上搁着一杯绿茶，有时候是一瓶啤酒。没人知道他是怎样瞎的。他是个变化多端的人，有时候把自己收拾得干干净净像个绅士，有时候则胡子拉碴，满嘴脏话。不过有一样好处很让陶沙器重，那就是陶沙跟他讲白珠时，他总是听得很专注。陶沙不爱讲话，也讲不好，所以谁也不爱听他讲话。他讲话总是不得要领，吸引不了听众的注意力。瞎子是唯一的例外。陶沙兜里有钱时就到“说吧”来喝点啤酒，没钱的时候就去“十里大排档”。

“你应该直奔主题！”瞎子说。

“怎么奔？”

“笨！天哪，搞天文的怎么都这么笨啊！笨人只配使用笨办法。”

“什么办法？”

“最笨和最老土的办法就是，给她送花。”

“不错，连我都觉得老土。不过，那也够难的了。”

“为什么？你没钱买花吗？”

“瞎说。我长得像个穷光蛋吗？”

“我看不见……少废话，告诉我，给她送一束花有什么为难的？”

"你想想啊，我一个大老爷们儿，给一个小姑娘送花，这叫什么事啊？"

"你就是因为这个犯难的？"

"还有，她要是把花一下子摔到我脸上，怎么办？"

瞎子将手伸向身边的小圆桌，摸到啤酒杯，呷了一口。突然"噗"的一声，一大口啤酒从他嘴里喷了出来，陶沙的一条胳膊都溅湿了。

"我实在忍不住了，我花了好大劲，可还是忍不住！老家伙，你要笑死我啊？"瞎子弯下腰去，笑得大口大口地往外呛气。

几乎每次都是这样的，陶沙对这个瞎子说了自己的想法，然后立刻遭到这个眼前一片漆黑、嘴角的绒毛刚刚长硬、额头圆鼓鼓的又亮又干净的年轻人的嘲笑。是的，每次都这样。但是连陶沙自己都觉得不可思议的是，他总是一边恨他的轻佻，一边又按他说的去做了。他说得越轻松，陶沙越觉得他说得在理！

差不多在陶沙到达这个北方城市的头一天，就有人告诉他"说吧"是所有天文发烧友的最理想的消磨时间的地方。你想啊，等那些星球从遥远的另一个地方穿越几万万光年的距离来到他们的寻星镜前，得等多久啊！他们必须有这样一个地方，可以让他们坐等。陶沙于是就来了。他第一次来这里时，刚坐定，瞎子就从他身边走过。然后瞎子又回过头来，在他身边站了好长时间。陶沙也没在意。接着瞎子熟门熟路地拉过一张椅子，在陶沙身边坐了下来。"你是南方人吧？"他问陶沙。陶沙说是。他们就这样认识了。瞎子告诉陶沙，他从他身上嗅到了南方潮湿的气味。陶沙说，瞎子都会算命，他能从他身上嗅出南方气味，不过是小菜一碟罢了。瞎子没理会他的调侃，说他喜欢南方，可惜眼睛不方便，要不然一定要去南方走走。陶沙说，南方到处都是河流湖塘，你的眼睛如果在一马平川的北方都不方便，那到了南方就更没得说了。"不过，你要是有兴趣，我愿意做你的导盲犬。"最后陶沙这样说。瞎子呵呵地笑了起来，听上去很沧桑。他们就这样成了朋友。

“你为什么离婚?”瞎子冷不丁地问。陶沙认为，问这样的问题，就算最知心的朋友，也是有些突兀的，更何况，他自己也说不清为什么离婚。三年前一个夏天炎热的午后，他那做歌剧演员的妻子躺在凉席上又开始唠叨了。她的声音平缓单调，跟她唱歌时的声音完全不一样。陶沙怎么也想不明白为什么她能唱那么好听的歌，唠叨起来却这么没水平。在他们家楼下不远的地方，有一个做铝合金窗的家庭作坊，每到中午，便开始切割。齿轮飞快地咬进去的声音经过空气和窗玻璃的过滤后变得很轻，但还能听到，好像一把锋利的手术刀一丝不苟地将陶沙的神经从血肉中间剥离出来。不，是两把，另一把是歌剧演员的唠叨。他从她身边慢腾腾地爬起来。你干吗?歌剧演员问。我口渴!他干巴巴地说，然后用玻璃杯泡了杯上好的绿茶，捧着，回到她身边，在凉席上坐下。他们谁都没说话，看着茶杯里的茶叶一点一点地舒展开身子，再快速下沉。等到那些茶叶全都沉到了杯底，他端起杯子，扔了出去。杯子砸在对面的电视机上，发出沉闷的声响。他们只花了半天时间，就办好了离婚手续。

“你没结过婚，有些事，跟你说也说不明白。”陶沙望着从他们旁边走过的一个服务员说，感到十分解气。服务员穿着浅红色的套装，一脸稚气，正好听到了陶沙的话，便转过头来惊讶地望着他。他勇敢地冲她笑了笑。他平时没这么勇敢的，瞎子就像个教唆犯，使他一步一步堕落。

“跟我说说。我早就告诉过你，生活就是说话啊!所有的生活都将成为话语。”年轻的瞎子用不容置疑的口吻说道。

“那好吧，看我能不能把它说清楚。”陶沙毫无把握地说。他突然发现他们从来没有谈论过他的婚姻，这对两个知心朋友来说，多少有点不正常。所以，他真的一点把握也没有，不光是对自己的叙述能力;对过去那段生活的记忆也让他觉得很不真实。瞎子在那边点了头，以示鼓励。

“呃，是这样，”他开始说了，“我觉得，我们的问题出在一些根本拿不上桌面的事情上，譬如，懒惰。那就从懒惰上说起吧。开始的时候，我还算是勤快的。当然我本质上是懒惰的，可是开始的时候我并没在意或者说并没有发现我是懒惰的。还有就是，开始的时候，我对一切还都觉得新鲜。这么说好像我是个喜新厌旧的人，也许我是吧。嗯，瞧，也就是说，头一年，我对一切都觉得新鲜和容易对付。可是很快，我就烦了……你在听吗？”

“我在听呢，你说吧，放心。我尽管戴着墨镜，也看不见你，可你得想象我正目不转睛地盯着你。”

“嗯，好吧，我接着说。我很快就烦了。我不愿做饭，也不愿洗碗。我是搞天文的，天文不是件急活儿，比较起来，我的工作还是清闲的。谁在乎天上的一颗星飞过去时会不会碰上另外一颗星呢？就算是碰上了地球，那也是大家一起倒霉。嗯，如果大家一起倒霉，就没什么可抱怨的了，你说是不是？”

“注意你的话题。”瞎子冷冷地说。

“是，你得时常提醒我。我上班活儿不重，时间比别人多，最要命的是，我上班的地方离家还很近，所以，做饭啊买菜啊之类的事情就该由我来干对不？可我恨这些。是的是的，开始的时候我不恨这些，能干就干了，可到后来，我不愿干了。嗯，肯定是因为烦了。你瞧人家外国人多好啊，老婆不用上班，就在家里伺候男人，我们为什么不能这样呢？因为如果我们也像外国人那样，我们的收入就要少一半，我们就付不起房屋按揭了，还有鸡零狗碎的电费水费电话费煤气费等等。所以老婆也得上班挣钱贴补家用。嗯，这样一来，两个人就没有高下之分了。瞧，这里有个社会分工的问题……”

“等等，等等，这些深奥问题，留给社会学家去思考吧，你讲你的。”

“好，我讲我的麻烦。回到家里，我啥都不愿干。不瞒你说，我连盛碗饭都不愿意，每次都是她盛好了递给我的。是这样：我们吃饭的时候，她就把装饭的高压锅端出来，放在她边上的小方凳上，揭开锅，把米饭盛好了递给我，我呢，总是坐在她的对面。吃完了一碗，就把空碗递过去，让她盛第二碗。我饭量很大的，一顿能下去三碗。这成了我们家的一个固定的场景。我是个饭桶，吃饭很快的，三碗下肚，撂下碗筷就走人，毫不含糊。就像有首歌唱的那样：这样过了多少天，这样过了多少年……突然就遇到了难题：我们闹别扭时，谁也不理谁时，我的空碗就递不过去了。你瞧，我是听到她摆放碗碟的声音后走进厨房的，大多数时候，我的头一碗饭她已经盛好了，放在我的位置前，即便我们吵过架了，也是这样。这碗饭吃完后，你说我怎么办？别忘了我们正闹着别扭打着冷战呢！我只得放下碗，掉头就走。接下去我就得挨饿啦，因为我只吃了三分之一啊！当然这是特殊情况，要命的是，自从这样以后，即使我们没闹别扭，当我把空碗递过去时，仍然很不自然。不，她没有不肯为我盛饭，她还是替我盛的，只是我心里就有了障碍。我不知道为什么会这样。你说怎么办呢？我开始尽量不回家。早饭和中饭就都在街上吃了，我感到舒坦极了，我不用看任何人的脸色，不用求任何人为我做任何事。回到家里，我只吃一顿晚饭。我想啊，这下总行了吧，她只需给我做一顿饭就行了，我不会欠她很多的……”

“等等，你说什么？你欠她？”

“是。我老是觉得，她给我洗衣服，给我做饭烧菜，伺候我……就是在向我放债。”

“嗯哼，有趣。你接着说。”

“我不想欠谁的。不想。我不习惯欠债！”

“为什么？”

“那让我有一种被捆绑的感觉。”

“现在你解脱了？”

“是。”陶沙说着长出一口气。

“于是你就开始找另外一根绳子。你可够贱的！”瞎子狠巴巴地说。

“你也认为白珠会成为一根绳子？”

“你可以试试。”

“我愿意冒这个风险去试试。”

“为什么？”

“你别问我为什么，好不好？我不知道。”

“好吧好吧。那后来呢？”

“哦，后来，她就开始唠叨了。”

“嗯，一般都是这样的。呃，这么说，你跟她离婚，是因为她唠叨以及她为你盛饭之类的？”

“想想，也不是。谁会为了那样的事情离婚啊！”

“那为什么呢？说了半天，你究竟是为什么呢？”

“废话，如果知道，我还跟你说个什么劲啊！”

“她漂亮吗？”过了半晌瞎子又问。

“谁？”

“还会有谁？你的前妻。”

“怎么说呢？反正你待会儿就能看见……我是说……”

“别说了，我闻着她的味儿就能知道一切。你知道，我的鼻子挺管用的。”

茶　杯

陶沙十四岁的时候学会了抽烟，两年后又学会了喝酒，参加工作后整天茶杯不离手，所以他的牙齿是黑色的。有时一开口说话，自己都能闻到口臭。不过现在，他又能感觉到，他的口臭越来越淡了，因为他不但开始戒酒，还开始戒烟。也就是说，他已经快一年烟酒不沾了，只保留喝茶的习惯。这一年里，他嚼掉了将近八百块口香糖；每次刷牙都狠得刷出血来。早上起来照镜子，发现牙齿在一天一天地变白，最后只在牙缝里留下淡黑色的线条。他相信，过不了多久，连牙缝也会变白的。他也没跟自己商量，几乎是下意识地采取这些行动的，好像冥冥中有个天神在指引他，让他做好这些准备，然后待在某棵大树下等一只兔子出现。白珠敲他的房门时，他正躺在床上仔细地读一张印有女演员大幅彩照的海报，一边读一边用记号笔往女主角的脸上涂涂写写。海报印得十分精美，陶沙近距离地读着，几乎能看清女演员脸上的毛孔。市政府投资一千五百万元，重新装修了市中心一座建造于上个世纪初叶的大剧院，海报上宣传的是装修后的首场演出。女主演的照片旁边还有一幅完全西洋风格的建筑，让陶沙蓦地涌起了一股思乡之情。那个南方城市也有一座这种样式的剧院。陶沙一边描，一边哼起《人家叫我咪咪》。他很喜欢歌剧。他的哼唱被白珠的敲门声打断。当他听出是白珠的叫门声时，一下子从床上蹦了起来蹿到门后。他们好像一直恪守着某个游戏规则，从不到对方的房间里去，不管有事没事。作为东道主的代表，他常去其他专家的房里走走，假惺惺地问问他们还缺点啥，却总是把她漏过去；而她呢，就是在最寂寞的夜晚，也只是安静地待在自己的桌子前。这种相互忽略反而形成了最明显的默契。可以这么说，快一年了，他们谁的房间都去过，就是对方的房间没去过。所以，这是将近一年时间里，白珠头一次敲他的门。兔子真的来了，他这样想道，然后捧着肚子笑了半天，才打开门。

“啊，真好！”她叹道。

“什么？”他问。

她没有回答，径直从他身边走过去，来到朝南的窗前。傍晚的阳光从侧面打过来，落在那些正在窗口探头探脑的爬山虎叶子上。早春的叶子叶张还不是很厚，镀上金黄色的晚霞后，映出清晰的脉络。她称颂的，显然是这些叶子。

她将上身探出窗外，伸手抚摸那些叶子，陶沙在她身后放肆地打量她。跟别的女人不一样的是，白珠衣服换得不是很勤，陶沙注意到她这身牛仔裤配高领的粗毛线外套已经穿了快一星期了。由于上身倾出窗外，她的脚踮着，臀部高高提起，让陶沙一阵慌乱。屈指算来，陶沙已经将近四年没过性生活了。

白珠费力地要摘下一些爬山虎来。陶沙从来都不喜欢花花草草之类的东西。作为一个见惯了山清水秀温柔景色的南方人，他更喜欢高大的树木和荒凉的原野。他一厢情愿地将自己的这种喜好强加给了所有的南方人，所以，他觉得同样生长在南方的白珠对这种藤本植物所表现出来的喜欢，多少带点矫情。但这又有什么关系呢？重要的是，他的房间里有她喜欢的东西，这就够了。这是上天安排的，恰好这些爬山虎挂在他这扇朝南的窗户旁。

陶沙站在她身后说："我来吧，我替你摘。"白珠说："好的。"闪在了一边。陶沙从书桌上抓过一把裁纸刀，探出身去，一口气割下一大把。这时候他看见远处的群山，虽说已经是春天了，却仍然一片暗沉沉的灰色，果然比不得南方的山，纵使在隆冬时节，也有苍翠的色块铺张开来。这样瞧着，便觉得白珠喜欢这几根软不拉叽的藤条，是有道理的。

他从窗口缩回身子，发现白珠歪在他的床上，脸色苍白，连嘴唇都变成灰色的了，一只手费力地抬起来，指着靠墙的桌子。她的坤包被她进屋时随手放在书桌上了。陶沙吓了一大跳，抓起小包，拉开拉链，反手将包里的东西全都倒在床上。从小镜子、硬币、唇膏、纸巾等等小物件中，滚出一个白色的药瓶。陶沙拧开盖子，倒出一粒黄豆大小的药片，塞进白珠那张正微微张开的嘴里。他的手指触到她的嘴唇，冰凉刺骨；又反手抄过桌上的茶杯，里面有半杯温热的茶水。白珠喝了一口，陶沙觉得她连吞咽都很费力。他将枕头塞在她的后背，嗅到了从她嘴里飘出的不易察觉的苦味。这种苦味他很熟，跟喝头一汁绿茶时的味道一模一样。

他搬过书桌前的椅子，坐在她的面前，看着她。

"要不要我去叫大夫？"他问，声音有些发抖。

她闭着眼睛，摇了摇头，嘴角还牵出一丝笑纹来。

"很快就会过去的。"她说，声音如游丝一般。"我都习惯了。"她又补充道。

他坐在床前看着她。她说得对，很快便有血色爬上她的面颊。他只在电影上见过这样的场面，而且大多发生在上了年纪的人身上，没想到白珠年纪轻轻，也有这种病。

最初让陶沙想起她的，就是她的嘴唇。他们刚来的时候，有一次，那个年轻的软件工程师突然问他，谁是前来安装射电望远镜的工作小组中最漂亮的女性。陶沙一边大口大口地吞云吐雾，一边费力地将安装小组中的三十来个女人在脑子里过电影。“你说，费安娜是不是最漂亮的？”西北人用母鸡一般期待的目光看着他问。费安娜是她们那帮人中最活跃的。陶沙想了想，决定否定软件工程师的说法。“确切说，费安娜的眼睛和腮帮子是最出色的，但是，她的鼻子和耳朵终归平淡。”他像个老流氓似的缓缓说道。西北人“啪”的一声关了电视机，凑过来兴奋地拍拍他的肩膀，似乎终于找到了值得大干一场的事。他们于是开始煮酒论英雄，用来消磨夜晚山上多得没处搁的时间。他们像两个蹩脚的侦探，手里没有多少线索，只好一个一个摸排。他们交流着他们的看法：关于这些女人的肩、腰、腿、胸、五官，还有她们掩蔽在纺织品后面的生殖系统、内分泌系统和消化系统，甚至她们的盲肠、胰腺和胆结石。到第三天晚上，他们开始讨论白珠了。陶沙的脑海里突然跳出了一对嘴唇，红得发亮，两条曲线比掠日彗星的彗尾还要清晰。“这个女人嘛，”陶沙沉吟道，“我有个心愿：我一定要亲一下她的嘴唇！”西北人大失所望地盯着他看了半天，好像他违反了某种约定似的。

在那些探讨安装小组全体女人的各个器官的夜晚里，陶沙不会想到这张嘴唇会连接着一个供血障碍的心脏，而看上去却仍然鲜艳！

“对不起，我真丢脸！给你添麻烦了。”她说，声音重了一些。

“瞧你说的。再喝点水吧。”陶沙取过那个玻璃杯，站起身来。

“你干吗？”白珠问。她的嘴唇正在转红。

“我给你倒杯白开水。”

“不用了，就喝你的茶。”她盯着他说，伸过手去，嘴角又牵出一丝微笑来。陶沙突然觉得她非常好斗。她在挑衅，他想。

茶杯太大了，要么就是她的手太小了——那个茶杯被她捧在手上，显得格外笨重。茶杯被吹制成大缸的样子，肚子鼓鼓的，造型朴拙；原先是盛酱黄瓜的包装杯。他很喜欢这个茶杯。重新成为单身汉后，陶沙的一日三顿全靠方便面啊、速冻食品啊之类的维持，酱黄瓜是他最主要的菜谱。但这种牌子的酱瓜他后来再也没有买到过。这个玻璃包装刚开始用来当茶杯的时候，喝着总能闻到一股酱瓜味儿，他就先用热水把杯子涮一涮，往空杯里扔上一小撮绿茶，然后拧紧盖子。过半天打开盖子，倒出那撮茶叶。原本清香的茶叶就散发出一阵浓烈的异味。如此这般反复熏蒸了有三天，杯子的异味终于全部去掉了。但是，盖子上的气味却怎么也去不掉，盖子是马口铁压制的。他将铁盖在清水里泡了一个多星期，气味还在。没办法，只好在抽屉角落里找出个塑料盖来，勉强配上，却再也拧不紧了。这成了一个缺憾。事实上他并不是个完美主义者，但对这只茶杯却一直耿耿于怀。他并不像有些人那样将自己的这种死心眼忽略掉，他清楚地知道自己有些走火入魔，却还是原谅了自己。总有一天，我要找到一个跟这只杯子天衣无缝的盖子，他这样想道。

她拧开盖子，将嘴唇凑了上去，眼睛仍然盯着他看。他看到她的嘴唇更红了。那就是个绝好的盖子啊！他被她的样子惊呆了。有那么一会儿工夫，他以为那只是幻觉。她的嘴唇在一刹那变得肥硕无比，完全将杯口整个嘬进去了。贱女人，她怎么可以这样挑逗我？他在心里骂道。天哪，我怎么可以这样骂她？他立刻又自责了。你他妈的真不是东西！他转而咒骂自己，并且难为情地躲开她的目光，但她的眼睛简直是带倒刺的钩子，他不得不又去看她。她已经转回头去，抓起他扔在床上的那张海报，刚看了一眼，便笑出声来。陶沙不但给那个扮演咪咪的女演员描上了一副老式的黑边眼镜，还给她添上了一撮浓密的唇髭。

他转过身，将胡乱扔在桌上的那几茎爬山虎收拢来，圈成一束。叶子很干净，角质层几乎是透明的，显得比平常更绿一些。他有些眼晕。

“真的很好看。”她叹道，放下杯子，接过那束叶子，闻了闻。

“你怎么安置它呢？”他问。

“是啊，有个花瓶就好了。”她说着回头扫了一眼放在床头的那只大肚子茶杯。

“就用它吧。”他说。

“好的。那谢谢啦！”她开心地笑了。

心 脏

白珠是在夜幕降临后打电话给他的。他一接起电话就听到了嘈杂的人声，其间还夹杂着卡雷拉斯的《女人善变》。你在夜排档？他开口问。你怎么知道的？她反问。我跟着你呢。我还知道你就在七十七号摊位。然后他听到白珠在问摊主，这里是不是七十七号摊位。是的，她对他说，我是在七十七号摊位。告诉你吧，他对着话筒说，这个城市里只有七十七号摊位放那样的音乐。

就在这些天文学家们会聚到这个城市之前，陶沙有一阵子经常陷入莫名其妙的忧郁之中。他会一个人在半夜里出去，来到山下，沿着黑暗的街道漫无目的地往前走。这个城市的规模虽然不小，但一入夜，照样漆黑一片。他喜欢这种黑暗，仍然有微弱的星光映照下来，那些金属栏杆啊、积水啊、上过瓷的墙面砖啊，都会反射那些薄薄的星光。他跟着那些光走，就像梦游。人很少，事实上，大多数时候他就是走上好长时间也碰不到一个人。这让他心安理得。但也就是这种时候，那种忧郁就像一个高个子女人的拥抱，从头到脚将他捂得严严实实，可又不是很紧。他的头一个女人，就是个高个子，本地人管这样的女人叫“长婆”，穿上高跟鞋，就给人比他还高的感觉了。这个女人是个诗人，有一天说要去流浪，便收拾收拾东西走了，陶沙目瞪口呆地看着她远去的背影，不知所措。这个女诗人走后一直音信杳然。他发誓再也不找搞艺术的女人了，所以他的第二个女人是个药剂师，身上总是散发出一股苦到心底的涩味。药剂师恨安全套，偏偏又有洁癖，所以每次做爱前，都要拿一团酒精棉球，仔细地擦拭他那已经胀得十分难受的阴茎。一年以后他再也受不了了，在一个月黑风高的夜晚，将自己弄得脏兮兮的，摸进药剂师的房间，不由分说就把她给强暴了。歌唱演员是他的第三个女人，他比她大十一岁。

走着走着就到了夜排档，空气忽然明亮起来。那些热气腾腾的摊子沿江一字排开，逶逶迤迤足有五里路长。号称“十里大排档”，是这个城市的一大景观。在那些日子里，他总去靠近浮桥的七十七号摊位，面朝黑漆漆的江面坐下，他兜里的钱使他对“说吧”敬而远之，只得到这儿来喝廉价啤酒。这时他会希望有个女人过来陪陪他。但是，这个城市里有那么多的陪酒小姐，也有那么多的风尘女子，竟没有一个主动过来做他的生意。每次都这样，这让他百思不得其解。难道我长了一张穷人的脸吗？他这样想，越想越泄气；越泄气就越忧郁，最后便喝得酩酊大醉。然后摇摇晃晃地回到山上。一进门先去抽水马桶里呕吐，连胆汁都吐了出来。

他十分喜欢七十七号摊位。跟左右两边其他摊位比起来，这里的生意要清淡得多。他喜欢这里的原因是摊主在煤气灶边摆了台污迹斑斑的老掉牙的双卡录音机。跟刺啦刺啦的爆炒声一块儿传过来的，就还有卡雷拉斯的歌声。摊主跟陶沙很熟。事实上，陶沙几乎跟所有喜欢歌剧的人都很熟——谁让他娶了个歌剧演员做老婆呢？摊主一见陶沙溜溜达达地过来了，就会弯腰换上那盘磁带。他有一盘全本的歌剧《茶花女》。陶沙很喜欢那首《阿芒咏叹调》，他能将整首歌用意大利语唱下来。陶沙是个挺不错的男中音，一度认为这个世界上只有歌剧和流星是他值得关注的东西，其他事情，全是垃圾。

七十七号摊位生意虽然清淡，却都是些固定的熟客，陶沙也就跟那些人混熟了。这并不是件好事。他喜欢一个人待着，特别是忧郁病发作的时候，所以他已经很长时间不到这个摊位上来了。不过今晚，白珠在这里等他。

远远的，他看见白珠背朝大街面向江面坐在一张小方桌前。铺着蓝色印花塑料桌布的桌上放着一瓶酒。她的头上是一盏黄灿灿的灯泡，足有二百瓦，金色的光线洒在她的头发上和肩膀上，毛茸茸的，当他走近她时，听到卡雷拉斯的歌声混杂在生猛的香味中。摊主见他走来，咧开嘴笑了。他好长时间没来了——这段时间他的腰包还过得去。摊主照例回身弯下腰，卡雷拉斯中断了，随后是《茶花女》的音乐响起。陶沙的鼻子抽动了一下，好像日子又回到了从前。他想到了呕吐和胆汁，又想到今天大约不会喝醉了。终于有个女人肯陪我了，他这样想着，抬起头。尽管整条街灯火辉煌，衍射光妨碍了他的视线，他还是看到了由牧夫α、室女α及狮子β三颗亮星组成的春天大三角，美丽、稳定而又明亮。他心里涌动起一股感激之情。

直到白珠把玻璃茶杯推到他跟前，他才注意到，他们喝的是红酒。

“知道为什么请你来吗？”

“不知道。是不是因为我长得帅？”陶沙老老实实地答道。

“别臭美了！”白珠并没有被他逗笑。她不喜欢开玩笑，他想。

“噢，那是因为我没有危险。”

“有这个意思。”

你以为你是谁啊？陶沙愤愤地想。

“刚才，你那个搞软件的同屋打电话给我，请我去迪厅。我说我约了人。”

混账，他居然想搞我的女人！他在心里破口大骂。转而又觉得十分好笑：谁是你的女人啊？

“哦。你约了我了？”

“是的。只不过，他打电话给我时，还没约。”

“现在我明白了，你请我来，是因为我长得像块挡箭牌。”

“实话告诉你，我对你长什么样并不感兴趣。”

“当然……”他不想在这个话题上纠缠下去了，“在大排档上喝红酒，合适吗？”他问。

“只要你愿意，没有什么不合适的。”她说着端起茶杯，“我只喝红酒。据说，所有的酒类中，只有红酒对心脏多少有点好处。”

“我补充一点，在这样的背景音乐下，喝红酒也比较恰当。”

“是吗？真可惜，我本来想让你听听我们家乡的音乐的。”她说着从包里掏出一盘磁带。她仍然不知道他们是老乡。“我以为，听听我们南方的越剧，喝喝红酒，也是别有一番韵味的。”

陶沙接过磁带，走到录音机那儿，拍了拍正在掂勺的摊主的后背，伸手掐断《阿芒咏叹调》，换了磁带。一按放音键，一种软绵绵的音乐就出来了。

“我一点也听不懂。”他喝了一口略带酸味的酒，随口撒了个大谎。

“这个故事的名字叫《三盖衣》，在我们那儿是一出很有名的剧目。”

“摊主一定很痛苦。信不信由你，他从来也没听过这样的音乐。”

“那他为什么要痛苦呢？”

“陌生的东西总让我们感到痛苦。”

“谁说的？”

“孔子说的。”

“孔子说过这话吗？”

“相信我，他说过。”

一阵风从江面上吹来，陶沙看见白珠紧了紧身子。今天晚上她穿了一件看上去很薄的毛衣和一条蜡染布裙子。他估计她晚饭前就下山了，这身打扮在白天是不会冷的。他自己穿着厚毛衣，外加呢绒里子的夹克；晚风吹来，很是畅怀。

“真冷。”白珠突然说。

陶沙感到很尴尬。他在想要不要把自己的外套脱下来给她披上。这件外套是那个歌剧演员买给他的。歌剧演员只给他买过这么一件衣服。确切说，他的前妻只送过他这么一次礼物。他盯着眼前的玻璃杯，陷入了沉思。是不是因为这个原因，他才下不了决心把外套脱给她呢？好像也不是。外套他已经穿了将近一个月了，或者不如说，这个冬天以来，他一直穿着这件外套，即使拿去干洗，也是付了加急费，当即取了回来穿上。他没有别的像样点儿的外套。所以，夹克很脏，只是由于色泽是那种深咖啡色的，看不出来罢了。让给她穿，她会不会嫌恶心？不会的，他兀自笑了笑。这一点，他有十足的把握，但这个念头确实从他的心头掠过了。那么，到底是什么使他迟迟不肯脱下外套呢？对了，他想，是因为害怕被别人看见。是的，是这样的，他终于找到了原因。他恨那种在大庭广众之下做出的亲热状。如果他们是在一间屋子里，没有第三个人，他会毫不犹豫地脱下那件肮脏的外套！问题是，七十七号摊位生意清淡，几乎没有人注意到他们。那么，我要不要脱下来给她披上呢？今晚她要是多穿点该多好。

她是不是故意的啊？她总该知道今晚的气温不会很高吧？她可是个不错的天文学家啊！

“喝口酒吧，祛寒的。”他干巴巴地说。她瞅了他一眼，目光闪烁不定。

“你知道心脏是怎么一回事吗？我是说，你知不知道它是怎样工作的？”她问。

“我不知道。”

“我说给你听。心脏分成两块，一块把血泵进来，另一块把血泵出去。你可以把每一块都想象成一个葫芦。葫芦不是分成上下两个吗？中间收紧的地方是一道掐腰，搁心脏里，就是个阀门。你愿意娶我吗？上面那半个葫芦一收缩，血就通过阀门向下面那半个葫芦里咕嘟。如果这阀门出了问题，血就咕嘟不过去了。那么，这个心脏就有麻烦了。”

“你还懂医学？”陶沙一边问一边使劲晃了晃脑袋。他最近老是走神，这会儿他就从她的话里听出岔音来了。搞什么搞？他对自己说。

“也算是久病成良医吧。嗯，我就是那号阀门出了问题的人。”

“哦，你怎么会得这种病呢？”

“是先天性的。当我还是个短棺材的时候，就经常发作。”

“说得那么难听。什么叫短棺材啊？”

“短棺材是我们那儿乡下人骂孩子的口语。”

“骂孩子一般都用小杂种、兔崽子……为什么要用短棺材呢？”他装模作样地问。

“是这样的，在我们那儿，小孩子夭折了，就用比寻常棺材短一点的小棺材埋葬。所以短棺材其实是一句很歹毒的骂人话。不过，骂习惯了，也就麻木了。我们那儿大多数父母都这样骂自己的孩子。”

“你们那里的话确实有趣。”他说着将杯里的酒全喝了下去，品味着做一个伪君子的滋味。

“还有别的说法，譬如说：巴掌客人。”

“也是骂小孩的吗？”

"是的。要理解这个词，你得先知道客人的含义。在我们那儿，对那些前来采购山货的人都叫客人。譬如来收茶叶的，我们管他们叫茶叶客人，来收购药材的，就叫中药客人，还有一类专门采购牛皮的，就叫牛皮客人。你会娶我吗？我真的一点儿也不爱我的男朋友。巴掌客人，那就是专门收购巴掌的人了。意思是说，你小子是个皮肉发痒、总想大量收购耳光的家伙，那么好吧，你等着，我立马赏你几个。对了，巴掌在我们那儿是耳光的意思……"

他看到她又耸了耸肩胛。葡萄酒并没有使她暖和起来，只在她的脸上抹了些潮红。她的语速明显加快了，眼睛总是看着陶沙身后的某个地方，一眨也不眨。她讲话总是这样的，他想，显得很专注，也很投入。不对啊，刚才她说什么来着？是我没听清，还是她说错了？他盯着她的眼睛看。那双眼睛还是盯着他身后的某个地方，一眨也不眨，显示出她的思维在急速运转。那些脑细胞的剧烈运动全都转换成话语，从她的喉底用声音的形式传达出来。

"你刚才说什么？"他趁她说话的空当挤进去，问道。

"什么？"她盯着他反问道。

"我听你刚才说……"

"说什么？"

"你说……"他忽然变得毫无把握了。是不是我听错了呢？他想。

"说什么呀？"她追问。

"算了，没什么。你还冷吗？"

"冷。我们回去吧。"她冷冷地说。

他们沿着灯火辉煌的十里大排档往前走，街道像汛期的大河，被涨得满腾腾的。他们默默地朝前走着，一句话也不说。事实上，他们没法说话，必须集中精力躲闪从身边挤过的车辆。他不知道这些车子是从哪儿钻出来的，各种各样的倒车镜剐擦着他的袖子，有锃光瓦亮的，也有污迹斑斑的。还有脚踏三轮车的把手，自行车后架上的铁丝篮子，塑料编织袋支棱着的尖角。仿佛这个城市的各个阶层都派了代表来到这里，参加一场盛大的聚会。白珠的脸被灯光照着，显得很滋润。他稍稍侧过身来，将滚滚流过的车水马龙挡在他的外侧。

“我听他们说，你离婚了。”白珠眼望着前边，说。

“是的。”他说。

“什么？”她显然没听清楚，回过头来看了他一眼。

“我离婚了，三年前！”他大声说，“你呢？”

“我什么？”她白了他一眼。她那一侧是大排档沿街摆放着的钢瓶和煤气炉子，一大团热气正好从她头上飘过。

“我是说，你打算什么时候结婚？”

“我回去就结婚！”她气哼哼地说。

“哦，恭喜你！”他舔了下嘴唇，说。

“谢谢！”她说，突然伸手拉住对面走来的一个男人。那人肩上挎着一只电脑包，背带抻得很长，黑色的包一直拖到大腿上。她的手抓在那根长长的背带上，“你愿意娶我吗？”她问。那人是个小个子，古铜色的皮肤，扎煞着的短发下有一张广东人的脸。被白珠这么突如其来的一抓，他的肩膀一下子耸了起来，脖子胆怯地缩下去。

“什么？”

陶沙吓了一跳，赶紧拉开她的手，回头冲小个子笑了笑，“别介意，她跟您开玩笑呢。她可爱开玩笑了。”

白珠挣开他的手，又朝对面走来的另一个抓去。那是个大胖子，一条粗大的金项链拖在胸前。她的手眼看就要抓到他的胸口了，陶沙从后面拉住她的肩膀，把她拉开了。

他拉着她终于找到一个离开这条街的空当，在一个叫“明乐金属”的店铺前拐上另一条街。喧嚣声立时矮了一截。白珠抬手要了辆计程车。陶沙为她拉开后座的车门，她钻进去的时候就像一条鱼。他正想跟着往里钻，被她伸过来的手挡住了。

“算了吧，我看你穿了那么多，怪热的。晚上风很凉，你就走走算了。”她说。

“你，没事吧？”他用手撑着车门，问。

“你是不是以为我喝醉了？告诉你，没有。我只是，像你说的那样，喜欢开玩笑罢了。师傅，开车，去天文台！”

他望着计程车远去的尾灯，肚子咕咕地响了起来。他感到饿极了，但他一点胃口也没有。

歌剧

“帮我个忙好吗？”

“好的，说吧，什么事。”她的温顺有时候真是要人命。

“明天晚上陪我去看歌剧。”

他跟她这么说的时候，他们正在餐厅里吃中饭。餐厅里空荡荡的，没几个人。大多数人都到城里吃去了。他进去的时候，看见她一个人坐在靠近洗涤槽的地方吃米饭。现在他已经知道了，她吃东西相当挑剔。她不吃肉，什么肉都不吃；吃饺子也只吃皮。有一次不小心吃了两个馅，胃难过了大半夜。这会儿她的眼前摆着一碟黄花菜，一碟凉拌黄瓜。陶沙忧心如焚地看着她。净吃这样的东西，她还会有性欲吗？他突然想。

“干吗这样看着我？”她问。

“你吃得太简单了。”他无可奈何地说。

她忽然笑了起来：“我知道了，你为什么这样看我。”

“为什么？”他莫名其妙地红了脸。

“你是不是在担心，只吃这些东西会影响我的性欲？”

陶沙吃惊地瞪大了眼睛。他已经顾不上难为情了。

“告诉你吧，”她从容不迫地说，“我跟我的男朋友做爱时，很融洽。我还要告诉你，他做爱时有个习惯，老唱歌。嗯，对了，他是个很好的男高音。”

“那岂不是很累？”

“不累。他身体棒着呢！你呢？我是说，你有什么习惯？”

“呃，你我之间谈论这样的话题，不太合适吧？”

“看不出来，你还是个虚伪的家伙！”

陶沙不吭声了。

“你放心，我去。”她咽下一口黄瓜，说。

“去哪儿？”陶沙问。

白珠给了他一个大白眼。当天晚上，他做了个梦。梦见自己跟她在一个四合院里，天井有棵高大的杨树。梦开始的时候，她靠在那棵杨树干上，而他则抱着她。这时有人敲院门。他走过去开了门，有个穿圆领汗衫戴墨镜的男人挤进来，手持一把一尺来长明晃晃的短剑，揪住他的衣领。你把我们老板的小姨怎么了？那男人凶巴巴地问。梦到这里就结束了。他醒过来，听见外面有人在唱歌。旋律很熟，是那种奶油小生们唱的流行歌曲。他使劲回忆他跟她的所有对话，好像没有听她说起过她是某人的小姨。正是凌晨时分，那个唱歌的人莫非是个疯子？如果日有所思夜有所梦的话，歌声应该出现在梦里，可他反倒是从梦中醒来时，听到了歌声。真没道理。

这个梦让他一整天都神不守舍，直到他们在剧场里坐下来。剧场很小，看上去也就五百来个座位，但相当精致。陶沙一下子就喜欢上了这里。原来，它不但在外表上跟南方那个剧场相似，里边的装潢也相差无几。有那么一会儿工夫，他以为他回到了南方那个城市，坐在那个他常去的剧场里看歌剧。他回想起来，他有多么喜欢那个剧场。他喜欢那个剧场里天花板上的飞天浮雕，还有挂在四周的那些既古色古香又洋里洋气的油画。不过，他最喜欢的还是进口处那排锃亮的黄铜扶手。你简直感觉不到黄铜的金属凉意，摸上去好像在摸一段你已经摸了大半辈子的光滑的木头，而且你也不知道这段木头派啥用场，既不是手杖，也不是刀把；因为摸久了，隐隐泛出红光。扶手镶嵌在云纹大理石墙面上。那些他从未在别的地方见过的壁灯会在太平门关上后自动亮起来，光线不很强烈，却投得很远，几盏灯的光线交织起来，织成一张大网，笼罩在所有人的头上。来那个小剧场听歌剧的也大都是些熟客，这使得每次前来看戏都像是参加一次俱乐部的聚会，大家知道这里的约定俗成，穿着打扮便规规矩矩。陶沙觉得每个人都挺面熟的，也许他头一次来这里时就记住了他们的面孔。十五岁那年，他跟他的数学老师来这里听歌剧。数学老师是个高个子，骑一辆二十八寸的飞鸽牌自行车。他那时已经长高到完全可以坐在后架上，但她还是让他坐在前面的横档上，还不停地单手扶住车把，伸出另一只手捏他的脸蛋。他一回头就能看到数学老师那张黑黝黝的俊俏的脸，事实上，他的耳朵时时蹭在她的脸上。有一次，她还咬住了他的耳朵。他记得她的牙齿白得发蓝。他在检票口左手边一面巨大的镜子里，看见自己的两个脸蛋被捏得红彤彤的。那是他头一次听歌剧。从此以后，他便记住了数学老师的白牙和那首《阿芒咏叹调》：你在普罗旺斯那地方，度过幼年好时光，自从离家去远方，亲爱的故乡都遗忘……数学老师将头凑近他的耳朵告诉他，这个将这首歌唱得像帆布那样厚实的大胖子，就是她的男朋友！他的眼泪紧接着就掉下来了，不知道是被那首歌感动了，还是因为听到这个消息而伤心。

这回他买的是前排甲级票，因此当大幕拉开时，舞台仿佛碰到了他们的鼻尖，或者不如说他们直接就坐在了那个色调灰暗的场景里。

“知道吗，坐在这里，我连大气都不敢出啊！”白珠轻声嘀咕道。她的肩膀向他这边靠了靠，“我从来不看这种戏。我才不在乎你说我俗呢！我就是不习惯这种氛围。”

“我没说你什么，恰恰相反，我很感谢你帮我这个忙。你都瞧见了，没人会连个伴也不带地就到这里来。”

“那你干吗非得来？”

“唔，你改主意了吗？你如果实在不愿意，我这就送你回去。”

“算了，既来之，则安之……”

陶沙侧过脸去，看见她两眼熠熠发光，就跟发高烧似的。一阵歉疚的热流忽然滚过他心头。两束光柱无声地投在大红的帷幕上，离开场只剩下几分钟了，嗡嗡声渐渐小了下去，白珠忽然笑了起来。

“你想到什么好笑的了？”他问。

“这个地方这么雅，我忽然想起了我小时候那些十分不雅的事情……”她兴致勃勃地说，声音不知不觉就高了起来。

“哦，说说。”

“我小时候有个不好的习惯，嗯，我会忍不住挠痒痒……哈哈哈……”她管自笑了起来，前排有几个人回头向他们这边张望。陶沙有些尴尬，但却不由自主地也跟着笑了起来。

“那很正常啊，这谁都难免。”

“可你不知道我挠在哪儿了……”她笑得快喘不过气来了。

“哦，哪儿？”

“这里，”她指了指自己的下体，“要命的是，我还不好好挠，非得把两腿分得很开，弯曲着，就那样使劲挠。大多数时候，那里并不痒，只是有些潮乎乎的，或者就是布料的透气性不怎么好，就跟橡皮膏似的贴在了皮肉上。你知道，这样挺难受的。于是我就忍不住伸手下去挠，要么就忍不住想揭一下，糟糕透了，这种事情往往越挠越难受……”陶沙恨透了自己，要是一开始就告诉她他们是同乡，她就不会这样用谁都听得懂的普通话跟他讲这些烂事了——还用这么嘹亮的声音！

场灯忽然灭了，音乐声潮水般从四面八方涌出来。她立即闭上了嘴，陶沙松了口气，这时他才感觉到她的一只手是搭在他的胳膊上的。

他发觉他没法静下心来听歌剧，而她，反倒显得十分投入。她的手就那么随意地放在他的小臂上，干燥，坚硬。离婚以后，他还是头一次跟另一个女人的皮肤贴在一起。他的毛孔能感觉到她的随意。他竭力让自己相信她的随意。说真的，他不愿意她是故意的。她的手于是成了一块烧红的炭，他听到自己的小臂因为灼烧而发出的嘶嘶声。在他的后排，两个人在小声说话。他很高兴听到别人说话，他们说话的嘶嘶声，从恢宏的管弦乐中漏出来，清晰地进入他的耳朵。

“你还别不信，现在最假的，就是夫妻之间的感情了。哼，一分手，就跟陌生人似的。”说这话的是个女人。他仿佛还能看见这个女人一边说话一边撇嘴。

“就是，你瞧，两个人又没血缘关系，分了手，自然跟陌生人没两样，不跟仇人似的，已经烧高香了。话又说回来了，就算有，也还是假。”一个男人的声音慢悠悠地应和着。

“我算是看穿了，两夫妻是最假的！”女人的声音又一次愤愤不平地响起。

他很想回过头去看看是怎样的一对男女在说话，头转到一半，终于忍住了，却发现白珠看得十分投入。所有的人都在要求别人，他沮丧地想。

舞台上，他的前妻正在放声歌唱。他已经好久没听她唱歌了。以前，他们住在一起的时候，他一天到晚都能听到她的哼唱。跟那时候比起来，她的嗓子似乎多了一些……烟火味。

“快四年了。”他忍不住稍稍向她那边倾过上身，轻声说。

“什么快四年了？”她大声问。她的目光依然专注于舞台。显然，她被那个故事或者音乐吸引住了。

“四年前，我跟她离婚了。”他伸出一根手指头指了指台上，说。

她终于回过头来盯着他看。这时候，他的前妻正心满意足地抚摸着那只皮手笼，慢慢闭上眼睛。他则看到白珠的眼睛里湿淋淋的。他不知道她是为刚刚死去的咪咪哭泣，还是为了别的什么哭泣。

镜　子

快四年了，他迫不及待地想知道她长什么样了。“说吧”的橡木门不时被打开，但进来的都是陌生人。当然，没准她也成陌生人了。陶沙掀开窗帘一角，看到外边马路上已亮起橘黄色的路灯。一缕暖洋洋的光从外面打进来，从瞎子的脸上路过，把他分成两半。恰恰是明亮的那一半让陶沙心里涌起一股感激之情。光是没有重量的，所以瞎子不知道自己已经被割开。正是午饭时分，街上的人不是很多。陶沙放下窗帘，瞎子的脸重被吧台上紫色的光线占领。

“说说，你为什么不肯脱衣服给她？”瞎子问。

“后来我想了，原因只有一个：我怕这会成为一个先例！”

“嗯哼，有意思！说来听听。”

他们仍然坐在“说吧”的角落里，背后就是遮着窗帘的大窗。陶沙一如既往地神不守舍。离他们不远的地方，有个男人独自坐在另外一张桌子上，不知道是不是在等人。陶沙仔细地打量这个男人，简直入了迷。看得出这人是个高个子，腰板坐得笔直，穿一件米色的休闲西服。头发剪得很短，所以看上去很精神。不过吸引陶沙的并不是这些，而是，这个男人竟然能长时间地一动不动。陶沙发现从一开始，这个男人的头就呈四十五度角朝着面前的一杯咖啡。陶沙过一段时间回过头去看他，他还是原来的姿势，让陶沙怀疑那是不是一座雕像。这太好了，陶沙想，人要是能这样活着该有多好。陶沙是打死也做不到这一点的，无论是坐着还是躺着，陶沙总是不停地动着，永远都在寻找一个最舒服的姿势却永远也找不着。陶沙断定这是个单身汉，但是过了一会儿，来了个女人。女人坐下后，叫来咖啡。他们说话很轻，陶沙只能看到他们的脸。女人一直脸色沉静，男人则一直微微笑着。等咖啡端上来后，女人拈起乳白色的杯子，轻声说了些什么，随后侧过头去。陶沙看不到她的脸了，只能看到一个侧面。很快的，女人仍然沉静着脸色，手腕一抖，一杯咖啡就泼在了男人的脸上。女人放下杯子，依然脸色沉静，站起身来，将小包挂到肩上，迈着坚定的步伐走了出去。所有的人都看着她出去，所有的人又回过头来看那个男的。男人脸上始终挂着微笑，抬手抹了抹脸上的水珠。又招呼目瞪口呆的女招待过来结账。然后也走了。

整个过程中，瞎子好像也能看见似的，一声不吭地倾听着。他又能听见什么呢？陶沙想。但瞎子就是这一点好，他总是胸有成竹，好像他的酒吧里所发生的一切，都逃不过他的预想。所以他总是什么也不问，让陶沙省下许多口舌。

“我想，只要头一件衣服盖上去了，接下去就会有第二件，第三件，没完没了。”

“为什么？”

“老天，你哪来这么多的为什么啊！”陶沙绝望地叫道。

“别忘了，我是在帮你。帮你分析，帮你达到目的！”

“我怎么不知道我有目的？我有什么目的？”

“别自欺欺人了，你当然有……行了，为什么说还会有第二件第三件？而且还没完没了！”

“我不知道。我只知道我们之间肯定有问题！”

“说，什么问题。”

“举个例子吧：我从不到她的房间里去，她也不到我的房间里来。还有，我们会突然不约而同地相互不理睬，谁也不理谁，长达一个多月，就连见面也不打招呼，搞得旁人都觉得奇怪。”

“这确实是个问题。”瞎子若有所思地说。

陶沙回过头去，第一次感觉到了自己的年纪比瞎子大。紫红色的灯光下，瞎子的脸清瘦、苍白、光滑，以前若隐若现的皱纹全都不见了。陶沙舒了口气。是所有的衣服！他在心里喊道，你只要盖了头一件衣服，你就得盖所有的衣服！白珠就是那样的人。而且，她的衣服比别人多！无论你替她盖多少件衣服，她都会觉得冷的。而事实上，她并不需要衣服；她需要的只是盖。

他又去掀身后的窗帘。橘黄色的灯光好像被一只手焐热了似的变成了银白色。从人行道上走过的所有女人都像他的前妻，但都不是。他干脆扯了扯窗帘，留出一道缝，这样，他就可以方便地监视着窗外了。很快，他就看到一辆车身喷成迷彩的越野吉普车停在人行道上的白线内。有个女人推开车门从副驾驶座上下来。

“她来了。”他对瞎子说。

“她个子高吗？”

“偏高。她在舞台上会更高些。”

陶沙想起身另外找个座位，抬了抬屁股，又坐下了。他懒得挪地方。他看着女人绕过车头。驾驶座的车门摇下来了。一张肥大扁平的脸随着黑色车窗的下落一点一点地露出来。远远望去，陶沙觉得那人的脸被路灯照成一面大镜子，油光闪闪的。女人伸手在镜子上拍了拍，说了句话，转身朝“说吧”的大门走去。那男人往嘴里塞了根烟。打火机的光映上来，镜子里有温暖的黄花突然盛开。

陶沙磕磕巴巴地替他们做了介绍。歌剧演员随手拉了张椅子过来，坐在瞎子旁边，并没有脱下那件大红色的呢子风衣，一副不想多待的架势。她肯定还没有发现她旁边戴墨镜的天文发烧友是个盲人。瞎子是个自来熟，他们很快就热烈地攀谈起来。陶沙的热情在看到她的那一刻就消失了，他只是盯着前妻看了大约五秒钟，发现她一点也没变；而前妻则几乎不拿正眼瞧他，仿佛他们昨天还在同一个锅里盛饭吃呢。陶沙转过脸去，又看见了那辆花里胡哨的吉普车。那个男人正从车上下来，动作缓慢。陶沙有些后悔打电话约她见面。不过剧团明天一早就要回南方了，他们又将天各一方，走之前见一面也不算过分。常言道一日夫妻百日恩嘛！妈的。他又想起了头天晚上在剧场里身后那个怒气冲冲的女人发的牢骚。吉普车旁边长着镜子脸的男人真的很肥。有一次歌剧演员对他说，她从小就喜欢胖男人。她最恨那些肋骨像搓衣板一样的男人了。这个胖男人总该有二百二十三斤重吧？会不会把她压得扁扁的？

前妻对他爱理不理，倒好像是专门来看瞎子的，饶有兴趣地谈论着“说吧”的生意、南方的气候和意大利歌剧的发声方法。她还将瞎子的手拉过去放在自己的肋下，让他体会专业歌剧演员的呼吸方法。陶沙自然很郁闷，真想出去跟那个胖男人聊聊，一起抽根烟。胖子的脸真的像镜子一般明亮，陶沙还看到了镜子里的水银反射路灯的光芒，一闪一闪的。不，那不是水银的反光，天哪，那是眼泪。陶沙用天文学家的眼神看过去，看清了胖男人确实在哭，满脸都是泪，还不停地用手抹。他的庞大的身躯靠在吉普车的引擎盖上，不停地抽搐着。眼泪越流越多。陶沙有些心酸。人行道上来来往往的人都回过头来看这个伤心的大块头。胖男人干脆用两个手掌捂住面孔，肩膀剧烈地颤动起来。他肯定哭出声了，因为终于有人好奇地停了下来，先是一个，再是两个，三个。有个老太太拍了拍他的肩膀，大概在问他为啥哭得这般伤心。他扭了扭腰，竟扭出一分妩媚来，继续哭着。围观的人越来越多，挡住了陶沙的视线。这时瞎子开了个玩笑，歌剧演员用科学的发声方法笑了起来。陶沙收回目光，做了个手势，让前妻朝窗外看看。歌剧演员很不情愿地欠过身来向外瞄了一眼，顿时神色大变，连招呼也不打一个，抓起椅背上的小包就奔了出去。

女人发疯似的拨开人群。陶沙透过人群的缝隙，可以看见她使劲掰下胖子捂在脸上的两只熊掌般的大手，然后一头扎进他的怀里。她在他的怀里显得格外小巧。胖子抱着她，两个熊掌压在她的后背上，差不多把她整个掩住了。人群又聚了起来，陶沙看不见他们了。吉普车顶晃了晃，人群再次分开，车灯蓦地打开，车子开走了。人群散去，街上又变得跟一只再熟悉不过的旧鞋子一样。

“你对她的印象是错误的。”陶沙没头没脑地说，“许多发生过的事，你都不知道。”

“我是个瞎子。”瞎子也没头没脑地说，语气中头一次透出几丝悲苦。

装有万向轮的玻璃柜台发出胶皮轮子咬住地板砖的沙沙声，从光线暗淡的另一头过来了，停在他们跟前。由于体积过于庞大，陶沙感觉推到跟前的简直就是一座假山。玻璃擦拭得很干净，像矿泉水。那些花一捆一捆地码在塑料提桶里。推花的小伙子长着一双仁慈的三角眼，眼珠子在幽暗中映着鲜花，闪出五颜六色的光泽。三角眼正往下瞅，陶沙顺着他的目光看去，看见瞎子的一只脚直直地伸出来，正好挡在胶皮轮子前。

“给这位先生扎一束花，品种要多。记在柜上。”瞎子干巴巴地说。

“好嘞！”卖花的小伙子一下子来了精神。

“你真要我送？”陶沙问。

“这种事情是不可以开玩笑的。记住，关键是行动。现在。马上。快去吧！”瞎子越来越严肃了。

白　裙

白珠对陶沙说，开始的时候，我连想都没想过我会和他怎么样，他比我小五岁……你为什么露出这样的表情？别抵赖，我知道你心里怎么想的，哼，你这个人有时候就是阴阳怪气的。我们是在一个进修班上认识的，他长得高高大大、干干净净。信不信由你，他长得那么高，却总爱坐在前排。而且，他还不老老实实地坐着，总爱向后看。他回过头来看什么呢？他回过头来看我。是的，你能不能把眼睛收小点？他就那么回过头来，傻瓜一样盯着我看。每节课都那样，搞得我很不好意思。你别笑，你笑什么？我讨厌你这种坏笑！是的，那时他本科毕业才一年，差不多还是个孩子。他那么盯我看，搞得班上的人全都在笑，是会心的笑，就那么我冲你一笑，你冲我一笑。我真受不了，就央求坐在我后边的人去跟他换个座位。可谁都不肯，他们说，宁毁十座桥，不拆一门亲。你说这是什么屁话？我没办法，有一次课间休息，就直接上去对他说，我跟你换个座位吧！他脸一红，说，那我怎么看你呢？我很气恼，就说，前边看够了，你倒是看看我的后背啊！我不看，你又不是驼背。他说话细声细气的，可全班的人都听见了。所以，我还要告诉你一个秘密，我在那个班上有个绰号，叫驼背美女。

我们那个进修班虽然时间短，不过大家都处得不错，经常在一起聚聚搞个舞会啊、野餐啊之类的活动。他们每次都要把他跟我安排在一起。我不知道他们这样安排是恶作剧呢还是与人为善。我想他们也是挺为难的，无论他们怎么安排，你都可以找到责难他们的理由。事情就是这样滑稽。不过慢慢地，我也就习惯了他的目光，当然还有其他人的复杂得多的目光。你别嫌我啰唆，我一定要跟你讲讲他的眼睛。他的眼睛明亮极了，这么跟你说吧，他轻而易举地就能看到大熊八十号星，现在这个年代，读完大学本科，还能看到这颗辅星的人可真不多了。我想如果哪一天他回头少了，我一定会觉得心里空落落的。但是，正如你猜想的那样——别狡辩了，你就是那么猜想的，我算是看透你了——他回过头来的次数越来越多。这样，我就不得不认真考虑起我们之间的事了。什么？我们之间当然有事了，你知道我指的并不是实际发生了或存在的事情，而是将要发生的事。它当然会发生的，笨蛋才不这么认为呢！不这么认为的人是在自欺欺人！

但是，实话告诉你吧，我并不想跟他怎么样。对，我跟他，没感觉。好吧好吧，直说吧，我不爱他！倒不是因为我比他大了足足五岁，就算我比他小五岁，我也不会爱他。说实在的，他人很好，整天笑眯眯的，也很会体贴人，我也喜欢跟他在一起，但要我爱上他，或者说嫁给他，我还真的没朝那方面想过。但是，我就要嫁给他了。

你注意到我今天穿的这条裙子了吗？你觉得样式如何？算了，你们男人从不注意女人的穿着打扮。想想真是可笑，我们这样穿着打扮到底是为了什么？书上说，女为悦己者容，我觉得那是屁话。你可以举出成千上万个例子说明女人并非只为悦己者容，是的，事情不是这样的。我今天穿了这条裙子，你说是为了什么？我不知道谁是悦我者，那么，我是为了你吗？我才不是为了你呢，哼，你是那个悦我者吗？你是吗？你说啊，你是不是？别哼哼哈哈的，我就是看不惯你这德行！

我指给你看我这件白裙子，是因为我要告诉你，这件裙子不是买来的，不是从服装厂的流水线上下来的，是自己做的，对了，就是他做的。你别把眼珠子瞪得那么大，它就是他亲手做的。进修班快结束时，班上所有的人都看到他一天到晚捧着一本大十六开的名叫《上海服装》的书，里面除了漂亮的时装模特的照片外，还有标有尺码的服装裁片图样。他们开始取笑他，说他不像个大老爷们儿，整天看这种东西，就差往自己脸上涂雪花膏和口红了。他没理他们，还是如饥似渴地读着。终于有一天，我们看到他买回来一块白布，喏，就是这块布。课间的时候，他把布摊开在课桌上，手里拿着一支红色的粉笔，回头看我一眼，往布上画一笔，这样画了整整一天。有几个女孩围着他起哄，指导他每一笔的走势和尺寸。最后，他又从课桌里摸出一把贼亮的剪刀，沿着红线剪了下去。他剪得很果断，我听到“咯、咯”的声音贴着桌面板发出来，好像他剪的不是布，而是我的鼓膜。告诉你，我听得心里很烦！你笑什么？你又笑了。你能不能不笑？你以为你是谁啊？

对，第二天他就把裙子做成了。后来他对我说，他几乎花了一个通宵，到他姑妈家，先学会了踩缝纫机，然后磕磕碰碰地把这条裙子缝起来。害得他姑妈直往他家里打电话，问他妈妈这孩子最近有没有发烧或者别的毛病……你才真有病呢！我不跟你说了。

好吧，那我接着说。其实也没什么了，他最后把这条裙子做成了。他说凌晨四点钟的时候，他把左边这个袖口装倒了，不得不拆下来重新安装。天亮的时候，他剪掉线头，趴在缝纫机上美美地睡了一觉。好了，现在这条裙子穿在我身上，但我不能站起来，因为它的破绽实在太多了，他又不是职业裁缝对不对？我几乎没法穿它，但是，实话告诉你，我这是第二次穿它了。第一次穿它是几年以前，在我的宿舍里，我穿给他看。那天刚好是英仙座流星雨的日子。对，就是那天，8 月 14 日。他携着那个装裙子的纸盒子进来时，头一眼就看到了我那架简易天文望远镜，它就架在窗口前。他是学外语的，以前从来没见过天文仪器，觉得特新鲜，所以把盒子往我床上一扔，就摆弄望远镜去了。你想啊，头一次碰那玩意儿的人，肯定连门都摸不着。他可聪明了，一边喋喋不休地跟我说话，一边自己瞎琢磨。他眯起一只眼，将另一只眼睛凑到寻星镜上费力地看着。大白天的，他哪里找得到星星？他找的是远处电线杆子上的一个白瓷瓶！他对我说，他刚刚分配到他们那个城市的气象局，负责翻译外文资料，以后跟我就是同行了，他得好好跟我学学天文，天文跟气象应该是一码事对吧？盒子里是我送你的礼物，你肯定知道是什么。去，换上，让我瞧瞧合不合适。自从进到我的宿舍里，他的口气就不一样了，完全不像一个才二十几岁的大男孩。

我于是就去换裙子了。不，你错了，我才不是听话呢！不过我也搞不清为什么他一说我就去换了，我还真的很想试试那条裙子，他亲手做的裙子。我从来没穿过谁为我亲手缝制的衣服，连袜子都没有一双，是的，我亲妈都没给我做过。你该知道为什么，现在啥东西都是现成的……算了，你没法理解。

我看他在那儿忙活，就对他说，不许你把眼睛从望远镜上挪开，我要换衣服了。

我要是一不留神，从望远镜里看到你了呢？我猜这玩意儿连你的毛孔都看得一清二楚。

让我教你第一课，这么高倍率的镜片，你是没法看到近距离的物体的。你个小屁孩，原来也会油腔滑调啊！

他老老实实地将炮口一般的镜筒移向窗外，我注意到他脸都红了。我转过身去开始换衣服。裙子的布料是纯棉的，手感很好，又软和又厚实。样式我从来也没见过，第一感觉挺新潮的。你为什么选白色的料子？我背对着他问。

是因为你的皮肤，他在我身后说。你的皮肤很亮，很有光泽，一定要配白色的。

你错了，我说，如果真的像你说的那样，就应该配暗色的，那才有反差……

他不吱声了，我突然觉得自己有些过分，人家好心好意送礼物给你，你还挑肥拣瘦的！便三下五除二穿好裙子，回过身来。

我换好了，你看看吧，合不合身。我说。

我吓了一跳，他不知什么时候已经转过身来了，直直地杵在那里，脸上没有一点表情，活像个傻瓜。他的眼睛紧闭着。我什么也看不清了，他喃喃地说，我的眼睛疼得厉害。我的脑袋一下子变大了，赶紧回头看我的望远镜，天哪……我……陶沙，我真的，我当时脚都软掉了，是的……你肯定猜到了，他用它看到了太阳！这个蠢货，这个看上去要多机灵有多机灵的家伙，这个……这还是个痴情的人呢，我忘了提醒他了，不能用我的望远镜直接看太阳，而且，头天晚上为了找那颗斯威夫特—塔特尔彗星，我还刚换上高倍率镜片，他的眼睛根本无法抵挡那么强烈的光线！现在你知道我说的是谁了，对，就是他，你们这儿气象局的那个瞎子。我到这儿来，就是来跟他结婚的。等那个射电望远镜安装好，我们就结婚。我不走了，就留在这儿了。但我心里很清楚，我虽然喜欢他，但那只是喜欢，我不爱他。不！

奇 观

下午一点多的时候，陶沙趴在窗口，用一架 68M × 30 的军用望远镜观望那个宽阔的草坪上密密麻麻的人群。发烧友们已经调整好了三脚架，大大小小的镜筒高高仰起头，朝向太阳。远远望去，那个草坪简直就是个迫击炮阵地。更远处的天边，一层黄色的雾障正在上升。不安的情绪像蜂群在阵地上空盘旋。“进去了！”终于有人迫不及待地高声喊道，于是那些懒懒散散地躺在草地上的人便一跃而起，凑到望远镜前忙碌起来。所有的人都看到了一颗小黑点如慢镜头里的子弹从容地击中太阳。在他们身后，刚刚调试完毕的射电望远镜发出不易察觉的嗡嗡的鸣响。陶沙感到有一股温暖的水从胸口流过。他再一次调整焦距，一个区域一个区域地寻找，终于找到了他们，白珠和瞎子。白珠穿着一件大红的外套，安静地站在一边，而瞎子则穿着黑色的西服，不慌不忙地安装着一架前镜口径为七十毫米的双筒望远镜。他的脸正对着前方，眼睛在墨镜后深不可测，手指灵活地跳跃着。陶沙只能看到白珠的侧面。他屏住呼吸，竭力避免使光线抖动，但白珠在他的圆形视野里仍然飘摇不定。他只能看见她的嘴偶尔开合一下，好像在指点瞎子。瞎子就像一个职业杀手组装他的狙击步枪，根本不用眼睛，只一会儿工夫，望远镜就稳稳地架在了草地上。他知道，他们刚刚从婚姻登记处赶来。

“你还记得她的模样吗？”他这样问瞎子。瞎子坐在小的圆桌前，手边井井有条地摆放着各种型号的镜片、镜筒、微型支架和调节螺栓，还有保养用的绒布、棉纸和清洁剂。他的手指上五官齐全。陶沙想象着年复一年，这个年轻的瞎子坐在幽暗的吧台旁，将那些构造奇巧的望远镜拆了装装了拆，没完没了，不由得黯然神伤。

“记得记得，而且，”瞎子古怪地一笑，“我只要不摸她，她就永远是那个样子。这就是瞎子的好处，嘿嘿，不过，你要是抢不走她，我就会每天都摸她一遍！”

一双五官齐全的手，从她的头发那儿开始往下抚摸。陶沙看到皮肤相互摩挲擦出的火星，还听见哔哔剥剥的静电声。沉重的疲惫感像大锤一样砸在他的后背。“她不是我的！”他在心里大声对自己说。

“关了灯，我们都是瞎子！”他冷冷地说。

“也不必关灯，闭上眼睛就行。”瞎子乐呵呵地说。

“为什么？”他突然问。

“什么为什么？你怎么会有那么多的为什么？”瞎子不动声色。

“我这个人比较糊涂。你说，她什么时候成了一件物品，你要这么卖力地推销给我？”

“我推销了吗？”

“你没有吗？”

“喂，摸摸你的胸口，平心而论说，是不是你先对我说那些破事的？只要她还不是我媳妇，你就有权追求她，对吧？而且我还没权利阻止你。嗯，只要我们——你和我——还是朋友，我就有义务帮助你。”

“得了吧，你有十足的把握，早就料到我不可能得手！你真阴险啊，简直就跟瞎子一个样！”

“我本来就是。”瞎子开心地笑了，“不过，我猜，你未必真下定了决心要把她搞到手。”

“……”

“我说得没错吧？”

“我不知道。”陶沙闷闷不乐地说，“瞎子都是这样的吗？”

“哪样？”

“乐意帮助别人把自己的女人搞到手！”

“谁说她是我的女人？”笑容凝固在瞎子的脸上，“你赶紧去吧，看她接不接你的鲜花。”

他将那束鲜花递给她后，转身走了。他沿着观象台前的方砖小径朝西走去。山的那边光秃秃的，得穿过一片草木茂盛的杂树林子。夜还不怎么深，可露水已经很重了。他闻到了刚刚厚起来的叶子特有的香味。他的心情一下子好起来了，仿佛杀手完成了一项艰难的使命，接下去他要做的只是悠闲地等待，等待那可以预见的结果。他成竹在胸，是的，他已经击中了目标，接下去，要么被逮着，上绞架；要么就有人往他的秘密账户里汇进去一大笔酬金。这就是杀手生活的全部，不可能有第三种结果。它们都意味着一种结束，只不过，一个是永远的，一个是暂时的。此时，他说不清自己更喜欢哪个结果。

走到林子中央的时候，他停了下来。月光从那些高大的杨树顶上洒下来，像雨一样。南方是没有这样高大挺直的树的，因此南方的月亮也就没有这般高。他呆呆地望着树梢顶上的月亮，仿佛四年前刚来到这里时那样。他清楚地意识到，或者不如说，他算准了那结果很快就会来到。揣在裤兜里紧贴着大腿的手机麻麻地震颤起来，他算得一点儿也没错，这结果真的来了！他觉得自己真是个预言家，天生就是搞星相的。

白珠在电话里说找他有事。陶沙回到观象台下等着，没过多久，就看见一个白色的身影从小楼那边过来了。

“知道吗？你是第一个送鲜花给我的人。”她掉头朝林子深处走去，陶沙愣了下，赶紧跟上。

“你这话让我吓了一跳。”他笑了笑说。

她突然停了下来，陶沙差点撞上她。

“你什么意思？”她严厉地问。

“什么？”

他们面对面地站着，脸凑得很近。透过树隙漏下的月光一块一块地在她的脸上晃来晃去。他们好像要透过光怪陆离的脸庞，看到彼此的内心。

“你放心，我不会自作多情，把你送花给我当作有另外别的意思的。”

“我不是这个意思。我那样说，只是……”他忽然觉得很烦，没想到结果会是这样的，便说不下去了。他看到有条人们称之为代沟的东西横亘在他和她之间。不，那不是沟，而是壕沟，里面还灌满了原油，燃着熊熊大火。

"有人对我说，你有个心愿。"她粗暴地打断他，说。

"什么？"

"有人对我说，你只想亲一下我的嘴唇！"

她头也不回地往前走去。前面就是那片光秃秃的山脊，月光一下子毫无遮挡地倾泻下来，如同白昼。陶沙跟在她身后，看着她的白裙子与月光融为一体，只有那簇绾在一起的头发，像个巨大的惊叹号，倒置在她的脑后。她停下脚步，好像跟谁有仇似的使劲摁手机按键。陶沙犹犹豫豫地也停了下来，跟她保持着一段距离，但她的话还是清晰地传到他的耳朵里。她在跟她远在南方的妈妈通话。陶沙听她说过，她跟她母亲的关系十分紧张，有时候简直是仇人！但是，她们又谁也离不开谁，有了事情，首先想到的就是跟对方商量。

但这一次，陶沙听出来，她把她母亲当成了一个宣泄的渠道。她将手机紧紧贴在耳边，屏幕上射出来的蓝光映在她的面颊上。她的头仰着，好像对着夜空大声说话。她说的是他十分熟悉的家乡话，速度极快，外地人是绝对听不懂的。她肯定以为他听不懂她在说些什么，所以一点儿也不避讳。陶沙听见她说她十分想念妈妈，她从未这么长时间地离开过她，而且，她也不知道什么时候才能回老家看望她。她关照她注意身体，多做户外活动，她还劝她顺着点那个一辈子都沉默寡言的父亲……现在他忽然觉得，方言原来也是能表达丰富的情感的，尤其擅长表达那种十分单纯和务实的情绪。在这种务实的情绪里，人们完全进入了另一个世界，遵循的是另一套逻辑和规则。陶沙听着那种久违了的乡音从她的嘴里一串一串地蹦出来，感觉这个姑娘好像是从另一个世界来的。然后她对电话那一头说，刚刚有人送给她一束鲜花，而她此前从来也没有收到过谁送的鲜花，因为在好几年以前，她就成了瞎子的人！

母女俩说起来竟然没完没了了，陶沙想，她们大概以前从来也没有这样相互表达过情感。他仰头看起了星星。这个世界上有一件事情可以使他忘记一切，那就是星星。夜空毫无遮挡，却仍然深不可测。他听到了星光交织起来时发出的叮咚声。这声音渐渐响了起来，把白珠的话音掩盖了。他看到十几个星座秩序井然地排列在头顶，寻常人很难分辨得清的黄道光漫不经心地与银河十字交叉，使星汉灿烂的天幕变成一个巨大的准星，瞄准着宇宙最深处。那地方其实很小，就像人心一样，而且很脆弱，稍一不慎就会供血不足。他想起白珠跟他说起过的心脏的构造，心脏才大呢，大得都成为一个系统了，可以自我运行，组成一个宇宙。他这样想着收回目光，再看白珠。她已经不见了。四下里静悄悄的，连虫子的叫声也没有。

这么说，她终于选择嫁给一个事件，他对自己说。而我呢，就这样失去她了，他又这样对自己说。

远处那层黄色的雾障一下子升高了，那是沙尘暴。就这么一会儿工夫，它已将整个天际都严严实实地笼罩住。所有的人都跑了。陶沙早就领教了它的厉害，赶紧关上窗子。这场沙尘暴显然和以前所有的沙尘暴都不一样，它甚至比当天出现的天象奇观更为罕见。天光暗下来了，陶沙觉得有混浊的洪水从四面八方挤压过来，让他透不过气来。就在眼前的所有景物即将消失的一刹那，他透过玻璃窗，隐隐约约看见一红一黑两个身影仍然站在那里。那是他们。

大约一个小时后，沙尘暴退去了。陶沙看见他们也动身下山了。瞎子背着天文望远镜，白珠牵着他的手。他们从楼下走过，朝山下走去。地平线一点一点地吞噬着他们。他们在望远镜圆形的视野里只剩下两个头颅的一刹那，白珠转过脸来。他们四目相对，清楚地意识到彼此都看见了对方。

一年以前，我因为作风问题，不得不辞去那份体面的工作。我是个很要面子的人，出了这样的事……

后裔

M A W E I

Z I X U A N J I

S H I B U

S H A Y I R E N

立 案

一年以前，我因为作风问题，不得不辞去那份体面的工作。我是个很要面子的人，出了这样的事，当然无法在单位里混下去了。不过，话又说回来，即使我脸皮厚，不在乎面子，也待不下去啊！因为我跟我们局长的老婆上了床，你说这他妈的算个什么事！丢了工作，吃饭就成了问题。我的好朋友许家奇给我出了个主意，他说你不是干刑警的吗？干吗不开个私人侦探所呢？我说这事得我党同意，咱们中国，私人侦探是不允许存在的。许家奇说，你用膀胱思考问题啊？活人还能让尿憋死啊？我认为他批评得对，就申请注册了一家信息咨询公司。这名堂挺牛的，但我想是个人都明白，我干的其实就是私家侦探的活。

我的公司开张没几天，问题就出来了：没生意。你想啊，我们这个地方的人，无论什么事，都只看重说法，不看重证据。人们对传言的信任程度远远高于证据。许家奇劝我别着急。你是个开拓者嘛，他这样说。我是个饥饿的开拓者，我说。我认为填饱肚子远比开拓重要。面包会有的，一切都会有的，他说。他又说对了，因为第二天一大早就有人找上门来，要我调查一个案子，酬金相当诱人，我差不多以为我交上好运了。

来找我的是个漂亮姑娘，名叫罗北，说是许家奇让她来找我的。她要我办的头一个案子是调查一个台湾商人的背景；第二个案子是调查许家奇的身世。我很郁闷。首先，原来这票生意不过是许家奇照顾我的；第二，他许家奇的身世还用得着调查？我差不多是看着他长大的。对不起，我跟他也很熟，没准比你还熟呢，但光说没用，我要证据，她说。老天爷，我算是遇上个要证据的主儿了。没问题！我满口答应了。

于是，她就开始向我讲述她所了解的情况。她的讲述经常被我们彼此的其他事务打断。我的调查也同时展开了。下面就是有关这个案子的记录，由罗北的口述和我的调查组成。

口　述

我需要钱。我总是需要钱。我总是需要大把大把的钱。我过惯了穷奢极欲纸醉金迷腐朽糜烂的生活，没有钱就像没有氧气那么难受。钱的好处就不用我多说了，谁都知道；没钱是件多么糟糕的事就更不用我废话了。我敢保证，任何人的任何活动都是为了能够自由地呼吸，也就是钞票。只要给钱，让他们干啥都行。我自然也不例外。所以，当韩克文将一沓粉红色的票子塞进我的胸罩时，我便答应了他的要求。

我是在杭州认识他的。当时我跟三个男人在一起。我的头发剪得只剩下发楂，还染成金黄色，嘴里叼着一根烟卷。韩克文走在我们身后。他可以看见烟从我们四颗头的空隙间飘出来。他一眼就看出我是个女的。我穿着紧身的汗衫和牛仔裤，腰和屁股看上去很美。我的优美的腰和优美的屁股残酷地衬托出我那三个同伴的丑陋。我竟然与这样低劣的身体一起在大街上招摇过市，竟然这样不珍惜自己的腰和屁股，这让韩克文感到一种刀划过心口般的疼痛。韩克文跟在我们后面走了很长一段路，终于到了他住的宾馆，这才依依不舍地收回眼光。我的背影让他想起他在台北的孙女，也是这么“另类”，让他有操不完的心。还让他想起几十年前在宁新古城跟过的那个小学教员——女人的美大致都是相同的；并且都显示在腰和屁股上。他爱这种优美，无论裹着什么样的外套。后来在宾馆电梯里，他又碰上了我。这回他看清了。电梯里就我们两人。我一个劲地向这个气派非凡的老头子抛媚眼。女人的直觉告诉我，这老梆子有钱。我甚至跟着他出了电梯，一直跟到他的房间。可是韩克文显然已经老得无法作为了。他坐在沙发上，用一种爱怜的目光看着我在他眼前一件一件地脱去衣衫。他让我一次又一次地重复这一过程。然后问，你肯嫁给我吗？我哈哈大笑，说，那要看你有多少钱。怎样才算有钱？我又不能立马带你去台湾和南美地区看我的财产，韩克文微笑着说。我一丝不挂地一屁股坐到了他的怀里。这好办，我说，第一步，你可以替我买一幢别墅和一辆汽车；第二步，再往我的户头里存进五十万美金。有了这两步，我就是你的啦。你真无耻，韩克文说。过奖了，为了钱，我可以成为一个婊子呀！我的笑灿烂极了。

韩克文听说我是草桥人，益发地兴奋了，一个劲地跟我打听草桥县的事，还要我陪他回草桥县。我们的车子在繁华的长亭路驶过时，他一直焦躁不安地看着车窗外的建筑。他问我知不知道以前在这条街上有座许记影楼。我说恰好我知道这个影楼，还知道影楼的主人死了，现在被一个叫许家奇的人继承下来。韩克文呼吸急促起来，一把抓住我的手。

“你说他姓许？”他问。

我点点头。

“你一定要带我去见见这个人！”

“不！”我差不多惊叫起来。我可不想让许家奇看见我陪着这样一个老头子满世界溜达。

“为什么？”老头子问。

“他是，他是我的旧情人。”我随口撒了个谎。

老头子的脸上立即显出一种怪异的表情，好像吃下了一条他闻所未闻味道古怪之极的虫子，然后掏出了那沓钞票。这是他战胜我的屡试不爽的武器。

但我还是没让他跟我一起去。我想单独和许家奇见见面，看他是否还认得当年那条小尾巴。

调　查

许家奇如今在宁新古城也算是名人了，他的发家致富在我们草桥县成为一则骇人听闻的传奇。据说他的父亲因为他逃学扬言要打断他的左腿，他便不敢回家，趴在院墙上向里偷窥，看见父亲赤红着脸坐在门槛上，一手端着大碗加饭酒，一手抓一把炒黄豆。在这种情况下许家奇断断不敢迈进大门，便转身走了。若干年后他开着一辆奔驰回到老家的院门口，从车后备厢里拎出两只庞大的皮箱进了家门，但院子已经不姓许了，姓赵。他父亲两年前死于肝腹水。孤儿许家奇坐在皮箱上听赵龙桥讲他父亲的事，泪如雨下。

事实上，许家奇自从涉世以来一直都在为自己庆幸。他庆幸自己没有狐臭，没有痔疮，没有类风湿；庆幸自己五官齐全四肢发达。他甚至为自己长得不丑而窃喜不已。因此他并没有长久地让自己沉浸在悲哀之中，而是擦干了眼泪，决心以实际行动报答父亲对他的那种恨铁不成钢的心情。

他回到宁新古城后的第一个大动作就是投资开办了一家娱乐城。这个娱乐城开在长亭路，他给它取了个名字叫“欲望”。他拒绝任何人关于改个名字的建议，刚愎地我行我素，像个十足的孤儿。那两个十分资本主义的字做得出奇的大，涂成红色，狰狞地号在玻璃推门的两侧，满满地占据了两堵临街的墙。墙上的两个窗口刚好成为两个字的肚脐眼。城建监察大队和文化管理及工商部门曾来干涉，许家奇冷静地打开他的大皮箱，没费多大劲就摆平了。宁新古城的服务业都等着看他的笑话。你想啊，在草桥县这么个弹丸之地，建如此规模的一个娱乐城，那不是钱多了烧得慌，就是想自杀。但是没有想到，“欲望”建成后，竟出奇的红火。它就像个疯狂旋转着的巨大的吸尘器，吸引着远远近近的有钱人，把原本空空荡荡的宁新古城填成了一只鼓鼓囊囊的钱包。人们私下里把这个地方称作东方的拉斯维加斯。人们还说孤儿许家奇办事干练，年轻有为，前途不可估量。

口 述

我在许家奇宽大的办公室里等他。就像所有的娱乐城一样，午后的“欲望”透着一种慵懒倦怠的安宁。时断时续的音乐不时从门外飘来。我的手心潮乎乎的。墙上挂着许多大大小小的镜框，有风景，也有人物。我一眼就看出来了，那都是许家奇的死党、我那混账哥哥罗东的作品。人们都说，罗东实际上是许家奇离家出走的始作俑者，按罗东的说法，也是他发家致富衣锦还乡的缔造者。那天许家奇的父亲扬言要打断儿子的左腿就是因为罗东唆使许家奇逃学。他们逃到郊外一个废弃汽车修理厂，躲在墙根，用自制的潜望镜偷看秃头摄影师给一个女人拍裸体照。这个秃头摄影师后来成了罗东的启蒙师傅。我哥哥罗东有个很坏的毛病，那就是对人马列主义，对己修正主义。他总爱在我面前摆出一副兄长的嘴脸。我爹已经把我管得够严的了，这小子还要落井下石。他们简直是我们家里的两座大山啊！

但罗东的艺术天赋我还是很欣赏的。他所有的作品我都熟悉，除了那幅黑白人物照。这幅照片可能经过罗东的暗房加工，却显然不是他的作品。它被放得很大，所以格外引人注目。我被照片上这个女人的微笑吸引住了。她在相片中显出一种十分古典的气质来。深色的旗袍，浅色的小马甲，黑鞋白袜，短发齐耳，嘴角因妩媚的微笑而翘着。她坐在一张木质看上去十分坚硬的老式椅子上，上身笔直，陈旧的昏黄掩不住从胸口溢出的新鲜。我贪婪地抽了抽鼻子。我不知道这个女人是谁，但我能掂量出这个女人在许家奇心目中的分量。

调 查

童锁在 1948 年暮春的那个下午绝对不会想到，她正在拍摄的这张照片，将会在半个世纪后挂在一位娱乐业老板办公室的墙上。

年轻的摄影师梳着一个油亮的小分头，两颊消瘦，鼻根陡峭，大概由于长年躲在暗房的缘故，脸色苍白，淡淡地渗出一股书卷气和哀怨味。他侧着身子，抬手掀开摄影棚的门帘，青布长衫的袖子盖住五根同样苍白的手指。“小姐里边请。”摄影师许书亭的嗓音听起来像泉水流过五指间那样柔和光润。不知怎么的，童锁竟隐隐闻到一缕醇酒的香味。

童锁的枣红色旗袍在聚光灯下泛出温暖的光彩。许书亭将巨大的灯罩推上又拉下，选择最佳角度。他在右侧的灯下站的时间长一些。他躲在灯罩后的黑暗中，细细打量着他的女顾客和下级。童锁在枣红色旗袍的竖领上缀了一枚柳叶形水钻，那是他们接头的暗号。地下党草桥县委宣传部长许书亭没心思鉴赏童锁的容貌，他只关心那枚水钻的位置。叶柄朝上，叶尖斜下，通体在聚光灯下折射着长长短短的流光。标志完全正确。

“拍半身还是全身？”

许书亭轻轻说出暗语。话说得非常别扭，像一个蹩脚演员念一句拗口的台词。作为摄影师，许书亭其实经常问这句话，说起来毫无障碍，但用在眼下这个情形中，就不是那么回事了。

“各拍一张。”童锁向许书亭站着的地方瞟了一眼，强烈的灯光刺得她睁不开眼睛。她什么也没看见，仿佛那句话来自一个幽深的黑洞。

“要加彩吗？”

“全身加彩，半身不加彩。”

许书亭心里咯噔一下。没想到最后一句暗语她答错了。许书亭有些茫然。

“呀，错了。”童锁的脸一下子涨得通红，额角渗出汗来。“是半身加彩，全身不加彩。”

许书亭轻嘘一口气，忽然意识到他的这位新下级几乎还是个孩子。他绕到她的背后，将侧逆光拉下一点。灯光照着童锁的后颈，很白，很细腻，像象牙。几缕柔软的头发拂着精致的耳郭，好像正拂出鲜嫩的芬芳来。许书亭的心中无端涌出一些忧郁，便呆呆地站在灯后看童锁的背影。年轻的女地下工作者文静地坐在一枚方凳上，双手叠放在膝头。背后两侧的线条优雅地向内瘦削下去，在快要交汇的地方又跌宕开来，划出两道润泽的圆弧。许记影楼开业三年来，许书亭头一回遭遇如此上镜的倩影。

许书亭绕到童锁的面前，伸出职业摄影师的手，将童锁的脸挪正。他的冰凉的手指轻轻托起童锁的下巴颏，另一只手的三根手指扶着她的鬓角。童锁觉得自己的脸成了一尊年代久远的瓷器，被一个古玩商小心翼翼地托在手上鉴赏。她扑哧笑了出来。许书亭触电般地缩回手去。

“我又不是真的顾客。”童锁浅笑着说。

“那是什么？小姐不是来拍照的吗？”许书亭严厉地问。童锁吓了一跳。她突然记起临来宁绍地区以前，上级曾提醒过自己这里的地下党组织比她原来所在的那个地方要严密得多。这一回她遇到了一位谨慎而又机警的领导。童锁原来所在的地区，国共间的斗争并不十分激烈，国民党县政府对中共地下党的活动差不多睁一只眼闭一只眼，因为那里的家族宗派势力相当发达，几乎冲淡甚至淹没了党派斗争。

“请问师傅，过几天才能取照片？”童锁敛起笑容，客客气气地说出另一套暗语。刚才她漫不经心地答错了一句话，必须采用二级备用暗语加以弥补。

“照片有急用？”

“不是很急。”

“那就过四天来取吧。”

“谢谢。”

童锁轻嘘一口气。新上司看上去多少有些古板，童锁从来就不善于跟古板的人打交道，想想今后要跟这样的上司共事，心里便有些犯愁。

“我叫许书亭，这一带的人都叫我许二先生。”许书亭钻进遮光的布幔后边，对着取景器里细小的童锁说。声音透过布幔传出来，像被过滤过一般。

童锁正要开口说话，却见许书亭忽地伸出一只手，五指张开，在半空中压了压。童锁立时警觉起来。许书亭缓缓地从布幔后退出头来，双眼在聚光灯的背光处闪闪发亮。童锁几乎可以察觉到他的耳朵微微地牵了一下。他们沉默不语，谛听着影棚外的声响。

门帘被人挑起，一个高大的身影立在门外。

“雨生，有客人怎么也不招呼一声？”许书亭高声喝道。

“这……这位先生不让招呼。”门外站在柜口的雨生答道。

“不关他的事，是我不让他招呼的。我怕耽误许二先生做生意。”那个大个子在门口呵呵笑着，将门帘一甩，进了影棚。

省保安大队驻草桥县侦缉队队长韩克文一身便服，敞着怀的衣襟内若隐若现地露出勃朗宁手枪的枪柄和皮质枪套。事实上，自打童锁一出现在宁新古城的大街上，就被韩克文盯上了。那时候，上任还不到一周的少校队长正在熟悉宁新古城内的大街小巷。韩克文回到宁新古城后对家乡的第一印象还不错。最热闹的府前街是用青石板连缀铺就的，早已被车水马龙打磨得溜光水滑，他的皮鞋踩上去既瓷实又轻松。两边的店铺是一色的木楼门面。高大，结实，黑底的金字招牌一块接着一块。冯东升馒头店的精制小笼肉馒头香味大股大股地往街上涌；刘茂喜千层酥店的柜台上摆着一摞一摞松脆焦黄的酥饼；三星轿埠门口的藤轿油光锃亮，轿夫袒露的后背上腱子肉龙盘虬曲；采成染店的门楣上高悬着各色布缎，如飘扬的旗帜招招摇摇；药王庙内的道士班或嬉客班正在演奏著名的《鸠公过河》；马员宝戏楼门口居然还贴着电影海报，今夜的电影是苏联片《苏军血战记》。

韩克文走过熙熙攘攘的元帅庙门口时，瞅到了不远处的童锁的背影。他对自己发誓说从未见过如此姣好的背影。童锁的宝葫芦状的后背牵动着少校队长的心。暮春午后的阳光明媚艳丽，童锁在府前街屋檐下忽明忽暗的光影中从容穿行。韩克文一直跟在她的身后。少校侦缉队长在省城集训时受过专门的跟踪与反跟踪的训练，没想到刚上任就派上了用场，只是没用在正道上。那个美丽的大姑娘好像也是新来乍到，不时停下脚步打量街两边的店铺，还在润昌商行买了一枚发夹。她在买发夹的时候向后扫了一眼，这漫不经心的一眼让韩克文领略到一种职业的机警。但少校侦缉队长此时只顾欣赏她的背影了，没把这种感觉放在心上，见童锁进了许记影楼，也跟了进去。

聚光灯下，童锁的美丽一览无遗。

“先生有何贵干？”许书亭赔着笑脸问。许书亭的笑容忽然让童锁感到一阵心痛。

“你是许二先生，我没猜错吧？”韩克文环顾黑黝黝的四周，最后将目光落在许书亭的脸上。他的年轻的眸子清澈如水，许书亭在里面找不到一丁点敌意或疑虑。刚才韩克文一出现在影棚门口，许书亭就断定他是新来的侦缉队长。事实上，韩克文还没到宁新古城，他的身世背景和禀性嗜好就被许书亭了解得一清二楚了。你必须熟悉天敌的资料，越详尽越好，许书亭这样告诫他的同僚。

“我是许书亭，这儿的人都叫我许二。”许书亭尽量显得客客气气，好让自己在对手心里留下一个好印象，“先生您是……”

韩克文注意到了许书亭对他腰间的手枪所流露出来的明显的敬畏，便心满意足地一笑，从兜里掏出一张名片，用两根手指夹着递给许书亭。许书亭搓搓双手，恭敬地接了过去。韩克文转向童锁，伸进衣兜里掏名片的手不由得有些踌躇。

许书亭为了省电，已经关了聚光灯，只亮着一盏昏暗的射灯。童锁苍白的脸在淡黄的灯光中从容而又冷峻，使韩克文信心不足。他不知道该怎样和童锁套上话头。无论如何，少校侦缉队长影楼之行的重点是这位冰美人。

口　述

“我怀疑这个人是我的祖母，她的名字应该是卡朋特。”

一个声音在我身后响起。天知道他是什么时候开始站在我身后的。我几乎不敢转过身去看他。我真的不能肯定他是否还认得我。很久以后我才知道，我的担心是多余的。事实上，许家奇从见到我的一刹那，就清醒地意识到他生命中最重要的时刻已经来临。我知道我的后背有多么诱人，我庆幸他重新见到我的第一眼落在了我的后背上。从窗外射进的那束阳光明晃晃地刺着他的双眼，在一片耀眼的白光中，童年罗北的模样清晰地出现。奇怪的是，在此以前，在遥远的南方那些漫长的日子里，许家奇曾回忆起宁新古城内差不多所有他经历过的人和事，像咀嚼一枚永远也嚼不完的槟榔用以排遣不尽的乡愁，却唯独不曾回忆起这位扎着羊角小辫像一条尾巴一样跟在他们身后的小丫头片子。他几乎已经把她给彻底忘了。但此刻，她轻而易举地又出现了，并迅速替代了记忆中那对羊角小辫。如今她的头发削得跟男孩一样短，脖子又细又长地伸在领子外边。望着她的脖子，许家奇立即开始提心吊胆。他害怕别的男人会扑上去撕咬这条又白又嫩的脖子。

我回过身去，他就站在我面前。但他并没有看着我。他的目光从我的头顶越过，直直地望着那张黑白照。他的眼睛里有一种梦幻迷离的神色。

“顺便也看看我吧。”我生气地说。

许家奇收回目光，看着我。那种梦幻迷离的神色不见了。我的手心潮得快要流出水来。我清晰地记得他当年的笑，是那种男孩子常见的腼腆的笑。但如今，他那嘴角上挂着的却是一种坏笑。在这种微笑面前，任何神圣的，有价值的，认认真真的东西都会站不住脚并没了脾气。

“不用我夸，你也知道你长得很漂亮，小妖蛾。”他带着那种笑，说。我心中简直乐开了花。许多年没有人这样叫我了。我想我肯定是真的非常高兴，因为我突然有些慌乱，这也是许多年都不曾有过的了。老天爷，这许多年来，许家奇不在的许多年来，我都干了些什么?

“我从来没听说过你还有个祖母。”我拼命忍住从心底里泛上来的酸楚，重新捡起话头。我不能忘记我不过是为了那沓钞票才来见他的。

“我爹死后，没给我留下什么，只有一本影集。头一面就是她。我说她是我奶奶，也是瞎猜的。”许家奇说着在他的老板椅上坐下，“好了，跟我说说，这几年你都去了哪儿，干了些什么?”

“我干吗要告诉你？我还想知道你这些年都去了哪儿，都干了些什么呢。”

“哦，这么说，咱们要交流的东西可太多了。”那种邪里邪气的笑又浮上了他的嘴角。

这时，罗东的吆喝声从很远的地方传来。他总是这样，不停地跟沿路遇到的女人打情骂俏，像一辆勤勤恳恳的公共汽车，在各个站牌前都得停靠一会儿。然后他就出现在了门口。我哥哥罗东是个大胖子加一脸的络腮胡子，嘴角常叼着一个寻常难得见到的大号烟斗，歪戴棒球帽，圆领老头衫配西装短裤，肩上挎一只庞大的摄影包。如果他不总是对我吆五喝六摆大哥的臭架子的话，我还是喜欢他这副模样的。

我没说错，瞧，他一见我就成了只愤怒的皮球。他才不管他的老板坐在一边呢，冲着我就吼了起来：“死丫头你去哪儿了！老头子快让你气趴下了……”

罗东十三岁那年，发现自己已经长出屌毛，那时候他在班上个子最高，但从此以后他的身高就停留在那儿了，只向两边长，不见往上蹿。他同时也开始手淫并偷窥女同学的衣领和背影。不过这些并没有使他产生心理障碍，因为他善于将自己的欲望释放出来。他总是变着法捉弄那些既漂亮又胆怯的女同学，然后使她们成为他的死心塌地的拥趸。他自觉地认为他来到这个世界上就是为了享受那些美女。十六岁那年，他终于放倒了一名比他大两岁的高二女生。我那当县委书记的父亲罗川闻讯后勃然大怒，用皮带把他吊在门框上，吊了整整三天，直到我母亲出差回来，被他那晾在门框上的怪模样吓了个半死。“寡人有疾，寡人好色。”他嬉皮笑脸奄奄一息地对我妈说。县委书记的夫人一边心疼地流泪一边恶狠狠地咒骂自己的丈夫：老色鬼难道还想生个圣徒儿子！

老色鬼的儿子不但继承了乃父好色的禀性，还继承了他的不安分和硬头颈。罗东在连续两年铩羽高考考场后，拒绝已升任地区副专员的老色鬼要他去当兵的安排，到县报当了一名摄影记者，他甚至不肯去地区报纸当记者，因为他的几个狐朋狗友都在草桥，当然，最重要的是他刚刚向几条鲜嫩的美人鱼撒下高成本的香饵。懒散惯了的公子哥儿罗东后来又忍受不了报社快节奏的工作频率，干脆炒了县报的鱿鱼。就在这时，许家奇回到了宁新古城开始折腾他的欲望娱乐城。他邀请罗东加盟，并将影楼交给他经营。从此罗东当起了影楼老板，过起醉生梦死的腐朽的资产阶级生活。我父亲差点没登报声明与这个不肖种种脱离父子关系。

罗东在他的影楼里拍美女照、婚纱照，也拍企业的广告照，承揽装帧设计与制作。罗东在这方面的天分被异乎寻常地调动起来，钞票排着长队流进他的保险箱内，当然还有许家奇的皮箱内。

罗东是不会让我有说话的机会的，他一进门就抓住我的手。他的手劲很大，我怎么也甩不脱。我转过头去望着许家奇。我看到他的眼内沉静如水，他的嘴角依然挂着那种笑。他的目光正从我的身上离去，我感到一件暖和的外套正从我身上剥下。他又盯着那张黑白照看了。一抹夕阳忽然跳进窗内，斜斜地印在那张照片上，像一圈灿烂的金环戴在那个幸运女人的前额。那时我还不知道这个女人名叫童锁。

调　查

许家奇一直默默地管这个女人叫卡朋特。因为他特别喜欢那首著名的《Yesterday once more》。他在海南一家酒店打工时第一次听到这首歌，立马就爱上了唱这首歌的卡朋特。他当然不知道人家长什么样，他觉得她应该是个高个子，大嘴巴，穿牛仔裤，屁股浑圆，外套搭在肩上，胳膊肘支在吧台上，唱歌的时候漫不经心。他爱她的这副模样，而照片上的这个女人在生活中，也肯定是这样的。这幅黑白图像与他想象中的卡朋特完全吻合。

欲望娱乐城开业后，许家奇便开始了昼伏夜出的生活。舞厅一般在晚饭后开张。他的门厅相当朴素，一扇大木门总是文静地关着，门楣的霓虹灯闪得也并不刺眼。保安陈平抱着胳膊寂寞地坐在门边。毫无车水马龙的样子。木门偶尔一开，却有声浪蓦地涌出，让人怀疑那么多顾客是从后门进去的。许家奇在那里总要一直忙到将近凌晨。

他总是在凌晨时分入睡，然后开始做梦。许家奇的梦很多，大约三分之一是日本鬼子，三分之一是美女，另外三分之一是无法归类的其他。但自从回到宁新古城后，他经常梦见一个长着三颗门牙的名叫土匪的男人讲故事给他听。故事的主角是他许家奇。三颗门牙的土匪讲许家奇如何逃离草桥县，如何浪迹南中国，如何一夜间骇人听闻地暴富。讲到后来，就讲他如何回到宁新古城开起了舞厅兼干拉皮条的勾当。许家奇常常惊出一身汗来，睁开眼睛已是下午，阳光从窗外照入刺得眼皮格外滞重。他本来估计故事讲到这里那土匪就再也讲不下去了。三颗门牙的土匪口才再好也不可能编出许家奇的未来。但土匪还在不停地讲着。

欲望娱乐城的生意一天比一天兴隆，许家奇在结束了白日梦后，一边将钱整齐地码进他的密码箱，一边盘算着距离他的理想还差多远。孤儿许家奇在逃离宁新古城那天立下一个誓言：他这辈子一定要办一所学校，在那个学校里，学生没有课外作业，老师绝不打骂学生，而他将担任这所学校的校长。这个梦想并没有随着时光的流逝而黯淡，反而成为这个孤儿拼命赚钱的核动力。每当他幻想着一拨一拨衣着光鲜的孩子高高兴兴地叫他“许校长”，他就激动得鼻根微微发酸浑身起鸡皮疙瘩。欲望歌舞厅刚开张的那个初夏，许家奇每晚都要复习一遍他的这个梦想。他希望土匪能告诉他最终能不能当上校长，但土匪一直没理这个茬。土匪一直唠叨着的是许家奇会在某一天遇见卡朋特。土匪是笑嘻嘻地说出这个预言的。土匪笑的时候露出门牙。三颗整齐的门牙让许家奇心头发怵。他在梦中撇了撇嘴说，我每天都跟卡朋特在一起。他在点他的钞票时，卡朋特一声不吭地在墙上注视着他。“如果你能来，我一定聘你当班主任。你喜欢教哪门课？”许家奇偶尔会抬起头来朝卡朋特说话。“语文？数学？还是……政治？还是教语文吧。我小时候最爱上语文课。我的语文老师是个罗圈腿的广东人。我真喜欢他用广东腔的普通话讲《古刹钟声》之类的故事。他是个文学爱好者，会写诗……我们经常探讨他这辈子是否跟女人上过床，因为他一直没有结婚……我回来后罗东告诉我语文老师几年前就死了，是在嫖妓时让派出所的民警逮个正着，心脏病猝发背过气去的……”卡朋特在墙上听着常常会嫣然一笑以示答应。许家奇觉得卡朋特的笑魅力无边，有时就情不自禁地从转椅上站起来，走到她面前，长久地望着她出神。

调　查

省保安大队驻草桥县侦缉队少校队长韩克文换上一身戎装，捆扎出千军万马的气象来，却仍然掩盖不住书香门第的痕迹。韩家在宁新古城内称得上望族，祖上出过五个进士。克文的父亲是前清秀才，当过捣臼山书院的院长，虽然讨了三房小妾，可总是只开花不结果，生下的都是丫头片子。韩老秀才年过半百，基本上绝望了，不料原配庞氏冷不丁生下个儿子，差点没把他给乐死。老秀才是个十分豁达的人，心想，原以为命中不该有后，也照样过了半辈子，现在有了儿子，纯属意外之喜，万不可太当回事。于是就权当没这个儿子，凡事都由着他，没半点违拗。韩克文喜欢读书，就让他读书，喜欢习剑就让他习剑，喜欢打扮就让他涂脂抹粉。十四岁上，克文喜欢上了射击，老秀才还是随他去，让他报考了中央陆军军官学校。现在年纪轻轻地就佩上了少校军衔，竟也在韩家世代书香中揉进了些许杀伐之声。

韩克文翻身跨上通体雪白的母马杨贵妃。杨贵妃喷个响鼻，蹄声清脆，踏上府前街的青石板路。白马的鞍子上还系着另一匹枣红马的缰绳。下午是府前街最清寂的时分，街面上行人稀少，店铺内全是打盹打出涎水的店小二。八只碗口大的马蹄踏碎了镀在青石板上的那层薄薄的夕阳。韩克文没带勤务兵，一人二马，不紧不慢地朝县立高等小学走去。他已经将今天的行动谋划了很久：先请童锁去城外骑马踏青，然后到父亲划拨给自己的韩家西小院与美人共进晚餐，然后……就看着办了，肯定事情不可能发展得那么顺利，一块儿吃顿饭已经蛮不错了，毕竟童锁看上去是个淑女。他已经打听清楚了，童锁刚刚从之江大学文科毕业，自然是宁新古城的女才子。她那一口绵软甜糯的苏州话，令草桥县硬邦邦的土语无处着落。少校侦缉队长坐在马上，心里想着那朵色香味俱佳的好花，不觉大为陶醉。他用马鞭顶了顶下垂的帽檐，夕阳顿时刺得他眯起眼睛。在满眼阳光中，一个黑衣人从前边瑶池大浴室厚实的门帘内翻滚而出，急速地朝他奔来。他本能地将手伸向腰间的枪柄。随后枪声响了起来。他拉下帽檐，看见他的副队长王厚臣光着膀子，腰间围一块白浴巾，一手端着盒子炮，赤脚从门帘内追出。子弹从逃奔而来的那人头顶掠过，擦着杨贵妃的耳尖飞上天空。韩克文一勒缰绳，杨贵妃前蹄腾起，嘶鸣着踏向黑衣人，黑衣人猝不及防，被铁蹄踏中锁骨，摔出去足有一丈开外。

韩克文跳下马，一只膝盖顶住那人的胸口，然后拽出手枪，枪管顶住他的脖颈。一看那张脸，韩克文内心就涌出一阵狂喜。他可能逮了条大鱼，这人的照片就搁在他的办公桌上。省保安大队的通缉令上宣称此人系中共浙江省委宣传部长兼浙东地区特委书记。“温雨林！”韩克文脱口叫道，心中竟又浮出一丝懊丧。约会童锁的计划看来是要泡汤了。他这样嘀咕道。“今天有活干了，说不定还得熬个通宵。”他对裹着浴巾气喘吁吁的副队长王厚臣说。

“你也觉着这家伙有货？”王厚臣咧嘴一乐，络腮胡子上居然还沾着一些肥皂沫；肥肥的胸腹被冷风一吹，激起老大一片鸡皮疙瘩。

说话间，四周已围满了胆大的看客。韩克文命王厚臣牵过枣红马，用缰绳捆住犯人的两只手腕，押回队部。在穿过人群时，韩克文瞥见照相馆老板许二先生那张因常年躲在暗房里而显得格外苍白的脸。他觉得这张脸白得蹊跷，里边内容不少。

再次骑着杨贵妃去约童锁，已是第二天下午的同一个时候了。头天晚上他们果然审了一个通宵，但一无所获，甚至连这家伙到底是不是温雨林也没搞清楚。韩克文端着照片左看右看，那眉眼，那鼻子嘴巴，全都一个样，当然发型不一样，照片上是短发，这人是大背头，但大背头完全可以在两个月工夫内留起来。后来韩克文发现了一个致命的差别：照片上那人的左眼角有一颗黑痣，眼前这人却没有。但说不定照片上那个黑点并不是痣，而是照片在冲洗过程中沾上的污点。总之，九成九这个人就是共党要人温雨林。尽管他装出一副可怜相，一个劲地说自己是个烟商，之所以逃跑，是因为这位大胡子长官突然拿枪指着他，使他以为自己走私药品的事发了。后来一用刑，他倒承认自己是温雨林了，可往下一问，就又完全跟共党分子温雨林的事对不上号了，整个一屈打成招的模样。

看来今晚还得再审一夜。韩克文已经安排好了，六七个兄弟这会儿正轮番审问。可怜的温雨林从昨天被捕到现在整整二十四小时没合过眼。过完今晚这一堂，不管结果如何，都得押解到省城。宁可错杀一千，不可放过一个。

路过许记影楼时，韩克文跳下马来。影楼的门面不大，装潢得也不怎么起眼。门槛里边直接就是一个曲尺形的柜台，三堵墙上都挂满了大大小小的镜框。小学徒雨生正在柜台内拿一管毛笔修相片，见韩克文一身戎装皮靴咔咔作响地走进来，慌得丢下笔，站起来迎接。韩克文不想跟这个低眉顺眼的学生子啰唆，径直就往里闯。雨生紧走几步，虚虚一拦，说："老总要照相吗？""我找许二。""哎哟，许先生不在，刚出门送照片去了。""就回来吗？""他说过，顶多一顿饭工夫就打回转。要不，老总先坐会儿，吃杯茶？"韩克文皱了皱眉，戴着白手套的手摇了摇，转身就走。刚要跨出门槛，又停住了，从兜里掏出那张照片，递给雨生，说：“你瞧瞧，这人眼角的那个黑点，是颗痣，还是相片的污点？”雨生双手接过照片，凑到眼前仔细看了看，很快又递了回来，“我看是个污点，大概显影药水用的次数太多，洗得不干净。要不要我替老总把它给修掉？”韩克文说了声不用，收起照片出了许记影楼。

县立高等小学设在襟带门内的药王庙旁。韩克文一人二马来到校门口时，正是下午的第二节课。韩克文已经打听清楚了，童锁的数学课在上午，下午她应该没课。他将马拴在校门口的一棵冬青树上，用马鞭抽了抽靴子上沾着的几点尘土，感到心里很舒坦，便信心十足，靴子踩在青石板上的声响虽然单调却气派非凡威风八面。没走几步，忽然想到了什么，管自微微笑了一笑，回身来到冬青树下，解下杨贵妃骑了上去。他想营造出一种气氛来，用这种气氛向童锁发出第一轮冲击波。

县立高等小学的围墙前种着一溜垂杨柳。童锁下午没课，就在那排柳树边的方井旁洗衣服。一根细绳吊在两棵柳树之间，童锁刚好将一块蓝白格子的床单晾到细绳上，袖口卷到胳膊肘那儿。旁边身穿青布长衫的许书亭正将一张相片递过去。童锁甩了甩手上的水珠，用两根手指拈过那张相片。许书亭瞅见他的女部下的一只手被初春的井水浸得通红，指甲沿泛出一圈纹路清晰的苍白来。

“从现在起暂时停止一切活动，等我的消息。”许书亭脸上挂着笑，口里却说着严肃的话。

“哎！”童锁一边端详着照片上的自己，一边竭力克制自己想问一问为什么的欲望，“很好。我是说照片拍得很好。”

“不到万不得已，也别来影楼找我……他是来找你的吗？”许书亭突然看见了骑马走进校门的韩克文，脑子里闪过一个念头。

“不会吧，他找我干吗？”童锁顺着许书亭的目光看过去，看到了骑马的少校侦缉队长。

“昨天下午这个人亲手抓住了咱们的人。如果他真的来找你……”

“我明白了。”童锁突然打断上司的话。她的目光迎上刚好转过脸来的骑手的目光。她的脸潮红起来，仿佛一抹阳光刚刚照过来。她突然回想起很久以前做过的一个梦，一个被全世界少女做滥了的美丽温馨历久不衰的梦：英俊的王子骑着白马朝灰姑娘疾驰而来，带着她去遥远的异乡……一刹那间她希望韩克文是来找她的。校园里很静，连学生读书的声音也没有。马蹄踏着操场上的三合土，发出瓷实的嗒嗒声，每一声都回荡在中共地下党员童锁的心上。

口 述

罗东的影棚幅员辽阔，乍一进去显得空空荡荡，四面全用剧场的天幕遮着，拉开后才露出各种摄影器材。我穿着四十年代的服装，坐在影棚正中的一张凳子上。罗东望着我，他唯一的妹妹，一步一步往后退，从各个角度打量我。他的嘴角撇着，显得十二分的不愿意。尽管他的手劲很大，但毕竟不敢，也不愿在大街上和我生拉硬扯。最后只得答应我的条件，给我拍一张与童锁的黑白照一模一样的照片。我私下里妄图将我的照片挂在童锁旁边。罗东一直对我唠叨着父亲的事。我自然也想他老人家，但谁让他总是一见面就冲着我吹胡子瞪眼呢？最近几年，罗家人基本上找不着我的踪影了。罗专员在我大学毕业时给我在省城找了个统战部之类很容易待的衙门，但我只在那儿领了二年零四个月的工资，就学我哥哥的坏样辞职闯荡江湖去了。我父亲听到我辞职的消息后，一下子就躺倒了。他无法承受两个子女都忤逆不孝的打击。他躺在病床上，一脸麻木。罗东在病床边坐了很久，坐累了，想站起来，这时候老头子说话了。“我们有最理想的家庭结构，”他说，仍是一脸麻木，“作为人子，你已经长大成人。我要你答应我，好好照顾你妹妹。”罗东有些摸不着头脑。“说什么哪，爸？回头我会替您教训罗北的。”“老子说不定什么时候就咽气，那时候你就是罗北的爹，明白吗？”老头子憔悴的脸上满是威严。罗东说：“您别吓我，爸。您老长命百岁。”“哼！”老头用鼻子说。罗东忽然感到有些惭愧。他大概就是从这里体味到当年自己有多么的伤老爹的心。

“坐直了！”罗东从他的照相机后甩过话来，“站没站相，坐没坐相。在宁新古城，你好歹也算个大家闺秀吧！”

“拜托，对你的上帝客气些好不好？”我说，“我又不是不付钱给你！”

“我正要问你呢，你到底靠什么为生？”罗东说着“刺啦”一声拉起一盏射灯，叭地打开了。洁白的光线浸透了我的全身。在这种光线下撒谎是要有一定本事的。这样的本事我倒是有。

“你以为你是美国啊，啥都管得着！”我说。

罗东重重地哼了一声。他是我的哥哥，他的血管里流着跟我一样的血。但是，我们之间却好像隔着十个台湾海峡。有时候我怀疑罗东跟许家奇是不是弄错了，后者更像是我的哥哥，尽管他曾长久地从我的视野里消失。随着时光的流逝，我对我哥哥罗东的了解，并没有丝毫的增加，而对许家奇的了解却与日俱增。我不但知道他爱做梦，还知道他有写遗嘱的习惯。我知道他是在南方打工时开始养成写遗嘱的习惯的，陆陆续续的已经写了十几份。混到今天这个地步，他的不痛快事是很多的。我想罗东要比他走运得多。他一直以来都是无忧无虑的。他好像只在乎他的相机和女人。瞧，他不停地摆弄着他的那些灯光，这个打开了，那个又关了；那个拉下了，这个又拉上了。我的眼睛被他那些一丝不苟的灯光晃得全是金星。当灯光全部暗下来时，我依稀看见一个人悄无声息地进了影棚，站到罗东背后。我认出是韩克文。他终于按捺不住径自来寻访这座他梦牵魂萦的影楼了。他细细地浏览着沿墙放置着的三脚架、油画布景、木质道具和各式各样的灯具，最后将目光落在我的身上。

一阵细微的呜咽从那儿传来，将罗东吓了一大跳。他的手一抖，耀眼的镁光灯便像一道囚禁了很久的闪电被蓦地释放出来。随后韩克文涕泪交加，放声大哭。这哭声来得太突然了，没有半点征兆，把罗东和我惊呆了。

调　查

许书亭看见那人坐在另一个男人对面，而这另一个男人就是自己。我怎么能看见我自己呢？他有些疑惑，但很快就被那个人吸引住了。“你瞧，我早就认识你了。”那人说。他们好像坐在一个巨大的洞穴里，或者一间破旧空旷的大房子里，看不见四壁，但又感觉非常紧凑，就好像他的视野出了问题，只能看到前方很狭窄的一点范围。“我认识你爹，你爷爷，还有你爷爷的爹和爷爷。我甚至认识你儿子。你有儿子吗？”那人逻辑混乱地问。许书亭看到自己蠢笨地摇摇头。“没关系，”那人说，“你会有儿子的，呃，他应该算是你儿子吧。你儿子也会有儿子的，他们我都认识。我不妨向你透露一点：你儿子一事无成，是个酒鬼，一辈子只会骂骂咧咧怨天尤人是个十足的孤家寡人。你孙子倒有点出息，但到头来也不过是个小学校长。不过他喜欢当小学校长，他有钱，自己办了一所学校……怎么了，你在听我说吗？”许书亭看见自己盯着那人的双脚看，苍白的两颊布满惊讶。许书亭顺着自己的眼光看过去，发现那人的脚穿着一双圆口布鞋，两只鞋尖竟全都朝左。“你穿错鞋了。”他听见自己说。那人笑了笑，俯身脱下鞋，又抹下袜子，把两只脚抬高。许书亭和他自己同时发现，那双脚长得并不对称，而是大脚趾统一在左边，小脚趾统一在右边。“我没错，”那人说，“要么是你错了，要么是上帝错了。”许书亭听见自己大叫一声，于是醒了过来，一身冷汗。

许书亭平时很少有梦。他的睡眠很薄，一点轻微的响动就能弹破。但最近几夜却睡得很死，夜夜有梦。好像是那天目睹了温雨林被捕以后，就开始做梦了。他觉得这兆头不好。他只见过温雨林一面，是一年前在四明山召开的浙东区党委秘密会议上。祠堂里光线很暗，土制卷烟青灰色的烟雾和油灯滚滚的黑烟在室内缭绕翻滚。温雨林坐在油灯旁读新华社的一则电讯稿。最近他刚接到通知，温雨林已调任绍属特委书记，是他的顶头上司。可他却目睹了顶头上司被捕。

那天下午许书亭没有猜错，韩克文果然是来找童锁的。韩克文骑着大白马风光旖旎地朝童锁走来的样子让许书亭咂摸出许多味道。他有点担忧，毕竟自己的这个女部下太年轻了。

“许老板，咱们好像挺有缘的。”韩克文玩着马鞭，眼里闪烁着捉摸不定的光泽。

“是巧得很，”许书亭躬躬身，“我正好给童小姐送相片过来。韩队长也来找童小姐？”许书亭反守为攻。

“呃，说起相片，倒要请教许二先生。”韩克文忸怩了一下，立即避过话头，掏出一张照片递过去，“你说这人眼角的黑点，是痣，还是相片的污点？”

许书亭接过相片，心里不由得“别”地一跳。照片上那人正是温雨林，在他的左眼角果然有一个黑点。许书亭虽然只跟温雨林见过一面，而且那个祠堂里的油灯也并不甚亮，但他仍然清晰地记得温的眼角一马平川洁白无瑕，就像头天下午他在街上见到的温雨林一样，而照片上的那颗黑点，也显然是一个污点，并非黑痣。

“这当然是一颗黑痣。您瞧，您差不多能看出这颗黑痣还微微有点鼓起呢。”

“可你的学徒说那只是一个污点，是显影液反复使用造成的。”

“雨生懂个……”许书亭突然住口，好像很维护读书人的形象。“他只是个学徒。”他补充道。

“哦。”韩克文说着将照片放回衣兜，转向童锁。

许书亭拱拱手，离开了操场。他匆匆赶回影楼，学徒雨生从柜后迎出来，告诉他侦缉队的韩队长来过。许书亭心里一阵窝火，抬手就是一个大巴掌，重重地甩在学徒的脸上。

“让你逞能！”他恨道。随后就意识到自己很失态，不仅现在，刚才在学校操场上也很不得体。也许他对那颗痣肯定得过分了，有了痕迹，有了痕迹就容易引起怀疑。别看姓韩的年纪轻轻，那忽明忽暗的眼神里，却透着职业的狡谲。

傍晚时分，许记影楼比平时早半个时辰打烊。许书亭找了个借口打发雨生回家，自己守在铺子里等候。他估计童锁晚上会来接头，将打听到的情报向他汇报。他将店门虚掩着，呆坐在柜前，心内万分沮丧，就想抽烟。这时天也渐渐黑了。初春时节，夜凉如水。他打了个寒噤，感觉双肩很紧，便从柜下提出美孚灯，划着火柴，先点上灯，再就着火苗点上纸烟，深吸一口。这下好多了。他掸掸长衫，到街那边的东升馒头店拎了两笼小笼馒头，再打来一碗黄酒，回店内自斟自饮。这时店门外的街上也已阒无声息了，只有从大小店铺的门缝里泄出的灯光，疏疏落落长长短短地投在青石板路面上，点染出晕黄的静寂。

许书亭慢慢地吃着，觉得自己就像一只老鼠，骨骼硕大但面黄肌瘦，躲在暗处，伺机出击。他为自己居然像一只老鼠而内心唏嘘不已。从外观上看，许书亭没一处地方像老鼠，嘴也不尖，眼也不小，他只是认为如今他的行动准则和思维方式都跟老鼠如出一辙。地下工作者必须像老鼠，他想起他的前任上司对他说过的话，这位上司在说过这句话后不久就奉命北撤到山东，摇身一变成了老虎，留下他在这里充当鼠王，率领大大小小一窝老鼠东躲西藏疲于奔命。不过，这个世界上老鼠乃是最富生命力的动物，你永远也消灭不了，除非有魔笛。他忽然扬手重重拍了一下自己的颅顶，“胡思乱想。我为什么要把自己比作老鼠呢？童锁也是老鼠吗？”他想到了他的女部下，不，她不是老鼠，而是松鼠，不停地摇着她那硕大的尾巴，吸引人们的目光。

许书亭突然有一种预感：童锁今晚不会来了。他想起在操场上，当韩克文骑着大白马朝他们走来时，童锁眼中的痴迷的神色。他喝不下酒了。这酒苦得要命，难以下咽，了无往日的醇香，这在他实在是罕见的。

许书亭酗酒已经有些年头，而在此以前，他是个滴酒不沾的人，闻着酒味就脸红，只在“五花马，千斤裘，呼儿将出换美酒，与尔同销万古愁”的诗句中得知酒能消愁。那时他是浙东游击纵队派驻始宁县联络站的负责人。那天从铁戈的坟上回到驻地，他第一次喝了一碗在当地被称作“茅柴火”的家酿酒，当即醉得不省人事。第二天醒来后，怎么也记不起前天的事了。这种酒醉后的失忆状态令他又惊诧又好奇。他从未经历过这种失忆。这种失忆造成了他人生的第一个二十四小时空白，这是他不能容忍的。作为一名在高压下生存的地下工作者，必须时刻保持清醒的头脑。但是，天知道为什么，没过几天，他又去打来半斤“茅柴火”。面对这种带有淡淡的橙黄色的液体，他忍不住再度伸出手去。那是一种诱惑，喝下去就能拂去胶着在他大脑中的那幕噩梦：一根粗大的青木棍，一下一下地击打着铁戈的八个月的身孕，巨大的、喑哑的声音响彻整个村庄。透过身前拥挤的人群那一片支着的脑袋的缝隙，他可以看到铁戈的赤裸的肚子。第一下打击以后，伴随铁戈的短促的怒吼，肚子的一角蓦地隆起，那是胎儿的头或脚在扭动。然后是第二下，第三下。鲜血从铁戈的双腿间喷涌而出。前边有个老太太昏晕过去了。“许书亭，再不出来，这个女人就没命了！”有个粗粝的声音在人群前响起。他很想拨开人群应声而出，但他的双腿和双手竟在一时间都麻木了。他无力地靠在旁边的人身上，喃喃地说：“告诉他们，我就是许书亭……”旁边的老乡用手捂住了他的嘴。然后他又听见那击打声在继续，像闷雷滚过天际。他强睁开眼睛，看见铁戈的大肚子已经瘪了。她咬着垂散下来的长发，倒在血泊中，眼睛大睁着，一动不动。

只有在失忆的时候，才能忘记这一幕。但后来，这种失忆越来越短越来越少，他便改喝黄酒。喝黄酒不易醉，但醉起来醉得久。许书亭意识到他正在堕落。堕落是一个下滑过程，这种下滑如果有了一定的速度，便很难制止。谁能抗拒地心的引力呢？许书亭觉得自己正坐在一个深坑的边沿，打在铁戈肚子上的第一棍，仿佛同时也打在他的后背。他就是在这一刻被击下深坑的。他没能挺身而出，也就没能扛住这一击。深坑泥泞黏稠，下滑非常省力，几乎不必费什么手脚，只是滑动时产生的摩擦令皮肤生疼。他想伸手抓住点什么，但四周空荡荡的，没什么可攀援的东西。他明白这就叫孤独。1945年初秋的北撤也许是他停止下滑的一个良机——如果他随队北撤到了苏中根据地，在那个环境下或许能戒掉酒瘾，但他在失忆状态下误了行程，没能及时赶到会合点，终于成为“隐蔽精干，长期埋伏”的一员。现在，他就像一只醉醺醺的老鼠，在深夜的杂草丛中趔趄前行。风吹动着他的长毛。脚被土坷垃绊了一下，惊出一身冷汗，酒便醒了。

“今晚无论如何不能再喝了。”他像一个十足的酒鬼那样告诫自己，“今晚我必须行动。”

他瞅着碗里琥珀色的黄酒，调动起全身心的力量来抵抗它的魔力。即使这酒苦得像中药，还是具有一种不可抗拒的致幻力量。童锁为什么还不来？他又想到童锁，想到了童锁年轻的面庞上被侧逆光打出的毛茸茸的光晕。这张面庞轻而易举地取代了顽固地纠缠着他的记忆的铁戈。他站起身来，脑门微微晕眩。不过还行，头脑还很清醒，可以进行一次冒险。

调　查

许家奇的第一份遗嘱写于封二离他而去的那个夜晚。那时候他是多么年轻啊，以至于现在回想起来还觉得脸红。封二是常来他打工的那家酒吧唱歌的歌手，还兼着坐台。有一次封二在包厢里喝得烂醉如泥，老板要许家奇送她回家。摩托车是封二的。封二坐在自己那辆赛车的高高撅起的后座上，唯一清醒的就是死死抱住许家奇的腰，整个上身趴在许家奇的后背，下巴架在许家奇的肩上，嘴里不断有黏黏的汁液流出，一直流到许家奇的胸口。许家奇眼馋封二的赛车已经好长时间了，今天终于逮着个机会。他将车子开到一条林荫大道停下，连拖带扛地将封二拖到路边隔着草坪的五十米开外的一条石椅上，对她说：“你先坐会儿，我先去试一圈。我保证，不会有事的，无论是车还是人。”封二眯着眼，醉醺醺懒洋洋地笑着笑着就倒下睡着了。许家奇瞧了瞧斜躺在石椅上的封二，心里犹豫不决。封二的睡姿既风骚又优美，由于舒展开了，肚子上那颗精致的肚脐从短襟汗衫下露了出来。但那时的许家奇爱车远甚于爱美女。他狠了狠心，脱下T恤，盖在封二身上，光着膀子骑上那辆雅马哈250。这是一种他向往已久的感觉。奔驰。飞翔。扑面而来的疾风撩起他久未整理的长发，赛车雄壮的轰鸣声令他血往上涌。他在南方这个海滨城市的环城大道上足足飙了半个小时。奔驰的快感让他胸中涌起一种创业的冲动。他无法忘记这个夜晚，并不是因为封二，而是因为跨在豹子般健美的赛车上的那种他从未体验过的快感。“我要挣钱！我要发财！”他一边猛拧油门，一边大声喊叫。

当他回到封二身边时，她还没醒，或者说睡得更香了。高大的榕树挡住了夏末夜晚的露水。月光从树隙漏下如水银泻地。许家奇摇了摇封二的肩膀。她嗯哼一声，仍在酣睡。许家奇只得拉住她的胳膊，将她整个架在自己的肩上，朝草坪外的摩托车走去。没走几步，封二就醒了。许家奇将她放下，她还有些站立不稳。月光照在她的脸上，如一朵银色的玫瑰。

这时候他看见两个黑影悄无声息地欺了过来。那是一高一矮两个抽烟的男人。

“哥们儿，这小妞盘子条杆都不错，一起玩玩？”其中一个说着将手搭在了许家奇的肩上。许家奇看到这人的左边只有半个耳朵。他的手很重，压得许家奇身子一歪。另外那个矮个子男人把手伸向了封二的胸口。封二往旁边躲，却被矮子一把抓住手腕。

事情发生在电光石火之间。许家奇一声不吭，从后腰抽出那把从宁新古城带来的枪刺，捅进了高个子男人的肚子。这天晚上许家奇特别有劲，他将枪刺捅进那个人的肚子后，又按顺时针方向拧了一下。那个男人哼也没哼一声，就仰面倒下了。血形成两条细线，顺着枪刺两侧的血槽像喷泉那样激射而出，喷得老高。

矮个子男人和封二同时发出一声尖叫。矮个子男人拔腿就跑，封二则一屁股坐在了地上。

许家奇拔出那把刀，回身架起封二，重又朝摩托车那儿走去。封二浑身哆嗦：“你杀了他？他死了吗？”她的牙齿咯咯地响着，差不多要咬下自己的舌头。

“闭嘴！”许家奇说。

封二在自己租住的那套公寓里强忍着颤抖和恶心替许家奇弄干净身上的血迹。许家奇很冷静，像个老练的职业杀手。他点着一根烟吸着。

“你会告发我吗？”他问。

封二有些愕然。她抬起头注视着许家奇，手上的纱布吸足了黑血。她的眼睛睁得很大。许家奇发现她的眼珠偏蓝。

“最保险的办法是，你杀了我灭口。”封二说罢又埋下头去替他擦拭。

许家奇有些尴尬。他就这样在那段时间里成了封二的主宰。他不知道那个家伙是不是死了，但他一点也不担心。在那个南方城市里，差不多每天都有小混混横死街头。说不定那个矮个子连报案的勇气都没有。许家奇还是照常到那家酒吧打工。他的好运在继续。有一天，老板把他叫到办公室，问他愿不愿意挣一笔大钱。

老板是个转业军人，每当入夜，他的两只眼珠子就像猫头鹰一样闪闪发亮。许家奇从未见过猫头鹰长什么样，但他想跟老板也差不多。“我愿意。”他答道。

老板起身关上门，然后从后面将双手搭在许家奇的肩上。“我要你去杀一个人。”

许家奇心里一惊，冷汗差一点就要冒出来了。许家奇问自己，他是不是天生就是个杀手？因为他从一开始就那么冷静。事实上，他并没有冒汗。他连哆嗦一下都没有。他抬右手先将猫头鹰的左手从自己的左肩挪开，又从容地抬左手将他的右手从自己的右肩挪下。

“老板，这么大的事，你怎么找我？”

许家奇在转瞬间怀疑封二将他行凶的事说漏了嘴。要让女人保守秘密是天底下最难的事。

“因为你随身带着刀。”猫头鹰说，“兄弟，你是个逃犯，对吧？”

“我不是。”许家奇说着暗自松了口气。

“没关系，这并不重要。我只问你，干，还是不干？”

“多少钱？”

“五万。先付两万，事成后再付三万。”

“我要十万。先付五万，事成后再付五万。”

猫头鹰的脸阴沉起来。但他答应了。

许家奇的好运就是这样开始的。他并没有亲手杀死猫头鹰的那个“客户”。他怀里揣着预先支取的五万元钱，花了三天时间跟踪那个客户。到第四天，他亲眼看见那个客户喝醉了酒，驾车先撞死一名交警，然后又一头撞上路旁一辆正在检修线路的电力工程车。撞击引发的大火把那个倒霉蛋烧成一段焦炭。

许家奇没跟猫头鹰多说什么。后者的眼光里流露出一种畏惧。“干得漂亮。”他说，取出另一半酬金付给了许家奇。

许家奇就这样不费吹灰之力完成了他的资本原始积累。他用这十万元钱买下一家小型歌舞厅，当上了舞厅老板。但他当老板的才华远不及当杀手那般出众。他的舞厅亏损累累。就在这时，封二离开他去了澳洲。

封二是他的第一个女人。他蹲在封二留下的那辆赛车旁，默默抚摸擦拭得纤尘不染的发动机罩壳、挡泥板和油箱。他感到他在这个世界上实在再也没有什么可以牵挂的了。于是他坐下来，模拟着自己如果这个时候被人一刀杀死了，还有什么值得遗憾的。他想不出来。他于是开始写遗嘱。他不知道写给谁。他甚至忘了他的酒鬼父亲。因此他的第一份遗嘱没有称谓。

“我死了……”他写道。他根本不知道遗嘱的格式。“我把我的摩托车留给我的朋友皮卡。牛仔裤留给皮卡的弟弟。我所有的磁带留给卡朋特，我的舞厅留给乐队头儿披头士列侬……”

写完遗嘱，他忽然感到心中轻松了许多。他就这样找到了一个调节自己心情的法宝。每当遇到不痛快的事，他就写一份遗嘱。他的密码箱里除了一沓沓的钞票外，还有一沓遗嘱。在遗嘱写作过程中，他想象出了各种各样的死法，有车祸，谋财害命，溺毙，枪毙，坠楼，心脏病，癌症，焚身，灭顶……差不多凡是他听说过的死亡方式都想到了。他似乎看到自己被裹在塑料尸袋里，仰躺在冰冷的停尸间里，而这个世界上跟他有联系和没联系的人，都在停尸房外忙着他们自己的事，或劳碌奔波，或声色犬马；他们享受着温暖灿烂的阳光，呼吸着柔软湿润的空气。风吹动着他们的笑脸。他们围坐在火炉前吃他们丰盛的年夜饭，美酒佳肴流水一般上来。他们滑雪，游泳，漫游世界，美丽的女人和强壮的男人陪伴着他们。世界成了天堂；而他，却孤单地躺在太平间里。他看到了自己那样躺着，然后发现自己并没有死，就好像死而复生，重又捡回一条命。他对自己说，你都死过一回了，还有什么放不下的？于是他就再也不理会那些屁事了，不跟谁争了，什么也不需要了。

调　查

两匹马八只蹄叩着青石板路，碎步朝韩宅跑去。童锁坐在枣红马上，颊上是两坨红云，额角有细密的汗珠。她已经喜欢上这匹小公马了。它温驯，柔美，跑起来十分平稳，均匀紧密的颠动带动起她全身的颤抖，引得牙齿根阵阵发痒。街面上已经没有多少人了，空气中飘浮着粗茶淡饭的气味，微酸，微腥，使童锁对自己为之奋斗的事业产生出一丝疑惑。她居高临下地看到一个肮脏的小男孩偎在他的祖母怀里，一边懒洋洋地嚼着发硬的年糕，一边听老太太唠唠叨叨地诅咒。他们头顶的屋檐下挂满各式各样从漫长的冬季挨过来的食物。一只公鸡惊慌地拍打着翅膀从马蹄前箭一般掠过，枣红马喷了个响鼻，杨贵妃关心地转过头来。童锁感到韩克文也在打量她。一种名叫“香翅”的小咬开始多起来，意味着黑夜的来临。它们结伴而行，在空中翻飞，马头被扰得不满地晃动着。童锁心里一点也没底。她不知道自己该不该与韩克文一起去踏青，也不知道该不该应邀去韩宅做客，更不知道接下去会发生什么。她只是有种预感，韩克文这家伙并不危险。这样想着，心里便有了一种信马由缰的闲适与优雅。

韩宅建在宁新古城东边的襟带河边上，那一带是草桥县的富人区，稍有点头脸和家产的人，都在这里起宅造楼。城里唯一的一条水门汀路从府前街直达襟带河码头，整排的香樟树同时挥发出淡淡的涩味。童锁一抬手就能够着树枝。她捋下一片叶子，噙在嘴角。这一路上，韩克文一直不停地说着话，估计连他自己也不知道他为什么会变得这么健谈。他对她讲自己的童年，他的军训生活，他的父亲和他的众多的姐姐。然后他试图说服童锁到他独有的那个小院子里去共进晚餐。童锁不置可否，他就一直说着。走到香樟树下时，他突然说了一句话，就好像绳子攥得太久了，想松松手，于是牵着的狗立时一溜烟跑掉了。“你是我见到过的最漂亮的女人。”他说。

童锁在马上咯咯地笑了起来。韩克文想到了他读到过的章回小说里的一个词，叫“花枝乱颤”。

“接下去你就该说‘从看到你的第一眼起，我就爱上你了’，是不是？”童锁一边笑个不停一边说，嘴角还噙着那枚樟树叶子。韩克文被搞了个措手不及，脸腾地就红了。本来他是一直占着主导地位的，现在忽然发现自己处在了下风。

“看来，不止一个人这样对童小姐说过了。是吗？”韩克文不想自己被动，立即反守为攻。

童锁回眸瞅了瞅身边的这个男人，看见他挂在微微上翘的嘴角上的一丝嘲讽，便抬手一马鞭朝他抽去。韩克文吓了一跳，连忙闪避。鞭梢发出一声细细的呼啸，从面前掠过。他的面颊一热，仿佛被一根细指甲划了一下。

“这就不像淑女了。”韩克文抬手摸摸脸，依然笑吟吟地说。童锁一时间没了主意，又一鞭子打在枣红马身上，枣红马碎步跑了起来。

韩克文不想放弃努力，拍马追了上去。没跑几步，却见枣红马兜了个圈迎面走来。两匹马头颈相交，亲密地喷着响鼻。韩克文恨不能让童锁和自己变成这两匹马。

“我已经听你说了许多，可你怎么不跟我说说你的职业？看你整天挎着一把枪，那么你，”童锁顿了顿，几乎屏住呼吸，眼里流出忽闪忽闪的笑意，“你杀过人吗？”她突然飞快地问。

韩克文突然又觉得自己处在了下风。他轻扬马鞭抽了抽自己的靴简，有些茫然：“这很重要吗？”

童锁说：“当然。如果我是跟一个刽子手共进晚餐，我怕我会难以下咽。”

韩克文笑了笑，并不着恼。他知道长期以来，国军的形象不佳，而像童锁这样的青年学生大都是偏左的激进分子。他本人不喜欢太意识形态的东西。他自认是个唯美主义者。他之所以加入军界，纯粹是因为眼红那套威风凛凛的军装。但这层意思只能藏在心里，表达出来就太不成体统了。

“看得出，童小姐同情共产党。”他瞟了一眼童锁，然后扭头向襟带河上望去。一扇竹排正从河上缓缓漂过。弯弯翘起的排头上踞立着几只湿淋淋的鸬鹚。蓑衣笠帽的撑排汉子不时发出短促的呵斥。

童锁心头一悚，不由得想起前几天初次跟许书亭接头时许的紧张模样，顿时意识到这是在草桥县宁新古城。

“我不喜欢党字。在汉字中，党是个贬义字。韩先生肯定是国民党员了？”童锁不紧不慢地说。

韩克文回过头来，“为了生计，逢场作戏罢了。”

“恐怕未必吧。听说昨天韩队长一马当先，玩命捉住一名……共党头目，总不会抓了个土匪吧！”童锁努力调整自己的状态，就像一匹母狼，悄悄地向猎物迂回前进。

“咱们不谈这些好吗？你看那晚霞。”韩克文用马鞭遥指西天。只见一轮肥硕红艳的夕阳恰好浮在襟带河面上，仿佛一个被烧红的巨大无比的铁球正被缓缓地浸入河中淬火，空气中到处传递着铁球入水时的刺啦刺啦的爆响。在夕阳的余晖下，韩宅当仁不让地盘踞在襟带河边高高凸起的一片开阔地上。西式门廊和屋檐使得这幢建筑在宁新古城内非常扎眼。

他们从大门进入前院，老家人根旺迎上来牵走了马。童锁看见韩克文的父亲拄着一把锄头，像个十足的农夫那样用一只铝水瓢冲着他那双沾满泥巴的赤脚。她发现他们父子俩长得十分相像。韩老先生像看一位老朋友那样看了看他的儿子，然后用一种稔熟的目光打量童锁。

“王队副在客厅等你。”韩老先生简短地说，依然友善地看着童锁。韩秀才奉行一夫多妻制，看女人自有一套标准。韩克文本来心情很好，带着童锁进门时还有一点向老爹炫耀的意思，一听王厚臣等在客厅，便觉得很煞风景，害怕温雨林一案横生出什么枝节。

韩克文请老爹先陪陪童锁，自己快步进了客厅。童锁本能地觉得这个王队副的到来一定跟温雨林有关。

韩老秀才陪童锁趁天光尚未完全暗淡下来参观他的花园。他的裤脚依然卷起，宽宽的赤脚板平稳地拍打着鹅卵石花径。前清秀才的腰板笔直，倒背着手的样子才像书生。他介绍他的那些花就像介绍他的女儿，他在一株玫瑰花前站住，用指甲仔细地将一只在花瓣上匆匆爬行的黑蚂蚁拈下。“童先生是教国语的吗？”他问。童锁愣了愣。她没提防会有人叫她先生。便噗地笑出声来。“不，我教代数。”老秀才看上去微微有些失望。童锁内疚地想她真该教国语，那样的话老秀才就不会对牛弹琴了。

穿过花圃就是韩克文独住的小院。韩老先生将童锁交给韩克文的奶妈，便回到前院去了。奶妈是个精瘦的高个子，脸上密布着显而易见的敌意。童锁坐在窗前的沙发上，如坐针毡。

调　查

考场很大，黑压压地坐满了人。许家奇边上却空着一个座位。这让他很着急。考的是他最怵的数学。边上没人，让他偷看谁呢？这时监考的土匪走了过来。土匪笑嘻嘻地咧出三颗门牙，正中间那颗闪着贼亮贼亮的白光。他的身后还跟着一个老头，哭丧着脸，显得无比伤心，无比悲痛。土匪拍拍那老头的肩，说：“得了得了，你就坐许老板旁边，快跟许老板亲近亲近吧。”说着将老头一把推给许家奇。许家奇想让开，却挪不动腿，只扭了扭腰，好像害羞。那老头就向他倒了过来，皱纹很多的脸快速放大，呈压倒之势。他甚至看清了老脸上密密麻麻的细碎的老年斑。然后电话铃响了，是罗北打给他的。他醒了过来。照例又是下午，听见窗外的阳光像淅淅沥沥的细雨，不断漏进来。嘴里淡得很，便从床头柜上取过烟，抽出一支点上，狠狠吸了一口。

简直不知道在搞些什么名堂，他嘀咕道。那些接二连三稀奇古怪的梦快把他弄晕了。他掐灭烟，光着膀子进卫生间刮胡子。很快，他就听见她在他的舞厅门口使劲揿喇叭。他从里边匆匆往外走，脸上挂着他那刚刮净的下巴。他的下巴很好看。她爱他的下巴。当然，她爱他身上的所有部件。他边往身上套他的外衣，边上上下下地打量着她。

“宁新古城内所有的小流氓都在向你行注目礼。另外，你穿得就像个母牛仔。”他说。

“我渴望成为他们的大姐大。”罗北将墨镜架上鼻梁，恬不知耻地说。

母牛仔说着打着了引擎。许家奇有些踌躇。“绅士不该坐这样的车，尤其不该这种坐法。”说着小心翼翼地跨上后座，双手扶住罗北的细腰。罗北呱叽一下笑出声来，扭着上身嚷道：“痒！痒！要么搂紧了，要么别搂。你可真够绅士的。”

罗北并没有在电话里跟他说要去哪儿。事实上，连她也不知道她想拉他到哪里去。雅马哈别具一格的轰鸣声使他恍若隔世。他想起了封二那乳白色的细腰，好像来自遥远的宋朝，而他现在正驶向那里。这段时间，许家奇常会想起那小蛮腰。尽管自封二以后，许家奇又有过不少女人，但他再也没见过那么惊心动魄的腰了。他想掀开罗北的后襟看看她的腰，但他毕竟年过三十，已有很强的自制力。

车子疾速驶过襟带桥时，罗北突然发出一声长长的怪叫，引得行人道上的路人像看飞碟一样地瞪着他们。许家奇觉得很开心。“再叫一声。”他怂恿道。罗北果然深吸一口气，又啸叫起来，这回她还揿响了喇叭。桥面上来来往往的汽车像受了感染，也都叫起了喇叭，把个襟带桥闹得好像日本鬼子要来空袭。过了襟带桥，就是捣臼山前的一大片缓坡丘陵。夏末秋初时节，天高云淡，斜阳照着路边的香樟树和黑松，仿佛文火炖出野味的醇香。罗北将车熄了火，停在一大片草地边上，一手拎着头盔，一手拉起许家奇，走向草地深处。在许家奇的所有梦中，都没有罗北的一席之地，而他，却总能轻而易举地进入罗北的梦中，仿佛她从来就是个不设防的城市。她对他的那种从童年起就有的，不，或许是与生俱来的渴望，在她的那些梦中总能清晰地完成开局，却永远不能达到顶峰。她忽然觉得时间不多了，也许该抓紧时间，完成她的夙愿。这个下午她很忙。先将孩子般地哭个不停的韩克文送回宾馆，又跟罗东去医院看望父亲，然后骑上罗东的摩托车回来找许家奇。

罗北牵着许家奇的手，蹚过没膝的野草，走下一个缓丘，许家奇眼前一亮，原来他们转了一个圈，又来到了襟带河边。下午的河水白亮白亮的，炫人眼目，微风从江面上刮过，散发着苔藓的腥味。许家奇觉得这地方很眼熟，尤其是河滩上那条倒扣着的破船，他肯定在哪儿见过。他停下脚步，直勾勾地望着那条船，蓦地记起土匪曾在梦里带他到过这个地方，脊背沟里立时渗出一层冷汗。

青天白日里，许家奇感到有些害怕。“我们干吗到这儿来？”他问。罗北掏出一块手帕铺在沙地上，头也不抬，说：“兜风呗。这儿风景如画，谈情说爱正合适。可惜我就要嫁人了。”

许家奇没理会她的话茬，依然沉浸在自己的梦中。让他吃惊的是他们从城里一路奔驰而来，好像就是为了寻找他的梦境。

“邪门！”他说道，挨着罗北席地而坐。

“什么邪门？”罗北瞪了他一眼。

许家奇突然醒悟过来，记起了她刚才的话头：“你刚才说什么？你说你就要嫁人了？”

“是啊。”

许家奇张大了嘴，直往气管里吸冷气。他像个白痴一样地盯着罗北，“你怎么能这样？”他悲愤地说。

“怎么了？”罗北笑吟吟地问，但随后她的笑容便凝固了。她看着许家奇的双眼，一种凝重而又黏稠的忧郁，像油漆从打翻了的铁罐里流出一样缓缓地从那儿流出。一时间，她被感动得几乎鼻子发酸。成年男子的忧郁总是令未成年少女感动，可我已是过来人了。她这样想。

一切都好像被搞错了，如果现实正如罗北所说的那样。如果真是那样的话，许家奇就不该在一开始就对罗北一厢情愿，他也就不该为韩克文的投资意向而欢欣鼓舞，他更不该在这样一个好天气里坐在罗北的后面到这个地方来兜风。并且，今天的天气不该这样好，襟带河的风和水不该如此令人心旷神怡。这很不对头。许家奇这样想着，便显出一副呆头呆脑神不守舍的样子来了。其实，他不善于同女人打交道，这是他最感悲哀的地方。他没有姐妹，对母亲的记忆也仅限于某一个遥远的下午坐在门槛上帮母亲拆毛线衣的情景。他将那件脏兮兮的毛衣捏成一根长条，线头源源不断地被扯出来，变魔术一般永远也扯不完。线圈像泡沫一样消失了又蹦出，弹起一阵细细的绒雾。后来就有了封二，但那只是一坨白生生的肉。即便只是肉，当他面对她时，也仍显得十分害羞且不知所措。也许正因为这样，他才能将大把大把的女人攥在手里。但他还是感觉不了她们。只有曾经淡忘了的罗北，一出现便让他从容自若，有一种归属感；但现在，这种归属感消失了，代之以一种看不见摸不着的障碍，阻止着他向她靠拢。

他站起身，绝望地看了一眼罗北，转身便走。罗北跳起来，追上去。“嘿，等等，你不想知道我嫁给谁了吗？”

“除了那个糟老头子，你还会嫁给谁？哼！”许家奇头也不回，大声答道。

罗北紧跑几步，挡在许家奇跟前。“你怎么知道的？”她问。

许家奇撇撇嘴：“韩克文是我的猎物，我必须好好研究他。现在我终于把他研究透了。”

“那你觉得他怎么样？”

“他根本无法满足你。”许家奇大声地刻毒地说。罗北满脸通红。“这与你无关。”她说。

“对，现在我只关心他的钱，关心他肯不肯在‘欲望’投资。”

“你真是个卑鄙的商人。”

“谢谢。卑鄙的商人现在要回去宴请你们这对崇高爱情象征的夫妇了。”许家奇嘟囔着继续往前走。罗北伸手一把拉住他的后襟。

“小时候我也这样拉过你。”她说。

“你想干吗？”许家奇回身问。一旦有了阻碍，他便对一切情感反应麻木。当然他也注意到了她的媚眼，就像一根细针扎进他身体某个最敏感的部位，激起一种怜悯。他一想到罗北的这副样子经常抛给那个脸皮像山核桃一样皱得不可开交的老梆子，就心疼。

风从河面上吹来，他们脚下的草沙沙作响。罗北感到身体的内部就像一条大河开始承受从上游滚滚而来的汛潮。整个宇宙在她的体内膨胀。有时候——这样的时候是非常短暂的，短得就像相对于永恒来说的人的一生——她会觉得她并不需要钱，或者说，她可以做出不需要回报的付出。这样的时刻总要比数钱的那一刻更令她陶醉，更令她幸福。这样的时刻总是在她毫无准备的情况下猝然来到。只是，这样的时刻很少，差不多绝无仅有。

现在它就来了。

她拉住他的手，拉着他向林子里走。他想甩开她，但她没让他甩掉。林子疏疏朗朗，寂静无声。这是她的梦开始的地方。在那些无忧无虑的日子里，他们总想甩掉我，她这样想着，但我却能想法子跟上他们。我跟在他们身后，看许家奇玩各种各样的游戏。看他在水里像鱼一样滑行，在河滩上将木棍扔得半天高，朦朦胧胧地感到我就是将他包围着的那一江流水。地势像不断起伏的波浪一点一点高起来。那些树都十分瘦小。年复一年，它们在抽芽长叶的季节总要遭受襟带河春汛泛滥的浸淫。在它们中间，沙子和泥土在杂草下面间隔着一棱一棱地铺展开来，散发着搁浅的小鱼死去后的那种淡淡的腥臭味。鸟声孤单地响起。他们来到了林子的深处。

“你该知道我想干什么。”她对他说。

“我不知道。”

“你一定要我说出口吗？”她问。

“还有什么说不出口的——你都愿意跟一个棺材瓤上床了！”许家奇满心怨毒喷薄而出。她听到从很远的地方传来一种声音，若隐若现。她惊呆了。她看着他的脸，那上面挂着冰冷的笑。肯定有声音传来，并且一点一点地清晰起来。她感到了羞辱。她以前从来也不知道什么叫羞辱，现在知道了。那到底是什么声音？如此顽固地连续不断地响着。她抬腿就是一脚，狠狠踢在许家奇的裆上。许家奇多半以为自己的两颗卵蛋已被踢破，惨叫一声跌坐在地上，直往嘴里吸冷气。直到这时，她才听清那是破裂的声音，从她的心口那儿传来。

口　述

我挽着韩克文的胳膊走进包厢时，许家奇宴请的客人全部到齐了。韩克文在主宾席上坐下，派头就像一个重量级的大人物。除了罗东和我外，许家奇还请了他在宁新古城的几个死党作陪，他们是小有名气的作家白池，分管特殊行业的警察马文才以及县委办公室的秘书俞连笑。罗东一见我挽着韩老头的样子就心里犯堵，脸立时拉了下来。我估计许家奇又在桌布下踹他的脚了。韩克文的兴致很高，用久已生疏的本地话絮絮叨叨地说着。他说得最多的是他年轻时在宁新古城骑马挎枪的威风时光。马文才听得津津有味。他敬了韩克文一杯，问道：“你们那时也扫黄吗？”引起一桌大笑。韩克文没笑，他沉静着脸，等笑声全落了，才缓缓地说：“我们的主要任务是抓共匪。”县委办的秘书俞连笑正好举杯想敬他，听他这样一说，便觉得很尴尬，像条大鱼直直地杵在那里，没了主意。白池是个机灵人，见状连忙站起来迎着他的酒杯碰了一下，说：“我敬俞秘书。你随意，我干了。”说罢仰脖子一干而尽。俞秘书朝他点点头，也喝干了。

“韩老板，好在现如今也没有匪不匪的了，大家都是生意人。”许家奇接过话头。我发现今晚的罗东就像个火药桶，随时都能点着。进包厢前，许家奇把罗东拉到卫生间，半天没出来。他们肯定在那个肮脏的地方算计我呢。罗东一直是个二百五，他要是犯起浑来，能把姓韩的连皮带骨吞下去。

韩克文吃得很少，一块红烧猪蹄的油皮夹进嘴里后，能细细地嚼上半天。他似乎一直在观察着许家奇，多半是许家奇给他一种稔熟的感觉，特别是那根陡峭的鼻梁，时时拨动着他心中那根尘封已久的琴弦。

许家奇让他联想到童锁。

"小姐，去点首歌！"

一直阴沉着脸的罗东突然吆喝道。罗东就像一只在灌木丛后蛰伏了很久的狼，终于忍耐不住了。但他不知道该怎样发作。坐在他对面的许家奇一直用一只冷笑的嘴角警告他不可造次，但他越看姓韩的便越觉得胸口发闷。

他点的是一首老歌。

我站在海岸上把祖国的台湾省遥望，
日月潭清泉在心头荡漾，
阿里山林海在耳边回响。
……
啊，革命洪流不可阻挡，
台湾同胞必将和我们紧紧拥抱。
我们一定要解放台湾，
让那太阳的光辉，
照耀在台湾岛上。

一桌人面面相觑，许家奇用餐桌上的火柴刺啦一声点燃一根香烟。韩克文不动声色地剥着一只肥虾。我怀疑，他从进入包厢的头一刻起就嗅到了一股浓厚的敌意。这敌意来自他情人的哥哥。但他也准能从许家奇眼眸的深处窥视到更为强烈的敌意。天知道这敌意因何而起。也许是因为我，也许是因为他来自海峡的彼岸，他的双手曾沾染过草桥县地下党人的鲜血，更也许是一种沉淀在天性中的与生俱来的仇恨。老头已经心静如水了。他显得很自信。也许在他看来，任何敌意和仇恨都不比一张纸更厚，也不会比一小碟冰淇淋凝固的时间更长。只要他愿意，随时都可以将它化解。

“你是否觉得这套把戏很有趣？”他冷冷地问。

罗东在他的逼视下一时不知所措。“只不过是一首歌。”他说。

“你不知道我从台湾来吗？你不知道我曾经是国军军官吗？”韩克文擎着剥得干干净净的基围虾，在醋碟子里蘸了蘸，一边说一边仔细地往嘴里搁。他这样做着好像在谈论一件极为平常的事。

“罗东不过是跟您开个玩笑。”许家奇说。

“如果只是个玩笑，那就算了。”老头说。

罗东脸涨得通红。俞连笑和白池也是一脸尴尬，只好埋下头去使劲嚼嘴里的食物。我没料到罗东那么快就败下阵来。

“许先生祖上是许庄吗？”韩克文扭头问许家奇。

“是的。”

“我有个老朋友也是许庄人，叫许书亭。”

“我听我爹说起过这个人，我还怀疑他是我爷爷呢。”许家奇一下子瞪大眼睛，望着韩克文，“据我所知，许庄只有一个许书亭。”

韩克文剧烈地咳嗽起来，好像被什么东西呛了一下。我赶紧给他捶背。这阵突如其来的咳嗽震得整个包厢都在颤抖。餐桌上的人全都望着他。他的白发散乱了，脖子上交叉暴起一条条青筋，仿佛要从松弛的皮肤里面绽出来。他抓起深蓝色的餐巾，捂住大半张脸，竭力克制着已经波及双肩的哆嗦。

“这么说，我跟你祖母也很熟。”老商人的声音从餐巾后面传出来，显得沉闷而又滞重。

“真遗憾，我生下来时，他们早已不在人世了。”

“哦，这么说，他们都是……英年早逝？”

“可能吧。韩先生祖籍也是许庄吗？”

“那倒不是。”韩克文摇了摇头，恢复了镇定，“听上去，许先生对家世并不很熟。”

“是这么回事。说出来不怕您笑话，我父亲是个酒鬼，整日醉生梦死的，从未对我说起过上代的事情。韩先生不是许庄人，怎么会认识我爷爷？”

“世事如烟哪……瞧，只顾咱们俩说话了，各位请，请！”韩克文说着举起了酒杯。

调　查

童锁在韩宅克文的小楼里坐着，如坐针毡。

童锁是在十四岁那年加入中国共产党的。那时候她的入党介绍人以为她至少已经十七岁了。她的入党介绍人在她真的满十七岁那年捧着一大把映山红到她家后院的木栅栏门前，轻轻叩动铁环。她从楼下自己房间的窗口往下望，立即明白了是怎么一回事。她一直为此感到惊诧，她才十七岁呀，怎么那么快就理解了那个大胡子男人的心意？他们隔着木栅栏门对望着。那是一个炎热的三伏天的午后，仿佛所有的人都在睡午觉。蝉在附近的一棵冬青树上毫无规律地叫着。大胡子没头没脑地说，我得去参加一个会议，三天后回来。我给你三天时间考虑。说罢头也不回地走了。他怎么那么肯定我理解他的心意？童锁甜蜜地想。

三天后大胡子并没有回来。参加秘密会议的中共地下党员悉数被捕。又过了若干天，一场暴雨冲开了城外的一座土堆，露出埋在里边的七具男性尸体和两具女性尸体。大胡子是其中之一。没有人知道他们是怎么死的。

童锁差一点崩溃。生命与生活的残酷在一刹那全部都展现在她的面前。她茫然失措，在整整一周时间内差不多粒米未进。她的父母以为她快死了，但她却渐渐缓过气来。她觉得有一种新的生命在她体内冉冉升起。她的心随之变硬。

没想到事隔经年，那种心有灵犀的感觉，竟在与那个少校侦缉队长的碰撞中复活了。她想到了那匹马。那匹高大的白马就像一泓温热的甘泉，毫不费劲地就将她的心泡软了。

她忽然害怕起来，想要逃跑。但同时又有一种渴望，她渴望见到韩克文。奶妈给她端来了茶。她伸手接过来的时候，杯盖抖动着发出连续不断的声响。奶妈直直地杵在她面前，阴森森地盯着她。

“少爷已经出去了。今晚八成不回来了。”奶妈幸灾乐祸地说，“他把枣红马留下了，说童小姐可以骑走。”

童锁有些恼火，便冷冷地问：“他干吗去了？”问完这句后，她的手就不发抖了。同时她的脸立即布上了一种寒冷的神色。

“王队副找他有急事。”奶妈还是那样盯着她。

自从大胡子的尸体残缺不全地从土堆里冒出来以后，童锁不但心变得硬了，而且她的观察力也在那场洗礼中成熟起来。她并不是通过父辈的教诲和亲朋的言传开启自己的心智的，仿佛她这一辈子所要打交道的人，都在那个下午让她仔仔细细地阅读了一遍，铭记在心。用言语和微笑或狰狞和凶狠笼罩在人类脸上的那层面纱，在那个暴风雨的午后统统揭去了，她就是那样轻而易举地学会了直达一个人的内心。她的双眸已如鹰隼般锐利，随时可以闪现出电光般的幽蓝。她从奶妈的脸上读到了敌意。但她并不在乎。

“把马牵来。”她淡淡地说。

奶妈哆嗦了一下。奶妈从童锁的话中听出一种刀片般锋利的寒意。

韩克文很不高兴地回到队部。因为他苦心计划的约会就这样再一次泡汤了。但他还是很满足。王厚臣不知使了什么招数，竟让那个温雨林招了。

审讯室里乌烟瘴气。韩克文不喜欢进审讯室。他私下里认为靠用刑撬开一个人的嘴是不高明的。他信奉不战而屈人之兵，但他从未那样成功过。温雨林平静地坐在屋子正中，脸色青白。韩克文从他的眼睛里看到了一种让人不忍卒读的绝望。但是那种绝望被掩藏得很深，因此乍一看温雨林好像很镇静。这就是老手。

“两头都招了？”韩克文问王厚臣。

“他们是单线联系，上线下线一共只有两人。”

“下线是谁？”

“许二。”

韩克文心里哆嗦了一下，不知为什么，他突然联想到了童锁。不过不会的，他在心里安慰自己。她只不过是到他那里去拍了一张照片，仅此而已。女人嘛，谁不爱自己的容颜？想到这里，他笑了笑。

“队长，这回你可立了大功了。”王厚臣巴结地说。

“还不能高兴得太早。”韩克文说，“姓温的级别可够高的，他手里怎么可能只掌握了两个人？再审！”

这时候传来一阵马蹄声，童锁骑着枣红马出现在门外。

夜色已浓重起来，童锁骑马立在门外的样子，让韩克文此后一生都难以忘怀。他好像身在一个幽深的洞穴里，而童锁就是那道从洞外透进来的微光。枣红马的四蹄不安地踢踏着，颠着笔直地坐在马上的美人。韩克文可以看到她的双乳在月白色的学生装下抖动。他又在心里哆嗦了一下。他不知道自己今晚为什么总是哆嗦。

“你怎么扔下我不管了？”童锁笑吟吟地问。

“我该死。”韩克文牵住缰绳，仰头答道，“我打算处理完这儿的事就往回赶的，你要走？”

“我可不敢打扰韩队长的公务。怎么，又有机会往上爬了？”

韩克文脸上一红，十分尴尬。韩克文对政治向来不甚关心，他只是忽然从童锁的这句话中听出了一些东西。他感到一种由衷的悲凉，似乎他一直担心的某件事正在不可遏止地发生。他盯着童锁，慢慢地说：“王队副不知用了什么法子，让那家伙招了。”

“是吗？”童锁觉得口干舌燥，“我很喜欢这匹马，还想再去跑一圈。可以吗？”

“你要是喜欢，就送给你了。”

“那我可骑走了？”

“行！”

马蹄踏着青石板，踏出一串蕴含杀气的鼓点。韩克文心口怦怦直跳。后院马厩里传来一声嘶鸣，是那匹白马在叫喊。它肯定听到了那匹小公马的蹄声。

红色的小公马驮着他们朝城外跑去。童锁费了好大劲才将许书亭弄上马背。许书亭将下巴搁在童锁的肩上。“铁戈，你回来了？”他醉醺醺地问，然后用胳膊箍住了童锁的腰。童锁一阵战栗，不知怎么的就想到了大胡子，眼泪便涌了出来。“坐稳了。”她哽咽着说，踢了一下马肚子。

枣红马轻快地小跑着。连童锁都感觉到了，许书亭很轻。他靠在她的背上，让她觉得他不过是一张薄薄的纸片。童锁不知道他们该往哪儿走，便放开马缰。城外有一条古驿道。月色很好，照得硬泥的古道如河道一般。枣红马突然停下脚步，一抹头，回转了来。童锁大吃一惊，猛拉缰绳，小公马无可奈何地又回过头来，朝前跑去。

“铁戈，是你吗？”许书亭昏昏地问，手臂在用力。

“许先生，不是。是我，童锁。”

“不，我听出来了，是你……”

许书亭哇的一口，经过胃囊碾磨的黄酒洒了童锁半身。

“许先生，咱们该去哪儿？”童锁有些害怕，轻声问。枣红马小跑着。许书亭一声不吭，勒着童锁腰肢的双手也渐渐松开了。童锁能够感觉到，她的上司已经睡着了。带着浓重酒味的呼吸平缓地拂过她的脸颊。

口 述

欲望娱乐城的酒吧比韩克文想象的要安静。罗东、许家奇和我陪他坐着，其他人跳舞去了。韩克文用行家的眼光打量着这个酒吧。坐在酒吧里的都是本地的体面人。我喜欢这种气氛，与其说是个酒吧，更像是个沙龙。年轻的老板到吧台那儿吩咐了几句，就回来坐到了罗东身边。看得出，韩克文很欣赏许家奇身上的那股沉静味，不像那个罗东，张狂得很。我挺纳闷这肥胖的家伙怎么耐得住性子陪他坐。但罗东的眼睛深处，有一种敌意掩抑不住地流淌出来，并且，他一进门就对领班交头接耳。后者一个劲地点头，还用诡秘的目光不住打量我们。

许家奇也感到了罗东的异常。他太了解这家伙了，他得时刻提防着。总而言之，今晚还算满意。他没料到韩克文答应得这么爽快。老头的财富简直他妈的深不可测。他在他们的套房里和老头交谈时，我不停地走来走去。老头似乎不爱听他讲“欲望”发展的计划，总是将话题岔到别的事情上，譬如许家奇的父亲是怎么死的，他在南方打工的那些日子以及他那杳无音信不知所终的祖父。韩克文对许家奇想当小学校长的志向很感兴趣。他的脸潮红起来。“你还记得你祖母的名字吗？”许家奇摇摇头。“瞧，我十几岁就出远门了，等我回来，父亲已经死了。我想他没来得及把那些事说给我听。”

“假如你把你的学校命名为童锁，我会考虑增加我的投资额。”老人说。

许家奇隐约猜到眼前这个老头跟许家似乎有某些渊源，也许压根儿就是奶奶的情人。不过许家奇不想理会这些。许家的历史对他来说，毫无意义。有时候他觉得他甚至连童年都没有。他对过去的唯一记忆便是墙豁口的那一边，一个双眼赤红的男人一手捧着酒碗一手往嘴里扔黄豆的模样。再往前就什么也没有了。而也许，他的出逃，就是他的出生。他说过，有时候他几乎想把自己的岁数减去十年。作为交换，他将把自己的寿命相应地去掉十年。“童锁是谁？”他问。“哦，那是一个我十分喜欢的女孩子。”老头说。

“是你头一个情人吧？”我往我的饮料里加了一些白兰地，问。

“是的。”韩克文严厉地盯着我，“如果你非要那样说的话。”

无论童锁是谁，反正她居住在老头心中一个神圣不容侵犯的地方。我隐约觉得，老头这次回大陆，并非像他自己所说的来寻找什么商机。他是来寻找他自身的某个部分的，这一部分肯定在很久以前失落了。人总是在越老的时候越不明事理，他居然连失去了就永远也找不回来这个道理都不懂。我靠在那儿，望着许家奇，望着我失去的那一部分。失去是绝对的。在这个世界上，你永远也得不到什么。我不知道为什么韩克文认为许家奇长得像童锁。不，他长得一点也不像童锁。他不像任何人，包括他那酗酒的父亲。天知道他是谁的后裔，可他却具备了继承韩克文的遗产的全部可能性。那么，他又会在他的最新遗嘱里将遗产留给谁呢？

酒吧里弥漫着淡淡的香味。这里的主调是蓝色的，却有几道红色的灯光从屋顶斜斜射出，就像夕阳洒在蔚蓝的海水里，而流动着的却是爵士乐那忧伤的旋律。一种莫名的烦躁从后背升起，几乎抵消了我内心的不安。我将头靠向老头的肩。我的眼睛一高一低地从那儿冷漠地望着罗东。这时他裤兜里的手机响了起来。

我很高兴这个时候有人打电话给他。我觉得我那五大三粗莽撞冒失永远也长不大的哥哥快要爆炸了。他打开手机翻板，不耐烦地接听着，然后他的眼睛惊诧地瞪大了。我以为他在望着我，但不像。这时，他站了起来，嘴唇抖个不停。

"嗨！"他冲着整个酒吧叫道，同时朝那个酒吧领班做了个手势。顿时，酒吧所有的灯光都亮了起来，如同白昼，所有的脸都原形毕露。"大家快来看哪，快来看这个老得连水都掐不出来的老梯子，他就要娶我的妹妹了。快来看吧，这就是我那水灵灵的妹妹，瞧他们俩多般配呀！我敢打赌，咱们宁新古城里再也找不出这么般配的一对啦……"

酒吧里的人全都转过头来看着我们。罗东高亢而又激烈的声音像是从织布机里被生拉硬拽出来一样，有几个部位被扯破了。他的脸涨得通红。许家奇扑上去想捂住他的嘴，却被他一把推开了。他不说了，端起面前的酒杯，将满满一杯红酒猛地泼在韩克文的脸上。那一杯红酒数量不少，悉数盖住韩克文的嘴脸，几乎让他背过气去。老头剧烈地咳嗽起来。红色的液体顺着他的口鼻流下，一直流到他的衣襟和大腿上。

所有的人都不知道该怎么办。韩克文的咳嗽声在爵士乐的背景音乐中就像不协调的打击乐。

“你跟不跟我走？”罗东哑着嗓子问我，“爸爸死了。”他说，眼角流下眼泪。

调　查

许记影楼在月光下沉默不语。马蹄叩着青石板的声音，士兵身上枪支碰撞的声音，还有杂沓的脚步声透着阵阵寒意。韩克文厌恶在这样的夜晚抓人。他希望此时下一场倾盆大雨，那才与他正在干的这件事相符。雨水在门内透出的光柱中急急地画出稠密的细线，士兵的枪管上晶亮的水珠蜿蜒而下，所有的人都蒙在胶皮雨衣中，唯有反背着手捆着的囚犯被淋得精湿，那才是完美的丑恶。王厚臣干练地指挥士兵堵住各个出口，然后一脚踹开许记影楼的木门。鼓起的劲风将屋内柜台上的油灯吹熄了。影楼内一片漆黑。手电筒白亮的光柱中，可以看到八仙桌上残留着一碗只喝了一半的酒和一个吃空了的小笼蒸屉。韩克文预感自己扑了个空。

“依我看，是童小姐……”王厚臣在韩克文耳边支吾了半句，然后注意到了韩克文的脸在月光下显得阴晴不定，便打住了。

“分头清查所有许书亭可能去的地方，你亲自带队。”韩克文说。

士兵撤离后显得异常空旷的街面上，杨贵妃响亮地喷了个响鼻。韩克文松开缰绳。他知道杨贵妃想去找她的枣红马。他甚至能隔着马鞍子触摸到杨贵妃对那匹枣红马的一往情深。他的心口一阵一阵地发紧，仿佛童锁姣好的面容正在月光中慢慢消融，慢慢消失。他不愿相信自己猜对了。杨贵妃小跑起来。银子一般的夜色被飘逸的鬃毛劈开，撒向两边。他闻到艾蒿的香味在黑色的空气中回荡。他和他的马穿过穹顶状的襟带门，一枚爬山虎的叶子拂过他的面颊，尖细的锯齿拉得他的脸生疼。然后他们就踏上了古驿道。晴朗的四月天使古驿道坚硬而又光滑，两旁是香喷喷的乌桕树和香樟树。韩克文不知道这些树是谁种下的。在南边这排树的外面，是一湾高低不平倾斜下去的野草滩，然后就是那条古老的襟带河。在马背上可以透过疏疏朗朗的树枝看到河面上静默的竹排，黑黝黝的鸬鹚偶尔会机械地动一下它们的脑袋，仿佛想让另一半面颊也能接受渔火的烘烤。从江面上吹来的夜风一阵温热一阵清凉。那是南方特有的潮湿的气流。但是，它们很难抚慰韩克文焦虑的心情。事实上，韩克文一直在犹豫着。他不但闹不明白杨贵妃是否真的能找到枣红马，更闹不明白即使找到了她——童锁、枣红马，多半还有许书亭——他又该怎么办。他的手触到了勃朗宁冰凉润滑的枪把，一种决断的心情油然而起。他很想催马快行，追上他们，然后用枪指着他们。他甚至希望许书亭顽抗，那样他就可以天经地义理所当然顺理成章地一枪崩了他，再……

他恨意识形态。因为它妨碍了他。

杨贵妃的脚步明显加快了。它嗅到了枣红马的气息越来越浓。它放慢了脚步。紧密排列着的香樟树在这儿留出一个豁口。它驮着韩克文从豁口拐上一条小路。小路两边是早稻田。稀疏的禾苗间是那汪明亮的月牙，不断被涟漪抖碎。小路跃过一道田坎后，斜向开阔的河滩。这时，韩克文看见了那匹枣红马。它在河边等着杨贵妃。

他摸了摸枣红马的皮鞍子，那上面还残留着骑手的体温。他们肯定就在附近。他跳下马来，拔出手枪，环顾四周。杨贵妃和枣红马亲昵地磨蹭着彼此的脖子。四周是如水洗过般的静谧和明亮，韩克文从未见过这般清晰的夜晚。开阔地的杂草摇曳出薄薄的草腥气，中间竟还夹杂着酒味。那些长及腰胯的茅草密密麻麻杂乱无章，掩盖了河滩上的几个土坑。这些土坑是几年前日本人的飞机扔炸弹时留下的弹坑。再过些日子，当春汛来临时，它们就会被涨上来的襟带河水淹没。河滩上有五六个土坑。韩克文小心翼翼地挨个儿查找。在第三个弹坑边沿，他找到了他们。那个弹坑不是很深，经过几年的泥沙淤积，弹坑差不多成了一处只不过略略凹陷的小洼地。许记影楼老板许书亭仰卧在草丛中，好像人事不省，童锁已经站起来了。月光照在她的脸上，眸子闪闪发亮。她的两只手上各抓着一坨黑黑的东西，像是两块石头。“别过来，”她喘着气说，“不然我砸死你！”

“那可不好。”韩克文忽然觉得好笑，索性将手枪插回了枪套。“要是你一下砸不死我，你就得来第二下，第三下。那可有多麻烦！我这么结实，很难砸死的……好了，没事了，让我来帮你吧。”

童锁的胸脯急剧地起伏着，接着就有眼泪流下来。那眼泪映着月光，像流星也像钻石。韩克文摇了摇头，觉得那其实也不是钻石，而是自己的心，正被掰成一粒一粒，往下掉。

调　查

韩克文再一次感到自己的心在碎裂，因风化和震颤而碎裂。罗东那杯劈面而来的红酒竟有这么大的威力。他再也无法忍受那种咳嗽了。罗北在他的咳嗽声中跟罗东走了。他还瞥见了她脸上惊慌失措的样子。罗北的离去好像一下子解放了他的视线。他看见了挂在墙上的照片。那是些黑白照片，大多数是为了营造氛围而翻拍的好莱坞黑白片剧照。夹杂在其中的是童锁的那幅照片。这些照片在骤然亮起来的灯光中清晰地浮现出来，仿佛从久远的年代风驰电掣而来。许家奇轻轻拍拍他的后背，想平息他那惊涛骇浪般的咳嗽。这持续不断的咳嗽所产生出来的震荡强烈地冲击着他的心脏。他像挨了一记下勾拳那样终于晕倒在许家奇怀里。在失去知觉的那一刻，他感到心里又踏实了，他认为他是倒在了一个子孙的怀里，无论这个子孙血管里是否流着他的血液。此刻，躺在急救病房里，他能感受到生命正一点一点地离自己而去。他的鼻子上、手上，还有连他自己也搞不清楚在哪儿的其他部位上都插着管子。这些管子是地狱里索命小鬼的捕绳，将他结结实实地捆住了。一些纷乱的意识突兀地跳出脑海：我该让他们把我埋在哪儿呢？我这片衰老枯萎的叶子将落向何方？这混沌的、飘忽的昏迷将持续多久？昏迷。昏迷。我又昏迷了。上次昏迷就有许多东西永远消逝了。这一次注定了也将有许多东西消逝，或者干脆就是我消失了。

罗北。他叫道。不知道有没有叫出声来。

调　查

这个直径约莫半个手指长的圆孔，原来是用来安门把手的，是那种球形带锁的洋货。后来坏了，便拆了，换上老土的铁质插销，可以从外面插上。童锁从这个孔向里望，望见许书亭委顿地坐在墙角，双手抱着胳膊，浑身筛糠一样地抖动着。

许书亭被关进楼梯拐角处的这间贮藏室里已经快一个星期了。那天晚上，韩克文直接把他们领回自己居住的这幢小楼。一路上许书亭一直处于半昏迷状态。等他醒来，已是第二天清晨。他发现自己躺在一间西式风格的奢华的卧室里，而童锁就坐在他床前的一条安乐椅上。她的眼白布着血丝，眼圈发黑，不知是因为哭过还是因为睡眠不足。许书亭打量着眼前的一切，蓦地意识到这回他是真的喝酒误事了。

"这是哪儿？"他问。

"韩克文的卧室。"童锁答道。

"我们是不是被捕了？"

"我不知道……我真的不知道他想干什么。"童锁显得十分疲倦。

许书亭摇了摇脑袋，使劲想回忆起过去十几个小时里发生的一切。但他什么也想不起来了，记忆只回溯到他在柜台内的八仙桌旁喝酒。然后就是一片空白。不，他好像依稀看见了铁戈。他抱住了铁戈，在惊涛骇浪中颠簸。然后就什么也没有了。

"我们怎么会在这儿？"他问道，翻身起床，却差点摔倒。他坐在床沿，感到口干舌燥，浑身虚脱。他的大脑仿佛被某种黄油状的东西胶住了，急需润滑。他的目光落在窗户旁的西式酒柜上。上面摆满了各种各样精美的酒瓶，那些色彩斑斓的液体从晶莹剔透的玻璃后面放射出迷人的光泽。他使劲咽了口唾沫，吸足了气扑到酒柜前，颤抖着双手倒了一杯红酒喝下去。那种略带酸味的葡萄酒甘美无比，像一只柔嫩的手拂过他的肠胃，拂过他的大脑。他一下子变得清醒了。他抬起头，看见了他的女部下那张美丽而憔悴的脸。那睁得大大的双眼中，流露出无尽的惊诧和痛苦。他呆住了。

童锁突然像一头豹子一样从安乐椅上蹿起，扬手打落他手上的酒瓶和酒杯。

"不要喝了！"她喊道。

"你还记得你是谁吗？"她问。

许书亭呆呆地站着，红酒洒在他的青布长衫的前襟，像血。

酒瓶砸碎在地板上的声响惊动了韩克文。他快步上楼来到童锁的身边，就像是她的保护神。

他和许书亭对视着，对峙着，彼此已经摘下面具。他们的目光几乎直达对方的内心深处。

"请你对童小姐客气点，要不是看在她的面子上，你早已是我的阶下囚了。"

"你误会了，韩队长。"童锁仰头对他说。她的脸上罩着一层寒霜。"许先生没有对我不客气。"

"那很好。"

"我们非常感谢你的好意。"童锁接着说。韩克文觉得她故意加重了"我们"一词的分量。他心中掠过一阵醋意。"你打算怎么处置我们？"童锁问。

"我的手下正在挨家挨户地搜查你们的下落。"韩克文心灰意懒地说，"看来你们只能留在我这儿了。这儿是最安全的。我估计十天半月内你们无法走脱。"

"我很感谢你。"童锁说。她的语气透着真诚。韩克文看出那是一种未经训练的真诚，他感到一阵暖意，还看到童锁望着他的双眸中，隐隐有一阵让自己欣喜的光芒。这真是一双流光溢彩的眸子啊。他在心中叹道。

"看在童小姐的面子上，"许书亭突然说话了，"我想请你再帮我一个忙。"

"看在童小姐的面子上？你同意这个说法了。嗯，看在童小姐的面子上我将尽力而为。说吧，你要我干什么？”

“我想请你……”

“等等，”韩克文突然打断话头，显出一脸狐疑来，“你不是要我放了温雨林吧？老兄，那小子可是个孬种，是他供出你的。”

“不。我只是想请你帮我戒酒。”许书亭说。

许书亭要利用这段潜伏在“狼宅”——他在心里这样形容韩宅——的时间，彻底戒除很久以来一直纠缠着他的酒瘾。韩克文爽快地答应了他。他按许书亭的要求将他关进了楼梯拐角处的贮藏室。

童锁没想到她的上司的酒瘾发作起来会这么可怕。许书亭被关进贮藏室后没多久就开始发作了。她透过那个小圆孔，看着他调动起全部意志，与一个看不见的恶魔抗争。开始两天，他只是显出烦躁不安来。他在贮藏室逼仄的空间走动，每走一步就会碰到堆放着的杂物。到第三天，他开始发抖了。他使劲用牙咬住嘴唇，殷红的血珠从白齿间渗出。他扑到门上，一声不吭地擂着。他知道童锁就在门外。他俯下身来，一只眼睛突然出现在那个小孔后面，在木质圆环的衬托下，显得出奇的大。童锁近距离凝视着这只眼睛。一种乞求、哀怜从那只眼睛里流露出来，仿佛在说，行行好，就给我一小口酒吧！童锁闭上眼睛，转过头去。许书亭又开始焦躁不安地来回转身。忽然，他开始翻拣贮藏室内胡乱堆放着的杂物。那里面所有的东西都蒙着厚厚的尘土，有缺口的青瓷花瓶，篾丝绽开的竹篮，缺了腿的木质小方凳，破旧的蓑衣，生锈的铁皮罐，上面印着艳丽性感的美女头像，这些被遗弃的东西就是韩家的家史。许书亭将这些东西倒腾出一屋子的灰尘。一只塞在破摇篮底下的酒瓶子引起了他的注意，他一把抓过，急不可耐地拧开瓶盖，仰头便往嘴里倒。但从里面倒出的不是酒，是一只干瘪的蜥蜴。他感到嘴里有了东西，终于可以润泽他那焦渴的喉咙了，便想往下咽，却咽不下去，就使劲嚼，嚼着嚼着，停了下来。仿佛有某种东西从那死去的蜥蜴体内释放出来，深深地刺进他的心里。他扔下酒瓶，用双手抱住头，蹲了下来。

童锁看见他抱着头蹲在那儿，肩头猛烈地抽搐着。她看不下去了，但她的目光却怎么也无法从那个无声地哭着的男人身上移开，以至于就连韩克文来到她身边也没有注意到。韩克文看到她跪在那扇门前，双手扒在门上，使劲抠着。一绺黑发垂落，被她紧紧咬住。这个姑娘正全身心地体验着另一个男人的痛苦，而韩克文又从她的身上看到了那个共产党地下党员的痛苦。他轻轻地拍了拍她的肩膀。童锁触电似的转过身来。韩克文看到她的整张脸都是湿漉漉的，不知是汗水还是泪水从她的额上和眼角流下。他觉得自己的心被什么东西狠狠地捏了一下。

“也许，跟他说说话，分散他的注意力，就会好点。”韩克文说。

“谢谢你。”童锁朝他点点头。她的目光有些散乱。

韩克文离开后，童锁又回过头去。许书亭已经坐在地上了。天光透过木门上方的细格透气孔照进，映着他的脸格外苍白。好像就这么一会儿工夫，他的胡子就长出了老大一截，黑黑地布满了嘴唇四周和整个下巴。

“许先生，谁是铁戈？”童锁问。她看见许书亭抖了一下。“那天晚上你把我当成铁戈了。他……她……是你的太太吗？”

“是。”许书亭又用手抱住了肩头，好像怕冷。

“她去哪儿了？很远吗？”

“她死了。”

童锁突然发现自己犯了一个愚蠢的错误。

“她是我害死的。”许书亭说。他突然像是变了一个人，慢慢移到门边，背靠着门坐了下来。童锁只能看到他的后脑勺。许书亭絮絮叨叨地说了起来。他的叙述颠三倒四。童锁听着有些害怕，便离了那个小圆洞，也靠着门坐了下来。他们就这样背靠着背说话。许书亭不停地讲着，好像一泓蓄了很久的深潭。忽然找到了一个闸口。童锁被他的叙述牵引着，看到了那怀孕的女同事惨死的整个过程。“她是被我害死的。”许书亭的叙述中不断插进这句话。“她临死的时候肯定对我失望极了……如果不是我的怯懦，她肯定不会死的。她是我害死的……”

“不，许先生。她不是你害死的……”

“不吗？你认为不是？”

“对。她不是你害死的。你怎么会害死她呢？”

“哦。那最好。给我喝一口吧，就一小口。”

“不行。铁戈不希望你这样。”

“是的。她不希望我这样……好吧。我会挺过去的。”

调 查

“照片上那个人是谁？”

韩克文问。临死前的回光返照使他看上去精神了许多。许家奇和罗北坐在他的病床前。许家奇不明白老头为什么要把他也叫上。

“哪张照片？”罗北问。父亲的死，使罗北身上那种时不时往外冒的怪异消除了不少。她的臂上挂着黑纱，眼圈还有点儿红。

“你的酒吧里，墙上挂满了黑白照。”老人对许家奇说。他的头深陷在枕头里，灰白的头发毫无光泽，但两眼却熠熠生辉。

“真是很抱歉，我也不知道那是谁。”许家奇向前略略倾过身去，望着垂死的老人说。老人身上有一股无法察觉的死亡气息。“那是我父亲留给我的一本影集里的一张相片。这张照片效果很好，娱乐城里的舞厅、酒吧都挂着它。我的办公室里也挂着呢。他——我父亲只留给我一本影集。”

“我能再看看那张相片吗？”

“没问题，我这就让人送来。”许家奇说罢掏出了手机，去走廊吩咐人将那本羊皮面的影集送来。等他回到病房里，发现韩克文正拉着罗北的手。那双长满了老年斑的手微微抖动着。许家奇有些窘，想退出去，却听到老人在招呼他。

“许先生，请过来。”老人说，声音里有一种清凉如水的味道。许家奇走过去坐在罗北旁边。韩克文看着他们，目光开始散乱。他久久地沉默着，仿佛进入昏迷状态。这种状态持续了很久。许家奇想起自己皮箱里的那些遗嘱，他猜老人此刻大概就在打着遗嘱的腹稿。这种沉默让罗北有些紧张。她转过脸看着许家奇，目光有些无助。许家奇想告诉她，人有时非常需要这种静默，但是他又怕罗北无法或者说不想理解这些。他们就这样静默着。

"他只是在等待。"许家奇轻声对罗北说。后者不解地睁大了眼睛。

"他在等童锁。"许家奇又轻声说。

"她来了吗？"韩克文突然睁开眼睛，问。

"她来了。"许家奇说。他听到了外面匆匆赶来的脚步声。

许家奇不知道韩克文是否看清了那张照片。他坚持自己捏着照片。他先将照片移近，久久地审视着，然后又远远地移开，久久地凝望着。他的脸上竟露出了笑容。那笑容如孩子般灿烂。

"是她。"他说，"你们想听她的故事吗？"

现实是从什么时候开始，堕落成过去的过渡了？或者，它本来就是？许家奇这样想。

就像一片深海，起伏翻腾了十天后，终于静了下来。韩克文吃惊地发现一个人的体内竟蕴含着如此巨大的能量。这十多天，许书亭一步也没离开过那个贮藏室。童锁也在那个小孔前关注了十多天。她只是在许书亭睡着后才回到自己的房间。韩克文一直揣测着童锁对许书亭的感情。自从那天许书亭对童锁讲了铁戈的事以后，他们一直说着话。韩克文不知道他们都说了些什么。"他不过是个酒鬼。"他想，"也许我还有希望呢。"然后有一天，他取出一小坛黄酒，来到贮藏室的门前。

"你要干什么？"童锁问，一双大大的眼睛里充满了恐怖。

"他必须过这一关。"韩克文冷冷地说着，从小坛里倒出一碗黄酒，啜了一小口。那是一坛上好的状元红，不知在地窖里存了多少年。一缕酒香从那个小孔飘进去，仿佛一根细长的钢针扎进许书亭的皮肤。童锁惊恐地望着他。许书亭转过脸来，朝童锁笑了笑。童锁第一次看到这个形销骨立的上级朝自己笑。

“酒很好，很香。”他平静地说。

童锁长长地出了口气。

贮藏室的门终于打开了。那吱呀一声响，是如释重负的叹息。韩克文远远地站着，看许书亭从那个黑黑的门框里浮出他的苍白的脸来。他知道，当摄影师的瘦削的双手与女教员那双曾让他怦然心动的双手握在一起时，他心爱的女人也将从此离去。他们会去哪儿？他们是否已经相爱？抑或童锁流出的那些眼泪，只是纯粹的同志的泪而他们之间其实什么也不曾发生？他看见他们面对面地站着，却并没有握手。他们的目光久久地对视着。一个微微低着头，一个微微仰着头。他们的目光和谐地交融，传递着一种难以言说的东西。他多么渴望那个低着头的人是自己啊。一股酸楚蓦然从心头涌出。他的手又滑向腰间的短枪。他真想一枪打死那个男人。

枪声真的响起了。他父亲跌跌撞撞从耳门进来，胸口有个发黑的弹孔，鲜血一波一波地往外涌，紧接着他的那些士兵冲进院子，将他们团团围住。最后进来的是王厚臣。他手里拎着盒子炮，嘴角挂着笑。那笑里透出沁骨的冰凉。

王厚臣对韩宅的屠杀，韩克文若干年以后才清楚。那是奶妈在弥留之际告诉他的。当时，王厚臣没等他掏出手枪，便朝他连开数枪，他当即便死了过去，等他醒来后，已经身在横渡台湾海峡的运兵船上了。童锁没有了，许书亭没有了，古老的韩宅也没有了，只留下胸腹部的几个伤疤，所有这一切好像全都没有发生过。所有他记忆中发生过的事都恍若隔世。奶妈一直照料着他。到台湾后，奶妈几乎每天都做噩梦，梦见韩宅血流成河，韩老先生和他的几个太太们的血像红色的糨糊黏在她的手上和脸上，怎么也洗不掉，她终于后悔对童锁抱有敌意了。

1949 年春末，许多人都看见了匆匆撤离的队伍中，有两个被绑着的人，一男一女。男的是许记影楼的老板许二先生，女的是小学校的教员童锁。许二先生的胡子好几天没刮了，又黑又长，童老师的眼圈红红的，却一脸寒霜。拇指粗的绳子在他们身上缠了好几道。几个士兵一直对他们推推搡搡，偶尔还用枪托砸他们。他们如此凶恶，显然是因为不耐烦。瞧，人家多轻松，只管跟着走就是了，可他们却得带着两个累赘。这对狗男女行动迟缓，故意拖延时间，好让共军来救他们。他们已经听见了隆隆的炮声。除此之外，人们还看见韩宅那位当上了少校队长的少爷，被人抬在担架上，他的奶妈侍候着他，也随撤离的队伍出了宁新古城。春末夏初，正值江南的梅雨季节。牛毛细雨一丝不苟地漂洗着黑瓦飞檐、青石板路和城外新绿的田野。担架很快就从后面追了上来。许书亭和童锁都认出了担架上的那张失血过多因而连嘴角都青紫的脸。童锁低低地惊叫一声。担架擦着他们的身体而过。童锁想叫他一声，但没叫出来。她不知道该叫他什么，韩先生？韩队长？还是克文？况且她的嗓子干涩难忍，怎么叫也叫不出来。她望着渐渐远去的担架，体验着那种被称为永别的滋味。“快走！”一个士兵把手搭在她的背上，猛推了一把。她向前趔趄着。那只手又像膏药一般黏在背上了。她厌恶地甩着。有七个士兵押解着他们，为首的是个佩戴上士军衔、两条眉毛纠结在一起的矮个子。这一路上，矮个子上士的手一直在童锁的背上不怀好意地磨蹭，有几次还滑到她的腰部以下。童锁就像吃了苍蝇似的恶心。每逢那只手搭上童锁的背，许书亭便停下脚步，转过身来一言不发地盯着矮个子上士，也不理会另外几个往他身上招呼的枪托和拳脚。有时还像个巫师似的微微一笑。他的眼光中自有一种阴森恐怖的东西，让矮个子上士心里发毛。

进入游击区以后他们越来越落后了。童锁的布鞋早已走烂，脚掌磨破的血泡让她感到钻心的疼痛。王厚臣策马回转来，看着他们这副样子，皱紧了眉头。王厚臣已经取代了韩克文的位置，承担起了县党部和县政府撤离的保卫任务。他俯下身来在矮个子上士耳边嘀咕了几句，又回头瞅了许童二人一眼，催马走了。他们又走了一段路。矮个子上士让他们停下。他让许童二人在路边坐下。四个士兵穿过路边的灌木丛，到了坡底。矮个子上士则和另外两个士兵用卡宾枪指着他们。童锁和许书亭对望一眼，他们都觉得机会来了。许书亭迅速扫视着四周。他甚至伸了伸他的腿脚，看能不能踢翻矮个子手中的卡宾枪。时间在一秒一秒地流逝。他用征询的眼光看着童锁。童锁垂下眼帘。许书亭顺着她的目光往下看，看到她的脚掌。从那儿流出的血已将路边的石子染红了。童锁抬起眼，盯着许书亭，令人难以察觉地晃了一下她的脑袋。“别管我，你找机会跑吧。”她用目光说。许书亭摇了摇头。

他们被押离小路，也来到坡底。那另外四个士兵正在那儿等着他们。士兵的身后是一个深深的土坑。许书亭突然明白了什么。就在这时，枪托重重地砸在两人的背上。他们跌落在坑底，随后就有红色的黏湿的泥土劈头盖脸地落下来。

“忍着点，冲出去！”许书亭对童锁喊道，“这儿是游击区，他们不敢开枪！”

他们挣扎着站了起来，一次又一次地往上面冲。但土坑太深了，刚抬起腿就又滑落下来。许书亭用肩膀猛顶住童锁的背，想把她顶上去。童锁大叫，别管我，我跑不远了，你自己想法子冲出去。但土越来越多了，埋住了许书亭的双脚。想要在七个精壮士兵的铁锹之间冲出土坑，显然是不可能的。童锁终于从坑壁上滑了下来。这时土已经埋到许书亭的腰间。她跪下来，想用身体挡住那落下来的泥土。然后她的双腿也被埋住了，但她仍然比许书亭高出一个头。他们不再挣扎了。他们相互对视着，等待死亡的到来。童锁看着纷纷扬扬的红土从天空撒下，掉在许书亭的头上和肩膀上，又掉到地上，再一点一点地升高，埋住了他的锁骨，他的脖子，他的下巴。许书亭努力睁开眼睛，仰望童锁。他们几乎面对着面。她仔细地端详着她上司的脸。消瘦，苍白。突然，她发现许书亭的耳垂上各有一个洞，肯定是小时候为了戴耳环用的，便笑出声来。

“你还有耳环洞。”她说。

“是啊！”许书亭吐出口里的泥土，“我娘怕我夭折，从小把我当丫头养。喂，童锁，你信命吗？”

“我不信。我信唯物主义，是无神论者。”

"信也无妨啊。我相信铁戈此刻在天堂里等我。"

"这我信。她会在那儿等你的。我……"她的泪流出来了，"我的大胡子也在那儿等着我呢……"

红土还在往上涨，掩住了许书亭的口鼻。他的眼睛睁得大大的，因为承受的压力太大而往外鼓，闪出熠熠的滚烫的光来。当红土堆积到童锁的脖子上时，许书亭的眼睛也被掩没了。童锁就这样看着他在自己眼前一寸一寸地消失。她的呼吸急促起来。雨变大了，红土的腥味越来越浓。天边隐隐的有雷声滚过。士兵们的衣服已经湿透。他们有些厌倦了这件事，便浮皮潦草地在童锁头顶盖上最后一层土，撤了。

当童锁被一声惊雷震醒过来时，她头脸上的土已经被大雨冲走。她艰难地呼吸了几口，确信自己还活着。

雨继续下着。雨水不停地冲刷着。土地伸展着自己的身体。泥土随着流水四处游走。童锁焦急地等待着。许书亭的黑发露出来了。然后是额头，双眉。他的眼睛依然大睁着。但他再次显露出来仿佛只是为了向童锁证明他确实死透了。

童锁已经没有力气悲伤了。她呆呆地望着眼前这个沾满泥水的头颅。在她的身边，当堆起的泥土被冲走后，便积起了一小潭水。他们就像两个浸泡在泥水中的人。

然后她看见有个身穿蓑衣的猎人，从小路上走过。

结案陈词

雨生从他的老板许二先生那儿学到两件事，一是照相，二是喝酒。自从那天他被一向和蔼可亲的东家扇了一个耳光然后早早打发回家后，便再也没见过这位东家。东家许书亭在宁新古城内孤身一人，雨生与他情同父子，算是半个亲人。许书亭的这一失踪，雨生便成了许记影楼的继承人。解放军开进宁新古城的前一天，他听街坊说许二先生被侦缉队的人押出了城，便匆匆追去，却没追上，从此便断了许书亭的音信。雨生从东家那儿学到的东西，既可以使他在宁新古城内安身立命，却也使他的肝由软变硬又由硬变软地走了几个来回，最后死于肝腹水。他的儿子也就是我的朋友许家奇显然比他走运，他很少喝酒。

那么，许家奇到底算是谁的后人？罗北问。爱谁谁。实话告诉你吧，我顺便也调查了韩克文的财产情况。很有趣，这家伙在台湾一文不名，是个他妈的穷光蛋。

我靠！罗北叫道。

童锁后来怎么样了？临走罗北问。

与她单线联系的许书亭死了，她就再也无法证明自己的身份。她后来嫁给了那个把她从土里挖出来的猎人。1958 年后，猎人也失业了。第二年，童锁死于饥饿。

噢。罗北站在门边说，然后拉开门出去了。

我突然想起来，他妈的，我还没跟她要我的佣金呢！

图书在版编目（CIP）数据

十步杀一人：马炜自选集 / 马炜著. -- 北京：作家出版社，2018. 2
（浙江小说10家丛书）
ISBN 978-7-5063-9920-3

Ⅰ. ①十… Ⅱ. ①马… Ⅲ. ①中篇小说－小说集－中国－当代 ②短篇小说－小说集－中国－当代 Ⅳ. ①I247.7

中国版本图书馆CIP数据核字（2018）第030591号

十步杀一人：马炜自选集

作　　者：马　炜
统　　筹：张亚丽
责任编辑：赵　超　周　茹
装帧设计：薛　怡
出版发行：作家出版社
社　　址：北京农展馆南里10号　　　**邮　　编：**100125
电话传真：86-10-65930756（出版发行部）
86-10-65004079（总编室）
86-10-65015116（邮购部）
E-mail:zuojia@zuojia.net.cn
http://www.haozuojia.com（作家在线）
印　　刷：河北画中画印刷科技有限公司
成品尺寸：152×230
字　　数：264千
印　　张：19
版　　次：2018年2月第1版
印　　次：2018年2月第1次印刷
ISBN 978-7-5063-9920-3
定　　价：43.00元
